SKELETTE AUF DEM DACHBODEN

MARKETVILLE #1

JUDY PENZ SHELUK

Superior Shores Press

SKELETTE AUF DEM DACHBODEN

MARKETVILLE MYSTERY #1

Skelette auf dem Dachboden: Marketville Mystery #1

Copyright @2022 Judy Penz Sheluk

Umschlaggestaltung von Ryan Thomas Doan und Hunter Martin

Deutsche Übersetzung von Petra Schmelzeisen

Bearbeitet und Korrektur gelesen von Mary Persch

Veröffentlicht von Superior Shores Press

ISBN E-Book: 978-1-989495-44-5

ISBN Taschenbuch: 978-1-989495-43-8

Erste deutsche Ausgabe: Juli 2022

1

———

Ich saß schon fast eine Stunde im Empfangsraum von Hampton & Associates, als Leith Hampton endlich die Tür hereingestürmt kam. Sein Gesicht war gerötet und der dezente Duft von Sandelholz-Rasierwasser wehte durch den Raum. In jeder Hand hielt er eine vollgestopfte schwarze Dokumententasche und murmelte eine Entschuldigung bezüglich eines schwierigen Morgens vor Gericht, bevor er hektisch Anweisungen an einen gestresst aussehenden Mitarbeiter gab. Aus heiterem Himmel tauchte plötzlich ein schwanzwedelnder Goldendoodle auf, der wohl unbemerkt unter der Rezeption geschlafen hatte.

Leith deutete mit einem Nicken in Richtung seines Büros, ein Zeichen, mich dort hineinzubegeben. Er folgte mir und ließ beide Dokumententaschen auf den Schreibtisch fallen. Dann bückte er sich, um seinen Hund zu streicheln und zog einen Hundekeks aus seiner Hosentasche. Ohne aufzuschauen sagte er: „Atticus". „Mein persönlicher Therapiehund. An manchen Tagen ist er der einzige, der mich bei Sinnen hält."

Ich nickte und setzte mich auf den Stuhl neben dem Fenster. Das Büro war nicht besonders groß und die

Straßengeräusche waren deutlich vernehmbar – das Hupen von Autos, Sirengeheul, das gelegentliche Hochfahren eines Motorradmotors – der Blick auf die Bay Street war allerdings ganz annehmbar. Ich beobachtete, wie zahllose Menschen jeglicher Größen, Figuren und Hautfarben entlang der Straße eilten, während sich Radfahrer – meiner Meinung nach total irrsinnig – im endlos stockenden Verkehrsstrom hinein- und hinausschlängelten. Im Herzen von Torontos Bankenviertel war jeder immer in Eile, obwohl es unmöglich war, auf die Schnelle irgendwohin zu kommen.

Atticus machte es sich auf dem Stuhl in einer Ecke bequem. Der auf dem Stuhl liegenden Decke nach zu urteilen, war dies sein gewöhnlicher Sitzplatz. Es amüsierte mich, dass ein Strafverteidigungsanwalt, bekannt für seine vernichtenden Kreuzverhöre und skrupellosen Machenschaften vor und außerhalb vom Gericht, einen Goldendoodle besaß, ganz zu schweigen davon, dass er auf die Möbel durfte.

Nach guten fünfzehn Minuten, einem halben Dutzend Beratungen mit weiteren Mitarbeitern, die einen gehetzten Eindruck machten und drei Telefonaten, alle kurz angebunden, war Leith nun offensichtlich zufrieden, dass das Nötigste aussortiert war und dass jeder wusste, was er zu tun hatte. Er sah mich an und mir wurde bewusst, warum Menschen sich von ihm angezogen fühlten. Es war nicht seine ein Meter siebzig – bis auf einen kleinen Bauch – schlanke Körpergröße, sondern es waren seine Augen, Augen so blau, mit einem solch intensiven Blick, dass sie elektrisch wirkten.

Er öffnete eine Schublade und entnahm eine Dokumentenmappe, zusammen mit einem dünnen Dokument, das hellblau eingebunden war und auf dem die Worte TESTAMENT VON JAMES DAVID BARNSTABLE in schwarz auf dem Umschlag eingraviert waren, heraus. „Lass uns ins Konferenzzimmer gehen. Dort werden wir ungestört sein."

Atticus war der Zugang zum Konferenzzimmer offensichtlich nicht erlaubt, denn nachdem er vom Stuhl heruntergesprungen war, ging er wieder zu seinem Platz unter der Rezeption, wo er seinen lockigen Körper laut seufzend auf den Boden niederplumpsen ließ. Ich folgte Leith in den langen, fensterlosen Raum, in dem ein von Stühlen umgebener Mahagonitisch stand. Ich setzte mich ihm gegenüber und wartete.

Leith legte das Testament vor sich auf den Tisch und glättete mit einer äußerst gepflegten Hand, deren Fingernägel gut poliert waren, eine unsichtbare Falte. Ich fragte mich, welcher Typ von Mann zu Maniküren und Pediküren geht – die Pediküre vermutete ich lediglich – und kam zu dem Entschluss, dass es der Typ von Mann war, der für seine Dienste fünfhundert Dollar die Stunde berechnete.

Im Gegensatz zu seinem Büro, in dem sich auf dem Schreibtisch die Papiere stapelten, ein Salzwasseraquarium stand und an dessen Wänden reich bestickte Wandteppiche hingen, gab es im Konferenzzimmer keine Unordnung oder Dekorationen. Die einzige Ausnahme war ein gerahmtes Foto mit einer attraktiven blauäugigen Blondine zwischen Mitte bis Ende zwanzig. Sie hatte ihre Arme besitzergreifend um zwei blonde Kinder geschlungen, die ungefähr drei und fünf Jahre alt waren.

Ich nahm an, dass es sich um Mrs. Leith Hampton die Vierte oder möglicherweise die Fünfte handelte. Ich hatte vergessen, die wievielte es nun war, aber das ist auch nicht wichtig. Meine Angelegenheit hier hatte nichts mit Hamptons neuester Trophäenfrau oder mit ihren zahnlückigen Sprösslingen zu tun. Ich war wegen der Testamentseröffnung meines Vaters hier, einem Anlass, dem ich erst viele Jahre in der Zukunft hätte beiwohnen sollen. Leider hatte ein fehlerhafter Sicherheitsgurt seinen Fall aus dem dreißigsten Stockwerk eines Eigentumwohnungsbaus nicht aufhalten können. Der Grund, dass ein Strafverteidiger mit Leiths Ruf das Testament erstellt hatte, bezeugte, wie lange die beiden Männer schon befreundet waren.

Leith räusperte sich und starrte mich mit seinen intensiven blauen Augen an. „Bist du sicher, dass du bereit bist, Calamity? Ich weiß, wie nahe dir dein Vater stand."

Als er mich Calamity nannte, zuckte ich zusammen. Leute sprachen mich entweder mit Callie oder überhaupt nicht an. Nur mein Vater durfte mich Calamity nennen und auch nur dann, wenn er ärgerlich mit mir war und niemals in der Öffentlichkeit. Das hatten wir so abgemacht, als ich noch die Grundschule besuchte. Kinder können schon grausam genug sein, ohne dass mein Name, der Unglück oder Katastrophe bedeutet, sie dazu anspornte.

Und was das Bereitsein anbetraf, war ich schon die letzten neunzig Minuten bereit. Ich war bereit, seit ich den Anruf erhielt, in dem man mir mitteilte, dass mein Vater in einen unglücklichen Arbeitsunfall verwickelt gewesen war. Genauso hatte die mitleidlose Stimme am anderen Ende des Telefons es ausgedrückt. *Ein unglücklicher Arbeitsunfall.*

Ich wusste, dass ich mich früher oder später der Tatsache stellen müsste, dass mein Vater nicht zurückkommen würde, dass wir uns nie wieder über Politik streiten oder gemeinsam beim Anschauen der *Big Bang Theory* lachen würden. Ich wusste, dass der Tag kommen würde, an dem ich mich ausweinen werde, aber jetzt war nicht der richtige Zeitpunkt und dies war gewiss nicht der richtige Ort. Vor langer Zeit hatte ich bereits gelernt meine Gefühle in vorsichtig konstruierten Schubladen unterzubringen. Ich sah Leith mit trockenen Augen an und nickte.

„Lass uns anfangen."

Leith öffnete die Akte und fing an zu lesen. „Ich, James David Barnstable erkläre hiermit, dass dies mein letzter Wille ist und dass ich hiermit alle zuvor von mir gemeinschaftlich oder einzeln verfassten Testamente oder Testamentsnachträge widerrufe, annulliere und aufhebe. Ich bestätige, dass ich volljährig und bei vollem Verstand bin und dass dieser letzte Wille meine Wünsche ohne jegliche Beeinflussung oder Zwang zum Ausdruck bringt. Ich vermache meinen gesamten Nachlass, mein Eigentum und mein Vermögen meiner Tochter, Calamity Doris Barnstable."

Ich nickte und versuchte die Monotonie der Juristensprache des Testaments zu ignorieren. Ich hatte nicht mehr und nicht weniger erwartet. Ich war das einzige Kind von zwei Einzelkindern und es war bereits lange her, als meine Mutter meinen Vater und mich verlassen hatte und wir für uns selbst sorgen mussten. Nicht dass der Nachlass viel wert war; einige abgenutzte Möbel, nicht zusammenpassendes Essgeschirr und ein kleiner Stapel Bücher mit Eselsohren, die meisten von Clive Cussler und Michael Connelly mit einem gelegentlichen John Sandford als Zugabe.

Der Nachlass bedeutete, dass ich das 2-Zimmer Reihenhaus, ein trostloses Beispiel von Architektur der siebziger Jahre inmitten der Vorstadt, ausräumen musste. Ich dachte an meine vollgestopfte 1-Zimmerwohnung im Stadtzentrum von Toronto und wusste, dass der größte Teil seines Eigentums bei der örtlichen Heilsarmee oder in einem Secondhandladen landen würde. Dieser Gedanke stimmte mich traurig.

„Es gibt allerdings eine Auflage", sagte Leith, was mich aus meiner Träumerei herausholte. „Dein Vater möchte, dass du in das Haus in Marketville ziehst."

Ich setzte mich aufrechter hin und schaute Leith in die Augen. Es war offensichtlich, dass mir in meiner Geistesabwesenheit etwas Wichtiges entgangen war. „Was für ein Haus in Marketville?"

Leith ließ einen theatralischen Gerichtssaal-Seufzer heraus, der zwar gut eingeübt, aber für nur eine Zuhörerin total übertrieben wirkte. „Du hast mir überhaupt nicht zugehört Calamity, oder?"

Ich war gezwungen es zuzugeben, obgleich er nun meine ungeteilte Aufmerksamkeit hatte. Marketville war eine Pendlergemeinde ungefähr eine Stunde nördlich von Toronto, eine Stadt, in die Familien mit zwei Kindern, einem Collie und einer Katze zogen, denen ein größeres Haus, eine bessere Schule und Fußballplätze wichtig waren. Das hörte sich nicht gerade nach mir oder meinem Vater an.

„Sagtest du, dass mein Vater ein Haus in Marketville besitzt? Das verstehe ich nicht. Warum hat er dann dort nicht gewohnt?"

Leith zuckte mit den Schultern. „Scheinbar konnte er es weder ertragen sich davon zu trennen noch darin zu wohnen. Er hatte es seit 1986 vermietet."

Das Jahr, in dem meine Mutter uns verlassen hatte. Ich war sechs Jahre alt. Ich versuchte mich an ein Haus in Marketville zu erinnern. Ohne Erfolg. Selbst die Erinnerungen an meine Mutter waren verschwommen.

„Das Haus hat ein paar harte Zeiten mitgemacht, denn im Laufe der Jahre wurde es von vielen verschiedenen Mietern bewohnt", fuhr Leith fort. „Ich habe mein Bestes getan, das Grundstück für eine bescheidene monatliche Gebühr zu verwalten, da ich aber nicht in der Nähe wohne…" Er errötete leicht und ich fragte mich, wie hoch die bescheidene Gebühr war. Ich warf wieder einen Blick auf das Bild und seine lebhafte junge Familie und vermutete, dass solche Schätze nicht gerade billig sind. Es gab da wahrscheinlich auch noch Unterhaltzahlungen für weitere Trophäenfrauen. Ich entschied mich keine Gedanken mehr daran zu verschwenden. Mein Vater hatte ihm vertraut. Das musste genügen.

„So, du willst also damit sagen, dass ich ein renovierungsdürftiges Haus geerbt habe."

„Ich glaube, dass man das so ausdrücken könnte,

allerdings hatte dein Vater vor kurzem ein Unternehmen beauftragt, grundlegende Renovierungen auszuführen, sobald der letzte Mieter ausgezogen war." Er blätterte in seinen Aktennotizen. „' Contracting und Property Management. Ich glaube, dass der Inhaber des Unternehmens, Royce Ashford, nebenan wohnt. Allerdings bin ich mir nicht sicher, ob er schon mit den Arbeiten am Haus begonnen hat. Nach dem Tod deines Vaters wären alle Arbeiten natürlich eingestellt worden."

„Sagtest du, dass er wollte, dass ich in das Haus einziehe? Wann hatte er geplant mir das mitzuteilen?"

„Ich glaube, dein Vater plante ursprünglich selbst wieder dorthin zurückzuziehen. Jetzt allerdings..."

„Nun, da er tot ist denkst du, dass es sein Wunsch war, dass ich dort einziehen soll?"

„Genau genommen war es mehr als ein Wunsch, Calamity. Es ist eine Auflage des Testaments, dass du für die Dauer eines Jahres in Snapdragon Circle 16 einziehst. Danach steht es dir frei damit zu tun, was du willst. Entweder vermieten, weiterhin dort wohnen zu bleiben oder es zu verkaufen."

„Und falls ich mich dazu entscheide es zu verkaufen?"

„Häuser in dieser Gegend von Marketville lassen sich normalerweise schnell verkaufen und die Preise sind ganz annehmbar, auf jeden Fall um ein Vielfaches höher, als was deine Eltern 1979 dafür bezahlt hatten. Es müsste schon etwas Muskelkraft hineingesteckt werden, von grundlegenden Renovierungen ganz zu schweigen, aber dein Vater hat dir auch dafür etwas Geld hinterlassen."

„Er hatte Geld dafür auf die Seite gelegt? Genug für Renovierungen?" Ich dachte an das schäbige Reihenhaus, die abgetretenen Teppiche, die Flanelldecke, die die Löcher im Stoff des alten olivengrünen Brokatsofas verdeckte. Ich nahm immer an, mein Vater war sparsam, weil es nicht anders ging. Es war mir nie in den Sinn gekommen, dass er Geld gehamstert hatte, um ein Haus zu renovieren, von dem ich noch nicht einmal wusste, dass es existierte.

„Etwa einhunderttausend Dollar, aber nur die Hälfte davon ist für die Renovierung gedacht. Die restlichen fünfzigtausend werden dir in wöchentlichen Raten ausgezahlt, während du mietfrei dort wohnst. Das ist natürlich genug, um sich ein Jahr frei zu nehmen und die anderen Voraussetzungen zu erfüllen."

Fünfzigtausend Dollar. Fast zweimal so viel als ich in einem Jahr in meinem Job im Call-Center einer Bank verdient hatte. Meinen Job zu verlassen würde mir jedenfalls nicht schwer fallen. Und meinen monatlichen Mietvertrag könnte ich problemlos innerhalb einer Frist von dreißig Tagen kündigen. „Was sind die anderen Voraussetzungen?"

Leith lehnte sich in seinem Stuhl zurück und ließ einen weiteren seiner theatralischen Seufzer heraus. Ich hatte den Eindruck, dass er die Bedingung nicht unbedingt befürwortete.

„Dein Vater möchte, dass du herausfindest, wer deine Mutter ermordet hat. Und er glaubte, dass sich möglicherweise versteckte Hinweise dazu im Marketville-Haus befinden."

2
____

Ich starrte Leith Hampton mit offenem Mund an. „Wovon, verdammt noch mal, sprichst du? Meine Mutter wurde nicht ermordet. Sie hat uns verlassen, als ich ungefähr sechs war." Die Erinnerung an meine Mutter mochte zwar sehr vage gewesen sein, aber ich konnte mich immer noch daran erinnern, wie die Kinder in der Schule darüber sprachen und dass deren Eltern offensichtlich die Informationsquelle waren. Ein Kleinstadtflittchen findet einen neuen Mann und strebt nach einem besseren Leben. Bisher hatte ich keine Ahnung, dass das Geschwätz auch außerhalb von Toronto die Runden gemacht hatte.

„Offenbar gelangte dein Vater zu einer anderen Schlussfolgerung", sagte Leith, indem er die Arme vor seiner Brust verschränkte.

Das überraschte mich. Im Laufe meiner Jugend wurde der Name meiner Mutter nur selten erwähnt. Meistens hatte ich das Gefühl, als hätte sie nie existiert. Meine natürliche Neugier herauszufinden wer und wo sie war, blieb weitgehend unbefriedigt. Die wenigen Dinge, die mein Vater mir über sie erzählt hatte, gewöhnlich nachdem er ein paar Bier getrunken hatte, zählten kaum. Dass sie Abigail hieß; dass sie gerne backte; dass sie alte Filme, besonders Musicals aus den 50er Jahren, liebte.

„Du sagst also, dass das Haus in Marketville nie Teil des Testaments war?"

„Das Haus war immer Teil des Testaments, und du warst immer die Erbin. Es ist der Nachtrag, der bestimmt, dass du für ein Jahr im Haus wohnst und versuchst, den angeblichen Mord deiner Mutter zu lösen oder dass du den Grund herausfindest, der hinter ihrem Verschwinden steckt." Leith schüttelte den Kopf. „Ich gebe zu, dass ich diese Idee nicht unterstützt habe, aber er hat darauf bestanden. Ich habe alles versucht, es ihm auszureden, aber du weißt ja, wie eigensinnig dein Vater sein konnte."

Das wusste ich. Es ist gut möglich, dass unter dem Begriff *stur* ein Bild von James David Barnstable im Wörterbuch abgebildet ist. Ein Charakterzug, den ich zusammen mit den widerspenstigen kastanienbraunen Haaren und den schwarz umrandeten haselnussbraunen Augen von ihm geerbt hatte. Die Haare konnte ich mit ausreichend Haarglättungsprodukten und Geduld mit einem Haartrockner und einem Glätteeisen bändigen, und die Augen waren wahrscheinlich mein außergewöhnlichstes Merkmal. Meine Starrköpfigkeit wurde mir schon mehrmals fast zum Verhängnis. Bei meinem Vater genauso. „Weißt du, wie er zu dieser Einstellung kam?"

„Ich weiß, dass er kurz nach dem Verschwinden deiner Mutter einen Privatdetektiv engagiert hatte, aber da kam nichts bei heraus. Es war, als hätte sie sich in Luft aufgelöst. Möglicherweise gab es noch andere Versuche, aber mir ist davon nichts bekannt. Es war die letzte Mieterin des Hauses in Marketville, die das Feuer wieder entfacht hatte."

„Inwiefern?"

Leith lachte trocken und humorlos in sich hinein.

„Scheinbar war die Mieterin eine Hellseherin, jedenfalls behauptete sie das. Der Name der Frau ist Misty Rivers."

Da ich selbst nach Calamity Jane, einer Frontierfrau des wilden Westens mit fraglichem Ruf, benannt war, lag mir nichts daran, den Namen einer anderen Person zu kritisieren. Ich war einfach nur dankbar, dass meine Eltern genug gesunden Menschenverstand hatten, mir einen gewöhnlichen Mittelnamen zu geben. „Was hat diese Misty Rivers getan oder gesagt, um die Aufmerksamkeit meines Vaters zu gewinnen?"

„Sie erzählte ihm, dass es im Haus spukt und dass es von einer ruhelosen Person, die einst dort lebte und eine Vorliebe für Flieder hatte, heimgesucht wurde."

„Und dies führte zu seinem Entschluss, dass meine Mutter ermordet wurde?"

„Es ist weit hergeholt, ich weiß. Aber eine vorherige Mieterin beklagte sich auch über seltsame Geräusche. Knarren im Keller, Schritte auf dem Dachboden und so weiter. Wir haben beide die Beschwerde als Versuch der Mieterin, aus ihrem Mietvertrag herauszukommen, abgetan. Wenn das ihr Ziel war, dann hat es funktioniert. Sie zog vorzeitig aus, ohne eine Vertragsstrafe zu bezahlen."

„Aber nachdem die Hellseherin..."

„Genau. Nach Misty Rivers, war dein Vater sich nicht mehr so sicher. Als ihr aus dem Marketville-Haus ausgezogen wart, sperrte er alle Sachen deiner Mutter auf den Dachboden. Er sagte, dass er es nicht ertragen könne, die Sachen durchzusehen. Danach vergingen die Jahre wie im Flug. Misty überzeugte ihn, dass es unter den Sachen deiner Mutter möglicherweise versteckte Hinweise gab."

Es kam mir vor, als würde Leith von einem Fremden reden. „Er hat mir nie etwas darüber erzählt."

„Er wollte sicher sein und dich schützen, damit dir nicht wehgetan wurde. Er wollte nicht, dass du eventuell an ein Märchen glaubst."

Ein Märchen. Nur dieses Mal schien es kein glückliches Ende genommen zu haben. Während ich nachdachte, suchte ich in meiner Tasche nach meinem Kakaobutter-Lippenbalsam.

„Was hat es mit dem Flieder auf sich?"

„Im Laufe der Jahre versuchten Leute verschiedene Arten von Pflanzen, wie Blumen und einen Gemüsegarten anzupflanzen, ohne jeglichen Erfolg. Das Einzige, was auf dem Grundstück wuchs, war ein außer Kontrolle geratener Fliederbusch im Garten. Egal, wie oft er zurückgeschnitten wurde, im nächsten Frühjahr war er wieder voll und buschig. Anscheinend hatte deine Mutter ihn gepflanzt."

Ich rollte mit den Augen. „Flieder ist für seine Unzerstörbarkeit bekannt. Außerdem kann sich jeder, der den Busch sieht, vorstellen, dass der ursprüngliche Eigentümer ihn gepflanzt hatte." Mir kam noch ein anderer Gedanke. „Diese Misty Rivers, wollte sie Geld?"

Leith nickte mit ernster Miene. „Ich glaube, dein Vater wollte sie dafür bezahlen Recherchen anzustellen. Entgegen meinem Rat und das ist offiziell. Leider kam Ms. Rivers sein vorzeitiger Tod dazwischen."

Unglaublich. Mein vernünftiger, Gewerkschaftsbeiträge zahlender, arbeitsamer Handwerker von einem Vater. Er engagierte eine Hellseherin. Was hatte er sich nur dabei gedacht?

Leith Hampton schien meine Gedanken zu lesen. „Ich weiß, es ist eine Menge zu verkraften, Callie. Soweit ich weiß, hatte sich dein Vater in den vergangenen Monaten zunehmend in das… Verschwinden deiner Mutter hineinsteigert. Ich muss zugeben, dass ich das nicht habe kommen sehen. All die Jahre weigerte er sich von ihr zu sprechen, und aus gutem Grund."

„Welcher gute Grund?"

Leith presste seine Lippen zusammen, als wollte er seine Worte, oder die, die er noch aussprechen wollte, verkneifen.

„Welcher gute Grund, Leith?" fragte ich wiederholt. „Wenn ich mich schon auf dieses aussichtslose Unterfangen einlasse, muss ich zumindest alles wissen, was es zu wissen gibt."

Leith seufzte, aber diesmal ohne Theatralik. „Ich denke, du hast Recht und außerdem wirst du es sowieso herausfinden, sobald du in der Vergangenheit herumgräbst."

Mir war klar, dass Rechtsanwälte stundenweise bezahlt werden, aber es war nicht notwendig, das Ganze in die Länge zu ziehen. Ich lehnte mich vor, fast stehend, während meine Fingernägel auf die polierte Mahagonioberfläche tippten. „Was werde ich herausfinden?"

„Obwohl die Leiche deiner Mutter niemals gefunden wurde, hat niemand sie je wieder gesehen oder von ihr gehört. Die Polizei vermutete ein Verbrechen. Obgleich es dein Vater war, der sie für vermisst gemeldet hatte, wurde er bald der Hauptverdächtige. Es gab jede Menge Gerede in der Nachbarschaft."

„Weil der Ehepartner immer zuerst von der Polizei verdächtigt wird", sagte ich und dachte an die zahllosen Episoden von *Law and Order*, die ich im Laufe der Jahre gesehen habe.

„Genau. Irgendwann stellte die Polizei ihre Ermittlungen zwar ein, aber die Akte wurde nie geschlossen. Der Schaden, den es dem Ruf deines Vaters in Marketville zugefügt hatte… er konnte dort einfach nicht bleiben. Er konnte es auch nicht ertragen, das Haus zu verkaufen. Daher das Vermieten in all den Jahren."

„Und jetzt dorthin zurückgehen? Die alte Geschichte wieder aufleben lassen, alte Wunden wieder öffnen. Was hoffte er damit zu beweisen?"

Leith zuckte mit den Schultern. „Vielleicht wollte er nur seinen Namen reinwaschen, Calamity. Vielleicht war das Hinzufügen des Testamentnachtrags seine Art, dich zu bitten, das Gleiche zu tun. Ich wünschte, er hätte mehr Vertrauen in mich gehabt. Wenn es um Rechtsangelegenheiten ging, behandelte er mich nicht wie einen Freund, sondern wie seinen Anwalt. Das war mir auch recht so."

„Ich arbeite im Call-Center einer Bank. Das Einzige, das ich ermitteln kann, sind Kundenbeschwerden." Ich versuchte alles, was Leith mir erzählt hatte, zu verarbeiten. „Du sagtest, dass ich in das Haus einziehen muss. Was geschieht, wenn ich nichts finden werde?" Was, und das wäre durchaus möglich, wenn es nichts zum Herausfinden gäbe? Was, wenn ich Beweise finden würde, die meinen Vater belasten würden?

„Deine einzige Verpflichtung besteht darin, es zu versuchen und natürlich dort zu wohnen."

„Wenn ich es nicht will?"

„Fünfzigtausend Dollar würden für die Renovierung hinterlegt werden. Misty Rivers dürfte in dem Haus in Marketville ein Jahr lang mietfrei wohnen, unter der Bedingung, dass sie Untersuchungen bezüglich des Verschwindens deiner Mutter durchführen würde. Sie würde mir wöchentliche Fortschrittsberichte schicken, für die sie eintausend Dollar die Woche bezahlt bekäme. Die gleichen Berichte, die von dir erwartet werden, solltest du dich dazu bereit erklären, diese Aufgabe zu übernehmen. Die gesamten fünfzigtausend Dollar würden voll ausbezahlt werden, sollte das Geheimnis des Verschwindens deiner Mutter gelöst werden, bevor das Jahr zu Ende ist."

Wöchentliche Fortschrittsberichte, die was besagen? Der Fliederbusch blüht wieder? Ich wollte schreien. Stattdessen fragte ich, „Was passiert nach einem Jahr?"

„Misty Rivers zieht aus. Das Haus kommt in deinen vollen Besitz, mit dem du tun kannst was du willst. Keine weiteren Bedingungen."

In der Zwischenzeit würde eine betrügerische Hellseherin das Hab und Gut meiner Mutter durchwühlen und mietfrei im Haus wohnen, ohne daran interessiert zu sein, den Namen meines Vaters reinzuwaschen. Nicht auf meine Kosten und nicht auf meine Zeit.

„Wie ich bereits erwähnt habe, deine Verpflichtung endet ein Jahr nach deinem Einzug. Danach kannst du tun und lassen, was du willst. Das Haus verkaufen, darin wohnen bleiben, es wieder vermieten. Die fünfzigtausend Dollar für die Renovierungen stehen dir zur Verfügung, sobald du eingezogen bist. Das Geld, das nicht für Renovierungen verwendet wird, steht dir ebenfalls zur freien Verfügung."

„Und was wird aus Misty Rivers?"

„Sie erhält einen Vorschuss von fünftausend Dollar, falls du dich entscheidest, sie zu konsultieren." Ich konnte mir nicht vorstellen, dies zu tun.

Aber es sah ganz so aus, als ob ich nach Marketville ziehen würde.

3

SNAPDRAGON CIRCLE WAR eine Sackgasse inmitten einer Enklave von Bungalows, Split-Levels und Doppelhäusern aus den siebziger Jahren. Das eine oder andere zweistöckige Haus stach aus dem ansonsten typischen Vorortsmilieu heraus, doch bei näherer Betrachtung sah man, dass die ursprünglichen Gebäude um ein Obergeschoss erweitert wurden.

Jede Straße innerhalb der Siedlung war nach einer Wildblume der Provinz benannt, beginnend mit der Hauptverkehrsader, Trillium Way, die in symmetrische Seitenstraßen mit Namen wie Day Lily Drive, Lady's Slipper Lane und Coneflower Crescent verzweigte.

Die meisten Häuser wirkten gepflegt, die Rasenflächen saftig und grün und die Fenster blitzblank. Snapdragon Circle 16, ein gelber Backsteinbungalow mit einem stark durchhängenden Carport, war die einzige nennenswerte Ausnahme. Das Dach war an einem halben Dutzend Stellen notdürftig geflickt worden, wobei wenig auf die farbliche Übereinstimmung der Schindeln geachtet wurde. Die Fenster waren mit jahrelang angehäuftem Schmutz verkrustet und hatten an vergangenen Halloweens möglicherweise auch ein paar Eier abbekommen.

Zu sagen, dass das Haus ein wenig liebevolle Pflege brauchte, wäre eine Beschönigung gewesen. Was dieses Haus brauchte, war ein „guter Anstrich" mit Feuer.

Es dauerte eine Minute, bis ich bemerkte, dass ein Mann über das kahle Stückchen Vorgarten hinüberspaziert war, um sich zu mir zu gesellen. Ich schätzte ihn auf etwa vierzig, gut aussehend, wie einer der robusten Handwerker, die oft in diesen Heimwerkersendungen im Fernsehen zu sehen sind. Gut trainierte Bizeps, sandbraunes, sehr kurz geschnittenes Haar, warme braune Augen. Er trug Jeans, Arbeitsschuhe und ein schwarzes Golfshirt mit dem goldenen Firmenlogo Royce Contracting & Property Maintenance. Ich stellte mir einen Waschbrettbauch unter dem Hemd vor und bemühte mich sehr, nicht zu erröten.

„Royce Ashford", sagte er und reichte mir seine rechte Hand. „Ich wohne nebenan." Er wies auf einen makellosen Backsteinbau mit weißer Vinylverkleidung hin. Die Verkleidung sah neu aus.

Das war also der Bauunternehmer, den Leith Hampton erwähnt hatte − der Bauunternehmer, den mein Vater beauftragt hatte.

„Callie Barnstable."

„Sind Sie eine neue Mieterin?" Die Art, wie er dies sagte, enthielt einen Unterton von „jetzt geht das schon wieder los" und „du Arme".

„Schlimmer. Mir gehört das Haus. Ich habe meinen Job gekündigt, um hierher zu ziehen."

Einen kurzen Augenblick lang hob Royce überrascht seine Augenbrauen, allerdings fing er sich schnell wieder. „Ich habe von dem Unfall gehört. Tut mir leid. Er schien ein guter Mensch gewesen zu sein."

„Danke. Leith Hampton – der Anwalt meines Vaters – meinte, dass Sie meinen Vater kannten."

„Genau gesagt kannte ich ihn nicht. Ich traf ihn vor ein paar Wochen zum ersten Mal. Ich nehme an, dass er seit Jahren nicht mehr hier war – alle Vermietungen gingen über Hampton & Associates. Er schien über den Zustand des Hauses sehr schockiert gewesen zu sein" Royce lächelte. „Ich fürchte, dass Mieter eine Immobilie nicht immer so respektieren, als wenn es ihr Eigentum wäre."

„Das habe ich bemerkt."

„Ihr Vater hatte vor zu renovieren. Ich gab ihm ein paar Ideen und einen Kostenvoranschlag. Ich hatte den Eindruck, dass er vorhatte wieder einzuziehen."

Leith hatte also Recht gehabt, mein Vater hatte geplant nach Marketville zurückzukehren. Ich fragte mich, ob er die Absicht hatte, das Reihenhaus zu verkaufen. Ich dachte an die Postkarten von Immobilienmaklern, die an den „Nachlass von James David Barnstable" adressiert waren und die ich in den Müll geworfen hatte. Ich würde das Reihenhaus auf jeden Fall verkaufen, sobald der Nachlass geklärt sein wird, aber ich würde es niemandem anbieten, der so taktlos war. Nun erwog ich, ob einer dieser Makler mit meinem Vater gesprochen hatte. Ich hörte, dass Royce sich räusperte und merkte, dass er mit mir sprach.

„Tut mir leid, ich war gerade gedanklich woanders."

„Ich kann mir denken, dass dies alles etwas überwältigend für Sie ist. Ich sagte, dass es Ihnen freisteht, einen anderen Bauunternehmer zu finden. Wie auch immer Sie sich entscheiden, ich schlage vor, das Dach neu decken zu lassen, bevor das Haus undicht wird. Ihr Vater hatte bereits Kostenvoreinschläge eingeholt und eine Firma ausfindig gemacht. Ich könnte das für Sie arrangieren, wenn Sie möchten."

„Danke, dass wäre großartig. Je früher, desto besser, wenn

ich mir das so anschaue. Sobald ich mich eingerichtet habe, würde ich auch gerne die weiteren Renovierungsarbeiten besprechen." Ich hoffte nur, dass es nicht die gesamten fünfzigtausend Dollar verschlingen würde. Leith hatte erwähnt, dass alles, was übrig bleibt, auf mich übergehen würde. Dadurch hätte ich vielleicht etwas mehr Zeit, um zu überlegen, was ich nach Ablauf des Jahres tun werde. Ich konnte mir nicht vorstellen zurück ins Call-Center zu gehen.

„Mal sehen, wie schnell ich die Dachdecker herbekomme. Was die anderen Renovierungen anbetrifft, eilt es nicht. Sie können mir Bescheid sagen, wenn Sie bereit sind. Sollten Sie in der Zwischenzeit Lust auf einen Drink oder ein Abendessen haben – ohne jegliche Verbindlichkeit, über Geschäfte zu sprechen – lassen Sie es mich wissen. Es ist sicher nicht leicht, in eine Stadt zu kommen, in der man niemanden kennt."

„Danke." Ich nahm meinen Kakao-Lippenbalsam, betupfte damit meine Lippen und überlegte mir, wie ich am besten mit Royce vorgehen soll. Ich beschloss, mit der Tür ins Haus zu fallen „Dürfte ich Sie etwas fragen?"

„Sicher. Fragen Sie nur."

„Kannten Sie eventuell den Vormieter?"

Ein langsames Grinsen breitete sich auf Royce' Gesicht aus. „Ich vermute, Sie meinen Misty Rivers, Hellseherin erster Klasse. Sie war davon überzeugt, dass es im Haus spukte, und versuchte auch Ihren Vater davon zu überzeugen."

Genau wie ich vermutet hatte. Es war also nicht, *ich glaube, dass es spukt*. Diese Frau hatte ihr Möglichstes getan, um meinen Vater zu verwirren und es schien funktioniert zu haben. Warum er ihr geglaubt hatte, war natürlich eine andere Frage.

„Glauben Sie an solche Dinge?" Ich beobachtete Royce mit zusammengekniffenen Augen.

„Ich sage Ihnen das Gleiche, was ich Ihrem Vater gesagt hatte", antwortete Royce, indem er mit den Schultern zuckte. „Ich wurde in Marketville geboren und bin hier aufgewachsen.

In den späten siebziger Jahren betrug die Einwohnerzahl rund 20.000, weniger als ein Viertel der heutigen Einwohner. Diese Häuser wurden gebaut, um Ersteigentümer mit jungen Familien anzulocken. Leute, die es sich nicht leisten konnten, in der Stadt zu kaufen. Damals waren die Baubestimmungen noch nicht so streng wie heute, und ehrlich gesagt, waren die Technologie und Energieeffizienzmaßnahmen, die wir heute für selbstverständlich halten, noch gar nicht entwickelt. Hinzu kommt noch, dass das Haus dreißig Jahre lang vermietet war und kaum instand gehalten wurde, weshalb man sich nicht über etwas Quietschen und Knarren wundern muss."

„Also die kurze Antwort ist nein."

Das langsame Grinsen machte sich wieder breit.

„Ich vermute, Callie, dass Sie es über kurz oder lang selbst herausfinden werden."

4

VON INNEN SAH Snapdragon Circle 16 nicht viel besser aus als von außen. Ich ging von Zimmer zu Zimmer, öffnete alle Fenster, um den muffigen Geruch loszuwerden, der jeden Raum zu durchdringen schien. Danach ging ich zum Eingang zurück und zog Bilanz meiner Erbschaft.

Der Linoleum-Bodenbelag im Flur war avocado-grün und goldfarben und erstreckte sich bis in die kleine Wohnküche mit ihren schokoladenbraun gestrichenen Schränken und sonnengelben Wänden. Die Küchengeräte waren von herbstgoldener Farbe. Auf der Arbeitsplatte aus cremefarbenem, mit goldenen Sprenkeln durchzogenem Laminat, war ein eingebrannter Topfring auf der verkratzen Oberfläche zu erkennen. Ein Fenster über dem Spülbecken gab den Blick auf den windschiefen Carport frei. Willkommen in 1980.

Eine alte Erinnerung kam mir in den Sinn. Ich, als kleines Mädchen, vier, vielleicht fünf Jahre alt, lockiges braunes Haar mit einem unordentlichen Bubikopf, auf einem Schemel stehend und aus demselben Fenster schauend. Ich trug eine rot-weißgestreifte Schürze mit kleinen herzförmigen Taschen.

Ich versteckte kleine Stücke Rindsleber in diesen Taschen, damit ich die Stückchen nach dem Abendessen der Toilette herunterspülen konnte. Meine Eltern hatten eine strenge „Iss dein Abendessen oder es gibt keinen Nachtisch" - Regel, und keine noch so große Menge an Soße oder gebratenen Zwiebeln machte die Leber für meinen Gaumen erträglich.

Ich schloss meine Augen in der Hoffnung, mich an mehr erinnern zu können.

Ich riss sie weit auf, als ich ein Knarren auf dem Dachboden hörte.

Ein Schauer durchlief mich. Nachdem ich den Heizungsregler gefunden hatte, drehte ich die Heizung auf. Auf der linken Seite des Flurs lag ein Wohn-/Esszimmer. Ich stellte mir die Frage, ob sich unter dem fadenscheinigen goldfarbenen Teppich, der den Boden bedeckte, ein Parkettboden befand. Niederkniend, hob ich einen Heizungsschacht an, und zog eine Ecke des Teppichs hoch, wobei ein Streifen helles Parkett sichtbar wurde. Wenigstens etwas Positives. Die Tage des Teppichs waren gezählt und Teppich rausreißen konnte ich auch selbst erledigen. Das würde etwas an Renovierungskosten sparen und das Geld könnte für ein anderes Projekt verwendet werden. So wie es hier aussah, würden fünfzigtausend Dollar nicht reichen. Wenn ich das Haus in einem Jahr für einen anständigen Betrag verkaufen wollte, musste ich eine gute Portion Muskelkraft hineinstecken.

Ein weiterer Flur führte von der Küche und dem Esszimmer in ein großes Badezimmer, das in Rosatönen der 1970iger Jahre gehalten war, und in zwei Schlafzimmer, die beigefarben angestrichen waren. Das kleinere Zimmer war nicht viel größer als ein begehbarer Kleiderschrank; das Hauptschlafzimmer war gerade mal groß genug für ein Doppelbett - falls man sich aus Nachttischen nichts macht. Der Teppich war auch hier ein Schandfleck. Ich hob einen weiteren

Heizungsschacht hoch und entdeckte auch hier Beweise für einen hellen Parkettfußboden.

Beide Schlafzimmer hatten ausreichend große Fenster, wobei das Hauptschlafzimmer einen Blick auf den Hinterhof bot. Ich sah den wuchernden Flieder, an dem sich noch keine Knospen zeigten. Es war Anfang Mai, und der Winter war ungewöhnlich streng. Es könnte noch mindestens einen Monat dauern, bis er in voller Blüte stünde.

Ich öffnete den begehbaren Kleiderschrank im größeren Schlafzimmer und bemerkte einen kleinen Schemel unter dem Eingang zum Dachboden. Laut Leith wurden dort die Sachen meiner Mutter aufbewahrt. Ich freute mich nicht gerade darauf, auf dem Dachboden herumzustöbern – in Gedanken sah ich Mäusedreck und Spinnengewebe, zudem hasste ich geschlossene Räume – aber es musste eher früher als später getan werden. Sollte ich das vermeintliche Rätsel lösen oder beweisen können, dass es kein Rätsel zum Lösen gab, könnte ich zu meinem Leben in Toronto zurückkehren. Es war zwar nicht aufregend, aber es war in Anonymität gehüllt, etwas, was die Einsiedlerin in mir genoss. In den fünf Jahren, in denen ich in der Eigentumswohnung wohnte, hatte ich keinen meiner Nachbarn kennengelernt. Eine Stunde in Marketville und mein Nachbar hatte mich bereits zu einem Drink und Abendessen eingeladen.

Ich fuhr mit der Erkundung des Hauses fort. Eine enge Treppe führte in den Keller. Ich war kein großer Freund von Kellern. Sie kamen mir immer etwas unheimlich vor und die niedrigen Decken und dunkle Holzvertäfelung trugen nicht gerade zu meiner Begeisterung für dieses Haus bei. Es gab einen separaten Raum mit antiker Waschmaschine und Trockner, die ihre beste Zeit lange hinter sich hatten. Es war zwar keine Bottich-Waschmaschine aber sie war nicht weit davon entfernt. Ein zweiter Raum enthielt, wie es aussah, die originale Heizung. Vor dem nächsten Winter musste sie wahrscheinlich erneuert werden. Im Kopf rechnete ich die Renovierungskosten zusammen, die ich mir bereits notiert hatte und versuchte ein Gefühl der Niedergeschlagenheit abzuschütteln. Es schien mir, als hätte ich eine Kostenfalle geerbt.

Wie aufs Stichwort gab die Heizung ein seltsames, rülpsendes Geräusch von sich, bevor sie erbebte und wieder ruhig war.

„Ich höre dich," sagte ich und rannte die Treppe hinauf, wobei ich jeweils zwei Stufen auf nahm.

5
____

DIE MÖBELPACKER SOLLTEN ERST in etwa einer Stunde eintreffen und ich nutzte die Zeit, die mitgebrachten Kleidungsstücke aufzuhängen und einige wesentliche Küchenutensilien auszupacken - Wasserkessel, Tee, Tasse und eine Packung Schokoladenkekse. Ich habe sogar meine drei Tuben Kakaobutter-Lippenbalsam untergebracht, eine in der Küchenschublade, eine im Badezimmer und eine weitere vorübergehend auf der Fensterbank im Schlafzimmer, bis mein Nachttisch einen Platz finden würde. Die vierte Tube blieb in meiner Handtasche. Vielleicht ein wenig neurotisch, aber es gibt schlimmere Abhängigkeiten.

Zum Glück waren die Möbelpacker pünktlich. Ich war erleichtert, denn ich hatte in den Zeitungen Horrorgeschichten über verschiedene Speditionen gelesen, die ihre Kunden betrügen. Bei den meisten Gaunereien drehte es sich um Möbelpacker, die sich weigerten die Sachen auszuladen, wenn man nicht bereit war, hunderte von Dollar zusätzlich zu zahlen, um Gegenstände Treppen hochzutragen – manchmal waren es bis zu 50 Dollar pro Treppe und dazu noch diverse andere Kosten. Ich hatte mir zwar Referenzen eingeholt, aber man weiß ja nie, wie echt diese sind. Durch meine Arbeit im Callcenter der Betrugsabteilung der Bank, hatte ich schon so ziemlich alles gehört.

Ein paar stämmige Kerle sprangen trotz ihrer Körpergröße erstaunlich anmutig vom Lastwagen. Der größere der beiden, Marty, laut dem Namensschild an seinem Overall, kam auf mich zu. Der andere, ein stark tätowierter Mann, ging in den hinteren Teil des Lastwagens und begann mit dem Ausladen.

„Tim und ich sollten nicht länger als ein paar Stunden brauchen," sagte Marty. „Sie haben ja nicht viel Zeug."

Das stimmte. Meine Mietwohnung hatte nicht mehr als 52 Quadratmeter, ein Schlafzimmer und einen winzigen Balkon. Ich hätte meine neue Wohnung zwar mit Gegenständen aus dem Haus meines Vaters ausstatten können, aber ich konnte mich einfach nicht dazu überwinden. Letztendlich gab ich so viel ich konnte an die Heilsarmee und einen Second-Hand-Laden und brachte den Rest auf die Müllhalde. Das Einzige was ich behielt, war sein Aktenschrank − vollgestopft mit Papierkram, den ich sortieren und schreddern musste − sowie seinen Werkzeugkasten, den ich bestimmt noch gut gebrauchen könnte. Bis jetzt fungierten mein Brotmesser als Schraubenzieher und meine Füße als Maßband.

Marty und Tim arbeiteten harmonisch zusammen, keiner von beiden zeigte jegliche Überanstrengung. Nach ungefähr 90 Minuten gab mir Marty die Papiere zum Unterschreiben und bat um Bargeld oder eine Kreditkarte. Dem Zustand des Hauses nach zu urteilen, war ich wohl kein guter Kandidat für einen Privatcheck. Als ich die Rechnung sah, wurde mir klar, dass ich all die Jahre den falschen Beruf ausübte. Ich wollte gerade meine Visakarte aushändigen, als ich bemerkte, dass Tattoo-Tim ein wenig zimperlich aussah.

„Ist alles in Ordnung?"

„Sicher, natürlich," sagte Marty. „Es ist nur, dass Tim

meinte, Geräusche auf dem Dachboden gehört zu haben. Tim ist etwas mädchenhaft, wenn es um Mäuse geht."

„Das waren keine Mäuse," sagte Tim, die Sommersprossen auf seinem blassen Gesicht leuchteten wie Glühwürmchen. „Ich bin mir sicher Schritte gehört zu haben und etwas, das wie das Weinen einer Frau klang. Es war sehr leise aber..."

„Nun ja, ich habe nichts gehört, obwohl ich direkt neben dir stand." Marty kicherte. „Sie würden uns doch sagen, wenn Sie jemanden auf dem Dachboden versteckt halten, nicht wahr Ms. Barnstable?"

Ich verschränkte die Arme vor meiner Brust und versuchte verärgert auszusehen, aber in Wirklichkeit machte mich das, was Tim gehört hatte, nervös. Was hatte Leith gesagt? Etwas darüber, dass eine vorhergehende Mieterin wegen Geräuschen auf dem Dachboden ihren Mietvertrag gekündigt hatte. Und ich hatte dieses knarrende Geräusch vorhin selbst gehört. Zwar keine Schritte oder das Weinen einer Frau, aber dennoch war ich beunruhigt.

„Würden Sie bitte einen Blick auf den Dachboden werfen? Ich muss zugeben, dass mir der Gedanke an Mäuse Unbehagen verursacht."

„Wir müssen auf die Zeit achten," sagte Marty kopfschüttelnd. „Der Boss zahlt nur für die Stunden, die wir in Rechnung stellen."

„Gut, ich zahle jedem noch fünfzig Dollar drauf." Tim und Marty zuckten beide mit den Schultern.

„Na gut. Jeder fünfundsiebzig Dollar. Bar. Tut mir einfach den Gefallen und seht nach."

Zwischen Tim und Marty huschte ein verstohlener Blick, der vermuten ließ, dass ich soeben das Opfer eines Schwindels geworden war, obwohl ich mir dessen nicht sicher war.

„Ich werde nachsehen. Tim kann hier unten bleiben und Sie beschützen." Marty gab Tim einen nicht so spielerischen

Stoß gegen den Arm. „Zeigen Sie mir, wo der Eingang zum Dachboden ist."

Ich führte ihn zum Hauptschlafzimmer und öffnete die Tür zum begehbaren Kleiderschrank. „Der Trittschemel ist mir vorhin aufgefallen."

Marty zog den Schemel heraus, klappte die Treppe herunter und griff nach oben. „Am Eingang hängt ein Vorhängeschloss. Wer verschließt seinen Dachboden mit Vorhängeschlössern?" Er hörte sich zum ersten Mal misstrauisch an.

Mir gefiel sein Ton nicht. „Mein Vater war das. Er hatte dieses Haus jahrelang vermietet. Ich nehme an, er wollte nicht, dass Leute in Sachen herumschnuppern, die sie nichts angehen. Warten Sie eine Sekunde."

Ein paar Minuten später kam ich mit dem Schlüsselring zurück, den mir Leith gegeben hatte. „Muss einer davon sein."

Marty schaute sich die Schlüssel und das Vorhängeschloss an und hatte es irgendwie fertiggebracht, sofort den richtigen Schlüssel zu wählen. Er stieß die Holztür auf und steckte seinen Kopf und seine Schultern durch die Öffnung.

„Bis jetzt keine Hinweise auf Nagetiere," sagte er, seine Stimme hörte sich immer dumpfer an, während er durch den Raum stampfte. Tim, das feige Weichei, ging unter dem Vorwand, rauchen zu müssen, nach draußen.

„Was ist los?" fragte ich, als Marty zurück ins Schlafzimmer kletterte. Sein fassungsloser Gesichtsausdruck und seine Blässe wiesen darauf hin, dass er etwas gefunden hatte, das weit über Spinnen und Mäuse hinausging.

„Ich denke, Sie sollten sich selbst ein Bild machen, Ms. Barnstable, und Sie sollten die Polizei anrufen."

„Die Polizei anrufen? Warum? Wurde etwas gestohlen?"

„Gestohlen? Woher sollte ich wissen, was dort oben sein soll? Da sind ein paar staubbedeckte Truhen. Ich nehme an, Sie brauchen einen Schlüssel, um sie zu öffnen." Er gab ihr den Messingring zurück. „Das Problem ist das, was nicht dort oben sein sollte. Zumindest denke ich, dass es nicht dort sein sollte."

„Und was wäre das?"

„Ich bin zwar kein Experte, aber es sieht aus wie ein Sarg."

„Ein Sarg? Haben Sie ihn geöffnet?"

„Verdammt, natürlich nicht. Ich habe mich sofort rausgemacht, als ich den Sarg erblickte."

„Wenn Sie ihn nicht geöffnet haben, warum meinen Sie, dass ich die Polizei rufen muss?"

„Wie oft haben Sie denn schon einen Sarg auf dem Dachboden gefunden?"

Wie oft, in der Tat. Ich hoffte nur, dass es eine plausible Erklärung dafür gab. Eine, die nichts mit einer Leiche zu tun hatte.

6

Auf dem Dachboden war es genau so unheimlich, wie ich es mir vorgestellt hatte, ein fensterloser beengender Ort, die Wände und Decke mit rosa Glasfaserisolierung ausgefüllt, die Luft roch leicht nach Mottenkugeln. In Anbetracht des Vorhängeschlosses, erwartete ich, dass ich dort Wertsachen vorfinden würde. Das war allerdings nicht der Fall. Stattdessen stand dort ein großer lederner, möglicherweise sehr alter Überseekoffer, eine neuere, hellblaue Truhe mit Messingverzierungen und ein dreifach in Luftfolie eingewickelter Gegenstand, der wie ein Bild aussah.

Außerdem fand ich einen Sarg von, soweit ich es beurteilen konnte, normaler Größe vor. Ich atmete tief durch, widerstand dem Drang durch die winzige Eingangsöffnung, zu der ich mich vorschlich, zu flüchten. Im Gegensatz zur Dachbodentür, war am Sarg kein Schloss angebracht. Ich hätte mir fast gewünscht, dass es eins gäbe und sei es nur, um das Unvermeidliche hinauszuzögern. Ich atmete nochmals tief durch, zog die gelben Gummihandschuhe an, die ich mitgebracht hatte – nach all den *CSI*-Episoden, die ich gesehen hatte, wusste ich, wie wichtig es war, keine Fingerabdrücke zu hinterlassen – bückte mich und hob vorsichtig den Deckel an. Er war leichter, als ich erwartete, aber das hatte mich nicht davon abgehalten, ihn plötzlich wieder fallen zu lassen. Der dumpfe Schlag hallte durch den Raum und erschreckte mich mehr, als ich es für möglich hielt.

Was ich nämlich auf dem cremefarbenen Satin liegen sah, war keine verwesende Leiche, sondern ein Skelett. Eines, das ausgesprochen menschlich aussah.

Ich war darauf gefasst, einige Leichen im Keller zu entdecken. Ein Skelett auf dem Dachboden war allerdings eine ganz andere Sache.

„Jemand spielt Ihnen einen Streich," sagte Constable Arbutus, nachdem sie den Sarg und die vermeintlich menschlichen Überreste sorgfältig geprüft hatte. „Das Skelett ist aus hochwertigem PVC, so wie die Skelette, die für den Anatomieunterricht von Medizinstudenten verwendet werden."

Ich wusste nicht, ob ich erleichtert, entsetzt oder verärgert sein sollte. Ich hatte auch keine Ahnung, wer es hierher gebracht haben könnte. Oder warum.

„Einen Streich? Sind Sie sicher?"

„Naja, ich kann nicht mit Sicherheit sagen, dass es sich um einen Streich handelt, aber ich bin sicher, dass es kein menschliches Skelett ist."

„Was ist mit dem Sarg?"

„Es handelt sich lediglich um eine Theaterrequisite. Er ist sehr leicht, wahrscheinlich aus Pappmaché, bemalt, damit er wie aus Holz aussieht." Arbutus betrachtete mich einen Moment lang, ihre grauen Augen beobachteten jede meiner Bewegungen. „Es ist offensichtlich, dass Sie darüber bestürzt sind und Sie haben allen Grund dazu, wenn Sie ihn nicht selbst dorthin gebracht haben. Haben Sie irgendeine Ahnung, wer dahinter stecken könnte?"

Ich schüttelte meinen Kopf. „Ich bin erst heute Morgen in das Haus eingezogen. Soweit ich weiß, könnte der Sarg schon seit Jahren hier stehen."

„Dem Mangel an Staub auf dem Sarg und dem angesammelten Staub auf den anderen Gegenständen nach zu urteilen, scheint er erst vor kurzem heraufgebracht worden zu sein. Sie sagen, dass Sie erst heute Morgen eingezogen sind. Haben Sie sich den Dachboden nicht angesehen, als Sie das Haus gekauft haben? Was ist mit dem Bauinspektor?"

„Ich habe das Haus eigentlich nicht gekauft, sondern von meinem Vater geerbt. Es war jahrelang vermietet. Ich weiß allerdings nicht, wie jemand auf den Dachboden gekommen sein soll. Er war mit einem Vorhängeschloss versehen."

„Das Vorhängeschloss ist ein älteres Modell," sagte Arbutus. „Man braucht wahrscheinlich nicht viel Geschick, um es zu öffnen.

Im Internet gibt es Schritt für Schritt Anleitungen dazu. Die einfachste Erklärung wäre, dass die Person einen Schlüssel hatte."

Dies bedeutete entweder, dass mein Vater den Sarg hier herauf gebracht hatte oder dass der Schlüssel irgendwo im Haus versteckt war. Arbutus unterbrach meine Gedanken.

„Sie erwähnten, dass das Haus bisher vermietet wurde. Wann wurden die Türschlösser zum letzten Mal ausgewechselt?"

„Ich habe keine Ahnung, ob sie jemals ausgewechselt wurden. Ich kann den Anwalt, der den Nachlass verwaltet, anrufen. Er könnte es wissen."

„Ich schlage vor, Sie tun das, und sei es nur um herauszufinden, wer Zugang gehabt haben könnte. Unabhängig davon, wäre es gut, wenn Sie die Schlösser auswechseln würden und sie durch Zylinderschlösser ersetzen."

Ich nickte. Arbutus hatte Recht. Ich hatte keine Ahnung, wieviel Leute einen Schlüssel zu Snapdragon Circle 16 besaßen. Und richtige Türschlösser waren eine gute Idee.

„Warum sind Sie am ersten Tag auf den Dachboden gegangen?" fragte Arbutus.

Ich informierte sie über die Geräusche, die Tim, der Möbelpacker, angeblich gehört hatte und dass Marty, der andere Möbelpacker, sich bereit erklärt hatte, für mich nachzusehen. Ich erwähnte nichts davon, dass ich vermutete, betrogen worden zu sein. „Sie sagten, dass dieser Tim Schritte und eine Frau weinen gehört haben will?" fragte Arbutus.

Ich nickte.

„Haben Sie schon einmal ähnliches gehört?"

Ich gab zu, dass ich außer einem knarrenden Geräusch nichts Derartiges gehört hatte.

„Knarren kann ich verstehen. Aber Schritte und eine weinende Frau, das ist etwas total anderes. Sie sagen Marty überprüfte den Dachboden, nachdem Sie die Rechnung bezahlt hatten. Tat er dies aus Gefallen?"

„Ich versprach jedem fünfundsiebzig Dollar. In Bar."

Arbutus kicherte. „Nett. Sie sehen, wie eine alleinstehende Frau alleine in ein Haus einzieht und finden einen Grund den Dachboden zu durchsuchen, um ein paar Dollar unter der Hand zu verdienen. Ich möchte wetten, dass Marty den Schock seines Lebens hatte, als er den Sarg entdeckte."

„Er war derjenige, der vorschlug die Polizei zu rufen. Ich dachte, es sei nur ein leerer Sarg. Dies mag zwar seltsam sein, ist aber nichts Kriminelles. Als ich das Skelett sah, glaubte ich, dass er Recht hatte."

„Um ehrlich zu sein, es ist trotzdem nicht kriminell. Es gibt kein Gesetz, das verbietet einen Sarg auf dem Dachboden aufzubewahren und wir haben keinen Grund zu vermuten, dass jemand anders als Ihr Vater ihn dort abgestellt hatte. Es tut mir leid, aber es gibt nichts, was die Polizei da tun kann."

Arbutus beobachtete mich mit zusammengekniffenen Augen. „Es sei denn, es gibt da etwas, was Sie mir nicht sagen?"

Es gab natürlich etwas, angefangen mit dem Verschwinden meiner Mutter in 1986 und dem jüngsten Verdacht meines Vaters, dass meine Mutter ermordet worden sein könnte. Ein Verdacht geschürt von einer Hellseherin namens Misty Rivers.

Etwas hielt mich davon ab, dies Arbutus mitzuteilen. Vielleicht kam es daher, dass ich immer noch glaubte, dass meine Mutter mit dem Milchmann abgehauen war oder einem ähnlichen männlichen Äquivalent. Oder vielleicht war es, dass ich Angst hatte, dass Arbutus denken würde, ich hätte die ganze schmutzige Szene auf dem Dachboden inszeniert, nur um die Polizei einzuschalten, um mir die Arbeit zu ersparen, selbst die Ermittlungen durchzuführen.

„Nichts Wichtiges," sagte ich.

Ich bin mir nicht sicher, ob Arbutus mir glaubte, aber sie nickte und gab mir ihre Visitenkarte. „Rufen Sie mich persönlich an, falls Sie herausfinden, dass jemand Sie absichtlich erschrecken will oder falls sich andere ungewöhnliche Vorkommnisse ereignen. Nun, wie wär's, wenn wir von diesem Dachboden runtergehen würden?" Sie musste mich nicht zweimal fragen.

7

—————

AM NÄCHSTEN TAG rief ich Leith an und befragte ihn zu den Schlössern. Er gab etwas verlegen zu, dass sie seit ein paar Jahren nicht mehr ausgewechselt worden waren. „Ich müsste nachschauen, um ein genaues Datum herauszufinden," sagte er, „aber die Mieter sind verpflichtet, die Schlüssel nach dem Auszug wieder zurückzugeben. So steht es im Mietvertrag."

Ich stellte mir zum wiederholten Male die Frage, was Leith eigentlich tat, um sein Honorar für die Hausverwaltung zu verdienen. Das Haus war verwahrlost, die Schlösser waren nicht erneuert worden und wer weiß, was ich sonst noch vorfinden würde.

„Es ist dir nicht in den Sinn gekommen, dass sie eine Kopie gemacht und behalten haben könnten?"

Leith antwortete nicht sofort. Stattdessen fragte er, warum es wichtig sei zu wissen, wer noch einen Schlüssel zum Haus haben könnte.

Ich erzählte ihm von meinem Abenteuer auf dem Dachboden. Das erweckte sein Interesse.

„Ein Kunststoffskelett in einem Pappmaché Sarg, der höchstwahrscheinlich eine Bühnenrequisite ist. Wer würde so etwas auf einem Dachboden abstellen?" Leith stieß einen seiner theatralischen Seufzer aus. „Lass mich die Papiere durchsehen. Ich rufe dich sofort zurück."

DAS „SOFORT-ZURÜCKRUFEN" war wohl etwas übertrieben gewesen, denn es dauerte ein paar Stunden, bis Leith mich endlich zurückrief. Er verhielt sich ganz sachlich.

„Außer mir und deinem Vater, gibt es zwei Mieter, die möglicherweise einen Schlüssel haben könnten. Die letzte Mieterin war Misty Rivers. Meine Assistentin hat für heute Feierabend. Ich werde sie bitten, die Mietverträge einzuscannen und sie morgen per E-Mail zu schicken. Vielleicht findest du einen Hinweis, dem du nachgehen könntest."

„Danke, ich schaue sie mir an. Gibt es unterdessen irgendetwas Besonderes, was den anderen Mieter betrifft"

„Sie heißt Jessica Tamarand. Die Frau, von der ich dir erzählt habe. Die sich über unheimliche Geräusche beschwerte und ihren Mietvertrag vorzeitig kündigte."

Interessant. „Könnte sonst noch jemand einen Schlüssel haben?"

„Royce Ashford, der Nachbar von nebenan, Snapdragon Circle 14. Als Bauunternehmer, den dein Vater beauftragt hatte, könnte er einen Schlüssel haben."

„Ich habe ihn heute Morgen kennengelernt. Er wirkte nicht wie ein Verrückter."

„Ich beurteile keinen, Callie. Ich sage dir nur, wer einen Schlüssel haben könnte. Vielleicht hat auch jemand eine Kopie angefertigt und sie einem Freund, oder im Falle von Royce, einem Mitarbeiter gegeben."

„Du machst mich langsam nervös."

„Und ein Skelett in einem Sarg tut das nicht? Schon gut,

das brauchst du nicht zu beantworten. Ich habe einen Schlüsseldienst beauftragt morgen vorbeizukommen. Er wird die Schlösser an der Vorder- und Hintertür durch Zylinderschlösser ersetzen.”

Das hätte getan werden sollen, bevor ich einzog, und immer dann, wenn ein Mieter ausgezogen war. „Um wieviel Uhr kann ich ihn erwarten?”

„Zwischen 12 und 15 Uhr. Ich schlage vor, du bleibst im Haus, bis er seine Arbeit beendet hat. Du solltest dafür sorgen, dass keine ungebetenen Besucher während deiner Abwesenheit ins Haus gelangen können.”

„Ich fühle mich dadurch nicht besser.”

„Meine Bedenken bezüglich des Plans deines Vaters verstärken sich immer mehr. Ich bin sicher, dass er dich nicht in Gefahr bringen wollte, aber was bisher passiert ist, gefällt mir nicht.”

„Was schlägst du vor? Dass ich Misty Rivers nun doch anheuere?”

„Das ist wahrscheinlich die sicherste Lösung.”

Ich konnte es nicht glauben. Dachte Leith wirklich, ich würde die ganze Sache aufgrund eines Skeletts auf dem Dachboden platzen lassen? Ich nahm mir vor, in Zukunft mehr darauf zu achten, was ich ihm mitteilen werde. Nur das Allernötigste, um die Berichtklausel zu erfüllen. Was er nicht wusste, konnte mir nicht schaden. Oder mich aufhalten. „Das war ein Scherz.”

Darauf erfolgte ein weiterer theatralischer Seufzer. „Ich hatte befürchtet, dass du das sagen würdest. Du bist noch sturer als dein Vater. Versprich mir vorsichtig zu sein.”

„Versprochen.”

TROTZ ALLEM KONNTE ich gut schlafen und wachte mit dem Gefühl auf, mich jeder Herausforderung stellen zu können. Ich bändigte meine Haare mit einer übergroßen Spange und zog eine graue Jogginghose und ein Toronto Raptors-T-Shirt an. Dann ging ich durchs Haus, prüfte jeden Schrank und alle Schubladen in der Küche und im Badezimmer und reinigte alle Schränke, im Ober- und Untergeschoss. Falls es jemals einen Ersatzschlüssel für den Dachboden gegeben hatte, so befand er sich nun nicht mehr im Haus. Ich war heilfroh, wenn der Schlüsseldienst neue Schlösser einbauen wird.

Während ich wartete, beschloss ich mir ein Bild vom Umfang der Renovierungsarbeiten zu machen. Selbst mit fünfzigtausend Dollar wurde mir schnell klar, dass ich einen Teil der Arbeit selbst verrichten musste. Den hässlichen goldfarbenen Teppich zu entfernen und den darunterliegenden Parkettboden zu polieren, wäre ein guter Anfang. Ich schaltete meinen Laptop ein und überprüfte die örtlichen Entsorgungsvorschriften. Der alte Teppich könnte am Freitag mit dem öffentlichen Müll entsorgt werden, solange er in zwei Meter lange Rollen von nicht mehr als zwanzig Kilogramm gebündelt war. Kein Problem. Ich glaubte sowieso nicht, dass ich zwanzig Kilogramm heben könnte. Daraufhin nahm ich mir vor, ein hiesiges Fitnessstudio ausfindig zu machen.

In der Werkzeugkiste meines Vaters fand ich ein Allzweckmesser, das genau richtig war, um den Teppich in handliche Bündel zu schneiden. Das Entfernen des Teppichs erwies sich jedoch als weitaus schwieriger und schmutziger, als ich erwartet hatte. Der Gedanke Gummihandschuhe anzuziehen, kam mir in den Sinn – wer weiß, was für ekelhafte Dinge in diesen wolligen Fasern lauerten – allerdings hatte ich das einzige Paar Gummihandschuhe auf dem Dachboden vergessen und ich war noch nicht soweit, wieder dort hinaufzugehen. Ich hielt mich zwar nicht für übermäßig eitel, aber in dieser Aufmachung wollte ich auch nicht einkaufen gehen. Ich schob und zog das Sofa und die Stühle den Flur entlang ins Gästezimmer und deckte sie mit alten Laken ab.

Nachdem ich ein paarmal heftig am Teppich zerrte, wurde es etwas einfacher, wenn auch nicht weniger schmutzig. Die Unterlage hatte sich im Laufe der Jahre fast aufgelöst und hinterließ blau gesprenkelte Schaumstoffreste, die ich zusammenballte und in einen großen grünen Müllsack steckte.

Ich war fast damit fertig, den Teppichboden im Wohn- und Esszimmer zu entfernen, als ich meine erste Entdeckung machte: ein kleiner brauner Umschlag, der gegen die Esszimmerwand gedrückt war. Jemand musste den Heizungsschacht angehoben und den Umschlag so weit wie möglich unter den Teppich geschoben haben.

Der Umschlag war mit einer dieser winzigen Metallklammern verschlossen. Da er nicht zugeklebt war, konnte jeweils etwas hinzugefügt oder entfernt werden. Aber wer würde einen Umschlag unter einem Teppich verstecken und noch wichtiger, warum?

Ich war gerade im Begriff ihn zu öffnen, als es an der Tür klingelte, ein zirpender, melodischer Klang. Ich schaute auf meine Uhr. Elf Uhr. Für den Schlüsseldienst war es noch zu früh.

Instinktiv versteckte ich den Umschlag, bevor ich zur Tür ging. Ich verstaute ihn gerade in einen der Küchenschränke hinter einer Packung Frühstücksflocken, als es erneut an der Tür klingelte. Da war jemand ungeduldig. Ich ging zur Haustür und schaute durch das Guckloch. Eine mollige Frau in den Fünfzigern mit üppigem blonden Haar, tiefschwarzen Augen und übergroßen silbernen Ohrringen erwiderte meinen Blick. Sie trug Jeans, ein langärmeliges marineblaues Jersey-Strickhemd und eine Polarfleece-Weste mit einem abstrakten Muster, auf dem Mond, Sterne und astrologische Symbole abgebildet waren.

Misty Rivers, vermutete ich.

Ich öffnete die Haustür und setzte mein bestmögliches, verwundertes Lächeln auf. „Kann ich Ihnen helfen?"

Sie lächelte zurück und gestikulierte schwungvoll mit beiden Händen. Die etwas zu langen Fingernägel waren in einem dunklen Mitternachtsblau lackiert und die Spitzen waren mit goldenem Glitter verziert; eine zu kitschig geratene französische Maniküre. Der Duft von Patschuli lag in der Luft. „Misty Rivers, zu Ihren Diensten."

„Ich habe Sie schon erwartet." Sobald ich die Worte ausgesprochen hatte, wurde mir klar, dass dem so war. Ich *hatte* sie ehrlich gesagt erwartet und hatte tatsächlich gewollt, dass sie kommt. Misty war die letzte Mieterin von Snapdragon Circle 16 und ich verdächtigte sie, für das Skelett und den Sarg auf dem Dachboden verantwortlich zu sein. „Kommen Sie herein."

Misty kam hereingestürzt, sie warf einen Blick auf das Durcheinander im Wohnzimmer und eilte in die Küche. „Wie ich sehe, haben Sie eine Teekanne. Ich hätte gerne eine Tasse Tee. Milch, ohne Zucker." Sie ließ sich auf einen der Stühle am Bistrotisch, der früher auf meinem Balkon stand, plumpsen.

Aufdringlich. „Tut mir leid, ich habe keine Milch. Ich trinke keine Milch und habe keinen Besuch erwartet." Ich verspürte einen perversen Anflug von Genugtuung, als ob es eine Art kleiner Sieg wäre, keine Milch im Haus zu haben.

„Na, dann eben schwarz," sagte Misty und war offensichtlich fest entschlossen zu bleiben.

Ich nahm meinen Kakaobutter-Lippenbalsam aus der zweiten Schublade – eine Schublade, an die ich mich plötzlich erinnerte, und die meine Mutter aus guten Gründen eine „Gerümpelschublade" genannt hatte. Sie enthielt alles Mögliche, von Schere bis hin zur Schnur. Ich schaltete den Wasserkessel ein und stellte einen Teller mit Schokokeksen hin.

„Ich nehme an, Sie möchten wissen, warum ich hier bin," sagte Misty, während sie nach einem Keks griff.

„Ich kann's mir denken. Leith Hampton sagte, dass es im Haus spuke. Anscheinend hatten Sie meinen Vater davon überzeugt."

„So kann man's auch ausdrücken."

Ich goss das kochende Wasser in meine alte braun-weiße Teekanne und stellte sie mit zwei Teebechern auf den Tisch. „Ehrlich gesagt, Misty, glaube ich nicht an Geister und Spukhäuser. Ich glaube, dass es für alles eine logische Erklärung gibt." Ich schaute sie unverwandt an.

„Einschließlich allem Außergewöhnlichem, das sich auf dem Dachboden befinden könnte."

Falls Misty wusste worauf ich anspielte, ließ sie es sich jedenfalls nicht anmerken, sie zuckte noch nicht Mal mit der Wimper. Stattdessen nickte sie, als ob sie von Anfang an wusste, was ich sagen wollte.

„Ich spürte vom ersten Moment als ich dich sah, dass du eine Skeptikerin bist. Aber ich versichere dir, dass du nach ein paar Wochen in diesem Haus deine Meinung ändern wirst. Wenn es soweit ist, werde ich für dich da sein."

„Leith erwähnte auch, dass Sie einen Vorschuss erhalten haben," sagte ich, fest entschlossen, mich nicht beirren oder betrügen zu lassen. „Er erwähnte auch die Belohnung."

„Natürlich möchte ich, wie jeder andere auch, für meine Zeit entlohnt werden," sagte Misty mit funkelnden schwarzen Augen. „Mein Angebot ist jedoch nicht vom Geld abhängig. Es geht darum, die Wahrheit über deine Mutter herauszufinden und dafür zu sorgen, dass du nicht, wie es bei deinem Vater der Fall war, zu Schaden kommst. Ich warnte ihn, vorsichtig zu sein, aber er hatte natürlich nicht auf mich gehört. Hartnäckig wie ein Stier. Ein typischer Stier eben."

Da ich selbst Stier bin, schätzte ich den Kommentar nicht, beschloss aber, ihn zu überhören. Allerdings konnte ich die

Tatsache, dass sie das Sternzeichen meines Vaters kannte, nicht ignorieren. Wie vertraut waren sie vor seinem Tod miteinander? Stattdessen versuchte ich mir vorzustellen, ob die fehlerhaften Sicherheitsgurte etwas anderes, als ein Unfall hätten sein können. Die offizielle Untersuchung hätte doch sicher festgestellt, wenn Fremdeinwirkung im Spiel gewesen wäre und hätte darauf hingewiesen. Ich nahm mir vor, den Bauleiter zu kontaktieren und zu sehen, was ich herausfinden konnte.

„Es gibt keinen Grund zur Annahme, dass der Tod meines Vaters etwas anderes als ein Unfall war."

Misty trommelte mit ihren blauen Fingernägeln auf den Tisch. „Wenn dich dieser Glaube beruhigt, Callie, dann bleib dabei, aber ich finde das ziemlich engstirnig von dir. Wenn du wirklich das Geheimnis des Mordes deiner Mutter aufklären willst, musst du auch akzeptieren, dass dein Vater möglicherweise die Wahrheit herausgefunden hatte. Dieses Wissen könnte zu seinem Tod geführt haben."

Ich schenkte den Tee ein, sowohl um meine Nerven zu beruhigen, als auch um die Gastgeberin zu spielen. Auf was zum Teufel habe ich mich da bloß eingelassen? Wenn Misty Recht hatte, könnte ich nun in Gefahr sein. Vielleicht sollte ich neben den neuen Schlössern auch in eine Alarmanlage investieren.

„Es ist nur vernünftig, alle Möglichkeiten in Betracht zu ziehen, Callie," sagte Misty, und unterbrach meine Gedanken. „Um im Notfall entsprechende Vorkehrungen zu treffen. Wie ich schon sagte, ich bin bereit dir zu helfen, solltest du dich in Zukunft entscheiden, mein Angebot anzunehmen."

„Ich werde es mir merken. Da Sie nun schon einmal hier sind, habe ich eine Frage."

„Schieß los."

„Haben Sie noch einen Schlüssel zum Haus?"

„Einen Schlüssel? Nein, natürlich nicht. Ich habe die

Schlüssel für die Haus- und Hintertür zurückgegeben, als ich ausgezogen war. Warum?"

„Ich lasse heute die Schlösser auswechseln und da habe ich mich gefragt, ob sonst noch jemand einen Schlüssel haben könnte. Ich nehme an, dass es eine Zeitlang her ist, als die Schlösser zum letzten Mal ausgewechselt wurden."

„Tatsächlich? Ich nahm an, dass die Schlösser neu waren, als ich eingezogen war. Der Gedanke, dass noch jemand einen Schlüssel gehabt haben könnte, während ich hier wohnte, ist beunruhigend. Es ist ratsam neue Schlösser zu installieren."

„Kann ich Sie noch etwas fragen?"

„Natürlich."

„Waren Sie jemals auf dem Dachboden?"

„Dem Dachboden?" Misty runzelte die Stirn, was die ohnehin schon ausgeprägten Falten auf ihrer Stirn noch mehr betonte. „Zuerst fragst du mich, ob ich einen Schlüssel habe, was nicht der Fall ist, und nun willst du wissen, ob ich auf dem Dachboden war, nein, war ich nicht. Ich bekomme langsam das Gefühl, dass du mir etwas vorwerfen willst und ich muss sagen, dass ich das nicht schätze."

Mistys Empörung wirkte echt, obwohl ich vermutete, dass ihr Beruf beträchtliche schauspielerische Fähigkeiten voraussetzte. Andererseits war es wahrscheinlich keine gute Idee, Misty zu sehr auf die Probe zu stellen.

„Ich wollte Sie nicht verärgern. Ich wollte nur wissen, ob es da oben Mäuse gibt. Einer der Möbelpacker gab vor, Geräusche gehört zu haben. Es war vermutlich nichts."

„Ah, das ist der Geist deiner armen toten Mutter, der deine Aufmerksamkeit zu erregen versucht."

„Da ich nun mal nicht an Geister glaube, muss ich mich eben nach Mäusen umsehen. Nun entschuldigen Sie mich bitte, ich muss zurück an die Arbeit. Der Teppich entfernt sich nicht von selbst."

„Natürlich. Ich bitte um Entschuldigung, dass ich einfach

so hereingeplatzt bin, bevor du dich richtig eingelebt hast. Ich hatte nur eine Vision. Ich habe mich gefragt, ob du ihn schon gefunden hast."

„Was soll ich gefunden haben?"

„Einen braunen Briefumschlag. Ich konnte nicht ausmachen, ob er an jemanden adressiert war." Eine dunkle Röte breitete sich auf Mistys Nacken und ihrem Gesicht aus. „Ich versuche immer noch, meine hellseherischen Fähigkeiten zu verfeinern. Manchmal sind meine Visionen ein wenig vernebelt."

„Einen Umschlag?" Ich schüttelte meinen Kopf und zwang mich dazu, nicht auf den Schrank mit den Frühstücksflocken zu schauen. „Nein, ich habe nichts gefunden, was einem Umschlag ähnelt."

„Nun gut, ich sagte ja, dass ich noch immer meine Fähigkeiten zu verfeinern versuche. Es könnte auch eine symbolische Nachricht gewesen sein, obwohl diese normalerweise in der Form von Tieren oder Vögeln erscheinen." Misty stand auf und wischte ein paar unsichtbare Krümel von ihrer Hose. „Hier ist meine Visitenkarte. Ruf mich bitte an, wenn du Hilfe brauchst, egal welche Hilfe. Und danke für den Tee und die Kekse."

Ich nahm die Visitenkarte entgegen und nickte höflich. Dann begleitete ich sie zur Tür hinaus zu ihrem Auto. Ich beobachtete, wie sie aus meiner Einfahrt von Snapdragon Circle fuhr und in den Trillium Way einbog. Als ich sicher war, dass sie nicht zurückkommen würde, ging ich zur Haustür zurück und schaute durch das Guckloch. Obwohl der Blick unscharf und verzerrt war, gab es keinen Zweifel: man konnte definitiv ins Innere des Hauses sehen. Direkt in meine braungelbfarbene Küche.

Soviel zu Misty Rivers hellseherischen Fähigkeiten.

8

DER SCHLÜSSELDIENST TRAF wenige Minuten nachdem Misty fort war ein. Ich fragte den Schlosser, ob er das Guckloch auch ersetzen könnte. Glücklicherweise konnte er das tun und versicherte mir, dass ich durch ein modernes Guckloch hinausschauen, aber niemand hineinschauen kann. Er machte sich an die Arbeit und erklärte, dass es ein paar Stunden dauern würde.

Obwohl ich sehr neugierig war herauszufinden was sich im Umschlag befand, wollte ich ihn nicht in Anwesenheit einer anderen Person öffnen. Stattdessen fuhr ich meinen Laptop hoch und verbrachte die Zeit damit E-Mails zu erledigen. Wie versprochen, hatte Leiths Assistentin die Mietverträge für Jessica Tamarand und Misty Rivers eingescannt und geschickt. Ich druckte sie aus und wollte sie gerade durchsehen, als der Schlosser mir mitteilte, dass er fertig sei. Ich bezahlte den Mann, beobachtete wie er wegfuhr, setzte mich in die Küche und starrte auf den Küchenschrank.

Es war an der Zeit herauszufinden, was sich in dem Umschlag befand.

Ich war mir nicht sicher, was ich erwartet hatte, jedoch

keine fünf Tarotkarten, die sorgfältig in blassrosa Papier, wie man es in einem extravaganten Karton mit Briefpapier im Grußkartengeschäft findet, eingewickelt waren. Was ich über Tarot wusste, könnte gerade mal in einen Fingerhut passen, doch selbst ich wusste, dass fünf Karten kein volles Deck sind.

Ich faltete das Papier auseinander und nahm die Handschrift zur Kenntnis, eine sanft geschwungene, nach links geneigte Handschrift in türkisblauer Tinte. Die Handschrift war mir unbekannt, aber sie hatte meiner Meinung etwas weibliches, was angesichts der Farbe und des Papiers Sinn machte. Die Karten waren in folgender Reihenfolge geordnet:

III: Die Herrscherin
IV: Der Herrscher
VI: Die Liebenden
Drei der Schwerter
XIII: Tod

Ich legte die Karten auf dem Kaffeetisch aus und sah sie mir eine Zeitlang an. Es wurde mir klar, dass ich keine Ahnung hatte, was sie zu bedeuten hatten, allerdings brachte mich die letzte Karte, Tod, total aus der Fassung.

Ich könnte im Internet recherchieren, was sie zu bedeuten haben, aber es war wohl besser, einen Experten zu Rate zu ziehen. Ich dachte an Misty Rivers. Es widerstrebte mir, sie in mein Leben einzubeziehen, aber da war der fünftausend Dollar Vorschuss, den sie sich letztendlich auch verdienen sollte. Ob sie sich mit Tarot auskannte, war wiederum eine andere Frage.

Im Umschlag befand sich außerdem noch ein kleiner Beutel aus Seidenbrokat, der zur Schmuckaufbewahrung beim Reisen diente. Ich öffnete den Verschluss und nahm ein rechteckiges Medaillon mit einer silbernen Gliederkette heraus.

Die Vorderseite des Medaillons bestand aus Opakglas,

umhüllt mit einem gewundenen Blumenmotiv aus filigranem Silber. In der Mitte war ein einzelner transparenter Stein eingelassen. Ein Diamant? Oder ein Glaskristall? Die Rückseite bestand aus solidem Silber.

Der Stil hatte etwas entschieden Altmodisches an sich, als sei er aus einer anderen Zeit. Ich nahm mir vor ein paar Fotos zu machen und sie meiner alten Schulfreundin, Arabella Carpenter, zu schicken und hoffte, dass sie mir mehr darüber sagen konnte. Arabella hatte vor kurzem ein Antiquitätengeschäft mit dem Namen „Glass Dolphin", in Lount's Landing, einer kleinen Stadt, ungefähr dreißig Minuten nördlich von Marketville, eröffnet.

Ich öffnete das Medaillon mit meinem Fingernagel und fand ein Foto, auf dem ein Mann mit blonden Haaren, ernsten braunen Augen und einem markanten, nach oben geneigten Kinn abgebildet war. Irgendwas an dem Mann kam mir bekannt vor, obwohl ich nicht wusste, wo ich ihn schon einmal gesehen hatte. War er einmal hier im Haus gewesen, als ich ein kleines Mädchen war? Oder hatte er sich einmal mit meiner Mutter getroffen, als ich dabei war?

Ich nahm das Foto vorsichtig, damit ich es nicht knickte oder beschädigte, aus dem Medaillon heraus, drehte es um und fand einen handgeschriebenen Zettel, in einer kleinen engen Schrift: *Für Abby, in ewiger Liebe, Reid. 14. Jan., 1986*

14. Januar, 1986. Genau einen Monat vor dem Verschwinden meiner Mutter. Abby. Nicht Abigail. Der Kosename einer Geliebten?

Noch wichtiger ist, wer war Reid? Und was, wenn überhaupt, hatte er mit meiner Mutter zu tun?

Ich fotografierte das Medaillon etwa ein dutzend Mal aus verschiedenen Blickwinkeln – das Foto von Reid hatte ich herausgenommen – und schickte die Fotos per E-Mail mit einem Vermerk, dass ich die silberne Halskette im Haus in Marketville gefunden hatte, an Arabella. Ich hatte mit Arabella auf der Beerdigung meines Vaters gesprochen und sie kurz angerufen, bevor ich von Toronto nach Marketville umzog. Sie kannte also einen Teil der Geschichte, aber nicht alles. Als ziemlich gute Freundin ahnte sie, dass ich etwas verbarg, aber sie hatte mich nicht bedrängt.

Die Tarotkarten waren jedoch eine andere Sache. Das Naheliegendste wäre Misty Rivers anzurufen, aber so kurz nach ihrem unangemeldeten Besuch, würde das sicher nur ihre Neugierde wecken. Ich entschied mich zu warten und den Dachboden genauer zu untersuchen. Obwohl ich den Gedanken verabscheute, könnte es möglicherweise noch andere Dinge geben, die ich ihr zeigen wollte.

Ich massierte mir die Schläfen und versuchte die aufkommende Migräne zu verhindern. Etwas, das als kleines Abenteuer mit rechtlicher Auflage begonnen hatte – ganz zu schweigen von einem Jahr Urlaub – entwickelte sich zusehends zu einer komplizierten Verpflichtung mit einem durch ein Skelett verursachtes Problem.

Morgen war Müllabfuhr. Körperliche Arbeit könnte beim Nachdenken helfen. Ich würde mir den Dachboden morgen vornehmen.

Es GELANG mir den Rest des Teppichs im Wohnzimmer, Esszimmer und Flur zu entfernen und ich machte nur eine kurze Pause, um etwas zu essen. Keine weiteren versteckten Schätze oder Überraschungen, aber dafür war ich erfreut, dass die Böden in einem guten Zustand waren. Sie müssen zwar neu lackiert werden, aber das wäre weitaus billiger, als sie zu ersetzen. Ich hoffte, dass die Böden im Schlafzimmer in ebenso gutem Zustand sein würden.

Nun stand ich mit einem guten Dutzend Teppichrollen, zwei gefüllten grünen Müllsäcken und einem sehr schmerzhaften Rücken da. Ich vermutete, dass meine Arme und Beine über Nacht steif werden würden, und da es schon spät war, wollte ich morgen unbedingt ausschlafen, ohne vom Wecker geweckt zu werden, um den Müll rechtzeitig herauszubringen. Ich holte den Staubsauger heraus, entfernte die meisten der verbliebenen weichen Überreste und begann, die Rollen zum Straßenrand zu schleppen. Ich war bei der dritten Rolle, als Royce Ashford nach draußen kam.

„Da war aber jemand fleißig," rief er von seiner Eingangstür. „Hast du noch mehr zum Heraustragen?"

„Noch zehn weitere." Ich spürte, wie sich mein Rücken verkrampfte und versuchte, keine Grimasse zu schneiden. „Alle Hilfsangebote werden dankbar angenommen."

Royce war bereit, gewillt und überaus fähig und trug zwei Rollen auf einmal, ohne das geringste Unbehagen zu zeigen. Ich stellte mir einen Sixpack unter seinem Toronto Blue Jays-T-Shirt vor und gab mir in Gedanken eine hinter die Ohren. Es wäre keine gute Idee sich in den Nachbarn von nebenan zu verlieben. Besonders in Anbetracht meiner Erfahrungen mit Männern.

„Das war's dann," sagte er, indem er die letzten Teppichrollen ordentlich stapelte. Er reichte mir eine in eine gelbe Plastikhülle gerollte Zeitung. „Deine *Marketville Post*, die jeden Donnerstag geliefert wird, ob du sie willst oder nicht. Die aktuellsten lokalen Nachrichten der Woche, die im Grunde genommen als Packpapier für Werbeprospekte dienen. Zu dieser Jahreszeit sind sie nicht zu schwer, aber zur Schulanfangs- und Weihnachtszeit braucht man einen Kran, um sie zu heben."

„Ich schau mir gerne Werbebroschüren an, denn ich muss noch eine Unmenge Zeug einkaufen. Eigentlich würde ich dir nach all deiner harten Arbeit gerne einen Drink anbieten, aber ich habe leider nur Tee, Kaffee oder Milch. Außerdem habe ich vor, morgen in den Getränkeladen zu gehen." Ich sah auf meine schmutzige Kleidung herunter. „Zudem brauche ich unbedingt eine Dusche."

Royce lachte. „Ja, das stimmt, ich muss allerdings zugeben, dass ich deine Arbeitsmoral bewundere. Ich könnte zehn von deiner Sorte in meiner Firma gebrauchen."

„Wenn das ein Arbeitsangebot sein soll, lehne ich es ab. Ich muss noch in zwei Schlafzimmern den Teppich herausreißen und es gibt noch eine Reihe anderer Renovierungsarbeiten, an die ich noch gar nicht gedacht habe. Ich muss eine Liste machen. Wenigstens wurden heute die Schlösser ausgewechselt."

„Es ist eine gute Idee neue Schlösser einzubauen, wenn man irgendwo frisch einzieht. Man weiß nie, wer einen Schlüssel hat."

„Das ist wahr. Leith Hampton meinte, dass du einen hast."

„Tatsächlich? Nun, nein, ich habe keinen. Was die Renovierungsliste anbelangt, kann ich dir gerne dabei helfen die Prioritäten zu setzen. Keine Verpflichtung meine Firma zu beauftragen. Nur ein paar nachbarschaftliche Ratschläge, um dich in die richtige Richtung zu weisen."

„Danke, Royce. Ich nehme dein Angebot gerne an. Wie wär's, wenn du einmal zum Abendessen kommen würdest und wir dann darüber reden? Ich mache eine super Lasagne und Caesar-Salat. Und ich serviere ein ausgezeichnetes Glas australischen Cabernet Sauvignon."

„Eine hausgemachte Mahlzeit und ein Glas Wein als Gegenleistung für ein paar Renovierungsratschläge? Wie wär's mit Samstag? Oder ist das noch zu früh?"

Ich lachte. „Du klingst wie jemand, der ein gutes Essen braucht, ohne selbst kochen zu müssen. Samstag passt mir. Wie wär's gegen sechs Uhr?"

„Hört sich gut an. Im Moment würde ich allerdings ein gutes, langes Bad empfehlen, am besten mit Bittersalz." Er trat näher an mich heran, und für einen kurzen Augenblick dachte ich, er würde sich zu mir herunterbeugen, um mich zu küssen. Stattdessen zog er eine Faser des Wollteppichs aus meinem Haar. „Gute Nacht, Callie. Bis Samstag."

„Samstag," sagte ich, sobald ich meine Stimme wiedergefunden hatte. Er war aber bereits weg.

9

———

Am Freitagmorgen rief ich als erstes meine E-Mails ab und war erfreut, eine Antwort von Arabella Carpenter vorzufinden.

Betreff: Medaillon

Hi Callie,

Danke für die Fotos mit dem schönen Medaillon. Ich habe im Laufe der Jahre ähnliche Medaillons gesehen. Zusätzlich zu deinen Fotos, ergab meine Einschätzung Folgendes:

Aufgrund der Qualität der verwendeten Materialien und der Verarbeitung sowie des Art-déco-Stils, ist dein Medaillon mit ziemlicher Sicherheit in den 1920ziger Jahren hergestellt worden. Bei dem undurchsichtigen Glas handelt es sich um Kampferglas – ein klares Glas, das mit Flusssäuredämpfen behandelt wurde, um ihm ein mattes, weißliches Aussehen zu verleihen, das geschliffenen Bergkristallquarz imitieren soll.

Kampferglas wurde von Mitte des 19. Jahrhunderts bis in die 1930er Jahre für die Herstellung verschiedener Produkte, wie Lampenschirme bis hin zu Flaschen, verwendet. In der

Schmuckherstellung wurde es auf der Rückseite häufig mit einem Sternenmuster versehen, um ein strahlendes Aussehen zu bewirken.

Auf der linken Innenseite des geöffneten Medaillons ist zu erkennen, dass dies bei diesem Exemplar tatsächlich der Fall ist. Auf der Rückseite befindet sich eine weitere Markierung, die Zahl 14 mit einem Halbkreis, was darauf hinweist, dass es sich nicht um Silber, wie du annahmst, sondern um 14 karätiges Weißgold handelt.

Der Stein in der Mitte des Medaillons ist mit ziemlicher Sicherheit ein Diamant, aber um sicher zu sein, müsste ich ihn mir selbst anschauen. Warum kommst du nicht einfach im Laden vorbei und bringst ihn mit? Es ist höchste Zeit, dass wir uns beim Mittag- oder Abendessen auf den neusten Stand bringen.

Alles Gute,

Arabella

Ein Medaillon aus den 1920ziger Jahren! Handelt es sich um ein Familienerbstück? Wurde es aus zweiter Hand erstanden? Oder bei einem Nachlassverkauf erworben? Arabellas Antwort warf genauso viele Fragen auf wie sie beantwortete. Ich schrieb ihr eine E-Mail zurück und bedankte mich für ihre schnelle Rückmeldung. Ich versprach, einen festen Termin zu machen, sobald ich Gelegenheit hatte, die restlichen Sachen meiner Mutter auf dem Dachboden durchzugehen. Ich endete mit: „Es gibt möglicherweise noch ein paar andere Sachen, die du dir ansehen kannst! Das Essen geht auf mich! Callie."

Nachdem das erledigt war, genehmigte ich mir eine Tasse Vanille-Rooibos-Tee und ein paar Schokokekse. Nicht, dass ich gewöhnlich Kekse zum Frühstück esse, aber meine Schränke waren so gut wie leer und ohne Milch schmeckten die Kleieflocken noch fader als sonst.

Ich besann mich der *Marketville Post* und holte sie aus dem Hausflur. Bald darauf war ich in Flyer vertieft und erstellte eine Liste verschiedener Läden. Ich fühlte mich fast wie ein normaler Hauseigentümer, anstatt einer Tochter, die Hinweise auf das Verschwinden ihrer Mutter suchte.

Ich ging um neun Uhr aus der Tür, wanderte die Gänge in vier verschiedenen Lebensmittelgeschäften auf und ab und deckte mich mit dem Nötigsten und Unnötigsten ein – Anmerkung an mich selbst: Gehe niemals nur mit zwei Keksen im Magen einkaufen – und kaufte alles, was ich für das Abendessen am Samstagabend benötigte. Ich fand sogar ein schönes Weinregal, das perfekt auf die Küchentheke passte.

Meine nächste Station war das Liquor Control Board of Ontario, kurz als LCBO bekannt, und Ontarios einzige Einkaufsmöglichkeit für Spirituosen. Es wurde 1927 nach der Alkoholprohibition zur Überwachung für den Verkauf von Alkohol gegründet. Es amüsierte mich, dass die Regierung fast neunzig Jahre später immer noch kein Vertrauen zum Privatisierungskonzept hatte. Bei Bier und Wein wurden die Regeln mittlerweile zwar etwas gelockert, aber die Vorschriften für den Verkauf dieser Getränke ist sehr umständlich und hochprozentiger Alkohol ist weiterhin nur bei der LCBO erhältlich.

Der Großstadtsnob in mir war überrascht, wie protzig diese LCBO-Filiale war, genauso gut oder besser als die Filialen im Stadtgebiet von Toronto, in denen ich früher eingekauft hatte. Es gab reihenweise Gänge mit sorgfältig angeordneten Spirituosen, Likören, importiertem und einheimischem Bier, diversen fruchtigen Erfrischungsgetränken und Weinen, die sowohl nach Ländern als auch nach Farben sortiert waren. Im hinteren Teil des Geschäfts gab es sogar eine riesige Abteilung mit Vintage-Weinen, wobei die meisten Angebote mein eher bescheidenes Budget bei weitem überstiegen. Letztendlich wählte ich die erschwinglicheren Rot- und Weißweine aus

Australien und Chile. Der Mann an der Kasse war so nett, meine Einkäufe in ein paar Kartons zu packen und sie zu meinem Auto zu tragen. Äußerst zivilisiert!

Meine letzte Station für heute war ein Büroartikelgeschäft, das laut Prospekt zufällig Papierschredder im Angebot hatte. Ich würde einen benötigen, wenn ich die Akten meines Vaters durchgehen werde.

Ein hilfsbereiter junger Angestellter erklärte mir die Vor- und Nachteile von Quer- und Streifenhächslern. Querschnitt-Aktenschredder zerkleinerten das Papier in kleine quadratische oder diamantenförmige Schnitte, während ein Streifenschnitt-Schredder das Papier in lange Streifen schneidet.

„Der Querschnittschredder ist zwar teurer, aber viel sicherer," erklärte der Angestellte mit einer ernsten Miene. „Die langen Streifen, die der Streifenschnitt-Schredder erzeugt, können mit genügend Zeit und Geduld wieder zusammengefügt werden."

Ich malte mir aus, wie Misty Rivers meinen Müll durchstöberte – damit sie ihre sogenannten „übersinnlichen" Fähigkeiten weiter entwickeln konnte – und entschied mich für den Schredder mit dem Querschneider. Die Wahrung der Privatsphäre ist einfach unbezahlbar.

———

Ich war kurz nach Mittag wieder zuhause, machte mir ein Thunfischsalat-Sandwich und erstellte meinen ersten Bericht an Leith. Ich hatte mich bereits dazu entschlossen, den Umschlag nicht zu erwähnen, bis ich mehr über den Inhalt in Erfahrung bringen konnte. Außerdem war dies lediglich die erste Woche. Er würde wohl nicht zu viel erwarten.

An: Leith Hampton
Von: Calamity Barnstable

Betreff: 1. Freitagsbericht

Entdeckte das PVC-Skelett in einem Pappmaché-Sarg auf dem Dachboden. Die Polizei glaubt, dass es sich um einen Streich handelt. Ich war seitdem nicht mehr auf dem Dachboden. Steht aber auf der To-Do-Liste. Habe die Schlösser und das Guckloch an der Haustür austauschen lassen. Lernte Royce Ashford, den Nachbarn von nebenan, kennen. Misty Rivers besuchte mich und bot ihre Hilfe an. Ich habe vorerst abgelehnt. Habe angefangen den alten Teppich herauszureißen. Habe darunterliegendes Hartholz freigelegt.

Ich las die E-Mail nochmal durch. Es war eine Zusammenfassung dessen, was er bereits wusste, aber es musste genügen. Ich klickte auf „senden" und überlegte mir meine nächsten Schritte. Der Rest des Teppichbodens musste entfernt werden, aber ich war zu müde, um ernsthaft daran zu denken. Also blieb da noch das Sortieren der Papiere meines Vaters, das Recherchieren der Bedeutung der fünf Tarotkarten oder mit dem Durchsuchen des Dachbodens fortzufahren.

Ich entschied mich für die Papiere meines Vaters und brachte den Schredder ins Wohnzimmer. Dann erinnerte ich mich einen blauen Recycling-Behälter im Carport gesehen zu haben, holte ihn und stellte ihn neben den Schredder. Was nicht geschreddert werden musste, konnte recycelt werden. Ich schob und zog den Aktenschrank meines Vaters aus dem kleinen Schlafzimmer durch den Flur ins Wohnzimmer.

Als erstes sonderte ich das Unwichtige aus. Mein Gedanke war, dass solange es wichtig aussah, es von Bedeutung sein *könnte*.

Die ersten Ordner waren für die Haushaltsausgaben vorbehalten: Strom, Erdgas, Telefon, Internet und Kabelfernsehen. Es sah so aus, als seien es alle Rechnungen von den letzten zehn Jahren. Da er kein Gewerbe betrieben hatte, bei dem er Ausgaben absetzen konnte, war es nicht notwendig, sie aufzubewahren. Ich schredderte die Rechnungen.

Der zweite Stapel Papiere enthielt die Einkommenssteuererklärungen der letzten sechs Jahre meines Vaters. Ich ging sie Zeile für Zeile durch, aber das Einzige von Interesse, war ein jährlicher Abzug für ein Schließfach bei einer Bank in Marketville. Ich ging zum Küchenschrank, wo ich den Messingschlüsselring aufbewahrte. Dort fand ich tatsächlich einen Schlüssel, der aussah, als könnte er zu einem Bankschließfach gehören. Ich machte eine Notiz, Leith zu benachrichtigen, um ihn zu fragen, wie ich als Erbin des Nachlasses meines Vaters Zugriff dazu bekommen konnte. Jemand richtete ja nicht grundlos ein Bankschließfach ein.

Als nächstes folgten eine Reihe von Handbüchern für Werkzeuge und Haushaltsgeräte, bis hin zu Rasenmähern und einem Heimtrainer. An den Heimtrainer, ein Gerät mit allen möglichen Gewichten und Flaschenzügen, konnte ich mich schwach erinnern, aber es war schon ein paar Jahre her, seitdem ich ihn im Haus meines Vaters gesehen hatte. Bisher hatte sich der Aktenschrank als erfolglos erwiesen.

Nachdem ich die Handbücher nacheinander flüchtig durchgesehen hatte, warf ich sie in die blaue Tonne. Unter den Handbüchern fand ich eine Reisebroschüre für Neufundland und Labrador. Ich kämpfte mit Tränen, als ich mich an Dads Wunschliste erinnerte, auf der auch Walbeobachtung vermerkt war.

Kurz bevor ich mit dem Sortieren fertig war, fiel mir ein kleiner Verkaufskatalog in die Hände, der anatomische Modelle in allen Formen und Größen anbot. Beim Durchblättern fand ich ein Skelett namens „Morton", das eine verblüffende Ähnlichkeit mit dem, das sich derzeit auf meinem Dachboden befand, hatte. Die Tatsache, dass jemand dieses spezielle Modell mit blauer Tinte umzirkelt hatte, bestätigte, dass es sich um ein und dasselbe Modell handelte. Der letzte Nagel im Sarg – das Wortspiel war durchaus beabsichtigt – war eine Quittung für „1 Pappmaché-Sarg" von einem Geschäft in Toronto, namens Macabre Crafts & Ghoulish Creations, die in der hinteren Umschlagseite versteckt war. Die Quittung war zwei Wochen vor dem Tod meines Vaters datiert. Laut dem Briefkopf, war das Geschäft auf Requisiten für die Film- und Theaterindustrie spezialisiert.

„Jemand spielte Ihnen einen Streich", hatte Constable Arbutus gesagt. Der Sarg war nichts Weiteres, als eine Bühnenrequisite und das Skelett ein medizinisches PVC-Modell. Mein verstorbener Vater konnte doch bestimmt nicht der Urheber dieses Streiches gewesen sein. Oder doch? War die Verfügung im Testament nichts mehr, als eine ausgeklügelte List? Und wenn ja, warum? Ich legte den Katalog und die Quittung auf meinen Ordner mit den Mietverträgen für Misty Rivers und Jessica Tamarand.

Eine Durchsuchung der verbleibenden Aktenordner ergab außer ein paar weiteren nutzlosen Handbüchern sonst keine Antworten. Vielleicht enthielt ja das Bankschließfach einen Hinweis, aber es war bereits später Freitagnachmittag und Leith würde erst wieder am Montag in seinem Büro sein. Vorerst war dies jedoch eine Sackgasse.

Ich sah mich im Zimmer um und sprach laut, als ob jemand zuhören würde: „Verdammt nochmal, Daddy, jetzt werde ich aber langsam sauer."

Ich knallte die Schublade des Aktenschranks zu und stürmte zurück auf den Dachboden, wobei ich die sich anbahnenden Tränen zurückdrängte. Ich wollte nicht wütend sein, wenn ich endlich dazu bereit war, um meinen Vater zu weinen.

10

ICH ZWÄNGTE mich durch den Dachbodeneingang, fest entschlossen, meiner Abneigung gegen enge Räume nicht nachzugeben. Da ich Royce nicht um Hilfe bitten konnte, war es unwahrscheinlich, dass ich in der Lage sein würde, die Truhen in das Hauptgeschoss des Hauses zu schaffen, und ich dachte nicht, dass unsere Freundschaft - wenn man sie überhaupt als solche bezeichnen kann - fortgeschritten genug war, dass ich ihm den Sarg auf dem Dachboden zeigen konnte. Ich musste das alles selbst bewältigen.

Aber nicht in diesem Moment. Mein heutiges Ziel bestand lediglich darin, herauszufinden, ob der Sarg eine Nachricht von meinem Vater oder sonst etwas versteckt hielt, das einen Hinweis darauf liefern könnte, was er sich bei der ganzen Sache gedacht hatte.

Obwohl ich wusste, dass der Sarg von einer Theater-Zulieferungsfirma stammte, und dass Morton, wie ich das Skelett inzwischen nannte, nur eine PVC-Nachbildung war, musste ich doch zuerst ein paarmal tief durchatmen, bevor ich mich dazu durchringen konnte, ihn öffnen. Als ich dies tat, war ich wieder überrascht, wie leicht der Deckel war.

Morton starrte mich durch seine hohlen Augenhöhlen an. Ich setzte ihn vorsichtig auf - jetzt, da ich seinen Namen kannte, empfand ich eine merkwürdige Verbindung zu ihm - und dann sah ich unter der Satin-Kopfstütze nach. Und tatsächlich, lag da ein Briefumschlag.

Ich öffnete ihn und nahm vier Fotos heraus, auf jedem waren eine Frau, ein Mann und ein kleines Mädchen abgebildet. Sie standen händehaltend vor einem jungen Ahornbaum und lächelten strahlend in die Kamera hinein. Ich erkannte die Mit-Zwanziger Version meines Vaters, zehn Jahre jünger, als ich es heute bin. Ich spürte, wie sich meine Kehle zusammenzog, als ich mir vorstellte, wie er mich anlächelte, so lebendig und voller Lebenskraft.

Bis jetzt hatte ich noch nie ein Foto meiner Mutter gesehen, aber ich hatte keine Zweifel, dass es die blauäugige Frau auf dem Foto war. Ich hatte ihr herzförmiges Gesicht, sowie ihre etwas zu breite Nase geerbt. Ihr glänzend blondes, glattes Haar, erweckte ein wenig Neid in mir.

Es lag nahe, dass ich das Mädchen auf den Fotos war. Die kastanienbraunen Locken, die weder durch Haarbänder noch Hüte gebändigt werden konnten, und die ernsten, schwarzumrandeten haselnussbraunen Augen, waren nicht zu verleugnen. Ich musste ungefähr fünf Jahre alt gewesen sein, was bedeutete, dass diese Fotos in dem Jahr aufgenommen worden waren, bevor meine Mutter uns verlassen hatte. Ich schloss meine Augen und versuchte eine Erinnerung heraufzubeschwören, irgendetwas, egal was.

Mir fiel aber nichts ein.

Das Interessante an den Fotos war - außer, dass sie alle am gleichen Ort aufgenommen wurden - dass alle in einer anderen Jahreszeit gemacht wurden. In einem hatte der Ahornbaum keine Blätter und war mit Schnee bedeckt. In einem anderen stand er in voller Blüte, offensichtlich im Frühling. In einem dritten, trug er leuchtend grüne Blätter, Sommer in seinem feinsten Kleid. Im vierten und letzten Foto waren die Blätter von einer tief roten Farbe. Auch die Kleidung gab anhand der Mäntel, Stiefel und Schals, leichten Jacken, Jeans und Laufschuhen, T-Shirts, Shorts und Sandalen, die jeweilige Jahreszeit preis. Ich drehte jedes Foto um, und bemerkte die gleiche schräge Schrift, in der gleichen türkisfarbenen Tinte, mit der die Liste der Tarotkarten geschrieben war. *Frühling 1985. Sommer 1985. Herbst 1985. Winter 1985.*

Ich hatte recht. Die Fotos *waren* im Jahr, bevor meine Mutter verschwand, aufgenommen worden. Am 14. Februar, 1986, das Datum war für immer in meinem Gedächtnis eingebrannt. Jahre später, als ein Freund mich am Valentinstag sitzen ließ, klagte mein Vater, dass ich dem Barnstable-Fluch zum Opfer gefallen sei. Ich erklärte ihm, dass ich das Opfer meines Verlierer-Radars war, einer Kombination von schlechtem Urteilsvermögen und mangelnder Einsicht. Dass ich eigentlich einen Ring erwartet hatte, und Stunden damit verbrachte, die richtige Valentinskarte auszusuchen, - ein niedliches Bild mit zwei küssenden Stachelschweinen, und der Aufschrift, *Ich liebe dich so sehr, dass es wehtut* -, sagte ich ihm nicht. Es hatte in der Tat wehgetan, nur nicht so, wie ich es erwartet hatte.

Die Frage war, wer die Fotos aufgenommen hatte und wo und warum gerade an diesem Ort. Der Ahornbaum war 1985 nicht viel größer als ein Sprössling, aber falls er heute noch existierte, müsste er wesentlich größer sein. Auf diesem Grundstück gab es keine Spuren des Baums, aber Leith Hampton sagte, dass der Flieder das Einzige war, was hier wuchs. Es wäre jedoch möglich, dass der Baum doch einmal hier gestanden hatte.

Ich steckte die vier Fotos wieder in den Umschlag, legte diesen aber nicht in den Sarg zurück. Stattdessen setzte ich meine Suche fort. Erst als ich davon überzeugt war, dass es nichts Weiteres zu finden gab, hörte ich auf darüber nachzudenken, warum mein Vater diese Fotos in einen Sarg mit einem PVC-Skelett versteckt hatte. Es lag nahe, dass Misty Rivers ihn wahrscheinlich zu irgendeinem bizarren Ritual überredet hatte. Mir war klar, dass ich mit ihr darüber und über die Tarotkarten reden müsste, aber ich wusste auch, dass es ratsam wäre, meine Vorgehensweise vorher gut zu überlegen. Ich hatte das Gefühl, dass Misty sehr gerissen sein könnte.

Ich sah mich auf dem Dachboden um, betrachtete die beiden Truhen und etwas, das aussah wie ein großes, buntes in Luftpolter eingewickeltes Poster. Inzwischen war es recht spät geworden, und ich hatte für heute genug von Skeletten, egal, ob sie nun echt oder künstlich waren. Ich konnte mir nicht vorstellen, jetzt noch die Truhen in diesem staubigen beengenden Raum zu durchwühlen, und ein kurzer Versuch sie anzuheben, bestätigte meine Vermutung, dass ich sie unmöglich vom Dachboden heruntertragen könnte. Das Poster war zwar etwas unhandlich, aber leicht. Selbst wenn ich heute keine Lust mehr hatte es mir anzusehen, so könnte ich es doch schon mal mit nach unten nehmen, um es mir morgen früh vorzunehmen. Also trug ich es vorsichtig hinunter. Ich war zwar keine Hellseherin, sah aber ein großes Glas Chardonnay in meiner unmittelbaren Zukunft.

ICH WOLLTE das Poster eigentlich bis morgen früh ignorieren, echt, aber als ich dasaß, an meinem Chardonnay nippte und Gemüsestreifen in Hummus dippte, verlangte es immer wieder meine Aufmerksamkeit. Schließlich gab ich nach und holte eine Schere, um die Luftpolsterfolie zu entfernen.

Es erwies sich als gerahmtes Filmposter - wie man es in

einem Theater vorfindet - für das Filmmusical *Calamity Jane*. Das Poster zeigte Doris Day in einem knallgelben Hemd, einer Weste aus Rohleder und eng anliegenden Hosen, goldenen Cowboystiefeln und einem breitkrempigen Hut. Sie stand Peitsche schwingend auf einem Sattel, auf dem die Worte *Calamity Jane TECHNICOLOR* zu lesen waren, während *Wild Bill Hickok*, von Howard Keel gespielt, dahinter aufgedruckt war. Die Worte *Yippeeeee! It's the Big Bonanza in Musical Extravaganza* standen direkt über der Peitsche, und *WARNER BROS SKY-HIGHEST, SMILE-WIDEST WILD'N WOOLIEST MUSICAL OF 'EM ALL!* unten links.

Einer der wenigen Dingen, die ich über meine Mutter wusste, war, dass sie Musicals aus den fünfziger Jahren liebte, was durch dieses Poster bestätigt wurde. Eine schnelle Google-Abfrage erbrachte, dass der Film 1953 in den Kinos herauskam, zusammen mit dem Hit *Secret Love*. Ich dachte an das Medaillon von Reid. Gab es da eine Verbindung, oder war es nur ein Zufall?

Eine weitere Google-Abfrage führte zu einem YouTube-Ausschnitt des Films. Ich lachte in mich hinein, als ich sah, wie Doris auf ihrem Pferd durch die Gegend hoppelte, an einem Baum anhielt und mit ausgebreiteten Armen zu singen begann, bevor sie sich bückte, um eine Osterglocke zu pflücken. Es wurde sogar noch schnulziger, als sie wieder auf ihr Pferd sprang, und im Damensattel den ganzen Weg zurück zur Stadt weiter sang. Im Endeffekt war ihre geheime Liebe nun kein Geheimnis mehr. Mir war bekannt, dass die Hollywood-Version von Calamity Jane äußerst beschönigt wurde, obwohl es schon ein paar Jahrzehnte her war, als ich mich das letzte Mal damit befasst hatte, und ich das meiste wieder vergessen habe. Ich nahm mir vor, mehr über die wahre Calamity Jane herauszufinden.

Ich könnte das Poster auch mitnehmen, wenn ich Arabella Carpenter besuchen werde. Es war zwar keine Antiquität, aber ich wusste, dass Arabella sich für alte Poster interessierte. Sie hatte mir von einer Poster-Sammlung von Eisenbahn- und Ozeandampfern erzählt, die sie von einem Sammler in Niagara Falls erworben hatte. Natürlich fiel dieses nicht in die Reiseposter-Kategorie, aber es könnte ja nicht schaden, sie zu fragen, was sie davon hielt. Vielleicht handelte es sich ja auch lediglich um einen Nachdruck. Zwischenzeitlich könnte ich ihr ein paar Fotos von der Vorder- und Rückseite, wie ich es mit dem Medaillon getan hatte, schicken.

Ich drehte das Poster um und sah, was ich nun für die schräge Handschrift meiner Mutter hielt, wenn auch etwas krakeliger, als die Beispiele auf der Rückseite der Fotos. War sie in Sorge gewesen, als sie diese Widmung schrieb?

Für meine Calamity Doris zu ihrem 7. Geburtstag.
In ewiger Liebe,
Mom

Nicht „In ewiger Liebe, Mom und Dad". Nur „In Liebe, Mom". Allerdings war mein Geburtstag erst am 1. Mai, und meine Mutter verschwand am Valentinstag. Bedeutete dies, dass sie wusste, dass sie gehen würde, und dass sie sichergehen wollte, dass ich ein Geburtstagsgeschenk erhielt? Oder war sie jemand, der Sachen kaufte, wenn sie sie sah und für eine bestimmte Gelegenheit aufhob? Und warum hatte mein Vater es all die Jahre, in Luftpolsterfolie eingewickelt, auf dem Dachboden versteckt? Lag es daran, dass meine Mutter ihn nicht auch hat unterschreiben lassen? Gab es irgendeine versteckte Bedeutung? Mir wurde bewusst, dass ich die Antwort auf keine dieser Fragen wusste und wahrscheinlich auch nie erfahren würde.

Ich betrachtete die leuchtenden Farben, die lebhaften Bilder aus den fünfziger Jahren. Ich konnte mir vorstellen, dass das Poster im Schlafzimmer eines kleinen Mädchens hing. Es hätte schön an der Wand ausgesehen. Vielleicht könnte es ja immer noch aufgehängt werden. Es war ein Versuch wert. Meine Schlafzimmerwände waren im Moment noch kahl, und das Poster *war* einzigartig.

Außerdem war es ein Geschenk meiner Mutter - das einzige, das ich hatte. Das müsste doch von Bedeutung sein.

11

AM SAMSTAG HÄTTE ich möglicherweise vieles erledigen können, was zur Lösung des Falles hätte beitragen können - die entscheidenden Worte sind „hätte können". Stattdessen hatte ich mir erlaubt, den Tag ohne Nachforschungen und Teppichentfernen zu verbringen, um das zwölf Meilen lange, gepflasterte Wegenetz, welches durch das Zentrum von Marketville führte, zu erkunden. Der Webseite der Stadt zufolge, verlief der Weg dem Dutch River entlang, durch Parks und Grünanlagen, an Auen und historischen Sehenswürdigkeiten vorbei und knüpfte an Wege von zwei benachbarten Städten an. Es klang wie ein Paradies für Jogger.

Das Tolle am Jogging ist - außer, dass man nicht darauf achten muss nur Grünkohl und Kohlsuppe zu essen - dass es den Kopf frei macht. Als ich wieder zuhause ankam, hatte ich mich dazu entschlossen, die Fotos Royce zu zeigen. Diese Entscheidung gab mir das Gefühl, dass ich zumindest ein wenig Ermittlungsarbeit geleistet hatte. Ich machte mich an die Arbeit, um die Lasagne - und mich selbst - auf Royce vorzubereiten. Es war zwar kein Date, aber es konnte nichts schaden, mich von der besten Seite zu zeigen.

DAS ABENDESSEN VERLIEF BESSER, als ich es mir erhofft hatte. Royce hatte nicht nur einen gesunden Appetit, er war auch überaus begeistert und schwärmte, dass die Lasagne und der Caesar-Salat die besten waren, die er je gegessen hatte und lobte das gekaufte Baguette, von dem ich Bruschetta gemacht hatte. Auch fühlte er sich offenbar wohl genug, mit mir während des Essens im Schneidersitz auf dem Boden zu sitzen, mit unseren Tellern und Gläsern auf dem Couchtisch.

„Die Wahl ist entweder hier oder am Bistrotisch in der Küche, der nicht gerade für ein Abendessen geeignet ist," sagte ich. „Außerdem könnte der Knoblauchgeruch dort etwas überwältigend sein. Ich brauche unbedingt einen Esszimmertisch, habe mich aber noch nicht entschieden, wie ich dieses Zimmer nutzen werde. Ich spiele mit dem Gedanken, die Wand zwischen Küche und Wohnzimmer einzureißen. Auf jeden Fall hat die Küche ihr Haltbarkeitsdatum längst überschritten."

„Warum kaufst du nicht ein paar günstige Gartenmöbel? Dann hast du nicht nur einen Tisch und Stühle, sondern gleichzeitig etwas zum draußen sitzen."

„Das ist eine großartige Idee. Warum bin ich nicht selbst darauf gekommen?"

„Irgendwann wäre dir dieser Gedanke schon gekommen."

„Da bin ich mir nicht so sicher. Und was ist mit der Wand?"

„Du könntest die Wand hier auf jeden Fall einreißen, wodurch das Zimmer viel großzügiger wirken würde. Die Wand zwischen deiner Küche und diesem Raum ist zwar eine tragende Wand, aber es gibt Möglichkeiten eine Kücheninsel mit Säulen zu konstruieren, um dies zu umgehen, so wie ich es in meinem Haus getan habe. Dein Vater hatte die gleiche Idee, so dass ich bereits die Maße, Pläne, digitalen Zeichnungen und einen Kostenvoranschlag nach seiner gewünschten Verarbeitungsqualität erstellt habe. Ich kann dir auch die Namen von anderen seriösen Bauunternehmern nennen, die das Gleiche tun können."

„Das ist nicht nötig. Ich vertraue darauf, dass mein Vater alles sorgfältig durchdacht hatte."

„Wenn du dir sicher bist - "

„Bin ich. Wann kann ich die Pläne sehen?"

„Wie wäre es, wenn ich am Montagmorgen um neun Uhr vorbeikomme? Ich muss dich allerdings warnen. Renovierungen sind schmutzig, brauchen Zeit, und je nachdem, welche Ausstattungen und Ausführungen du wählst, könnte es teuer werden."

„Mit Schmutz kann ich fertig werden und Zeit habe ich auch. Und was das Budget betrifft, so hat mir mein Vater Geld für Renovierungsarbeiten hinterlassen. Hoffentlich reicht es."

„Wir sind es gewohnt, mit begrenzten Mitteln zu arbeiten. Solange du dir darüber im Klaren bist, dass du Kompromisse eingehen musst, um im Rahmen zu bleiben."

„Versteht sich."

„Dann wäre das geklärt. So, genug Fachsimpelei für heute Abend. Ich helfe dir beim Abwaschen, damit wir beide noch ein Glas Wein genießen können."

Gutaussehend, nützlich und zum Abwaschen bereit. Das ist eine ausgezeichnete Kombination. Trotzdem konnte ich nicht guten Gewissens von einem Gast verlangen, mir beim Aufräumen zu helfen. „Entspanne dich auf der Couch, ich brauche nur ein paar Minuten."

Dann kamen mir die Fotos in den Sinn. „Du hast erwähnt, dass du in Marketville aufgewachsen bist. Würdest du dir in der Zwischenzeit ein paar Fotos ansehen?"

„Fotos? Auf deinem Handy?" Royce' Augenbrauen zogen sich zu einem besorgten Gesichtsausdruck zusammen, als gehöre ich zu diesen lästigen Menschen, die hunderte von

Fotos mit ihrer Handykamera machen und erwarten, dass man sie alle einzeln durchblättert.

„Nicht auf meinem Handy. Richtige Fotos. Nur vier. Es sind Aufnahmen mit meiner Mutter und meinem Vater. Ich hatte gehofft, dass du den Hintergrund erkennen würdest. Ich muss dich aber warnen. Die Sache hat einen kleinen Haken."

„Es gibt immer einen Haken," sagte Royce lächelnd. „Also?"

„Die Fotos wurden vor ungefähr dreißig Jahren aufgenommen."

„Du machst es einem nicht gerade einfach, oder?" Immer noch lächelnd, vielleicht sogar ein wenig flirtend.

„Tut mir leid." Ich lächelte zurück.

„Keine Entschuldigung nötig. Ich sehe sie mir gerne an. Wäre es nicht einfacher deine Mutter zu fragen?"

„Ich dachte du wüsstest, dass meine Mutter uns am Valentinstag 1986 verlassen hatte. Sie hinterließ keine Nachricht. Wir haben sie nie wieder gesehen oder etwas von ihr gehört."

„Ich hatte keine Ahnung. Das musste schrecklich für dich und deinen Vater gewesen sein."

„Wir kamen zurecht."

„Glaubst du, dass dein Vater das Haus die ganzen Jahre vermietet hatte, in der Hoffnung, dass sie wieder zu ihm zurückkehren würde?"

Ich wollte zwar Royce' Hilfe, war aber nicht bereit, zu viele Fragen zu beantworten. „Keine Ahnung. Er hat nie viel von ihr geredet."

„Tut mir leid. Ich bin eindeutig zu weit gegangen. Lass mich einen Blick auf die Fotos werfen, vielleicht kann ich ja erkennen, wo sie aufgenommen wurden."

Ich eilte in die Küche und nahm sie aus der Schublade, bevor ich meine Meinung ändern konnte.

„Danke, Royce," sagte ich und gab ihm den Umschlag. „Ich

überlasse sie dir, während ich mich um den Abwasch kümmere.

Oh, und zum Nachtisch habe ich Tiramisu gemacht, falls du daran interessiert bist.”

„Tiramisu. Du bist eine Göttin. Etwas später, mit Kaffee, okay? Zuerst noch ein Glas Wein?”

„Damit lässt es sich leben.”

ALS ICH INS WOHNZIMMER ZURÜCKKEHRTE, wusste ich sofort, dass irgendwas anders war. Royce’ Schultern waren angespannt, etwas was mir vorher noch nicht aufgefallen war.

„Wo hast du diese Fotos gefunden?” fragte er.

„Auf dem Dachboden.” Ich beschloss nicht zu erwähnen, *wo* auf dem Dachboden. „Warum, erkennst du den Ort?”

Royce nickte. „Ich bin ziemlich sicher, dass sie im Park, neben der öffentlichen Schule, an Primrose Street, ein paar Häuserblöcke nördlich von hier, gemacht wurden. Der Baum ist jetzt viel größer, aber wenn du dir das Winterfoto genau ansiehst, erkennst du in der linken Ecke ein kleines Stück braun und gelb gesprenkelten Ziegelstein im Hintergrund. Das ist die Schule. Es ist eine ungewöhnliche Farbe für einen Ziegelstein.”

Ich sah mir das Foto genauer an. Das Stückchen braungelb gesprenkelter Backstein war kaum sichtbar, doch es war zu erkennen. „Dann gehe ich morgen dorthin und schaue mich um. Vielleicht bringt es ja Erinnerungen zurück. Danke.”

„Es gibt da noch etwas, Callie.”

„Was?”

„Ich glaube, ich erkenne deine Mutter.”

Ich starrte ihn an. „Wie ist das möglich? Du wohnst doch erst seit zehn Jahren nebenan.”

„Das stimmt, aber ich bin in Marketville aufgewachsen. Vom Kindergarten bis in die achte Klasse besuchte ich diese

Schule. Meine Eltern verbringen jetzt sechs Monate im Jahr in Arizona, und sechs Monate in ihrem Cottage in Muskoka, aber früher haben wir nur wenige Häuserblocks von hier entfernt gewohnt."

„Waren unsere Eltern miteinander befreundet?"

Royce schüttelte seinen Kopf. „Ich glaube nicht. Als ich mich vor einigen Monaten mit deinem Vater traf, kam er mir nicht bekannt vor, und er sagte nichts davon, meine Familie gekannt zu haben. Ich denke, er hätte es doch bestimmt erwähnt, oder?"

„Wahrscheinlich," sagte ich, war mir aber in Wirklichkeit nicht sicher. Immerhin hatte er mehr als ein Geheimnis vor mir. Andererseits konnte ich mir nicht vorstellen, warum er Royce nicht gesagt haben sollte, dass er seine Eltern kannte. „Du sagtest, dass du meine Mutter erkannt hast. Wann bist du ihr denn begegnet?"

„Meine Mutter hatte schon immer mit Spendenaktionen zu tun. Auch heute noch. Als ich ein Kind war, waren Kuchenbasare sehr gefragt, insbesondere, wenn es um die Unterstützung von Schulinitiativen ging. Die Frau auf deinen Fotos - deine Mutter - sie brachte für einen dieser Basare einen riesigen Teller mit Erdnussbutterkeksen zu unserem Haus. Ich müsste ungefähr neun oder zehn gewesen sein. Das war vor den Erdnussallergien, von denen man heute so viel hört."

„Du erinnerst dich an eine Frau, die du nur einmal gesehen hast, als du neun oder zehn warst? Ich bin beeindruckt."

Royce grinste. „Ich erinnere mich deshalb daran, weil deine Mutter mir einen ganz speziellen Keks mitgebracht hatte, dreimal so groß wie die anderen Kekse, mit einem Smiley aus Schokosplittern. Für ein Kind war ein riesiger Erdnussbutterkeks mit Schokolade mit einem schulfreien Tag, ohne krank zu sein, gleichzusetzen."

„Meine Mutter hat mir zu besonderen Anlässen immer so einen Keks gebacken. Daran habe ich seit Jahren nicht mehr gedacht." Ich runzelte die Stirn. „Aber wieso kann ich mich nicht daran erinnern, als diese Fotos aufgenommen wurden? Egal wie lange ich sie mir ansehe, ich kann mich nicht daran erinnern."

„Manchmal verdrängen wir Erinnerungen, um uns zu schützen. Vielleicht wirst du dich zum richtigen Zeitpunkt daran erinnern."

„Warum sollte ich mich schützen müssen?"

„Keine Ahnung."

„Erinnerst du dich an den Namen der Frau?"

„Nein, tut mir leid."

„Würde es dir etwas ausmachen deine Mutter anzurufen? Ich würde gerne wissen, ob sie sich an meine Mutter erinnert. Sie hieß Abigail, aber ich bin mir ziemlich sicher, dass sie auch Abby genannt wurde."

„Natürlich."

Ich versuchte auch weiterhin eine Unterhaltung aufrecht zu erhalten, aber in meinem Kopf schwirrte es plötzlich nur so voller alter Erinnerungen. Meine Mutter beim Kuchenbacken, wonach sie mich die Schüssel auslecken ließ. Wir beide beim Bauen von Sandburgen am Musselman's Lake. Ich beim Gummitwist-Spielen in der Einfahrt, das strahlende Gesicht meiner Mutter als ich M-I-SS-I-SS-I-PP-I rief, als meine Füße und Beine durch die sorgfältig miteinander verbundenen Gummibänder hüpften, ohne daran zu denken, dass Mississippi ein tatsächlicher Ort war, viele Meilen südlich, in einem anderen Land.

Mir wurde bewusst, dass mein Vater in diesen Erinnerungen nicht vorkam, aber ich wollte jetzt nicht weiter darüber nachdenken.

Royce zeigte Verständnis, lehnte das Angebot von Kaffee halbherzig ab, nahm aber ein kleines Stück Tiramisu an, wahrscheinlich, weil er sich vorher so darüber gefreut hatte. Als er endlich zum Gehen aufstand, versprach er, am

Montagmorgen mit den Renovierungsplänen wiederzukommen. Wir waren beide froh, mit unseren Gedanken alleine zu sein.

„Es tut mir leid, eine so schlechte Gastgeberin zu sein," sagte ich. „Das Haus, die Fotos, und dass du meine Mutter gekannt hast, bringt längst vergrabene Erinnerungen zurück."

„Ich kann es mir nur annähernd vorstellen. Wenn du möchtest, können wir meine Eltern besuchen und die Fotos mitnehmen. Mein Vater reist zwar viel, aber ich bin mir sicher, dass er nächstes Wochenende zuhause sein wird."

„Bist du sicher?"

„Ganz sicher! Meine Eltern lieben Gesellschaft, besonders meine Mutter. Außerdem würdest du dann alles aus erster Hand erfahren, besser als über mich. Selbst wenn es nicht viel ist, oder meine Erinnerung lückenhaft ist, es gibt Schlimmeres, als ein Wochenende an Lake Rosseau zu verbringen."

„Das würde mir gefallen," sagte ich, obwohl ich mir etwas unsicher war. Was wäre, wenn die Ashfords sich an nichts erinnern konnten? Schlimmer noch, was wäre, wenn sie mir Dinge erzählten, die ich nicht hören wollte?

„Ich werde es veranlassen," sagte Royce, beugte sich vor, um mich sanft auf die Stirn zu küssen, wobei der angenehme Duft von Irish Spring Seife in der Luft verweilte. „Träume süß, Callie."

„Du auch, Royce." Ich schloss die Haustür und fasste sanft an die Stelle, an der seine Lippen mich berührt hatten.

12

NACHDEM ICH MICH die ganze Nacht hin- und hergewälzt hatte, stand ich am Sonntagmorgen früh auf. Die wenigen Stunden, die ich geschlafen hatte, waren mit wirren Träumen durchzogen. Ich aß ein leichtes Frühstück, bestehend aus Haferflocken und Tee, dann zog ich meine Joggingsachen an und machte mich auf den Weg. Ich lief die Seitenstraßen entlang, musste aber in mancher Sackgasse wieder umdrehen. Es würde wohl eine Zeitlang dauern, bis ich mich in der Nachbarschaft auskennen werde. Schließlich fand ich die öffentliche Schule, von der Royce gesprochen hatte. Sie war leicht an den charakteristischen Ziegelsteinen und dem riesigen Ahornbaum, der nun in voller Blüte stand, zu erkennen. Ich stoppte meine GPS-Armbanduhr, schloss meine Augen und versuchte mich daran zu erinnern, ob ich schon einmal hier war.

Nichts.

Ich wusste nicht, was ich erwartet hatte, aber nicht Nichts. Ich ließ mich auf eine Holzbank neben einem Baseballfeld fallen und betrachtete meine Umgebung. Vielleicht würde mir ja etwas einfallen, wenn ich eine Weile hier sitzen bliebe. Doch nichts geschah. Ich spürte, wie eine verirrte Träne über meine Wange lief, gefolgt von einer ganzen Flut von Tränen.

Die Tränen überraschten mich. Ich war schon immer eine Eigenbrötlerin gewesen und nach meinem Valentinstag-Massaker hatte ich es mir zur Regel gemacht Sentimentalitäten zu vermeiden. Trotzdem saß ich nun auf einer Schulhofbank, weinte um eine Frau, die mich vermutlich verlassen hatte und an die ich mich kaum erinnern konnte. Ich wischte mir mit den Ärmeln meines Tops die Tränen ab, stellte meine Uhr neu ein, rannte zu Snapdragon Circle 16 zurück und fragte mich, ob es sich jemals wie mein Zuhause anfühlen würde.

***

Zuhause angekommen, mixte und trank ich ein Ananas-Bananen-Eiweiß-Smoothie, bereitete einen Makkaroni-Käseauflauf für später zu - Komfortnahrung vom Feinsten - und verbrachte den Rest des Tages damit, den Teppich in beiden Schlafzimmern herauszureißen. Es war mühselige Arbeit, die viel Muskelkraft erforderte. Die Möbel mussten verschoben werden, um an den Teppich zu kommen, und die Rollen mussten bis zur Müllabfuhr in der nächsten Woche in den Carport gebracht werden, aber es war ein gutes Gefühl zu wissen, dass die Arbeit endlich geschafft war.

Ich wusste nicht, ob ich dankbar oder enttäuscht sein sollte, dass ich keine weiteren Überraschungen entdeckt hatte. Ich sah auf meine Uhr. Es war an der Zeit, die Käsemakkaroni in den Ofen zu schieben.

***

Obwohl ich körperlich sehr müde war, konnte ich mich nach dem Abendessen einfach nicht entspannen. Ich versuchte zu lesen, fernzusehen und auf Facebook und Pinterest zu surfen.

Ich dachte über die Mietverträge, die Leith mir zugeschickt hatte, nach. Kaum hatte ich mir ein Glas Chardonnay eingeschenkt, ein Notizbuch geholt und mich an den Schreibtisch gesetzt, um Jessica Tamarand zu googeln, die Mieterin, die ihren Mietvertrag gekündigt hatte, als es an der Haustür klingelte.

Ich sah durch das Guckloch. Die Frau an der Türschwelle war Ende sechzig oder Anfang siebzig, mit leichten Falten im Gesicht, grauen Haaren und einer Afrofrisur, die vor dreißig Jahren mal in Mode war, sowie einer goldumrandeten Bifokalbrille, deren Trennungslinien deutlich im Glas zu erkennen waren. Gleitsichtgläser kamen bei ihr wohl nicht in Frage. Ihre schmalen Lippen waren mit knallrotem Lippenstift und einem nicht ganz dazu passenden Lipliner ungeschickt aufgetragen. Als ich die Tür öffnete, kam mir eine Duftwolke von Gesichtspuder und Rosenwasser entgegen. Beide waren übertrieben zum Einsatz gekommen.

„Es tut mir leid, dass ich noch so spät vorbeikomme," sagte die Frau, obwohl es kaum sieben Uhr war. „Ich bin eben zufällig Royce begegnet, als ich von meinem abendlichen Spaziergang zurückkam - ich gehe gerne jeden Abend nach dem Essen um den Block herum - und er erzählte mir, dass du keine neue Mieterin, sondern Jims und Abigails Tochter bist." Die Frau lächelte freundlich, wobei ein Klecks roter Lippenstift auf ihrem oberen Eckzahn sichtbar war. „Ella Cole. Ich wohne nebenan, auf der anderen Seite von dir. Der braune Backsteinbungalow mit den dunkelgrünen Fensterläden und dem Rosengarten. Unser Haus ist Teil der Marketville Gorgeous Gardens Tour. Allerdings blühen die Rosen jetzt noch nicht. Ich bin eine der Ersten."

„Der Ersten?"

Ella nickte. "Eine der ersten Hausbesitzer in der Wildflower-Nachbarschaft. Wir wählten das Haus nach Plänen, die bereits in den siebziger Jahren entworfen wurden, als

Marketville noch nicht am Radar neuer Hausbesitzer von Toronto erschienen war. Damals gab es lediglich zwanzigtausend Einwohner, und das Einkaufszentrum bestand aus nur vierzig Geschäften. Es gab auch noch keine dieser monströsen Einkaufszentren, die überall wie Pilze aus dem Boden sprießen."

Ein Vortrag über Zersiedlung war das letzte, was ich jetzt hören wollte. Ich erinnerte mich an eine Bemerkung, die ein befreundeter Bauunternehmer vor ein paar Jahren gemacht hatte. „Zersiedlung ist das Haus, das neben dem eigenen gebaut wird." Ich versuchte sie abzulenken. „Einer der ersten Bewohner? Das muss sehr aufregend gewesen sein."

Ella Cole brüstete sich geradezu. Ich bildete mir ein zu sehen, wie die dichten Locken zusammen mit ihrer aufgeplusterten Brust in Bewegung gerieten. „Seitdem habe ich natürlich einige Veränderungen vorgenommen. Das haben wir alle…" Sie sah auf das Linoleum herunter und errötete. „Nun ja, die meisten von uns. Diejenigen von uns, die nicht vermietet haben. Nicht, dass ich deinem Vater einen Vorwurf machen würde."

Ich ignorierte ihr Geschwätz, während ich die Bedeutung ihrer Worte erfasste. Ella Cole könnte eventuell etwas über meine Mutter wissen. Vielleicht sogar über meinen Vater. „Möchten Sie nicht hereinkommen? Ich trinke gerade ein Glas Wein. Ich habe roten und weißen."

Ihr Mund verzog sich zu einer Grimasse, wobei der rote Lippenstift ihn wie verwelkten Mohn erscheinen ließ.

„Du trinkst alleine."

Ich hätte mich über die Anspielung, ich sei eine Art heruntergekommene Säuferin, eigentlich ärgern sollen. Stattdessen, ging ich zur Verteidigung über. „Nur ein kleines Gläschen Wein am Sonntagabend nach dem Essen und einem Tag harter Arbeit. Ich habe den ganzen Tag Teppich herausgerissen." Der Mund blieb zusammengekniffen.

Ich wollte ihr eigentlich sagen, dass sie sich verpissen sollte, aber das war nicht die richtige Art und Weise, um an Informationen zu kommen und eine nachbarliche Beziehung aufzubauen. Ich bemühte mich versöhnlich zu sein. „Ich könnte eine Kanne Kräutertee aufgießen, vielleicht Kamille, er ist bekömmlich am Abend, und ich habe auch Schokokekse. Sie sind zwar gekauft aber ganz gut."

„Gekaufte sind in Ordnung," sagte Ella, als sie sichtlich auftaute, „allerdings kann ich mich daran erinnern, dass deine Mutter sehr gerne backte."

„Eine Leidenschaft, die ich leider nicht geerbt habe, aber kommen Sie herein und machen Sie es sich bequem. Küche oder Wohnzimmer?"

„Ich finde es in der Küche immer viel gemütlicher."

„Also dann in die Küche." Ich steckte den Wasserkessel ein, als ich feststellte, dass ich Ella noch nicht meinen Namen genannt hatte. „Entschuldigen Sie meine schlechten Manieren. Tut mir leid, dass ich mich noch nicht vorgestellt habe, Callie Barnstable."

„Natürlich bist du das, Callie, allerdings kann ich mich entsinnen, dass deine Mutter dich immer Calamity genannt hatte."

Warum konnte ich mich nicht daran erinnern, dass meine Mutter mich Calamity genannt hatte? War dies der Grund, dass ich darauf bestand, dass jeder, selbst mein Vater, mich Callie nannte?

„Ich nenne mich jetzt Callie, Mrs. Cole," erwiderte ich und zwang mich zu einem Lächeln.

„Zwischen Nachbarn bedarf es keiner Formalitäten. Ella genügt."

„Danke, Ella. Ich hole eben den Tee und die Kekse und dann können wir reden. Ich würde gerne mehr über meine Eltern erfahren. Das heißt, wenn es irgendwelche Geschichten zu erzählen gibt."

Ella lächelte, als hätte sie die Lotterie gewonnen, und ich wusste, dass ich den Nagel auf den Kopf getroffen hatte. Das war also die Klatschtante der Wildflower-Nachbarschaft. Jeder an Snapdragon Circle wollte sie wahrscheinlich vermeiden, vielleicht sogar jeder in der ganzen Umgebung.

Kurzgesagt, meine neue beste Freundin.

13

———

ELLA TUNKTE einen Schokokeks in ihren Tee. „Du hast erwähnt, dass du den Teppich entfernst. Ich sah die Rollen am Mülltag am Straßenrand liegen. Ich meinte gesehen zu haben, dass Royce dir am Donnerstagabend zur Hand ging. Hatte er dir bei der Arbeit geholfen?"

Meine Vermutung, dass Ella die Klatschtante der Nachbarschaft war, hatte sich somit bestätigt. „Nein, ich habe alles alleine gemacht.

Royce sah, dass ich die Rollen herausbrachte und bot seine Hilfe an."

Als ob sie das nicht wüsste. Sie hatte wahrscheinlich das Fenster geöffnet gehabt und versucht unserem Gespräch zu lauschen.

„Es liegen noch ein paar mehr im Carport, abholbereit für die nächste Müllabfuhr. Ich bin froh, dass das Parkett noch so gut aussieht. Die Böden sollten sich gut aufpolieren lassen."

„Das werden sie in der Tat. Damals war es der letzte Schrei, überall Teppichböden zu verlegen. Wir taten das Gleiche, allerdings haben wir sie vor fünfzehn Jahren entfernt.

Ich bin hocherfreut, dass du selbst mit Muskelkraft an die Sache gehst. Heißt das, dass du hierbleiben wirst?"

„Zumindest für eine Weile." Ich hatte nicht vor, ihr von den Bedingungen der Testamentsverfügung zu erzählen. Ella hätte es bis zum nächsten Morgen in der ganzen Stadt verbreitet. Es war an der Zeit, das Gespräch in eine andere Richtung zu lenken.

„Angesichts deines schön angelegten Gartens, Ella, könntest du mir vielleicht ein paar Ratschläge zur Gestaltung meines Gartens geben. Wie man mir sagte, wächst auf dem Grundstück angeblich nichts anderes als der Flieder. Ich hätte gerne mein eigenes Gemüsebeet. Nichts zu Aufwändiges. Einige Tomaten, Gurken und vielleicht ein paar Zucchini."

„Die wachsen alle sehr gut in dieser Gegend. Ich gehe gerne mit dir in die Gärtnerei, nachdem du die Beete umgegraben hast. Ich werde zwar beim Umgraben nicht helfen, kann dir aber die perfekte Lage für das Beet zeigen. Es ist noch hell genug, falls du es dir anschauen möchtest."

„Gerne."

Wir begaben uns nach draußen, und Ella zeigte mir eine rechteckige, von Unkraut überwucherte Fläche im hinteren Teil des Gartens, der sich hinter einem Lagerschuppen befand und schon bessere Tage gesehen hatte. Der Rest des Gartens war zwar auch durchwachsen, aber dieser Teil war geradezu deprimierend.

„Im letzten Sommer, in dem deine Mutter hier wohnte, hatte sie einen Gemüsegarten angelegt," sagte Ella. „Natürlich hat man ihn verwildern lassen, aber das Unkraut kann leicht rausgerissen und die Erde umgegraben werden. Er bekommt ausreichend Sonne und liegt etwas abseits, so dass du, wenn du auf der Terrasse sitzt, nicht auf Tomaten und Zucchini schauen musst. Du brauchst auch ein paar Blumen. Ich schlage vor, du fängst mit ein paar Whiskeyfässern an. Ich habe ein Diagramm, anhand dessen du verschiedene Pflanzen wählen kannst, damit du die ganze Saison über Farbe und kontrastreichen Wuchs hast."

„Whiskeyfässer?"

Ella nickte. „Brennereien verkaufen Whiskeyfässer an Gärtnereien, die diese dann in der Mitte durchschneiden.

Sie eignen sich hervorragend als rustikale Blumenkübel."

„Rustikal. Das gefällt mir." Innerhalb von fünf Sekunden, verscheuchte ich fünf Stechmücken. „Lass uns wieder reingehen, bevor die Mücken uns auffressen. Die scheinen hier schlimmer als in der Stadt zu sein."

„Mehr Bäume und Wasser, weniger Beton. Das ist einer der Gründe, warum mein verstorbener Mann, Eddie, uns eine mückensichere Gartenlaube gebaut hat," sagte Ella, als wir wieder zurück ins Haus gingen.

„Dein verstorbener Mann? Ist er kürzlich gestorben?"

„Im August sind es fünf Jahre. Ob du es glaubst oder nicht, er wurde auf dem Golfplatz vom Blitz getroffen. Eddie ignorierte offenbar das Warnsignal, da er sein Spiel noch beenden wollte.

Nun, das hat er dann auch getan, der starrköpfige alte Narr."

„Tut mir leid."

Ella winkte mit einer wettergegerbten Hand ab, wobei ich bemerkte, dass sie immer noch ihren Ehering trug.

„Hast du noch weitere Fragen, Callie? Falls es mir möglich ist, beantworte ich sie gerne."

„Ich nehme an, dass du über die Jahre hinweg mehrere Male in diesem Haus warst, da es ja direkt neben deinem ist. Hast du einige der Mieter gekannt?"

„Im Laufe der Jahre sind viele durch diese Tür gekommen und wieder gegangen." Sie zog wieder ihre Lippen zusammen. „Einige netter, als andere."

„Ich nehme an, nicht alle Mieter haben dir zugesagt."

„Es ging nicht so sehr darum, ob sie mir zugesagt haben

oder nicht, sondern eher, dass einige von ihnen dachten, sie seien zu gut, um mit anderen zu verkehren." Ella schniefte laut. „Außer einer Mieterin, hatte mich keine eingeladen, nicht, dass sie lange geblieben sind, und das war auch gut so. Die eine Mieterin gab vor, eine Tarotkartenleserin zu sein. Wie ich hörte, liest sie Tarotkarten in diesem New-Age-Laden, im hinteren Teil des Bioladens an King Street. Ich war zwar noch nie da, aber dort verkaufen sie Traumfänger, Kristallsteine sowie Perlen mit dem bösen Blick, alles unter dem Vorwand, den Menschen helfen zu wollen, Frieden zu finden. Ich glaube eher, dass sie Dummköpfen das Geld aus der Tasche ziehen."

„Ich nehme an du sprichst von Misty Rivers, der letzten Mieterin?"

„Großer Gott, nein. Misty ist echt. Sie hat Visionen aus dem Jenseits, mit denen sie Menschen hilft."

Ich entschloss mich, nicht zu erwähnen, dass Misty bereits hier war, um mir ihre „Hilfe" anzubieten, oder dass mein Vater auf ihre Geschichte hereingefallen war. Höchstwahrscheinlich wusste Ella das ohnehin schon.

„Erzähl mir ein bisschen von früher, Ella."

„Du meinst, ich soll dir ein wenig über deine Mutter erzählen." Ella lehnte sich vor und tätschelte meine Hand. „Ich weiß, meine Liebe, dass du nicht größer als eine Knospe am Rosenstrauch warst, als du mutterlos wurdest. Dein Vater war am Boden zerstört, was verständlich war, oder? Wenn es jemals einen Mann gab, der seine Frau liebte, dann war es Jimmy Barnstable. Wenn deine Mutter auch nur eine Erkältung hatte, wurde er völlig verrückt, als wäre sie schon mit einem Fuß im Grab. Er wollte auch nicht, dass du sie krank siehst und tat dann alles, um dich von ihr fernzuhalten." Eine Erinnerung überkam mich. War das Ellas Schoß, in dem ich schlief?

Ella schien abermals meine Gedanken zu lesen. „Deine Eltern hatten Eddie und mich mehr als einmal als Babysitter für dich engagiert, wenn deine Mutter eine Grippe hatte. Ich wusste, dass dein Vater beide Großeltern durch Krebs verloren hatte. Die Erinnerungen an ihren Tod verfolgten ihn noch immer."

Ich nickte, als ich es endlich begriff. Mein Vater hatte sich genauso verhalten, wenn ich krank war, und sein Bedürfnis mich zu schützen, ging oft in Panik über. Bis jetzt hatte ich nie verstanden warum. Er hatte mir nie vom Verlust seiner Großeltern erzählt, und ich hatte ihn nie über sie befragt. Die Barnstables waren kein Gesprächsthema.

„Mein Vater hatte nie viel von meiner Mutter geredet. Ich habe mich immer gefragt, ob er sie wirklich liebte, oder ob er sie nur heiratete, weil sie schwanger war."

„Unsinn, meine Liebe. Verscheuche diesen Gedanken sofort aus deinem Kopf. Der Jimmy Barnstable, den ich kannte, hätte deine Mutter geheiratet, ob sie schwanger war oder nicht. Er betete Abigail geradezu an." Ella schüttelte ihren Kopf. „Ich habe diese bösen Gerüchte nie geglaubt."

Ich entschied mich dumm zu spielen. „Was für Gerüchte?"

Ella errötete. „Das hätte ich nicht sagen sollen."

„Aber du hast es gesagt. Offenbar gab es Gerüchte. Ich würde es lieber von jemandem wie dir, der meine Eltern mochte, hören, als von einem Fremden auf der Straße." Es war mir gleichgültig, dass Ella so gut wie eine Fremde war.

Sie glaubte mir. „Ich nehme an, wenn du in der Bücherei die Berichte von damals in der *Marketville Post* lesen würdest, würdest du es sowieso herausfinden."

Ich nahm mir vor, die Bibliothek aufzusuchen. Ich hoffte nur, dass es dort archivierte Ausgaben der *Marketville Post* geben würde - und dass sich mein Gehirn an alles erinnert, was ich dort gespeichert habe.

„Erzähl weiter."

„Am Tag als deine Mutter fortging, rief dein Vater die Polizei an und gab eine Vermisstenanzeige auf. Er betonte immer wieder, dass sie dich niemals zurückgelassen hätte. Ich bin der gleichen Meinung. Soweit ich es beurteilen konnte, liebte deine Mutter dich abgöttisch, Callie. Zudem hatte sie, soweit wir es feststellen konnten, nichts mitgenommen. Wer geht schon weg, ohne mindestens einen Koffer mit Kleidung mitzunehmen?"

Ich schüttelte meinen Kopf und dachte: wer verbirgt einen Umschlag mit fünf Tarotkarten und einem Medaillon unter dem Teppich? Jemand, der für eine Zeitlang fortgehen und diese Sachen verstecken wollte? Oder jemand, der nicht vorhatte zurückzukommen? Was hatte es mit dem signierten Calamity Jane Poster auf sich, das sie für meinen siebten Geburtstag, der damals zwei Monate in der Zukunft lag, zurückgelassen hatte. „Was hatte die Polizei getan?"

„Zuerst nichts. Sie ließen deinen Vater achtundvierzig Stunden lang warten. Schließlich ermittelten die zuständigen Beamten die letzten Tage und Stunden vor ihrem Verschwinden und befragten jeden in der Nachbarschaft. Seit dem Morgen am Valentinstag, wurde sie von niemandem mehr gesehen. Ich erinnere mich, dass es ein Freitag war. Eddie hatte eine Reservierung im Thatcher House zum Abendessen gemacht. Es ist jetzt geschlossen, denn sie konnten mit all den Restaurantenketten, die in den Neunzigern hier aufgemacht wurden, nicht mithalten. Damals allerdings war es eines der feinsten Restaurants in Marketville. Wie dem auch sei, deine Eltern wollten mit uns zusammen zum Essen ausgehen, da es aber Freitag und Valentinstag war, konnten sie keinen Babysitter finden."

„Du hast sie also an diesem Tag nicht gesehen."

„Doch, ich sah sie, aber nur morgens. Sie hatte dich zur Schule gebracht - sie brachte dich jeden Tag hin und holte dich wieder ab, egal wie das Wetter war, nicht so bequem wie heute, wo jeder überall mit dem Auto hinfährt. Kein Wunder, dass so viele Kinder übergewichtig sind." Ella verharrte, als ob sie darauf wartete, dass ich etwas entgegnete. Das tat ich aber nicht. Nachdem sie einen Augenblick schwieg, begann sie erneut zu sprechen.

„An diesem Tag trugst du ein kleines rotes Täschchen mit Valentinskarten. Ich weiß, dass Valentinskarten drin waren, denn ihr beide kamt bei mir vorbei und gabt mir eine der Karten." Ella strahlte.

„Das bedeutete mir sehr viel, denn Eddie und ich wurden nicht mit eigenen Kindern gesegnet."

Ich versuchte mich daran zu erinnern, von ihr in die Schule und nach Hause gebracht worden zu sein. Vielleicht würde es ja helfen, den gleichen Weg, wie vor all den Jahren, zu gehen…

„Weißt du zufällig welchen Weg wir genommen hatten, Ella? Ich würde mich gerne erinnern, kann es aber aus irgendeinem Grund nicht."

„Ja, ich kenne den Weg, denn sie hat mich ein paar Mal gebeten dich zu begleiten, wenn sie krank war. Beim ersten Mal bin ich in die falsche Richtung gegangen, aber du machtest mich schnell darauf aufmerksam." Ella kicherte bei dieser Erinnerung. „Der Weg geht von Snapdragon nach Trillium und dann Coneflower, entlang Coneflower bis Primrose, und führt dich direkt zur Schule. Immer rechts abbiegen."

Ich holte Papier und einen Stift und schrieb es auf. Es war ein anderer Weg, als der, den ich am Tag zuvor gelaufen war.

Ein weiterer Gedanke kam mir in den Sinn.

„Du sagtest, meine Mutter brachte mich jeden Tag zur Schule und holte mich wieder ab. Holte sie mich an jenem Tag auch ab?"

Ella schüttelte ihren Kopf. „Das war der erste Hinweis, dass etwas nicht stimmte. Als deine Mutter dich nicht abgeholt hatte, versuchten sie, sie anzurufen. Niemand antwortete. Dann riefen sie mich an. Ich war als zweite Kontaktperson angegeben, da dein Vater auf dem Bau arbeitete und somit schwer erreichbar war. Zu dieser Zeit gab es noch keine

Handys. Ich machte mich sofort auf den Weg zur Schule, um dich abzuholen und blieb so lange bei dir, bis dein Vater von der Arbeit nach Hause kam."

„Was tat er, als er merkte, dass meine Mutter nicht zuhause war?"

„Zuerst konnte er es nicht glauben, selbst als wir ihm sagten, dass wir das Haus und den Garten durchsucht hatten. Er hörte nicht auf mich, rannte wie ein Verrückter durchs ganze Haus, öffnete Schränke und rief nach deiner Mutter. Dann ging er nach draußen und durchsuchte den Garten. Allerdings gab es dort, vom Schuppen mal abgesehen, kein Versteck."

„Ich nehme an, es gab kein Zeichen von ihr."

„Keine Spur. Es war, als hätte sie sich in Luft aufgelöst. Dein Vater sprang in seinen Pick-Up und fuhr wie ein Besessener durch die Straßen. Er rief sofort die Polizei an, als er wieder zuhause ankam. Aber wie ich eben schon erwähnte, sagten sie ihm, dass er achtundvierzig Stunden warten müsste, bevor er eine Vermisstenanzeige aufgeben könnte. Da es Valentinstag war, dachten sie vielleicht, dass sie mit einem Liebhaber unterwegs gewesen war."

„Mein Vater glaubte das aber nicht?"

„Ich bin mir nicht sicher, was er glaubte, Callie. Er ist der Einzige, der es dir sagen könnte, jedoch weilt er nicht mehr unter uns. Ich weiß nur, dass die Polizei, sobald sie eingeschaltet wurde, anscheinend den Verdacht hatte, dass das Verschwinden deiner Mutter möglicherweise nicht ihre eigene Idee gewesen war. Sie waren bestimmt ein Dutzend Mal in euerm Haus und haben deinem Vater auf hundert verschiedene Weise immer wieder die gleichen Fragen gestellt. Ich weiß es, weil er es meinem Eddie erzählt hatte." Die gleichen Fragen auf verschiedene Weise. Da kann man leicht einen Fehler machen.

Ella schien meine Gedanken zu lesen. „Dein Vater hatte

seine Geschichte nie geändert, nicht ein einziges Mal. Man hätte annehmen sollen, dass ihn dies entlasten würde, aber stattdessen wurde die Polizei nur noch misstrauischer. Als hätte er seine Geschichte einstudiert, anstatt die Wahrheit zu sagen."

„Aber warum glaubte die Polizei, dass er etwas mit dem Verschwinden meiner Mutter zu tun hatte? Was hatte er getan, dass sie ihn verdächtigten?"

„Es gab da eine Frau von der Lebensmittelbank, wo Lebensmittel an bedürftige Personen verteilt werden, Maggie Lonergan - oder besser gesagt Magpie, die Elster, Lonergan. Sie hatte angedeutet, dass deine Mutter eine Affäre hätte. Als ob ich das nicht gewusst hätte. Ich half zwar nicht bei der Lebensmittelbank aus, aber ich kannte deine Mutter."

Ich verkniff mir ein Grinsen. Es hörte sich so an, als seien Maggie Lonergan und Ella Cole wetteifernde Klatschtanten in der Nachbarschaft gewesen. Ich frug mich, ob Maggie noch in Marketville wohnte. Gerade als ich Ella fragen wollte, fuhr sie fort.

„Maggies loses Mundwerk goss Öl aufs Feuer, und sie wollte einfach nicht loslassen. Sie erzählte es jedem, der zuhören wollte, was viele auch taten. Du und dein Vater seid kurz vor Schulbeginn nach Toronto gezogen. Er wollte irgendwo anders einen Neuanfang für dich, Gott hab ihn selig."

„Was war mit der Polizei? Was wurde aus dem Fall?"

„Ich vermute, dass die Polizei es als einen ungeklärten Fall abgelegt hat. Es ist zweifelhaft, dass sich jemand in den vergangenen Jahren damit befasste. Ohne eine Leiche gibt es keinen Grund dafür. Nach eurem Umzug hörte ich nie wieder etwas von deinem Vater, bis er mich vor drei Monaten besuchte. Er spielte mit dem Gedanken wieder hierher zurückzuziehen. Ich muss zugeben, dass ich überrascht war, aber es ging mich nichts an und ich wollte mich nicht einmischen."

Ich verschluckte mich fast an meinem Tee. Obwohl es Ella wirklich nichts anging, hätte sie sich sicher eingemischt, wenn sie dazu Gelegenheit gehabt hätte. Ich beschloss, die Wahrheit zu verschönen. „Vielleicht hoffte er, dass meine Mutter auch zurückkommen würde, wenn er wieder nach Marketville gezogen wäre."

„Wenn er das glaubte, Callie, war er ein verflixter Narr."

Ich spürte, wie sich mein Rückgrat versteifte und hörte die Worte aus meinem Mund kommen, bevor ich sie verhindern konnte. Nicht zu wissen, wann man den Mund zu halten hat, war ein echter Barnstable Fluch. „Ich sah meinen Vater nie als Narr, Ella. Selbst wenn er, und das gebe ich zu, in seiner Liebe zu meiner Mutter töricht war. Wer von uns war nicht schon einmal ein verliebter Narr?"

„Du hast mich missverstanden, Callie. Ich wollte damit nicht sagen, dass dein Vater ein Narr war, weil er deine Mama liebte. Was ich meinte war, dass er all die Jahre auf sie gewartet hatte."

„Aus welchem Grund?"

„Weil ich glaube, dass dein Vater in einer Sache recht hatte. Deine Mama hätte dich nie verlassen. Zumindest nicht freiwillig."

„Was soll das heißen?"

„Dass die Toten nicht zurückkehren, Callie. Jedenfalls nicht leibhaftig."

Ich starrte Ella Cole fast eine Minute lang an, bevor ich antwortete. Ich wollte nicht, dass sie den wahren Grund, warum ich hier einzog, erfuhr. Auf der anderen Seite musste ich herausfinden, was sie wusste.

„Ich dachte immer, dass sie uns verlassen hatte. Willst du damit sagen, dass meine Mutter tot ist?"

Ella nickte, die goldumrahmte Brille rutschte ihr die Nase herunter. Sie schob sie ungeduldig wieder zurück. „Die verflixte Brille rutscht immer runter. Ich weiß nicht, wie oft ich sie schon zum Optiker gebracht habe, um sie richten zu lassen. Hat etwas mit dem Scharniertyp zu tun."

Ich grub meine Fingernägel in meine Handfläche und versuchte meine Ungeduld nicht zu zeigen. „Du sagtest, dass du glaubst, dass meine Mutter tot ist. Warum?"

Ella nickte wieder. „Genau das habe ich der Polizei mitgeteilt, obwohl ich nicht sicher bin, ob sie dem jemals nachgegangen sind. Wie dem auch sei, das Jahr vor dem besagten Valentinstag, also 1985, ich erinnere mich deutlich daran, denn ich wurde vierzig in diesem Jahr. Damals bedeuteten vierzig noch vierzig, nicht wie heute, wenn Vierzig- und sogar einige Fünfzigjährige die Kleidung ihrer jungen Töchter anziehen. Nicht, dass es mich was angeht, aber ich glaube nicht, dass es sich für jemanden in diesem Alter schickt, Jogginghosen mit einem beschrifteten Hintern zu tragen. Aber das ist ein Thema für einen anderen Tag."

Ich nickte abermals, fest entschlossen, Ellas Redefluss nicht zu unterbrechen. Ich hatte in meinem Callcenter-Job die Erfahrung gemacht, dass jeder eine Geschichte auf seine eigene Art erzählt. Ein Versuch, die Sache zu beschleunigen, war wie das Umfahren einer Baustelle, nur um danach zehn Meilen vom Weg abgekommen zu sein und hinter einem Verkehrsunfall festzustecken.

„Wie ich bereits erwähnte," sagte Ella, „ich erinnere mich, weil ich am gleichen Tag vierzig Jahre alt wurde, als deine Mutter fünfundzwanzig wurde. Es war Samstag, der 14. Dezember, 1985. Eddie und Jim, dein Vater, organisierten eine Party für uns. Es waren alles Leute aus der Nachbarschaft, die wir gut kannten. Trotz des Altersunterschieds von fünfzehn Jahren waren Eddie und Jim beste Freunde. Deine Mutter und ich hatten uns gut verstanden, besonders, weil ich ein Schleckermaul bin und ihre Backkunst sehr verführerisch war."

Ella lachte leise. „Ja, ich bin in der Tat ein ausgesprochenes

Schleckermaul." Ich zwang mich zu einem Kichern. Es war genug, um Ella zum Weitererzählen zu motivieren.

„An jenem Abend vermutete ich das erste Mal, dass sich deine Mutter vor irgendwas fürchtete, allerdings hätte ich, angesichts der Fotos, schon früher darauf kommen müssen."

Das erregte meine Aufmerksamkeit. „Welche Fotos?"

Ella legte einen Finger auf den Brillenbügel und nickte langsam. „Ich glaube, sie erwähnte es zum ersten Mal im Februar desselben Jahres, oder vielleicht auch schon früher. Die Einzelheiten sind mittlerweile etwas verschwommen. Wie dem auch sei, deine Mutter hatte sich etwas einfallen lassen, was sie „die vier Jahreszeiten einer glücklichen Familie" nannte. Vier Fotos von euch dreien, eines für jede Jahreszeit und alle am gleichen Ort. Wenn ich mich recht entsinne, wurde das erste Bild in der Osterzeit aufgenommen."

Selbst wenn ich etwas sagen wollte - was ich nicht tat, weil ich befürchtete, dass Ella wieder abschweifen würde - glaubte ich, dass ich die Worte nicht herausbekommen würde.

„Im Nachhinein," sagte Ella, „hätte ich mich wahrscheinlich fragen können, warum sie das tat, aber ich fühlte mich so geehrt, dass sie mich darum gebeten hatte."

Fast platzte ich heraus, „Warum die Schule?", was Ella nicht nur darauf aufmerksam gemacht hätte, dass ich die Fotos gefunden hatte, sondern auch, dass ich herausgefunden hatte, wo sie aufgenommen worden waren. Ich nahm einen Schluck Tee und wartete. Glücklicherweise musste ich mich nicht lange gedulden. Bei diesem Tempo würde Ella zum Frühstück noch hier sitzen.

„Wir beschlossen die Fotos auf dem Schulhof, ein paar Straßen von hier, aufzunehmen. Im vorherigen Jahr, am Canada Day, hatte deine Mutter einen Ahornbaum auf dem Schulhof gepflanzt. Falls du in sehen willst, er steht noch immer dort. Sie war ganz versessen auf Canada Day, an dem in Marketville eine Baumpflanzaktion gestartet wurde. Die

Einwohner pflanzten Setzlinge, die von der Stadt zur Verfügung gestellt wurden."

Ich dachte gerade darüber nach, warum meine Mutter gerade Ella gebeten hatte, die Bilder zu machen, als sie meine Frage beantwortete.

„Sie hatte mich gefragt, da ich sehr gerne fotografierte. Ich tue es immer noch, wobei es heute angesichts der Digitaltechnik und der verschiedenen Computerprogramme deutlich einfacher ist. Allerdings muss man schon etwas Zeit investieren, wenn man es richtig machen will, das heißt, nicht einfach nur wild mit dem Handy darauf los knipsen und sehen was dabei rauskommt. Wenn man damals ein Foto machte, wusste man erst nach dem Entwickeln, ob es gut geworden war. Ich war eine ziemlich gute Fotografin, wenn ich es mal so sagen darf, und hatte auch eine anständige Kamera. Deshalb fragte mich deine Mutter, ob ich die Vier- Jahreszeiten-Fotos aufnehmen würde. Daraufhin antwortete ich, „sicher, warum nicht", denn ich wäre zu diesem Zeitpunkt nie auf die Idee gekommen, dass ihre Bitte etwas ungewöhnlich hätte sein können. Natürlich warst du zu jung, um zu widersprechen, und dein Vater erfüllte deiner Mutter jeden Wunsch."

„So, du hast die vier Fotos dann gemacht."

„Das habe ich. Wir nahmen das erste im Frühling auf, und waren alle erfreut, wie gut es geworden war. Ich hatte nicht weiter darüber nachgedacht, aber im Sommer bat mich deine Mutter erneut. Im Herbst freute ich mich dann schon darauf. In Gedanken hatte ich die Aufnahme bereits geplant, denn die Blätter färbten sich, wie immer, in diesem rot-goldenen Ton. Das letzte war das Winterfoto, das am 14. Dezember, am Morgen unseres Geburtstags, gemacht wurde."

Ella spielte mit ihrer Teetasse und nahm einen weiteren Keks. „Deine Mutter war irgendwie anders an diesem Tag, schreckhaft und nervös, obwohl man es auf dem Foto nicht erkennen konnte. Damals schob ich ihre Nervosität auf die

Geburtstagsfeier, die für den Abend geplant war. Sie hat sich in der Menge nie wohlgefühlt und führte dies darauf zurück, dass sie ein Einzelkind war."

Als Einzelkind, konnte ich das verstehen. Obwohl ich mit einzelnen Personen keine Probleme hatte, bevorzugte ich in der Regel meine eigene Gesellschaft. Der Gedanke an eine Party machte mich allerdings normalerweise nicht nervös. „Du sagtest, dass du es damals auf ihre Nerven geschoben hattest. Heißt das, dass du später vermutetest, dass es etwas anderes hätte sein können?"

Ella biss auf ihre Unterlippe, wobei von dem roten Lippenstift nun nicht mehr viel zu sehen war. Dann nickte sie zögernd. „Es war, als ich ihr das letzte Bild gab, das Winterbild von euch dreien. Sie sagte „Falls nun etwas passieren sollte, wird Callie etwas haben, womit sie sich an unsere Familie erinnern kann." Das kam mir seltsam vor, aber als ich sie darauf ansprach, lachte sie nur und meinte, sie sei wohl ein wenig zu dramatisch. Ich wollte mehr herausfinden, aber Eddie ermahnte mich immer, ich solle mich um meine eigenen Angelegenheiten kümmern. Wäre ich mehr auf sie eingegangen, wäre deine Mutter vielleicht heute noch hier."

„Du bist dir also absolut sicher, dass sie tot ist?"

„Oh, ich habe keine Beweise dafür. Ich weiß, dass ihr irgendetwas einen gehörigen Schrecken eingejagt hatte. Was, wer oder warum, dafür habe ich keine Antwort. Ich wünschte, ich hätte eine."

Und ich wünschte ich wüsste, warum mein Vater die Fotos im Sarg, unter dem PVC-Skelett versteckt hatte. „Mir ist klar, dass du meinen Vater für töricht hieltst, aber er musste daran geglaubt haben, dass sie zurückkommen würde. Warum hätte er sonst die ganzen Jahre über das Haus behalten?"

„Hatte er nie mit dir darüber gesprochen?"

„Ich wusste von dem Haus—." Ich hielt inne, aber es war bereits zu spät. Ella hatte schnell begriffen.

„Du hast von dem Haus nichts gewusst?"

Ich rügte mich im Stillen dafür. Die Nachbarschaft würde in kürzester Zeit von diesen Neuigkeiten informiert sein. Leider war es nun zu spät.

„Nicht bis zur Testamentseröffnung meines Vaters. Ich gebe zu, dass ich überrascht war."

„Also bist du hierher zurückgekehrt." Ella sah mich mit scharfsinnigen Augen an. „Aber warum?"

Ich schwieg, zuckte mit den Schultern und starrte auf den Boden, in der Hoffnung, dass dies das Ende dieses Themas sein würde. Leider war dem nicht so.

„Lass mich raten. Eine Bedingung verpflichtet dich, auf eine bestimmte Zeit hier zu wohnen, bis du das Haus erben kannst. Misty Rivers hatte sowas angedeutet, aber ich hielt es für Unsinn.

Genauso wie ich ihr sagte, es sei Unsinn, dass es in diesem Haus spuke."

„Misty Rivers hat dir erzählt, dass es hier spukt?"

Ella nickte. „Weißt du, Callie meine Liebe, sie ist davon überzeugt, dass deine Mutter ermordet wurde, und dass sie nicht ruhen wird, bis der Mörder gefasst ist."

Ich versuchte, einen normalen Gesichtsausdruck zu bewahren. Es war mir unvorstellbar, dass Ella jedem, der es hören wollte, erzählte, dass mein Vater glaubte, meine Mutter sei ermordet worden. Auch war ich nicht sehr davon beeindruckt, dass Misty solche Gerüchte verbreitete, und sich als eine Wohltäterin gab. Ich vermutete eher, dass sie nichts anderes als eine gewinnsüchtige Opportunistin ist. Eben wollte ich Ella genau das sagen, als mich ihre nächste Frage aus der Fassung brachte.

„Was ist mit dir, Callie? Glaubst du, da du nun wieder hier in diesem Haus wohnst, dass alte Erinnerungen in dir erweckt werden?"

Vielleicht war es die Art und Weise, wie sie die Frage stellte, direkt und ohne Umschweife. Oder vielleicht lag es daran, dass in diesem Moment die Heizung laut und vernehmlich dröhnte. Aus irgendeinem Grund war ich, seit sie durch die Haustür kam, nun zum erstmal total ehrlich ihr gegenüber. „Ich weiß es nicht, Ella. Ich vermute, dass ich hier bin, um es herauszufinden."

14

─────────

Ella ging kurz darauf. Ich hatte ein schlechtes Gewissen, weil ich nicht zugeben wollte, dass ich die Fotos gefunden hatte; es war ja nicht so, dass ich ihr hätte sagen müssen, wo ich sie gefunden hatte. Andererseits hatte ich nur Ellas Wort, dass sie die Fotos gemacht hatte, obwohl ich mir nicht sicher war, woher sie sonst von ihnen gewusst haben könnte, und ich konnte mir nicht vorstellen, warum sie lügen sollte. Ich beschloss, noch eine Zeitlang darüber nachdenken. Sollte mir nichts mehr dazu einfallen, würde ich sie nächste Woche zu ihr nach Hause bringen. Ich könnte ihr einfach sagen, dass ich sie gefunden habe, als ich die Sachen meines Vaters durchsuchte. Was eigentlich keine Lüge war. Dieses Haus war ja eines der Sachen, die meinem Vater gehörten.

Da war noch etwas anderes in Ellas Worten, etwas, das sich am Rande meines Unterbewusstseins bemerkbar machen wollte, aber ich war zu müde, um darüber nachzudenken. Ich beschloss, ins Bett zu gehen, und kaum hatte mein Kopf das Kissen berührt, fiel ich in einen traumlosen Schlaf.

AM FRÜHEN MONTAGMORGEN wachte ich fit und voller Tatendrang auf. Als Erstes musste ich Leith anrufen. Nach einem kurzen Gespräch mit seiner Empfangsdame wurde ich durchgestellt.

„Callie", sagte Leith. „Ich habe deinen Bericht am Freitag erhalten. Er war völlig ausreichend. Es gibt keinen Grund, anzurufen. " Ich war froh, dass Leith nicht erwartete, über das kleinste Detail in meinem Leben informiert zu werden.

„Darum geht es nicht."

„Du hast doch sicher keine weiteren Skelette gefunden?"

„Nein, Gott sei Dank. Ich rufe an, weil ich einen Kontoauszug gefunden habe, auf dem eine Schließfachmiete angegeben ist. Ich bin mir ziemlich sicher, dass der Schlüssel an dem Schlüsselring, den du mir gegeben hast, hängt. Weißt du vielleicht, wo die Bank ist und kannst du es einrichten, dass ich den Inhalt überprüfen kann."

„Ich werde nachsehen und mich bis zum Ende des Tages bei dir melden. Gibt es sonst noch etwas?"

„Ja, eigentlich schon. Das alles hat dazu geführt, dass ich meine Großeltern finden möchte. Vielleicht fühle ich mich auch nur wie eine Waise. Irgendwelche Vorschläge, wo ich anfangen sollte? Ich weiß ja nicht einmal, wo sie wohnen oder wie sie heißen."

„Ich fürchte, ich habe nicht viele Informationen. Ich weiß, dass deine Mutter aus Lakeside stammt. Das ist eine Ortschaft mit Ferienhäusern, in der eine Handvoll ganzjährig ansässiger Bewohner lebt, etwa fünfundvierzig Minuten nordöstlich von Marketville. Dein Vater lernte sie eines Sommers kennen, als er dort zelten war. Leider weiß ich nicht mehr darüber. Dein Vater hatte sich geweigert, über sie zu sprechen. Ich nehme an, sie hatten ihn nicht gerade akzeptiert."

Das bestätigte, was ich schon immer geglaubt hatte, was mich aber nicht davon abhielt, sie kennenlernen zu wollen. Obwohl es weit hergeholt war, bestand doch die Möglichkeit, dass meine Mutter mit ihnen in Kontakt geblieben war, ohne dass mein Vater etwas davon wusste.

„Was ist mit der Familie meines Vaters?"

„Peter und Sandra Barnstable. Sie lebten früher in Toronto, aber ich weiß, dass sie zu der Zeit, als deine Eltern heirateten, weggezogen sind. Allerdings weiß ich nicht, wohin. Sie waren mit der Hochzeit nicht einverstanden, und dein Vater hatte ihnen nie verziehen. Der Mann konnte sehr nachtragend sein." Ich seufzte hörbar und wusste, dass es die Wahrheit war.

„Du kannst einen Informationsvermittler beauftragen", sagte Leith. „Ich werde meinen Assistenten bitten, dir die Namen einiger seriöser Personen, mit denen wir in der Vergangenheit zusammengearbeitet haben, zu schicken. Es gibt da draußen einige Gauner."

Kaum hatte ich aufgelegt und mich gefragt, wie viel ein Informationsvermittler wohl kosten würde, ertönte die melodische Klingel der Haustür. Das war Royce, der über die Renovierung sprechen wollte.

***

ROYCE VERBRACHTE FAST eine Stunde damit, mir auf seinem Tablet die Vorher-Nachher-Pläne zu zeigen, die unter anderem das Einreißen einer Wand und den Einbau einer großen Kücheninsel in der Mitte, die nicht nur als Tisch mit Platz für acht Personen, sondern auch als Raumteiler dienen sollte. Ich musste zugeben, dass das fertige Produkt perfekt sein würde: eine kochfreundliche Küche, ein offenes Konzept mit dem zusätzlichen Bonus, dass der vorhandene Hartholzboden mit den Schieferfliesen im Eingangsbereich und in der Küche verbunden werden konnte.

„Es sieht fantastisch aus", sagte ich, „aber wie viel wird es kosten?"

„Das hängt von den Schränken und Ausführungen ab, die

du haben möchtest, aber ich bekomme in allen großen Baumärkten einen Unternehmerrabatt. Wie wäre es, wenn wir diese Woche an einem Tag zum Einkaufen gehen und sehen, was es an Möglichkeiten für dich gibt?" Er schaute auf sein Handy. „Mittwoch würde mir gut passen. Ich könnte dich gegen zwei abholen."

Ich wollte nicht ergründen, warum ich mich bei dem Gedanken, Zeit mit Royce zu verbringen, so wohl fühlte. Das musste warten. Außerdem waren Küchen ausschlaggebend, wenn es um den Verkauf von Häusern ging, denn am Ende des Jahres - oder früher - wollte ich aus Marketville weg und zurück in die Anonymität der Stadt.

„Mittwoch um zwei also."

NACHDEM ROYCE GEGANGEN WAR, holte ich den Ordner mit den ausgedruckten Kopien der Mietverträge der letzten fünf Jahre heraus, in der Hoffnung, einen möglichen Schlüsselinhaber zu finden. Ich begann mit dem von Misty Rivers eingereichten Vertrag, da ich wusste, wo sie sich zurzeit aufhielt. Unter „Arbeitgeber" hatte sie „selbständig" angegeben, und unter „Art der Mietzahlung" hatte sie der Zahlung einer ersten und letzten Monatsmiete per Bankabbuchung von ihrem Bankkonto am Ersten eines jeden Monats zugestimmt.

Misty hatte zwei ehemalige Vermieter als Referenzen angegeben. Beide gaben an, sie sei eine gute Mieterin gewesen, die ihre Miete immer pünktlich bezahlt habe. Ansonsten waren keine weiteren Informationen angegeben, was bedeutete, dass Misty wahrscheinlich keinen Kontakt mehr zu Leith hatte, geschweige denn, ihm einen Schlüssel für ihre neue Wohnung übergeben hätte.

Es war an der Zeit, sich Jessica Tamarand vorzunehmen,

die Frau, die ihren Mietvertrag gekündigt hatte, weil sie glaubte, dass es in dem Haus spukte. In dem Vertrag wurde Jessica Tamarands Arbeitgeber als Sun, Moon & Stars angegeben. Ich sah mir die Website an. Sie warb für „ein einzigartiges Ladenlokal zur Unterstützung lokaler Kunsthandwerker, für fair gehandelte, handgefertigte und umweltfreundliche Produkte, die auf dem Weg der Heilung helfen".

Unter den Dienstleistungen wurden ganzheitliche Behandlungsmethoden, hellseherische Lesungen mit Tarot, Teeblättern und persönlichen Gegenständen, sowie Energiepsychologie und Chakrenausgleich angeboten. Dann gab es noch etwas namens *Belvaspata*, das als „engelhafte Heilungsmodalität für mühelose und schnelle Transformation, die dich zu deiner wahren Göttlichkeit und Majestät erweckt und dein Herz mit Freude erfüllt", beschrieben wurde. Die Praktizierenden wurden nur unter ihren Vornamen aufgeführt. Die Tarotkartenleserin hieß Randi.

Könnte es sich bei Randi um Jessica Tamarand handeln? Leith sagte mir, Jessica habe sich über Geräusche auf dem Dachboden beschwert und sei aus dem Mietvertrag ausgestiegen. Ella meinte, sie hätte nicht lange hier gewohnt, und habe in dem New Age Laden des Whole Foods Stores auf der King Street gearbeitet. Ich überprüfte den Standort und er passte.

Leith hatte geglaubt, dass Jessica nur einen Anlass suchte, um frühzeitig auszuziehen, ohne eine Abstandzahlung dafür zu zahlen. Aber was wäre, wenn sie tatsächlich übersinnliche Fähigkeit hätte, und sich in dem Haus unwohl fühlte? Ich habe nie daran geglaubt, aber nun war ich mir nicht mehr so sicher.

Wie hieß es in der Anzeige von Sun, Moon & Stars nochmal? Ich ging zurück zur Website und las die Anzeige noch einmal: „Hellseherische Lesungen mit Tarot, Teeblättern und persönlichen Gegenständen". Tarot-Karten.

Ich musste einen Termin mit Randi machen.

DIE EMPFANGSDAME VON SUN, Moon & Stars teilte mir mit
sanfter Stimme mit, dass Randi dienstags und freitags arbeite,
dass die Lesungen etwa eine Stunde dauerten und dass Randi
in der Regel schnell ausgebucht sei. Allerdings, so sagte sie,
habe es gerade eine Absage gegeben und ob es mir morgen um
elf Uhr passen würde? Wenn nicht, würde es eine weitere
Woche dauern. Ich nahm den Termin an und fragte, ob ich
etwas mitbringen könne, das Randi sich ansehen könnte. Man
versicherte mir, dass dies Randi nur helfen und mir ein
genaueres Ergebnis verschaffen würde, „obwohl nur Gott ganz
genau ist", sagte die Empfangsdame und kicherte leise.

15

SUN, Moon & Stars befand sich im hinteren Teil von Nature's Way Whole & Organic Foods, einem weitläufigen Geschäft, das alle möglichen biologischen Produkte wie, Fleisch, Fisch, Geflügel, Eier und Gemüse bis hin zu Vitaminen, Proteinpulvern, natürlicher Hautpflege, umweltfreundlichen Reinigungsprodukten und pflanzlichen Heilmitteln, anbot. Außerdem gab es eine schwindelerregende Auswahl an Backwaren - viele davon mit Getreide, von dem ich noch nie etwas gehört hatte - und glutenfreien Produkten sowie eine riesige Abteilung, die ausschließlich der veganen Lebensweise gewidmet war. Wenn man bei Nature's Way nicht fand, was man suchte, war man wahrscheinlich zu wählerisch, um zu leben.

Am anderen Ende des weitläufigen Ladens befand sich Sun, Moon & Stars, ein winziger Verkaufsraum, vollgepackt mit einer Fundgrube an Schmuck und Textilien, die größtenteils von einheimischen Kunsthandwerkern hergestellt wurden. Hier konnte der versierte Käufer Natursteinschmuck, Heilkristalle, Bücher über das Okkulte und fließende Baumwollkleider mit gefärbten Mustern, glänzenden Perlen und Seidenstickereien finden. Ein handbemalter Keramikhalter in Form einer Lotusblume hielt ein nach Lavendel duftendes Räucherstäbchen.

Eine lebhafte junge Frau, die mehrere bunte Schals und einen schwarzen Jumpsuit trug, begrüßte mich. Ihrer Stimme nach zu urteilen, die sehr sanft klang, war dies die Frau, mit der ich am Telefon gesprochen hatte. Ich hatte das Bedürfnis zu flüstern, als wäre ich in einer Bibliothek oder einer Kirche.

„Callie Barnstable. Ich bin hier, um Randi zu sehen."

„Willkommen, Callie. Du kommst genau richtig." Sie zeigte auf eine schmale Holztreppe auf der rechten Seite des Raumes. „Alle unsere Praktizierenden befinden sich im oberen Stockwerk. Ich rufe Randi an und sage ihr, dass du auf dem Weg bist."

Im oberen Stockwerk befand sich ein Flur mit sieben Türen, drei auf jeder Seite, und an dessen Ende eine öffentliche Toilette war. In einem kleinen Wartebereich stand eine orangefarbene Couch älteren Jahrgangs mit einem dazu passenden Stuhl, alles, wenn ich raten müsste, von der Heilsarmee. Die Hauptwand war mit einem Patchwork-Quilt bedeckt, dessen Stofffetzen aus bestickten und verzierten Stoffresten verschiedener Formen, Farben und Strukturen bestanden. Es sah aus, als hätten viele Hände in vielen, vielen Stunden an diesem Projekt gearbeitet. Das Endergebnis war fesselnd.

Ich wollte mich gerade hinsetzen, als sich eine Tür öffnete und eine Frau herauswehte. Sie hatte langes, dunkles Haar, das ihr in lockeren Wellen bis zur Taille fiel, zimtfarbene Haut, Augen in der Farbe von Lapislazuli und den Körper einer Tänzerin, lang und geschmeidig. Sie trug schwarze Leggings und einen übergroßen Pullover in Kupfertönen. Ihre Nägel waren glänzend schwarz lackiert, und jeder Finger, einschließlich der Daumen, trug einen silbernen Ring, manche filigran, manche schlicht, manche mit Steinen, manche ohne.

Es gibt nur wenige Menschen auf dieser Welt, die Freundlichkeit, Schönheit und Charisma ausstrahlen. Randi verkörperte jede dieser drei Eigenschaften; man hätte ihre Essenz in Flaschen abfüllen und wie eine Art Zaubertrank verkaufen können. Ich ertappte mich dabei, wie ich sie wie gebannt anstarrte. Sie lächelte und enthüllte eine Reihe perfekt gerader, perlweißer Zähne.

„Willkommen bei Sun, Moon & Stars, Callie. Mein Name ist Randi. Ich habe dich schon erwartet." Ihre Stimme hatte einen weichen, musikalischen Klang und den leisesten Hauch eines britischen Akzents.

Vielleicht lag es an ihrem Tonfall, vielleicht auch nur an meiner Einbildung, aber ich hätte schwören können, dass sie meinte, sie hätte mich schon erwartet, *bevor* ich einen Termin gemacht hatte. Aber das war doch nur ein verrückter Gedanke, oder? Ich folgte ihr den Flur entlang in ihr Zimmer.

Der Raum war vom Boden bis zur Decke in einem dunklen Mitternachtsblau gestrichen. Unzählige eingebaute Deckenleuchten funkelten über dem Kopf und vermittelten den Eindruck, als befände man sich in einer wolkenlosen Sommernacht. Eine riesige Kerze in einem hohen schmiedeeisernen Ständer leuchtete sanft in einer Ecke, ihr Duft war eine Mischung aus Zimt und Vanille. Die einzigen Einrichtungsgegenstände waren ein schwarz lackierter, rechteckiger Schreibtisch, in dessen Mitte ein Deck mit Tarotkarten lag, und zwei Stühle, die mit einem dunklen, marineblauen, bestickten Stoff bezogen waren. Auf der Rückenlehne des einen war eine Sonne aufgestickt, auf der anderen Rückenlehne die vier Mondphasen. Randi saß im Schneidersitz auf dem Stuhl mit der Sonne, die Füße unter sich gestreckt, und wies mit einer Geste auf den anderen Stuhl. Mehrere bunte Armreifen klimperten an ihrem rechten Arm.

„Bitte setze dich."

Ich tat, wie mir gesagt wurde, und zwang mich, den

überwältigenden Drang zu ignorieren, die Treppe hinunter und zurück in die Sicherheit von Snapdragon Circle zu laufen. Was hatte ich, die nicht im Entferntesten an den Okkult glaubte, hier zu suchen? Ich las noch nicht einmal mein Horoskop in der Tageszeitung.

Randi schien mein Unbehagen zu spüren, denn sie beugte sich vor und schob die Tarotkarten beiseite. „Elaine sagte, du wolltest eine Tarot-Lesung, aber ich habe das Gefühl, dass du nicht deswegen hier bist. Also, Callie, was kann ich für dich tun?"

Ich nahm an, dass Elaine die Empfangsdame war, und war mir sicher, dass ich bei der Terminvereinbarung gesagt hatte, ich wolle einen Gegenstand mitbringen. Randis „Gespür" konnte also nichts anderes als das Zusammenzählen von zwei plus zwei sein. Aus meiner begrenzten Recherche wusste ich, dass zehn Tarotkarten wahrscheinlich das keltische Kreuz darstellen. Ich hatte nur fünf Karten, die entweder die Hälfte eines keltischen Kreuzes bedeuteten, falls es so etwas überhaupt gab, oder etwas ganz anderes. Um das herauszufinden, war ich hier. Bevor ich allerdings meine fünf Tarotkarten auslegte, musste ich wissen, ob ich ihr vertrauen konnte, oder zumindest ihr Wissen testen.

„Bevor wir beginnen, würde ich gerne ein wenig mehr über Tarot wissen. Damit ich weiß, was ich erwarten kann."

„In Ordnung." Randi nahm das Deck aus der Hülle und begann zu mischen, während sie mit Erläuterungen begann. „Es gibt mehrere Varianten von Tarotkarten. Ich persönlich benutze das Rider-Waite-Tarotdeck, das am bekanntesten ist. Egal, welche Abbildungen auf den Karten sind, ein echtes Tarotdeck enthält achtundsiebzig Karten und besteht aus zwei Teilen: zweiundzwanzig Karten der „Großen Arkana" und sechsundfünfzig Karten der vier-farbigen „Kleinen Arkana". *Arcana* ist Lateinisch und bedeutet Geheimnisse." Die Namen der Farben variieren, aber die gebräuchlichsten und die, die in

Rider-Waite verwendet werden, sind Stäbe, Kelche, Schwerter und Pentakel. Folgst du mir soweit?" Ich nickte.

„Okay. Die „Großen Arkana" werden auch Trümpfe, vom lateinischen *trionfi* oder Triumph, genannt. Jede von ihnen ist mit römischen Zahlen benannt und nummeriert, angefangen bei 0, dem „Narren", bis hin zu XXI, der „Welt"." Randi legte ein paar Karten offen auf den Tisch: X, „Das Glücksrad", und XVII, „Der Stern". „Du kannst sehen, dass die Illustrationen eine Menge Symbolik enthalten, zu viel, um jetzt darauf einzugehen, aber etwas, auf das du achten solltest, wenn du dich entscheiden solltest, mehr über Tarot zu lernen."

Ich nickte erneut. Die Ehrfurcht in ihrem Tonfall, die Art, wie sie die Karten fast streichelte, zog mich in ihren Bann. Es war, als ob sie mir eine geliebte Gute-Nacht-Geschichte vorlesen würde, und die Bilder auf den Karten trugen dazu bei, dieses Gefühl noch zu verstärken.

Randi drehte vier weitere Karten offen auf den Tisch, eine von jeder Farbe, Stäbe, Kelche, Schwerter und Pentakel. „Jede Farbe hat die gleiche Anordnung, ähnlich wie die Kartendecks, mit denen man „Euchre" oder „Bridge" spielt: Ass bis Zehn, plus vier Bildkarten, ein Page, Springer, Dame und König."

„Also sind Stäbe, Kelche, Schwerter und Pentakel so etwas wie Pik, Karo, Herz und Kreuz."

„Mehr als du dir vorstellen könntest. Unser modernes Kartenspiel mit zweiundfünfzig Karten ist in der Tat von Tarotkarten abgeleitet, und die vier Farben entsprechen direkt den Farben in einem Tarotdeck. Stäbe sind Kreuz, Kelche sind Herz, Schwerter sind Pik, und Pentakel sind Karo. Wir können noch einen Schritt weiter gehen und die Farben mit der Haar- und Augenfarbe in Verbindung bringen."

„Inwiefern?"

„Im Tarot stehen die Kelche für Menschen mit hellbraunem Haar und hellem Teint, die Stäbe für Menschen mit blondem oder rotem Haar und blauen Augen, die

Schwerter für Menschen mit dunkelbraunem Haar und haselnussbraunen, grauen oder blauen Augen und die Pentakel für sehr dunkle Menschen."

„Im Tarot würde ich also durch die Schwerter dargestellt, weil ich dunkelbraunes Haar und haselnussbraune Augen habe. Meine Mutter, die blond war, würde durch Stäbe repräsentiert werden."

„Das ist richtig. Allerdings ist das noch nicht alles. Ähnlich wie in der Astrologie, stellen beide Decks auch die Elemente dar. So symbolisieren Stäbe und Kreuz das Feuer. Kelche und Herzen, Wasser. Schwerter und Pik, Luft. Pentakel und Karo, Erde. Jemand, der im Zeichen des Stiers geboren ist, würde zum Beispiel im Tarot durch Pentakel und in unserem modernen Deck durch Karo repräsentiert werden."

Hat sie erraten, dass ich Stier bin, oder hat sie das einfach aus der Luft gegriffen? Dieser ganze Besuch fing an, mich aus der Fassung zu bringen.

„Das klingt viel komplizierter, als ich erwartet habe."

„Man braucht Jahre, um Tarot zu lernen, und kann es trotzdem nie ganz meistern. Es gibt keine Absolutheit. Aber ich habe mich fast mein ganzes Leben lang mit Tarot beschäftigt, und glaube, dass ich einen guten Einblick in die Karten bekommen habe." Sie lächelte. „Warum wenden wir uns jetzt nicht den Karten zu, die du mitgebracht hast?"

Ich starrte sie mit fassungslosem Schweigen an. Woher wusste sie, dass ich Karten mitgebracht hatte?

Randi lachte, ein Geräusch, das mich an ein Windspiel erinnerte. „Nein, ich bin keine Gedankenleserin, falls du dich darüber wunderst. Elaine erwähnte, dass du etwas Persönliches mitbringen wolltest, und wenn es ein Gegenstand oder ein Schmuckstück wäre, glaube ich nicht, dass du nach Tarot fragen würdest oder großes Interesse daran hättest. Außerdem hast du die ganze Zeit mit etwas in deiner Handtasche herumgespielt."

Eigentlich hatte ich schon mit dem Gedanken gespielt, meinen Kakaobutter-Lippenbalsam herauszuholen, aber ich wollte mir diese Gewohnheit abgewöhnen oder sie zumindest unter Kontrolle bringen.

„Ich habe tatsächlich ein paar Tarotkarten mitgebracht."

„Ich nehme an, dass sie eine besondere Bedeutung haben."

Nun musste ich eine Entscheidung treffen. Sollte ich ihr sagen, dass ich sie gefunden hatte, oder nicht? Ich entschloss mich, die Wahrheit zu sagen. Wenn ich Randis Hilfe wollte, musste ich ihr alles sagen, was ich wusste. „Ich glaube, sie wurden von meiner Mutter hinterlassen. Ich habe sie in einem Haus am Snapdragon Circle, das ich kürzlich geerbt habe, gefunden."

„Snapdragon Circle 16?" fragte Randi.

„Ja."

„Ich habe dort einmal kurz gewohnt."

„Ich weiß. Oder zumindest habe ich vermutet, dass du Jessica Tamarand bist."

Ich sah an ihren gewölbten Augenbrauen, dass ich ihre Neugierde geweckt hatte.

„Bist du von der Polizei oder eine Art Privatdetektivin?"

Seltsam, dass sie zu diesem Schluss gekommen war. Warum wohl?

„Nein, es ist nur so, dass ich die alten Papiere meines Vaters durchgesehen habe, darunter auch frühere Mietverträge. Er ist kürzlich gestorben und hat mir das Haus hinterlassen."

„Das mit deinem Vater tut mir leid. Ich bin ihm nur einmal begegnet, aber er schien ein sehr netter Mann zu gewesen zu sein, gutherzig und intelligent, aber er war durch irgendetwas hin- und hergerissen. Wahrscheinlich wegen des Verlusts deiner Mutter."

„Du weißt vom Verschwinden meiner Mutter?"

Randi nickte. „Meine Familie kam 1986 aus Indien hierher, als ich zwölf Jahre alt war. Es wurde viel darüber berichtet, und meine Eltern waren damals entsetzt, dass so etwas hier passieren konnte. Sie befürchteten, sie hätten einen Fehler gemacht, nach Marketville zu kommen."

Ich nahm an, dass Randi möglicherweise alle Gerüchte gehört hatte, auch dass meine Mutter ermordet worden sein könnte. Es war an der Zeit, zur Sache zu kommen.

„Wie gesagt, ich habe die alten Papiere meines Vaters durchgesehen und bin auf einen alten Mietvertrag gestoßen, der von einer Jessica Tamarand unterzeichnet wurde. Mir ist aufgefallen, dass der Mietvertrag vorzeitig gekündigt wurde, und das hat mich zusammen mit einigem Nachbarschaftsklatsch über eine Tarotkartenleserin, die einst dort wohnte und hier arbeitete, zu dem Schluss gebracht, dass du dich in Randi umbenannt haben könntest."

„Lass mich raten", sagte Randi und lächelte. „Die Nachbarin war eine gewisse Ella Cole." Ich erwiderte das Lächeln und unterdrückte ein Kichern.

„Ich kann mir gut vorstellen, was Ella über mich gesagt hat. Ich fürchte, ich habe sowohl ihre Gefühle als auch ihr Ego ziemlich verletzt, als ich sie bei ihrem ersten Besuch nicht herein gebeten habe. Ich nehme an, alle anderen Mieter handelten genauso. Ich fürchte, ich habe nicht viel für Wichtigtuer übrig, und außerdem hatte das Haus eine schlechte Ausstrahlung, die sich nur noch zu verstärken schien, wenn sie im Haus war. Es wurde mir erst nach dem Einzug in das Haus klar, dass es dasselbe Haus war, in dem die Frau... verschwunden war."

Ich beschloss, den Kommentar über Ella, der mir auf der Zunge lag, nicht zu äußern, aber die schlechte Ausstrahlung machte mir etwas Sorgen. Randi hatte es gefühlt.

„Oh, nicht für dich, Callie; die Geister im Haus sind da, dich zu beschützen, nicht dir zu schaden. Du bist dazu bestimmt, dort zu sein, und du, nur du, solltest den Umschlag finden, der diese Karten, diese Botschaft enthält. Warum hatte sie vorher noch niemand gefunden?"

„Wahrscheinlich, weil sie seit vielen Jahren unter dem Teppich versteckt waren. Seit 1986, oder vielleicht sogar schon früher."

„Das bestätigt nur, was ich glaube", sagte Randi. „Der Teppich hätte jederzeit ausgetauscht werden können. In Wirklichkeit hätte er wahrscheinlich schon längst ausgetauscht werden müssen, aber das wurde nicht getan. Außerdem war es eines der ersten Dinge, die du nach deinem Einzug getan hast. Das sind keine Zufälle. Hier sind mächtige Kräfte am Werk."

Ich war mir nicht sicher, ob ich diese Theorie glaubte, aber es erschien mir weder höflich noch klug, ihr das zu sagen. „Möchtest du die Karten sehen?"

„Gerne."

„Es sind nur fünf." Ich zog das Papier mit der schrägen Handschrift meiner Mutter heraus und reichte es ihr zusammen mit den fünf Karten.

„Möglicherweise eine Hand von fünf Karten", sagte Randi. „Es ist hilfreich, dass deine Mutter diese Liste gemacht hatte. Wenn man sie in der falschen Reihenfolge liest, ergibt sich eine ganz andere Interpretation."

„Kannst du mir sagen, was sie bedeuten?"

„Ich werde dir sagen, was ich in den Karten lese, aber ob das die Botschaft ist, die deine Mutter zu übermitteln hoffte, kann ich nicht versprechen. Einverstanden?"

Ich hatte auf etwas Schlüssigeres gehofft, aber es gab nicht viel, was ich dagegen tun konnte. „Na gut. Hättest du etwas dagegen, wenn ich mitschreibe, was du sagst? Ich habe ein Notizbuch dabei."

Randi hielt inne und überlegte. Offensichtlich war dies keine typische Bitte. Nach einer gefühlten Ewigkeit nickte sie. „Normalerweise würde ich nein sagen, denn jedes Mal, wenn du zum Kartenlegen kommst, verändern sich die Karten, so wie sich unser Leben verändert und wir uns weiterentwickeln. Diese Situation ist aber anders, und darum werde ich es zulassen. Es gibt eine Menge, was du dir merken musst, und außerdem kann das Gedächtnis wählerisch sein." Ich holte einen Stift und ein schwarzes Notizbuch aus meiner Handtasche.

„Lass uns anfangen."

16

RANDI LEGTE die Karten in der aufgeführten Reihenfolge, die meine Mutter für mich hinterlassen hatte, aus. „Es gibt Hunderte Legesysteme für Tarotkarten", sagte sie, „aber nehmen wir einmal an, dass deine Mutter dieses spezielle Fünf-Karten-Legesystem verwendet hatte, um die Karten zu lesen. Ich persönlich halte es für ein sehr nützliches Legesystem, wenn ich versuche, mich für eine bestimmte Vorgehensweise zu entscheiden. Karte eins steht für die Gegenwart. Karte zwei steht für die Vergangenheit oder für vergangene Einflüsse, die immer noch eine Auswirkung haben. Karte drei steht für die Zukunft. Die vierte Karte weist auf mögliche Gründe oder Faktoren hin, die hinter einer Entscheidung stehen. Karte fünf zeigt die möglichen Ergebnisse einer bestimmten Vorgehensweise." Ich habe alles wie folgt in mein Notizbuch eingetragen:

- III: Die Herrscherin – Die Gegenwart
- IV: Der Herrscher – Die Vergangenheit
- VI: Die Liebenden – Die Zukunft
- Die Drei der Schwerter – Der Grund

- XIII: Tod – Mögliche Ergebnisse

„Und was ist die Bedeutung?" fragte ich, nachdem ich meine letzten Notizen gemacht hatte.

Randi strich sanft über die Karten, dann schloss sie die Augen und begann zu summen. Nach zirka einer Minute öffnete sie die Augen wieder und schüttelte den Kopf. „Ich könnte mich irren, Callie, aber auch wenn diese Karten das von mir erwähnte Legesystem mit fünf Karten darstellen, ist es einfach zu leicht."

„Das verstehe ich nicht. Was willst du damit sagen?"

„Es besteht die Möglichkeit, dass deine Mutter diese Karten von jemandem erhalten hatte, oder dass sie ihr zugeschickt wurden, wahrscheinlich eine nach der anderen, denn sie hat sie der Reihenfolge nach aufgeführt. Wären sie alle auf einmal verschickt worden, hätte sie wohl kaum auf die Reihenfolge geachtet und sie aufgeschrieben."

Ich holte meinen Kakaobutter-Lippenbalsam hervor. „Du meinst, jemand hat sie einzeln verschickt, möglicherweise mit einer Todesdrohung?"

„Mit Sicherheit kann ich das nicht sagen, und ich möchte nicht auf eine Morddrohung schließen, ohne weitere Beweise zu haben. Ich glaube jedoch, dass sie von jemandem geschickt wurden, der nur über die grundlegendsten Kenntnisse des Tarots verfügt. Die vierte Karte, zum Beispiel, scheint nicht als Hindernis zu passen, aber es ist mehr als das. Die Karten wirken einfach zu... systematisch geordnet. Ich glaube, der Absender hat die visuellen Bilder und die Namen der Karten wörtlich genommen hat." Randi beugte sich über die Karten, schloss für einen kurzen Moment die Augen und nickte dann, als würde sie einer Stimme in ihrem Kopf antworten.

„Ja, das ist definitiv die Nachricht, die ich erhalte."

Ich widerstand der Versuchung, meine Augen zu rollen. Es war eine Sache, sich irgendeinen Schwachsinn über

Tarotkarten anzuhören, aber unterschwellige Botschaften aus dem Weltall gingen einfach zu weit.

Abgesehen von der unterschwelligen Botschaft, was wäre, wenn Randi doch etwas auf der Spur war? Was, wenn jemand - möglicherweise Reid, von dem das Medaillon stammte - meiner Mutter die Karten geschickt oder gegeben hatte? Was bedeutete das alles? Würde es zu einem Hinweis auf das Verschwinden meiner Mutter führen? Ich grübelte über alles nach, bis Randi wieder sprach.

„Sollen wir die Karten auf diese Weise deuten, Callie? Als ob jemand sie als Nachricht geschickt hätte?"

Ich sah Randi an, die so sanft und aufrichtig sprach.

„Warum nicht?"

Randi begann mit „Der Herrscherin". „Die Frau, die auf der Karte abgebildet ist, hat wallendes blondes Haar. „Weißt du, ob deine Mutter langes blondes Haar hatte?"

Ich dachte an die Fotos der vier Jahreszeiten. „Ja, das hatte sie."

„Okay. Beachte, dass sie eine Krone mit zwölf Sternen trägt. Dies stellt die zwölf Tierkreiszeichen dar und macht die Kaiserin zur Königin des Himmels. Mit anderen Worten, sie wird sehr verehrt."

„Sie trägt ein sehr weites Kleid", sagte ich. „Ist die Kaiserin schwanger?"

Randi lächelte warmherzig. „Sehr scharfsinnig von dir, Callie. Das ist eine Frage der individuellen Interpretation. Manche glauben, dass „Die Herrscherin" lediglich die Mutterschaft repräsentiert, während andere glauben, dass sie schwanger sei. In diesem Fall könnte also beides zutreffen. War deine Mutter schwanger, als sie ging?"

In meinem Kopf drehte sich alles und ich befürchtete, ein Schleuderdrama zu bekommen. Schwanger? Hatte ich vielleicht eine Schwester oder einen Bruder? „Mein Vater hätte es nie erwähnt, und da sie weder lebendig noch anderweitig gefunden wurde, sehe ich keine Möglichkeit, es herauszufinden."

„Nun gut. Schauen wir uns die zweite Karte an, die Karte der Vergangenheit. „Der Herrscher".

Ich sah den langen, weißen Bart und den strengen Gesichtsausdruck eines Mannes, der auf einem Thron saß. Er trug eine Krone und ein wallendes rotes Gewand. „Er sieht alt und sehr... autoritär aus."

„Ja, man kann ihn sehr leicht als jemanden sehen, der mit eiserner Faust regiert. Es ist möglich, dass „Der Herrscher" für den tatsächlichen Vater einer Person steht. Wie war die Beziehung zwischen deiner Mutter und ihrem Vater, deinem Großvater?"

„Ich habe ihn nie kennengelernt, was für sich selbst spricht. Soweit ich weiß, hatten ihre Eltern sie verstoßen, als sie mit mir schwanger war. Sie war siebzehn." Ich dachte darüber nach. „Vielleicht steht die erste Karte für ihre Schwangerschaft mit mir."

„Das könnte sicherlich möglich sein."

Mit anderen Worten, die Möglichkeit, dass meine Mutter schwanger gewesen wäre, als sie ging, bestand auch. „Erzähl mir von der dritten Karte, „Die Liebenden".

„Im Rider-Deck ist das Paar Adam und Eva, die vor dem Baum des Lebens und dem Baum der Erkenntnis stehen. Sie sind nicht das gefallene Liebespaar, wie wir es aus der Bibel kennen, sondern eher ein Modell für eine ideale Beziehung." Randi zeigte auf den Engel, der über ihnen schwebte. „Hier vereint und segnet der Erzengel Raphael sie."

„Glaubst du, dass „Die Liebenden" meine Mutter und meinen Vater darstellen könnten?"

Randi schüttelte den Kopf. „Ich weiß es nicht. Deine Eltern waren bereits ein Liebespaar. Wenn ich mit meiner Annahme richtig liege, dass diese Karten das traditionelle Legesystem mit fünf Karten darstellen sollen, dann steht diese Karte für die

Zukunft, und derjenige, der die Karten geschickt hatte, war Adam für die Eva, in diesem Fall also für deine Mutter."

Ich betrachtete die Düsternis der nächsten Karte, die „Drei der Schwerter". Sie zeigte ein rotes Herz, das von drei stahlblauen Schwertern durchbohrt wurde, mit Sturmwolken im oberen Teil der Karte und Regen im Hintergrund. „Es sieht so aus, als hätte es für „Die Liebenden" kein Happy End gegeben."

„Ich finde es interessant, dass es die einzige Karte aus der „Kleinen Arkana" ist, und sei es nur, um zu verdeutlichen, dass derjenige, der die Karten geschickt hat, das gesamte Deck von achtundsiebzig Karten mit einer gewissen Gründlichkeit durchgesehen hatte, um nur fünf auszuwählen."

Randis lange Finger zeichneten die Schwerter nach. „Im Tarot steht diese Karte für Kummer, tiefe Traurigkeit und Herzschmerz. Was mich am meisten interessiert, sind die „Drei der Schwerter". Als ob das Unglück nicht nur vom Absender der Karten und deiner Mutter geteilt wurde, sondern auch von einer dritten Partei."

„Meinem Vater?"

Randi zuckte mit den Schultern. „Vielleicht ja, vielleicht nein. Das ist auf jeden Fall eine gute Vermutung."

Es war an der Zeit, sich mit der letzten Karte zu befassen, die ein verhülltes Skelett auf einem weißen Hengst zeigte, unter dem ein toter König lag, als sei er zertrampelt worden. „Was ist mit der Todeskarte?"

„Die Karte, vor der sich jeder in einer Tarot-Lesung fürchtet, wenn auch nicht immer zu Recht. Die Karte selbst ist voller Symbolik. Der tote König steht für denjenigen, der sich der Veränderung widersetzt. Der Bischof in der rechten unteren Ecke symbolisiert, dass man sich dem Tod ohne Angst stellen sollte. Neben ihm schaut eine junge Frau weg, als sei sie sich plötzlich ihrer eigenen Sterblichkeit bewusst, während ein kleines Kind unschuldig und angstfrei eine Blume in der Hand hält. Rechts in der Mitte, hinter steinernen Toren, scheint die Sonne. Auf der linken Seite sehen wir ein kleines ägyptisches Boot auf dem Fluss. Die Ägypter glaubten vom Tod, dass er ein Übergang von einem Zustand zu einem anderen sei."

„Es gibt also viele Bedeutungen?"

„Hmm. Nein, nicht viele Bedeutungen. Die Todeskarte steht für das Ende von etwas, vielleicht sogar für den physischen Tod. Die Symbolik erlaubt es uns, ein und denselben Sachverhalt auf unterschiedliche Weise zu betrachten." Randi schenkte mir ein mitfühlendes Lächeln. „Ich weiß, dass du hierhergekommen bist, um Antworten zu finden, Callie. Ich habe aber keine."

„Du hast mir viel mehr erzählt, als ich erwartet habe."

„Das war einfach", sagte Randi und lachte. „Du hast ja gar nichts erwartet."

Ich grinste. Ich musste zugeben, dass sie mich durchschaut hatte. „Nun, ich danke dir trotzdem für deine Zeit und dein Fachwissen. Ich nehme an, mein nächster Schritt ist es, herauszufinden, wer die Karten geschickt hat, obwohl ich keine Ahnung habe, wie ich das anstellen soll."

Randi wurde ernst, ihre Augen waren voller Sorge. „Du hast einen langen Weg vor dir, und du wirst ihn nicht alleine bewältigen können. Unterwegs wird es Menschen geben, denen du vertrauen kannst, und solche, denen du nicht vertrauen kannst. Manchmal ist es schwierig, den Unterschied zu erkennen. Mitunter werden Menschen, die wir anfangs nicht mögen, zu unseren besten Verbündeten. Gelegentlich entpuppen sich unsere besten Verbündeten als Feinde."

Ich dachte an die Menschen, denen ich bisher begegnet war. Misty Rivers. Ella Cole. Royce Ashford. Ich wusste, dass ich Misty nicht mochte und ihr nicht vertraute. Ella war eine Klatschtante, aber sie hatte etwas an sich, das ich liebenswert fand. Außerdem wäre sie sicher hilfreich, wenn man sie mit Vorsicht behandeln würde. So ungern ich es auch zugeben mochte, ich wollte Royce wirklich vertrauen können. Aber konnte ich das?

Ich sah in Randis Lapislazuli-Augen, biss mir auf die Unterlippe und nickte. „Ich werde vorsichtig sein." Randi sah nicht überzeugt aus. „Darf ich dir etwas empfehlen?" Ich nickte.

„Im Laden gibt es Bündel aus getrocknetem weißem Salbei. Ich rate dir, eines zu kaufen und Snapdragon Circle 16 damit zu räuchern, um das Haus von jeglicher Negativität zu befreien. Das wird dir sehr helfen, dich zu schützen, während du dort wohnst."

Ich dachte über den Sarg und das Skelett auf dem Dachboden nach. Das Haus von jeglicher Negativität zu befreien, klang nach einer guten Idee, auch wenn ich nicht davon überzeugt war, dass ein sogenanntes Salbeibündel die Lösung sein könnte. „Ich habe noch nie von Salbeibündel gehört."

„Es ist eine traditionelle Räucherzeremonie der First Nations-Völker. Es ist am besten, eine Kerzenflamme zum Anzünden des Salbeibündels zu verwenden, da es etwas dauern kann, bis das Bündel zum Rauchen gebracht wird. Sobald die Flamme des Bündels brennt, musst du leicht dagegen pusten, so dass das Salbeibündel zwar noch glimmt, aber nicht mehr brennt. Dann gehst du durch das ganze Haus, Raum für Raum, schwenkst das Bündel und sagst dabei etwas wie: „Ich entferne alle negative Energie und ersetze sie durch positive Energie." Achte darauf, dass du das Bündel über ein feuerfestes Gefäß hältst, damit die Asche nicht auf den Boden fällt. Es ist sehr wichtig, dass Räuchern mit Sorgfalt und äußerster Ehrfurcht durchzuführen. Überlege dir sorgfältig, was du mit dem Räuchern bezwecken willst, und denke dabei immer daran, während du das Ritual durchführst. Wenn du fertig bist, vergrabe das Salbeibündel auf deinem Grundstück.

Ich verließ Randi mit dem Versprechen, Snapdragon Circle

16 von allem Negativen zu befreien, machte mich auf den Weg zu Sun, Moon & Stars und überreichte der Verkäuferin zehn Dollar für ein Salbeibündel.

Skelette und Särge. Tarotkarten und Salbeibündel. Im Ernst, Dad, in was hast du mich da nur verwickelt?

17

———————

DAS RÄUCHERRITUAL DAUERTE ETWA dreißig Minuten und hinterließ einen schwachen Geruch, der an Marihuana erinnerte, im Haus zurück. Nicht, dass ich jemals gekifft hätte, abgesehen von ein paar Versuchen in der High School, aber der süße Geruch rief diese Erinnerung wieder wach. Ich öffnete alle Fenster, um die Wohnung zu lüften, denn ich wusste, dass Royce in einer Stunde für unseren Einkaufsbummel vorbeikommen würde. Ich wollte nicht, dass er einen falschen Eindruck bekam, und ich war mir nicht sicher, ob ich das Ritual erklären wollte.

Er war, wie immer, pünktlich und klingelte am Mittwochnachmittag um zwei Uhr an meiner Tür. Es war ihm sogar gelungen, die Dachdeckerfirma für Freitag zu engagieren.

Der Ausflug beseitigte meine letzten, noch bestehenden Zweifel an ihm. Egal wo wir hingingen, jeder schien ihn zu kennen und zu mögen. Unsere letzte Station war ein riesiges Fachgeschäft mit einer großen Auswahl an Küchen- und Badezimmerschränken und Arbeitsplatten, darunter auch einige Sonderanfertigungen. Es war offensichtlich, dass die

Frauen, die uns halfen, total in ihn verknallt waren. Er schien das alles nicht zu bemerken, was mich dazu veranlasste, meine „Verlieb dich nicht in diesen Kerl"-Rüstung noch mehr zu verstärken. Eine missglückte Affäre mit dem Nachbarn von nebenan, war für uns beide nicht gerade von Vorteil.

Trotzdem konnte ich nicht verhindern, dass sich ein warmes Gefühl in meinem Magen ausbreitete, als Royce mir die Hand auf die Schulter legte und mich zu der Küchenausstellung führte. Er hatte seine Hand immer noch auf meiner Schulter, als eine attraktive Frau mit schulterlangen, perfekt gesträhnten blonden Haaren auf schwarzen Stöckelschuhen auf uns zu tänzelte. Auf den ersten Blick schien sie Anfang dreißig zu sein, doch bei näherem Hinsehen wirkte sie ein gut gepflegtes Jahrzehnt älter. Ihrem perfekten Körper nach zu urteilen, der kunstvoll in eine knallenge Jeans und einen grauen Pullover, der ihr Dekolleté enthüllte und das dunkle Anthrazit ihrer Augen betonte, gezwängt war, trainierte sie hart und oft. Ich wusste, dass ich gehässig war, aber ich konnte nicht anders, auch wenn ich nicht wusste, auf was oder wen.

„Royce Ashford, schön, dich hier anzutreffen", sagte sie mit einer Stimme so süß wie Ahornsirup. „Und wen haben wir denn hier? Eine neue Freundin, die du geheim gehalten hast?"

„Chantelle", sagte Royce in neutralem Ton. „Das hier ist Callie Barnstable, Jims Tochter. Sie ist in Snapdragon Circle 16 eingezogen." Royce drehte sich zu mir um. „Callie, das ist Chantelle Marchand-Thomas. Chantelle wohnt auf der gegenüberliegenden Straßenseite, in Nummer elf."

„Nur noch Marchand, Royce, hast du vergessen?" sagte Chantelle und klopfte ihm spielerisch auf die Brust. Ich konnte mir vorstellen, wie ihre Fingernägel seine nackte Brust zerkratzten, bis er blutete.

„Tut mir leid. Hatte ich vergessen", sagte Royce.

„Ich habe „Thomas" fallen lassen, als mein Mann mich

verließ", sagte Chantelle und sah mich an. „Es macht keinen Sinn, dass ich jeden Tag an Lance den Verlierer erinnert werde." Sie musterte mich von oben bis unten, als würde sie ein Produkt abschätzen. Ich war mir nicht sicher, ob ich die Begutachtung bestanden hatte oder nicht, aber schließlich brachte sie ein zuckersüßes Lächeln zustande. „Es ist so schön, dich kennenzulernen, Callie, wenn auch nicht unter den besten Umständen. Wie ich hörte, ist dein Vater kürzlich verstorben, eine Art tragischer Unfall. Ich nehme an, er war wohl... Handwerker."

„Er war ein Spengler. Das ist ein qualifizierter Beruf."

„Natürlich, Callie", sagte Chantelle in herablassendem Ton. „Apropos Handwerk: Wie ich sehe, hast du unserem Handwerker aus der Nachbarschaft bereits Arbeit verschafft. Ich hoffe, du nimmst nicht seine ganze Zeit in Anspruch. Wir alleinstehenden Frauen müssen lernen zu teilen" Sie warf mir noch einen schnellen Blick zu. „Zumindest nehme ich an, dass du Single bist."

„Schuldig im Sinne der Anklage, und keine Sorge meinerseits, Chantelle. Ich würde nicht im Traum daran denken, Royce' Gutmütigkeit auszunutzen, nur weil ich Single bin." Ich setzte mein eigenes zuckersüßes Lächeln auf. „Ich finde Frauen, die diese Hilflosigkeitskarte ausspielen, immer ein bisschen bedauernswert, du nicht auch? Bedürftigkeit hat so etwas Erbärmliches an sich."

Chantelle wurde ziemlich rot, schaute auf ihr Handy, als wäre es ein Rettungsanker, und murmelte dann etwas von einem wichtigen Termin.

„Ich glaube, die Eisprinzessin hat einen ebenbürtigen Gegner gefunden", sagte Royce grinsend, während wir ihr dabei zusahen, wie sie den Gang hinunterstolzierte und außer Sichtweite geriet.

„Ich hätte wahrscheinlich netter zu ihr sein sollen. Immerhin wohnt sie gegenüber von mir - und sie sagte, ihr

Mann habe sie gerade verlassen. Das kann nicht einfach gewesen sein."

„Lance hat sie vor einem Jahr verlassen. Wie er mir erzählte, hatten sie schon seit ein paar Jahren Probleme.

Außerdem hat sie dich angestachelt. Du weißt es, ich weiß es, und Chantelle weiß es."

„Das mag sein, aber sie steht auch auf dich."

Royce brach in Gelächter aus. „Ich und Chantelle? Ich gebe zu, dass sie hübsch anzusehen ist, aber ich gehe lieber das Risiko ein, mit Haien zu schwimmen. Außerdem stehe ich nicht auf den pflegeintensiven Typ, und Lance zufolge ist Chantelle ausgesprochen pflegeintensiv. Ganz zu schweigen davon, dass Lance mein Freund ist. Er mag Chantelle verlassen haben, aber ich glaube nicht, dass er scharf darauf wäre, dass ich mit ihr ausgehe." Ich konnte seinen Standpunkt verstehen.

DER REST des Einkaufsbummels verlief schnell und ereignislos, zumindest was die Begegnung mit unliebsamen Nachbarn anging. Wir haben letztendlich Schränke und eine Kücheninsel - komplett mit Kochfeld, Spüle und eingebautem Weinkühlschrank - sowie Arbeitsplatten aus Granit nach Maß bestellt.

Als die Kassiererin meine Anzahlung abrechnete und ich meine Kreditkarte überreichte, war ich ziemlich zusammengezuckt. Selbst mit Royce' Unternehmerrabatt war die Gesamtsumme heftiger als erwartet.

Wir beluden seinen Pick-up mit dem Waschbecken, den Schubladengriffen und dergleichen - und fuhren zurück zum Snapdragon Circle. Kurz vor der Einfahrt, bescherte mich Royce mit einer nicht so erfreulichen Überraschung. Ich hätte damit rechnen müssen, aber ich hatte es geschafft, es aus meinem Kopf zu verdrängen.

„Meine Eltern haben uns für nächstes Wochenende zu sich nach Muskoka eingeladen. Hast du Lust dazu? Es gibt jede Menge Platz. Du hättest dein eigenes Zimmer. Als ich meiner Mutter von den Fotos erzählte, sagte sie, sie müsse dich unbedingt kennenlernen. Wir können am Samstagmorgen hinfahren und uns am Sonntagmorgen, vor dem Wochenendverkehr, wieder auf den Rückweg machen. Zwischenzeitlich können wir in Erinnerungen schwelgen, schwimmen, eine Bootstour durch die Gegend unternehmen. Du wirst über die Opulenz einiger der Anwesen dort oben erstaunt sein. Die Häuser gehören Berühmtheiten, Profisportlern und großen Unternehmen. Bei einigen dieser Sommerhäuser würden mich allein die Steuern in den Ruin treiben."

Ein Wochenendausflug hörte sich gut an, und mit Royce zusammen zu sein, hatte definitiv seinen Reiz. War ich auf das, was ich lernen würde vorbereitet? Ich war mir nicht sicher, aber ich wusste, dass ich es herausfinden musste.

„Klar, ich denke schon. Ich meine, ja, das klingt toll."

Royce beugte sich vor und löste meinen Sicherheitsgurt. Dann schob er eine Strähne meiner unbändigen Haare hinter meine Ohren. „Es ist schon in Ordnung, Callie. Du musst die Wahrheit herausfinden, richtig? Oder es zumindest versuchen."

Das war der Moment, in dem mir klar wurde, dass Royce die gleichen Gerüchte gehört hatte wie alle anderen auch. Dass er den wahren Grund meiner Anwesenheit kannte oder zumindest vermutete. Ich wollte ihn zur Rede stellen, ihn fragen, warum er nicht früher etwas gesagt hat. Was sein Grund war, wenn er überhaupt einen Grund hätte.

Dann sah ich in diese warmen braunen Augen, so ernst, so aufrichtig - und fluchte im Stillen. Meine „Verlieb dich nicht in diesen Kerl"-Rüstung wurde zusehends schwächer.

Und es gab nichts, was ich dagegen hätte tun können.

18

———

ALS ICH NACH HAUSE KAM, fand ich eine E-Mail-Antwort von Leith vor, in der er mir mitteilte, dass er mir die Depotvollmacht per Kurier geschickt hatte. Sie traf am späten Nachmittag ein, so dass ich alles für den nächsten Morgen organisieren konnte. Ich war so aufgeregt, dass es mir schwerfiel einzuschlafen. Was würde ich in diesem Bankschließfach vorfinden?

Nachdem ich endlich eingeschlafen war, träumte ich von Tarotkarten und süßen Salbeizweigen. Als der Wecker um sieben Uhr morgens klingelte, stand ich sofort auf und sah der Realität erwartungsvoll in die Augen. Draußen kam ein harter, peitschender Regen herunter, den ein alter Freund aus Portsmouth, New Hampshire, wegen seiner Intensität einmal „eine kanadische Autowaschanlage" genannt hatte. Es war kein feiner, nebliger Regen, wie ich ihn mir in Seattle oder San Francisco vorstellte. Wenn es regnete, dann aber richtig und in unbarmherzigen Sturzbächen.

Ich seufzte. Jegliche Bändigung meiner ohnehin schon widerspenstigen braunen Locken wäre zwecklos. Selbst ein sicher befestigter Pferdeschwanz oder ein Zopf waren keine Garantie dafür, dass sie sich fügten. Es war mir egal, wie sehr sich Leute mit glattem Haar darüber beklagten, dass sie keine Locken haben; sie hatten keine Ahnung, wie viel einfacher es war, dieses zu bändigen. Gerades und glattes Haar war für mich wünschenswerter als lockige Haare. Ich wollte mich gerade auf den Weg zur Bank machen, als das melodische Klingeln der Haustür ertönte. Durch mein neues Guckloch sah ich Chantelle unter einem schwarz-weiß gepunkteten Regenschirm stehen. Ich öffnete die Tür und war neugierig, welcher Impuls sie wohl hierher geführt haben könnte.

„Chantelle, das ist eine Überraschung. Komm rein, bevor du ertrinkst."

Sie wagte sich in den Flur und schüttelte vorher draußen vorsichtig ihren Regenschirm aus. Mir fiel auf, dass sie die Highheels gegen ein Paar Turnschuhe und den enganliegenden Pullover und die Jeans gegen eine schwarze Yogahose und einen passenden Kapuzenpullover eingetauscht hatte. Sie zog sich die Kapuze vom Kopf und schüttelte ihre sorgfältig gesträhnte blonde Haarpracht aus, die sie mit den Fingern kämmte. Ich musste zugeben, dass sie selbst in Yogakleidung und ohne das geringste Make-up umwerfend aussah. Außerdem hatte sie glattes Haar. Ich versuchte, sie nicht zu hassen.

„Ich bin gekommen, um mich dafür zu entschuldigen, dass ich in dem Laden so ein Ekel war." Sie lächelte reumütig und zuckte entschuldigend mit den Schultern. „Ich fürchte, ich bin mit der Scheidung nicht sehr gut zurechtgekommen. Sie scheint das Miststück in mir hervorgebracht zu haben. Ich gebe auch zu, dass ich in Royce verknallt bin. Nicht, dass er auch nur das geringste Interesse an mir gezeigt hätte, trotz meiner eher ungeschickten Versuche, seine Aufmerksamkeit zu erlangen. Als ich ihn dann mit dir gesehen habe, seine Hand auf deiner Schulter, wie er sich mit dir anfreundete, da ist etwas in mir durchgedreht. Nicht mein bester Moment."

Ich musste ihre Ehrlichkeit bewundern, und es wäre weiß Gott schön, eine Freundin zu haben, die mir im Alter näher war, als Ella Cole. Außerdem konnte man nie wissen, ob sie vielleicht Informationen hatte, die mir möglicherweise weiterhelfen könnten. Vielleicht war Chantelle auch eine Einheimische.

„Es war auch nicht mein bester Moment. Ich schlage vor, wir akzeptieren die Entschuldigung des anderen und fangen noch einmal von vorne an."

„Das würde mir gefallen." Sie streckte ihre Hand aus. „Chantelle Marchand, deine Nachbarin von gegenüber."

Ich nahm ihre Hand und schüttelte sie sanft. „Callie Barnstable. Neue Hausbesitzerin. Ich war gerade auf dem Weg zur Bank, aber das kann warten. Komm doch rein. Ich kann dir etwas Heißes zu trinken machen." Ich machte mir nicht die Mühe, Kekse anzubieten. Ihrer Figur nach zu urteilen, würde Chantelle sie nicht anrühren. Wenn sie sie aß und trotzdem ihre Figur behalten konnte, wollte ich nichts davon wissen.

„Bist du sicher? Hast du einen Termin? Denn ich kann auch ein anderes Mal wiederkommen."

„Nein, keinen Termin. Ich wollte nur das Bankschließfach meines Vaters überprüfen."

Chantelle folgte mir in die Küche und nahm Platz, während ich den Wasserkessel aufsetzte. „Ein Bankschließfach. Hast du eine Ahnung, was da drin ist?" Sie errötete. „Es tut mir leid, das war unglaublich neugierig von mir. Vergiss, dass ich gefragt habe."

„Kein Problem, ist schon in Ordnung. Um deine Frage zu beantworten: Keine Ahnung. Ich werde es wohl herausfinden."

„Du musst ja vor Neugierde platzen. Ich weiß, dass ich es würde."

Ich lachte. „Ja, irgendwie schon, aber ich habe immer noch Zeit für eine Tasse Tee oder Kaffee mit einer Nachbarin."

„Eine Tasse Tee wäre schön."

„Earl Grey, schwarz, grün oder Vanille-Rooibos?"

„Grün".

Ich nickte und machte mich daran, den Tee zuzubereiten.

„Ich nehme an, du willst das Haus renovieren", sagte Chantelle, während ich den Tee in große Tassen goss.

„Ich habe Royce' Firma mit der Küchenrenovierung beauftragt. Er wird diese Wand einreißen und somit den Raum öffnen. Es wird Dreck machen, aber ich denke, es wird sich auszahlen, wenn ich das Haus in einem Jahr verkaufen will. Im derzeitigen Zustand könnte ich es weiß Gott nicht zu einem vernünftigen Preis verkaufen. Den hässlichen Teppich habe ich bereits entfernt."

Chantelle hob die Augenbrauen. „Du denkst daran, zu verkaufen?"

„Vielleicht. Ich bin mir aber noch nicht sicher. Deshalb lasse ich mir ein Jahr Zeit." Eigentlich nicht ganz wahr, aber wahr genug. „Es gibt einfach so viel zu tun. Ich habe vor, nachdem ich bei der Bank war, Farbe für die Schlafzimmer zu kaufen. Wenn ich das Haus etappenweise renoviere, wird es nicht ganz so anstrengend werden."

„Brauchst du Hilfe?"

„Hilfe beim Kauf der Farbe?"

„Klar, wenn du willst, aber ich meinte Hilfe beim Streichen. Seit Lance ausgezogen ist, habe ich zu viel Zeit und nichts, womit ich sie füllen könnte. Ich bin eine ziemlich gute Anstreicherin, wenn ich das mal so sagen darf." Sie grinste. „Ich bin auch sehr gut darin, das Geld anderer Leute auszugeben, solltest du Hilfe beim Kauf von Möbeln oder anderen Sachen benötigen, wenn es soweit ist. Lance kann mein Einkaufstalent bezeugen." Das Grinsen verwandelte sich in ein Stirnrunzeln. „Im Ernst, ich weiß, dass Royce denkt, ich sei pflegeintensiv, aber das bin ich nicht. Nicht wirklich. Ich wuchs als fünftes Kind in einer Familie mit sechs Kindern auf. Meine Kleidung bestand aus einer Mischung von Sachen, aus denen mein älterer Bruder und meine drei älteren Schwestern herausgewachsen waren, was zum Vorteil meiner jüngsten Schwester war. Als ich aus den Klamotten herausgewachsen war, hatten sie so ziemlich ihre Lebenserwartung erreicht. Also bekam sie alles neu, vom Spielzeug bis zum Tanktop."

„Ich bin ein Einzelkind und kann mir nicht vorstellen, in einem Haus mit acht Personen zu leben, geschweige denn, gebrauchte Kleidung zu tragen. Mein Vater war nicht gerade auf dem Laufenden, was die neueste Mode anging, und das Einkaufen von Kleidung stand ganz unten auf seiner Prioritätenliste. Ich fürchte, er hatte diesen Mangel an Begeisterung auf mich übertragen. Ich kann allerdings verstehen, dass du deine eigenen Sachen haben willst."

„Oh ja. Als ich aufwuchs, wollte ich vor allem Kleider besitzen, die noch nie jemand getragen hatte, Bücher lesen, die noch nie jemand gelesen hatte, und auf einer Matratze schlafen, auf der noch nie jemand geschlafen hatte. Ich glaube nicht, dass mich das zu einem anspruchsvollen Menschen macht. Außerdem bin ich eine phänomenale Schnäppchenjägerin. Das muss ich auch sein, besonders seit der Scheidung von Lance. Ich wollte im Haus bleiben, und das hieß, ihn auszubezahlen." Chantelle lachte. „Hör mal, ich erzähle dir meine Lebensgeschichte, dabei wollte ich dir doch nur anbieten, beim Streichen zu helfen."

Ich fragte mich, ob Chantelle arbeitete. Außerdem fragte ich mich auch, ob es einen Haken gab, und warf mir vor, eine Zynikerin zu sein. Warum sollte ich ihre Freundlichkeit nicht annehmen, anstatt zu vermuten, dass sie einen Hintergedanken hatte? Ich erinnerte mich daran, was Randi gesagt hatte. Manchmal werden Menschen, die wir anfangs nicht mögen, unsere besten Verbündeten. Und manchmal entpuppen sich unsere besten Verbündeten als Feinde. Vielleicht würde Chantelle eine Verbündete werden.

„Ich habe immer nur gemietet, und das Anstreichen wurde vom Vermieter erledigt. Ich könnte jemanden gebrauchen, der mir zur Hand geht. Wenn du absolut sicher bist, dass es dir nichts ausmacht, werde ich dein Angebot annehmen."

„Echt? Du würdest mir einen Gefallen tun. Meine Arbeit in der Ahnenforschung ist flexibel. Wir müssen uns nur nach meinen Terminen im Fitnessstudio richten." Sie musste meinen Blick bemerkt haben, denn sie warf den Kopf zurück und kicherte wie ein Schulmädchen. „Nein, ich bin keine Fitnessstudio-Ratte. Ich gebe zwar Kurse - Yoga, Pilates, Krafttraining und Spinning -, aber die Stunden sind je nach Tag sehr unterschiedlich. Normalerweise habe ich einige Vormittage, einige Nachmittage und sogar gelegentlich eine Wochenendschicht, falls jemand eine Vertretung braucht."

Das erklärte ihren super fitten Körper. „Ich habe darüber nachgedacht, einem Fitnessstudio beizutreten. Ich war Mitglied bei einem in Toronto, und vermisse es bereits. Es wäre auch eine Möglichkeit, neue Leute kennenzulernen."

„Ich werde dafür sorgen, dass du eine kostenlose Probe-Monatskarte erhalten wirst. Wenn du dich entscheidest, Mitglied zu werden, kann ich dir auch einen kleinen Rabatt verschaffen. Falls du Möbel kaufen willst, kann ich dich fahren. Ich habe den Pickup von Lance als Teil unserer Trennungsvereinbarung bekommen." Chantelle schenkte mir ein trauriges Lächeln. „Es war schwerer für ihn, sich von dem verdammten Truck zu trennen, als unsere zehnjährige Ehe zu beenden "

ERST NACHDEM CHANTELLE GEGANGEN WAR, fiel mir auf, dass sie etwas über Ahnenforschung gesagt hatte. Vielleicht könnte sie mir bei der Suche nach meinen Großeltern helfen. Ich hatte immer noch nichts unternommen, um einen Informationsvermittler zu kontaktieren. Das würde sich jetzt möglicherweise erübrigen. Natürlich müsste ich Chantelle vertrauen, so wie jedem anderen, den ich anzuheuern würde. Außerdem freute ich mich wie ein Kind darüber, eine Freundin zu haben. Es war lange her, dass ich mit jemandem befreundet gewesen war; ein paar Kollegen, mit denen ich ins Theater oder ins Kino ging, aber niemand, dem ich mich anvertrauen wollte. Wenn es um wahre Geständnisse ging, hörte ich sie mir lieber an, als sie zu geben.

Ich machte mich auf den Weg zur Bank, froh darüber, dass es endlich aufgehört hatte zu regnen, und dass ich ein GPS in meinem Auto hatte. Ich war einer der Menschen, die sich nach drei Umdrehungen in ihrem Hinterhof verirren konnten, und bis jetzt hatte ich Marketville noch nicht ganz in den Griff bekommen. Marketville war zwar im Vergleich zu Toronto klein, aber immerhin grenzte Toronto im Süden an den Ontariosee. Und dann war da noch der CN Tower, ebenfalls im Süden, der mit seinen über 553 Metern von fast überall in der Stadt von weitem sichtbar war. Dieses Wahrzeichen war zwar keine Garantie dafür, dass ich mich in Toronto zurechtfinden würde, aber es diente mir als eine Art Kompass. Nicht, dass ein Kompass mir viel nützen würde. Norden und Süden bedeuten mir nichts. Es war sinnvoller mir zu erklären, dass ich am Einkaufszentrum links abbiegen soll, am Lebensmittelladen gleich hinter der Brücke rechts, und dann links in das Einkaufszentrum mit dem chinesischen Imbiss. Was, wie sich herausstellte, ziemlich genau der Weg zur Bank war.

Die Schlange in der Bank war ungefähr zehn Personen lang, obwohl es vier Geldautomaten außerhalb der Haupthalle gab. Ich nahm meinen Platz in der Schlange hinter einem vom Regen durchnässten Bauarbeiter ein, der auf seine schlammverkrusteten Arbeitsstiefel starrte, und sah mich um. Es war eine Bank wie jede andere in jeder anderen Stadt. Eine Reihe von Kassenschaltern, ein Informationsschalter, einige Besucherstühle, ein paar verglaste Büros für Manager, Kreditsachbearbeiter und dergleichen.

Eine nervige plus-sized Frau in goldenen Leggings und einer Tunika mit Leopardenmuster unterhielt sich laut und angeregt mit jemandem am anderen Ende ihres Telefons. Sie legte nicht auf, auch nicht, als ein Kassierer frei wurde. Ich fragte mich, ob die Frau wusste, wie unhöflich sie war, und nahm an, dass es ihr wahrscheinlich egal war. Als sie ging, plapperte sie immer noch vor sich hin, irgendetwas über ein Grillfest im Garten und eine rücksichtslose Schwägerin. Ich grinste über die Ironie des Ganzen und nahm ihren Platz in der Warteschlange ein. Der Kassierer, ein Typ in den Zwanzigern mit dunklen, gewellten Haaren, Grübchen und einer dickrandigen Brille, prüfte meine Papiere sorgfältig und sagte dann, er müsse das mit einem Manager klären. Ich spürte die Blicke der Leute hinter mir, die wahrscheinlich überlegten, wie lange es wohl dauern würde. Ich konnte das nachempfinden. Ich habe einmal gelesen, dass wir ein Drittel unseres Lebens mit Schlafen verbringen und konnte mir vorstellen, dass dies auch auf Warteschlangen zutraf. Als ich mich umdrehte, um ihnen ein entschuldigendes Lächeln zu schenken, konnte ich es nicht glauben, als ich Misty Rivers am Ende der Schlange sah. Ein Zufall? Mag sein. Oder vielleicht war sie mir gefolgt. Aber zu welchem Zweck? Ich nickte in ihre Richtung. Sie nickte zurück, sagte aber nichts. Wahrscheinlich war ich paranoid.

Nach einer gefühlten Ewigkeit, die aber wahrscheinlich nur ein paar Minuten dauerte, kam der Angestellte zurück und begleitete mich in einen gesicherten Bereich hinter einer Stahltür, wo ich mehrere Reihen von Schließfächern vorfand.

Er benutzte seinen Schlüssel und sagte mir dann, dass mein Schlüssel das Fach öffnen würde.

„Klingeln Sie, wenn Sie fertig sind, und ich komme Sie abholen", sagte er.

Ich nickte und öffnete die Tür des Schließfaches mit zitternden Händen.

19

———

Sollte ich gehofft haben, dass der Inhalt des Schließfachs alle meine Fragen beantworten würde, hatte ich mich leider getäuscht. Es befanden sich ein paar alte Münzen, möglicherweise wertvoll, und ein paar hundert Dollar in US-Bargeld, bestehend aus einigen Fünf-, Zehn- und Zwanzigdollarscheinen darin.

Auch ein Umschlag war dabei. Ich erkannte die krakelige Handschrift meines Vaters, die mit schwarzer Tinte auf die Vorderseite gekritzelt war. „Für Calamity Doris Barnstable im Falle meines Todes". Der Anblick dieser Worte traf mich wie ein Schlag in die Magengrube, denn es bedeutete, dass mein Vater wusste, dass er sterben könnte. Der Mann, den ich kannte - oder zu kennen glaubte - hatte nicht die geringste Andeutung gemacht, dass er besorgt war.

Ich überlegte, ob ich den Brief erst lesen sollte, wenn ich wieder zuhause war, aber ich hatte schon lange genug gewartet, und es auf weitere dreißig Minuten hinauszuschieben, erschien mir unsinnig zu sein. Also, riss ich den Umschlag auf.

Der Brief war einen Monat vor dem Tod meines Vaters datiert. Ich starrte eine Minute lang auf das vertraute Gekritzel und unterdrückte die Tränen, die zu fließen drohten. Dann begann ich zu lesen.

Liebe Calamity,

Ja, ich weiß, dass du es hasst, Calamity genannt zu werden, aber ich denke, wenn ich tot bin, wirst du darüber hinwegsehen. Wenn du das hier liest, dann bin ich es wohl. Ich hoffe auch, dass du mir den Marketville-Nachtrag im Testament verzeihst.

Natürlich wusste ich, dass die Möglichkeit bestünde, dass du das Jahr einfach abwarten würdest und Misty Rivers die Ermittlungen übernähme, und vielleicht hätte ich darauf bestehen sollen, vor allem, wenn ich dich vor möglichen Verletzungen oder Schaden bewahren wollte. Die Sache ist die, dass ich so viele Jahre versucht habe, dich davor zu schützen, die Wahrheit zu erfahren. Ich habe mich geirrt. Du hattest ein Recht darauf, sie zu erfahren, vielleicht nicht, als du sechs Jahre alt warst, aber sicherlich, als du alt genug warst, um sie zu verstehen. Stattdessen ließ ich die Jahre verstreichen und sprach nie über deine Mutter. Das war ihrem Andenken genauso unfair wie dir gegenüber.

Ich weiß Folgendes: Deine Mutter hatte dich geliebt. Sie liebte mich auch, obwohl ich zugeben muss, dass wir unsere Höhen und Tiefen hatten. Welche Ehe hat das nicht? Vor allem bei zwei Menschen, die selbst noch Kinder waren, als sie dich auf die Welt brachten. Ich glaube jedoch nicht und habe auch nie geglaubt, dass deine Mutter uns freiwillig verließ. Etwas oder jemand zwang sie dazu zu gehen. Viele Jahre lang dachte ich, sie würde zurückkommen. Das ist der Grund, warum ich das Haus im Snapdragon Circle 16 behalten habe. Wie hätte sie uns sonst finden sollen, wenn nicht durch dieses Haus? Das war zu einer Zeit, lange vor den sozialen Medien und dem Internet.

Die Jahre vergingen, und nach einer Weile begann sogar

ich, die Hoffnung aufzugeben. Leith Hampton, ein alter, lieber Freund, trotz seiner aufgeblasenen Art und seiner vielen Ehen, hatte mich vor Jahren angefleht, die Suche aufzugeben, nachdem ein Privatdetektiv, dem ich viel Geld bezahlte, nichts herausgefunden hatte. Lange Zeit habe ich diesen Rat beherzigt. Schließlich war der Detektiv von einem alten Freund empfohlen worden, einem Mann, dem ich uneingeschränkt vertraute.

Die Dinge änderten sich, als Misty Rivers das Haus mietete. Sie sagte mir, dass es in dem Haus nicht spukt, sondern dass es vom Geist deiner Mutter besessen sei. Ich weiß, dass das weit hergeholt klingt, aber eine andere Mieterin hatte das Gleiche angedeutet.

Misty war überzeugt, dass deine Mutter ermordet wurde, und sie wollte mir helfen, die Wahrheit herauszufinden. Ich gebe zu, dass ich anfangs skeptisch war. Ich glaube nicht an Geister oder Hellseher, aber ich konnte das Verschwinden deiner Mutter nie nachvollziehen. Ich beschloss, ihr zu vertrauen.

Wir hatten kaum mit unseren Recherchen angefangen, als ich in meiner Mittagspause fast getötet wurde. Bei der Baustelle handelte es sich um ein neues Wohnungsbauprojekt mit mehr als nur ein paar Komplikationen, und die Bauarbeiten waren weit hinter dem Zeitplan zurück. Um Zeit zu sparen, nahm einer der Arbeiter jeden Tag die Essensbestellung auf und gab sie telefonisch bei einem örtlichen Restaurant auf, um das Essen dort abzuholen. An diesem Tag sollte ich zufällig das Essen abholen. Ich wollte gerade die Yonge Street überqueren, um zum Sandwich-Shop zu gelangen, als einer der Lieferwagen unserer Baufirma über die rote Ampel fuhr. Wäre da nicht ein anderer Fußgänger gewesen, ein älterer Mann, der mich in letzter Sekunde mit seinem Stock zurückhielt, hätte ich nie die Gelegenheit gehabt, diesen Brief zu schreiben.

Etwa eine Woche später ereignete sich ein weiterer Zwischenfall - diesmal als ich die Baustelle verlassen wollte. Ich hatte bereits meinen Schutzhelm abgenommen und befand mich gerade außerhalb des Gebäudes, als eine Nietpistole aus dem dreißigsten Stockwerk herunterfiel und meinen Kopf um weniger als einen Zentimeter verfehlte. Hätte mich diese Nietpistole getroffen, wäre ich sofort tot gewesen.

An dieser Stelle hörte ich auf zu lesen und schloss meine Augen. Zwei Beinahe-Unfälle in der Nähe seiner Arbeit. Gefolgt von einem „unglücklichen" Arbeitsunfall. War das nur ein Zufall, ein Beweis für eine Baustelle mit mangelhaften Sicherheitsvorkehrungen, oder war es Absicht?

Ich wollte gerade wieder anfangen zu lesen, als der Bankangestellte zurückkam, um sich zu vergewissern, ob alles in Ordnung sei. Ich versicherte ihm, dass dies der Fall sei, und sagte ihm, dass ich gehen wolle. Ich schloss das Schließfach mit den Münzen und dem Bargeld wieder zu, faltete den Brief zurück in den Umschlag und steckte diesen anschließend in meine Handtasche. Es war Zeit, nach Hause zu gehen. Und mit Zuhause meinte ich den Snapdragon Circle.

ICH MACHTE mir eine Tasse Earl Grey, setzte mich an den Bistrotisch und begann an der Stelle weiterzulesen, wo ich aufgehört hatte.

Ich wünschte, ich hätte mehr Informationen, die ich mit dir teilen könnte. Was ich dir sagen kann, ist, dass die beiden Vorfälle passierten, nachdem ich beschlossen hatte, nach Marketville zurückzukehren und das Verschwinden deiner Mutter zu untersuchen. Misty schlug vor, eine Séance abzuhalten. Ich war zuerst etwas skeptisch, aber sie kann sehr überzeugend sein. Jedenfalls kaufte ich einen Pappmaché-Sarg in einem Theaterbedarfsladen und bestellte ein Skelett aus einem Katalog für medizinischen Bedarf.

Misty schlug vor, einige Fotos von unserer Familie beizulegen, also nahm ich vier, die im Jahr zuvor aufgenommen worden waren, und legte sie unter das Kissen. Indem ich dies schreibe, wird mir klar, wie lächerlich es klingt, aber ich war an einem Punkt angelangt, an dem ich bereit war, so ziemlich alles zu versuchen. Ich stellte mir sogar vor, dass ich während der Séance Verdächtige zu mir nach Hause einladen und ihre Gesichter beobachten würde. Natürlich musste ich zuerst die Verdächtigen finden.

Das erklärte das Skelett auf dem Dachboden. Ich fragte mich, wann er es mir hätte sagen wollen. Der nächste Satz beantwortete meine Frage.

Ich hatte vor, es dir zu sagen, sobald ich umgezogen war. Ich war mir nicht ganz sicher, wie du reagieren würdest, und um ehrlich zu sein, wusste ich auch nicht, wie ich dir meine Gründe für den Umzug mitteilen sollte. Ich hoffe nur, du warst noch nicht auf dem Dachboden. Ich kann mir nicht vorstellen, wie du reagieren würdest, wenn du den Sarg dort ohne diese Erklärung finden würdest. Ich habe nur sehr wenigen Menschen von meinen Plänen erzählt, wieder nach Marketville zu ziehen. Leith wusste es natürlich und Misty Rivers. Die Nachbarn Ella Cole und Royce Ashford. Ich kann mir nicht vorstellen, dass einer von ihnen mir etwas antun wollte.

In der Bibliothek in Marketville, die ich in meiner freien Zeit aufsuchte, las ich Zeitungsausschnitte aus der Zeit des Verschwindens deiner Mutter. Die Aufzeichnungen sind bestenfalls lückenhaft, aber man verwies mich an die

Stadtbibliothek, die offenbar über ein viel umfangreicheres Archiv verfügt. Bis jetzt habe ich es noch nicht dorthin geschafft.

Solltest du dich dazu entschließen, muss ich dich warnen, dass du Dinge über mich lesen wirst, die dir nicht gefallen werden. Ich wurde zwar nie verhaftet, aber alle in der Stadt, auch der zuständige Beamte, schienen mich zu verdächtigen, weil sie glaubten, ich hätte deine Mutter getötet und die Leiche versteckt. Ich habe mit der Polizei kooperiert, aber ich habe auch die Entscheidung getroffen, mit dir nach Toronto zu ziehen, um einen Neuanfang zu machen. Ich wollte nicht, dass du deine Kindheit damit verbringen musst, Gerüchten auszuweichen.

Soviel ich weiß, bin ich immer noch ein Verdächtiger. Sicherlich wurde der Fall nie aufgeklärt. Aber glaube mir, Calamity, wenn ich sage, dass ich nichts getan habe, was deiner Mutter hätte schaden können. Ich wollte immer nur herausfinden, wohin sie gegangen ist und warum. Ich glaube, wenn du herausfindest, wer meinen Tod wollte, wirst du auch herausfinden, was mit meiner geliebten Abigail geschehen ist. Ich weiß, dass es ein Risiko ist, und ich bitte dich, vorsichtig zu sein, aber ich hoffe auch, dass du die Wahrheit herausfinden wirst. Vielleicht wird dann der Geist deiner Mutter befreit werden.

Mit all meiner Liebe,
Dad

Ich las den Brief noch zweimal durch. Dann goss ich mir ein großes Glas Weißwein ein und bestellte eine Käsepizza mit Peperoni und extra Tomatensauce. Es war Zeit für ein gemütliches Essen und einen Plan.

ICH ZOG einen der Bistrostühle auf die Veranda und saß dort, aß Pizza und trank Wein, als Chantelle auf dem Heimweg von der Arbeit im Fitnessstudio vorbeikam. Der Brief hatte mich so aus der Fassung gebracht, dass ich keine Farbe eingekauft hatte. Ich sagte ihr, dass ich es total vergessen hatte. Dieses Geständnis war mir etwas peinlich. Schließlich hatte sie sich freiwillig angeboten, um mir beim Anstreichen zu helfen, und ich hatte es nicht einmal geschafft, das Material zu besorgen.

Chantelle winkte meine Entschuldigung ab und fragte mich, ob etwas nicht in Ordnung sei. Dass ich draußen saß, Wein trank und Pizza aß, wies wohl darauf hin. Oder vielleicht war es der fassungslose Blick in meinem, mit Soße verschmierten, Gesicht.

„Nichts Schlimmes. Es ist nur, dass der Inhalt eines Briefes, den ich erhalten habe, etwas beunruhigend war." Ich erinnerte mich meiner Manieren. „Kann ich dir ein Glas Wein anbieten? Ich sollte wahrscheinlich nicht alleine draußen sitzen und trinken. Ella Cole wird einen Heidenspaß haben."

„Wenn sie von dir redet, lässt sie den Rest von uns in Ruhe", sagte Chantelle lachend. „Aber klar, ich würde mich über ein Glas Wein und ein Stück Pizza freuen, wenn du das schon anbietest. Ich habe gerade drei einstündige Trainingseinheiten hinter mir und könnte den Arm eines Bären essen. Sehe ich da etwa scharfe Paprika?"

Ich nickte. „Und extra Soße. Man besudelt sich, aber es schmeckt "

Chantelle folgte mir ins Haus und holte den zweiten Bistrostuhl heraus, während ich den Wein einschenkte und ein Stück Pizza auf einen Teller legte. Dann machten wir uns auf den Weg zurück auf die Veranda.

„Diese Veranda ist das Schönste an diesem Haus", sagte ich und wusste nicht so recht, was ich sonst sagen sollte. „Ein paar Korbstühle oder so wären nett, damit sie einladender aussieht."

„Das ist eine gute Idee. Aber der Rest des Hauses wird

genauso schön oder noch schöner sein, wenn du erst einmal die Änderungen vorgenommen haben wirst."

„Es tut mir echt leid, dass ich die Farbe nicht besorgt habe. Ich werde versuchen, sie morgen zu besorgen." Danach hatte ich vor, eventuell zur Stadtbibliothek zu gehen. „Ansonsten vielleicht am Samstag."

„Wenn du bis Sonntag warten könntest, würde ich mit dir gehen. Das ist mein freier Tag. Wir können Farbe aussuchen. Vielleicht sogar ein paar Korbstühle kaufen. Wie gesagt, ich gehe gerne einkaufen. Ich habe auch ein gutes Auge fürs Dekorieren. Welche Farbe hat deine Bettdecke?"

„Ich könnte eigentlich eine neue gebrauchen. Die jetzige ist schon uralt. Dein Angebot, mir beim Einkaufen zu helfen, nehme ich gerne an. Es gehört nicht gerade zu meinen Lieblingsbeschäftigungen."

„Perfekt. Wie wäre es mit elf Uhr? Wir können ein bisschen shoppen gehen, vielleicht sogar früh zu Abend essen, wenn du Zeit hättest."

Nicht mein eigenes Sonntagsessen kochen zu müssen, hörte sich gut an. „Abgemacht."

Ich war gespannt, ob Chantelle den Brief erwähnen würde, aber sie tat es nicht. Seltsamerweise enttäuschte es mich, denn ich brauchte wirklich eine Vertrauensperson.

Konnte ich ihr vertrauen?

„Wie lange wohnst du schon in Snapdragon Circle?"

Obwohl die Frage aus heiterem Himmel kam, schien sie Chantelle nichts auszumachen.

„Im Oktober werden es zehn Jahre sein. Lance und ich kauften das Haus, als wir geheiratet hatten." Sie lächelte reumütig. „Es waren glücklichere Zeiten."

„Stammst du ursprünglich aus dieser Gegend?"

„Um Gottes Willen, nein. Und Lance auch nicht. Wir sind beide aus Ottawa, aber Lance hatte einen Job in Toronto bekommen, und wir konnten uns dort nichts leisten. Selbst

Marketville war kaum in unserer Preisklasse. Am Anfang hatte ich es hier gehasst, aber inzwischen gefällt es mir. Ich vermisse Ottawa immer noch, aber das hier ist jetzt mein Zuhause."

„Hast du jemals meinen Vater kennengelernt?"

Sie schüttelte den Kopf. „Ich hatte ihn ein paar Mal vorbeikommen sehen, aber ich hatte nie mit ihm gesprochen. Aber ich glaube, Royce kannte ihn. Warum? Weshalb die vielen Fragen?"

„Es tut mir leid, wenn ich aufdringlich bin."

„Nein, nein, das bist du nicht. Ich habe nur das Gefühl, dass ich für etwas interviewt werde." Sie musterte mich mit zusammengekniffenen Augen und nickte dann. „Es geht um den Brief, nicht wahr? Du willst mir von dem Brief erzählen, aber du weißt nicht, ob du mir vertrauen sollst oder nicht."

Mir war nicht klar, dass ich so durchschaubar war. Oder vielleicht war Chantelle einfach nur sehr scharfsinnig.

„Ich würde gerne jemandem von dem Brief erzählen", sagte ich. „Es ist nur noch nicht der richtige Zeitpunkt dafür."

„Wenn die Zeit kommt, bin ich für dich da, um dir zuzuhören."

Danach saßen wir schweigend da, nippten an unserem Wein und mampften Pizza. Ich wollte sie über ihre Ahnenforschungsarbeit ausfragen, aber jetzt schien mir nicht der richtige Moment dafür zu sein. Nach fünfzehn Minuten freundschaftlichen Schweigens versprach Chantelle, am Sonntag wiederzukommen, und machte sich auf den Weg auf die andere Straßenseite.

Ich hörte, wie im Haus nebenan ein Fenster geschlossen wurde.

Ella Cole hatte eine Menge zu hören bekommen.

20

Ich wachte auf, weil ich über mir das Stampfen von Schritten hörte. Es dauerte eine Minute, bis ich mich daran erinnerte, dass Royce die Dachdecker für heute bestellt hatte, aber ich musste zugeben, dass mir diese Minute einen ziemlichen Schrecken eingejagt hatte. Nachdem mein Herzklopfen nachgelassen hatte, stand ich auf, und war bereit, mich den Herausforderungen des Tages zu stellen.

Nach dem Frühstück und einem kurzen Gespräch mit den Dachdeckern, schrieb ich als erstes meinen Wochenbericht an Leith.

An: Leith Hampton
Von: Callie Barnstable
Betreff: 2. Freitagsbericht

Ich lernte zwei weitere Nachbarinnen kennen, Ella Cole und Chantelle Marchand. Ella und ihr verstorbener Mann Eddie, waren mit meinen Eltern befreundet. Sie konnte mir einige Auskünfte zum Verschwinden meiner Mutter geben, insbesondere, dass sie mich am Morgen des 14. Februar 1986 zur Schule gebracht hatte und danach nie wieder gesehen wurde. Ella ist der Meinung, dass die Polizei meinen Vater des Verbrechens verdächtigte, aber keine Beweise finden konnte. Ich vermute, dass Ella möglicherweise weitere Informationen hat, und werde versuchen, mich mit ihr anzufreunden. Chantelle scheint keine Verbindung zu der Vergangenheit meiner Eltern gehabt zu haben. Wie du weißt, habe ich einen Schließfachschlüssel gefunden und bin daraufhin zur Bank gegangen. In dem Schließfach befanden sich ein paar Münzen und etwas US-Bargeld.

Schließlich habe ich die zweite Mieterin, Jessica Tamarand, ausfindig gemacht. Jessica nennt sich jetzt Randi, und ist eine Tarotkartenleserin bei Sun, Moon & Stars, einem New-Age-Laden in Marketville. Ich traf mich am Dienstag mit ihr. Sie erinnerte sich an das Verschwinden meiner Mutter, da dies zur gleichen Zeit geschah, als sie mit ihrer Familie in die Stadt gezogen war. Damals war sie noch ein Teenager und konnte mir daher nicht weiterhelfen.

In meinem Bericht an Leith ließ ich einige Fakten aus, in diesem Fall die gefundenen Tarotkarten und den Brief meines Vaters, da ich der Meinung war, dass beide für mich persönlich gedacht waren. Ich würde es ihm zu gegebener Zeit mitteilen, sobald ich wusste, wie alles zusammenpasste. Zufrieden mit dem, was ich an Leith geschrieben hatte, und dass ich die Bedingungen des Nachtrags erfüllt hatte, drückte ich auf Senden und loggte mich aus. Es war an der Zeit, zur Stadtbibliothek zu gehen. Ich hoffte nur, dass niemand durch das Dach auf den Dachboden fiel. Es wäre problematisch, den Sarg dort oben zu erklären.

DIE STADTBIBLIOTHEK BEFAND sich südlich von Marketville. Die weitläufige, vierstöckige Bibliothek war für das gesamte Cedar County zuständig. Sie verfügte über die größte Sammlung von Büchern, Zeitschriften, digitalen Ausgaben und Archiven in der Region. An der Anmeldung beantragte ich einen Bibliotheksausweis, machte mich dann auf den Weg zum Informationsschalter im Hauptgeschoss, und versuchte, mit meinen Absätzen nicht auf dem Fliesenboden zu klappern. „Wo finde ich das Zeitungsarchiv?"

„Aus welchem Jahr?", fragte die Angestellte.

„Neunzehnhundertsechsundachtzig."

„Das wäre im dritten Stock. Sie müssen Shirley bitten, Ihnen zu helfen. Sie ist die Leiterin des Archivs. Ich bin mir ziemlich sicher, dass diese Publikationen noch auf Mikrofilm abrufbar sind."

Ich hatte noch nie etwas von Mikrofilm gehört, nickte aber trotzdem. Eine Wendeltreppe mit Glaswänden und schmiedeeisernen Geländern führte in die oberen Stockwerke. Am Rande des Raumes standen Dutzende von Zeitschriftenreihen, Regale mit Büchern und eine Reihe von schwarzen Metallschränken. In der Mitte des Raums befanden sich mehrere lange Tische mit Stühlen. Auf einigen der Tische standen Computer, viele der Bildschirme waren groß und veraltet. Auf zwei Tischen standen Geräte, die wie Overhead-Projektoren aussahen. Einige Leute lasen Zeitschriften, ein paar andere saßen an Computern, aber niemand schien sich für die Projektoren zu interessieren.

Die zuständige Bibliothekarin saß hinter einem Schalter im hinteren Teil des Raumes. Ich ging auf sie zu und sah, dass sie am tippen war. Sie sah auf und schob sich eine schwarz gerahmte Lesebrille auf die Stirn. Ich nahm an, dass es sich um Shirley, der Leiterin des Archivs, handelte.

„Kann ich Ihnen helfen?"

„Die Frau an der Information im Hauptgeschoss sagte mir,

dass jemand namens Shirley mir Zugang zu den Zeitungsarchiven der *Marketville Post* verschaffen könnte. Aus dem Jahr 1986." Ich reichte ihr meinen Bibliotheksausweis. Sie warf einen kurzen Blick darauf, scannte ihn in einen Computer und gab ihn mir zurück.

„Ich bin Shirley", sagte sie und zeigte auf ein Namensschild auf dem Schreibtisch. „Diese Publikationen wurden auf Mikrofilm gespeichert."

„Ich weiß nicht, was das ist."

Sie grinste. „Nein, ich nehme an, Sie sind zu jung, um sich an die Zeit zu erinnern, als Mikrofilm aktuell war. Sie können sich wahrscheinlich kaum an das Faxgerät erinnern, geschweige denn an Telex."

Die Bank verwendete gelegentlich noch Faxe. Aber Telex? Was zum Teufel war ein Telex? Mein verwirrter Gesichtsausdruck bestätigte wohl ihre Vermutung.

„Macht nichts", sagte Shirley lächelnd. „Das hat nichts mit Ihrem Anliegen zu tun. Es verrät nur mein Alter. Im Wesentlichen eignet sich Mikrofilm dazu, viele Dokumente auf kleinen Datenträgern zu speichern. Der Film ist eine Karteikarte in Indexgröße, die man in ein Mikrofilm-Lesegerät einlegt - diese Geräte, die wie ein Overhead-Projektor aussehen. Das Lesegerät vergrößert das Bild und zeigt es auf dem Bildschirm an. Heute ist diese Technologie natürlich veraltet, aber damals war sie sehr innovativ."

„Ist es schwierig sie zu bedienen?" Die Maschinen sahen aus, als stammten sie aus dem letzten Jahrhundert, was auch der Fall war.

„Keineswegs. Wir haben sogar einen Drucker. Für zehn Cent pro Seite, können Sie eine Kopie ausdrucken, und für einen weiteren Dollar erhalten Sie eine Mappe zum Aufbewahren. Lassen Sie uns zusammen die entsprechende Rubrik suchen, und ich werde Ihnen erklären, wie Sie das finden, wonach Sie suchen."

Die Mikrofilm-Datei für die 1980er Jahre nahm mehrere Schubladen in einem schwarzen Metallschrank ein.

„Sie sind alle nach dem Datum und dem Namen der Zeitung sortiert", sagte Shirley und zeigte auf die Indexetiketten. „Kennen Sie den Namen der Zeitung? Oder das genaue Datum?"

Ich hatte beschlossen, mit der *Marketville Post* vom 13. Februar 1986 zu beginnen, dem Tag vor dem „Verschwinden" meiner Mutter. Es war zwar sehr unwahrscheinlich, dass dort etwas zu finden sein würde, aber da die *Post* nur donnerstags erschien, konnte es nichts schaden damit zu beginnen. Außerdem könnte ein bestimmter Artikel in dieser Zeitung der Auslöser für das Verschwinden meiner Mutter gewesen sein.

Shirley zog den Mikrofilm heraus, ordnete ihn nach Namen und Datum und wies mich an, die Karten nicht wieder abzuheften, denn „wenn sie durcheinandergeraten, ist es für die nächste Person hoffnungslos." Ich versprach es, obwohl mich der Gedanke belustigte, dass man mir nicht zutraute, nach Namen und Datum ordnen zu können.

Nachdem wir die Regeln geklärt hatten, zeigte mir Shirley, wie man das Lesegerät benutzt. Die Maschine war eigentlich recht einfach zu bedienen, aber ich konnte gut nachvollziehen, wie mühsam es gewesen sein musste, alle alten Ausgaben abzufotografieren. Als ich für die Bank arbeitete, wurde mir einmal die Aufgabe zuteil, eine Reihe von Artikeln über Betrug für einen Newsletter einzuscannen und dann zum PDF-Format zu konvertieren, was stinklangweilig war.

Ein schnelles Durchblättern bot keine unmittelbaren Anhaltspunkte, aber es vermittelte einen Eindruck über Marketville, als die Stadt noch viel kleiner als heute war. Es gab Stellenanzeigen und Nachrufe, sogar ein paar Geburtstagsgrüße und Hochzeitsanzeigen, aber vor allem gab es viele Fotos, die Einheimische bei hiesigen Veranstaltungen zeigten: In Schneeanzüge gehüllte Kinder beim Rodeln, deren frierende Eltern lächelnd zusahen. Aknegeplagte Jugendliche beim Tanzen auf dem Sadie-Hawkins-Schulball, während ein paar Lehrerinnen als Anstandsdamen in der Ecke standen und erfolglos versuchten, nicht gelangweilt auszusehen. Eine Doppelseite über das Rep-Hockeyteam von Marketville, mit einem Bericht über die aktuellsten Spiele.

Ich studierte jedes einzelne Foto und las die Namen. Keine davon sagten mir irgendwas. Es kam mir in den Sinn, dass es höchstwahrscheinlich einen Bericht über die Baumpflanzaktion meiner Mutter am Canada Day 1984 gäbe. Zeit für einen Rückblick. Ich steckte die Mikrofilmkarte vom 13. Februar 1986 in die, von der Bibliothekarin bereitgestellten Ablage und fuhr mit einer weiteren Datei, welche die Ausgaben vom 28. Juni und dem 5. Juli erhielt, fort und entschied mich für den 5. Juli, da die Baumpflanzaktion am 1. Juli stattgefunden hatte.

Ich wurde nicht enttäuscht. Auf der Titelseite war ein Bild meiner Mutter zu sehen, ihr langes, blondes Haar zu einem Pferdeschwanz gebunden, ein Fleck dunkler Erde auf ihrem lächelnden Gesicht. Sie trug Gartenhandschuhe, Jeansshorts, ein rotes T-Shirt - bedruckt mit einem weißen Ahornblatt in einer Schaufel - und Wanderschuhe. Die Bildunterschrift lautete: DIE ANWOHNERIN ABIGAIL BARNSTABLE LEITET DIE MARKETVILLE CANADA DAY BAUMPFLANZAKTION AN DER MARKETVILLE PUBLIC SCHOOL.

Zu dem Foto gab es eine kurze Geschichte, die von einem G.G. Pietrangelo geschrieben wurde, mit einigen Zitaten meiner Mutter über die Bedeutung von ehrenamtlicher Arbeit und Gemeinschaft. Soweit ich das beurteilen konnte, gab es in der ganzen Stadt ähnliche Baumpflanzaktionen, die alle von meiner Mutter organisiert wurden. Der Artikel endete mit *Mehr Fotos auf Seite 8.*

Ich schaltete den Drucker an. Wie versprochen, enthielt Seite acht eine Fotocollage, die ebenfalls G.G. Pietrangelo zugeschrieben wurde. Leider waren keine Bildunterschriften vorhanden. Ich notierte mir den Namen, obwohl ich mir nicht vorstellen konnte, was ich ihn oder sie fragen würde, selbst wenn es mir gelang, die Person nach all den Jahren noch ausfindig zu machen. Dann betrachtete ich die Fotos genauer. Die Bilder waren unscharf, die Qualität nicht sehr gut, aber die Gesichter waren erkennbar. Auf einem Gruppenfoto mit zehn lächelnden Freiwilligen, die alle dasselbe rote Ahornblatt-T-Shirt trugen, stand mein Vater in der ersten Reihe, neben meiner Mutter. Er sah entspannt und glücklich aus. Beide sahen glücklich aus. Da war allerdings noch ein anderes Gesicht, das mich anstarrte. Das Gesicht eines Mannes. Ein Mann mit blondem Haar, ernsten braunen Augen und einem markanten, leicht nach oben geneigten Kinn. Es war der Mann aus dem Medaillon - Reid, wie die Inschrift besagte -, der in der letzten Reihe, direkt hinter meiner Mutter, stand.

Wieder einmal überkam mich ein Gefühl der Vertrautheit. War ich diesem Mann schon einmal begegnet, und wenn ja, wann? Ob ich ihn kannte oder nicht, es war offensichtlich, dass mein Vater ihn auch kannte. Könnten sie befreundet gewesen sein?

War die Affäre am Canada Day 1984 schon im Gange? War Reid einer der „Tiefpunkte" in den „Höhen und Tiefen", die Vater in seinem Brief an mich erwähnte? Es war möglich, und vielleicht hatte meine Mutter versucht, die Beziehung zu beenden. Das könnte die Fotos erklären, die 1985 vor dem Ahornbaum aufgenommen wurden, den sie 1984 gepflanzt hatten. Meine Eltern waren an diesem Tag glücklich gewesen, da war ich mir sicher.

Das Medaillon war auf den 14. Januar 1986 datiert. Ella Cole hatte gesagt, meine Mutter sei an ihrem Geburtstag im Dezember 1985 sichtlich verstört gewesen. Vielleicht hatte die Affäre wieder angefangen. Oder vielleicht hatte Reid sie nicht aufgeben wollen. Ich dachte über die Tarotkarten nach. Randi glaubte, dass sie eine wörtliche Botschaft übermitteln könnten. Könnte Reid sie geschickt haben? Wenn nicht er, wer sonst?

Ich massierte meine Schläfen. Es gab so viele unbeantwortete Fragen, so viele Möglichkeiten. Ich nahm die ausgedruckten Kopien und legte sie in die Mappe, die Shirley mir zur Verfügung gestellt hatte. Dann zog ich die Mikrofilmkarte aus dem Lesegerät heraus und legte sie in die Ablage. Es war offensichtlich, dass ich den Rest von 1984, das ganze Jahr 1985 und dann 1986 durchgehen musste. Der Gedanke, dies alleine zu tun, war bedrückend, ganz zu schweigen davon, dass es viel Zeit in Anspruch nehmen würde. Ich seufzte und ging zurück zum Dateischrank.

DER REST der 1984er-Ausgaben der *Marketville Post* erwies sich als Reinfall. Ich lehnte mich in meinem Stuhl zurück und versuchte, meinen Nacken und Rücken zu entspannen. Da ich den größten Teil des Vormittags über das Mikrofilm-Lesegerät gebeugt verbracht hatte, war ich nun steif, hatte Schmerzen und war hungrig. Bevor ich 1985 in Angriff nehmen konnte, benötigte ich eine Pause. Ich hatte bereits beschlossen, dass 1986 bis nach meiner Rückkehr des Ashford-Besuchs warten musste. Für die Berichte über meinen Vater als Mordverdächtigen, brauchte ich frische Augen und einen starken Magen. Ich informierte Shirley, dass ich in einer Stunde zurück sein würde, bezahlte meine Kopien und die Mappe und ging wieder die Wendeltreppe hinunter.

Im Hauptgeschoss der Bibliothek gab es ein kleines Café, in dem Muffins, Kekse, Bagels, einige vorgefertigte Thunfisch- und Eiersalat-Sandwiches sowie eine Auswahl an Tees und Kaffees angeboten wurden. Ich bestellte einen großen Pfefferminztee und ein getoastetes Sesambrötchen mit einfachem Frischkäse - ich traute diesen vorgefertigten

Sandwiches nie - und setzte mich an einen kleinen runden Tisch. Dann griff ich nach meinem Kakaobutter-Lippenbalsam, eine Gewohnheit, die mich entspannte.

Ich studierte den Zeitungsartikel und die Fotos, während ich mein Brötchen aß und an meinem Tee nippte. Niemand kam mir auch nur annähernd bekannt vor. Vielleicht könnte ich Royce fragen, ob er jemanden wiedererkannte, aber 1984 wäre er acht Jahre alt gewesen. Daher war es keineswegs garantiert, und außerdem musste ich ihm gegenüber dann zugeben, dass ich in alten Aufzeichnungen herumgestöbert hatte. Der Wunsch, mehr über meine Mutter herauszufinden, und ernsthaftes Nachforschen waren zwei verschiedene Dinge. Ich wollte nicht, dass er dachte, ich sei davon besessen, und ich war noch nicht bereit, ihm von der Verfügung zu erzählen.

Natürlich hätte ich auch Ella Cole fragen können, ob sie wusste, wer diese Leute waren, aber der Gedanke an den Klatsch, den sie verbreiten würde, war nicht auszuhalten. Vielleicht sollte ich es eher als eine Suche nach meiner Vergangenheit betrachten und nicht als den Versuch, ein Geheimnis zu lösen. Ich beschloss, noch einmal darüber nachzudenken. Nach dem Essen ging ich wieder nach oben in den dritten Stock, bereit, das Jahr 1985 in Angriff zu nehmen.

EINE ZEIT lang sah das Jahr 1985 nicht vielversprechender aus als die zweite Hälfte des Jahres 1984. Erst am 15. Mai fand ich ein weiteres Foto meiner Mutter. Wieder einmal war sie auf der Titelseite zu sehen, diesmal umgeben von Tomatendosen. In diesem Artikel wurde ihr ehrenamtliches Engagement gewürdigt, dieses Mal als Vorreiterin der ersten örtlichen Lebensmittelbank.

„Der Hunger ist nicht auf Großstädte wie Toronto beschränkt. In Marketville gibt es viele Familien, die gerade so über die Runden kommen", wurde sie zitiert. „Jeder kann helfen, indem er einen nicht verderblichen Lebensmittelartikel zur Feier des Canada Day am 1. Juli mitbringt. Besonders benötigt werden Erdnussbutter, Fischkonserven, Bohnen in Dosen, Gemüse und Suppen, Babynahrung, Müsli und Säfte in Tetrapacks. Lasst uns die Regale unserer Lebensmittelbank auffüllen!"

Tränen stiegen mir in die Augen. Meine Mutter könnte eine Affäre gehabt haben. Ehrlich gesagt, war das wahrscheinlich wahr, aber trotzdem war sie ein guter Mensch.

Sie wollte helfen.

Ich ging den Rest der Zeitung durch. Nichts Weiteres stach hervor. Es folgten einige Wochen ohne nennenswerte Vorkommnisse, bis schließlich die Ausgabe vom vierten Juli kam. Diesmal war auf der Titelseite ein Foto vom Canada Day Feuerwerk abgebildet. Die Bildunterschrift lautete:

Die Feierlichkeiten zum Canada Day endeten mit einem Feuerwerk vor dem Rathaus. Die ganztägige Veranstaltung umfasste Gesichtsmalerei für Kinder, eine Lebensmittelsammlung für die neue Marketville Lebensmittelbank sowie eine Kunsthandwerksausstellung mit Bauernmarkt. Weitere Fotos auf den Seiten 15 und 16.

Ich blätterte die nächsten vierzehn Seiten durch - nichts - und stoppte auf Seite 15/16, der Zeitungsmitte. Ein Foto zeigte meine Mutter, umgeben von Stapeln nicht verderblicher Lebensmittel, mein Vater an ihrer Seite. Reid war auf keinem der Fotos abgebildet. Was nicht unbedingt bedeutete, dass er nicht dort war.

Ich druckte die Seite aus, nahm die Mikrofilmkarte heraus

und ging zurück zur Dateiablage. Als ich bei der Ausgabe vom 12. Dezember anlangte, war ich ziemlich müde, und mein Nacken und Rücken bettelten um Linderung, aber zur Belohnung erblickte ich dann meine Mutter wieder auf der Titelseite, diesmal als Werbeträgerin für eine Weihnachtssammelaktion. Vielleicht bildete ich mir das nur ein, aber sie sah auf diesem Foto dünner aus und ihr Lächeln wirkte angespannt. Ich überflog den Artikel:

„Ich weiß, dass es zu dieser Jahreszeit viele Wohltätigkeitsorganisationen und gute Zwecke gibt, für die wir in unsere Taschen greifen, ganz zu schweigen von unseren eigenen Familien. Aber wir hoffen, dass diejenigen, die es sich leisten können, haltbare Lebensmittel bei der Feuerwehr oder der Lebensmittelbank abgeben", bat Abigail Barnstable. „Es geht auf den Winter zu, eine Jahreszeit, in der sich die Menschen eher in ihren Häusern verkriechen. Lasst uns versuchen, unsere Regale aufzufüllen!"

Obwohl meine Mutter im Vordergrund stand, waren vier weitere Freiwillige auf dem Foto zu sehen. Ein Mann mit einem kurzgeschnittenen Bart, einer kleinen halbmondförmigen Narbe über der linken Augenbraue und zwei Frauen, eine mit mausbraunen Haaren und einer kurvenreichen Figur, die andere rothaarig und schlank. Die mit der kurvigen Figur kam mir vage bekannt vor. Und dann war da noch Reid. Eindeutig Reid.

Ich versuchte, die kurvenreiche Frau einzuordnen. Ihre Körperhaltung erinnerte mich an jemanden, aber es war mehr als das. Es waren die Augen, tiefschwarz und scharfsinnig.

Dann wusste ich es. Sie war über dreißig Jahre jünger und mindestens genauso viele Pfund leichter. Anstatt der platinblonden, wuscheligen Haare hatte sie eine Afrofrisur, die in den achtziger Jahren Mode war. Bei der Frau handelte es sich zweifellos um Misty Rivers.

Die Erkenntnis, dass Misty meine Mutter gekannt hatte und dass sie diese Tatsache meinem Vater verschwiegen hatte, warf mehr Fragen als Antworten auf. Was wusste Misty Rivers wirklich? Warum hatte sie das Haus am Snapdragon Circle gemietet - und wusste Leith von ihrer früheren Beziehung? Hatte sie gehofft, die Wahrheit herauszufinden? Oder wollte sie verhindern, dass sie jemals ans Tageslicht käme?

Randi hatte mich gewarnt, vorsichtig zu sein. Ich hatte das Gefühl, dass ich bei Misty Rivers besonders umsichtig vorgehen musste.

21

———

ICH BESCHLOSS, zuerst meine Mikrofilm-Recherchen zu
beenden, bevor ich Misty kontaktieren würde. Immerhin
bestand die Möglichkeit, dass ich noch weitere Entdeckungen
machen würde, die mich auf die unvermeidliche Begegnung
mit ihr vorbereiten würden. Das bedeutete, dass ich die
Berichterstattungen von März 1979 - dem Monat und Jahr, in
dem meine Eltern in diese Stadt gezogen waren - bis
Dezember 1986 durchgehen musste. Mein Vater war im
September nach Toronto umgezogen, aber es wäre eventuell
von Vorteil, die Suche um ein paar Monate zu erweitern. Die
bevorstehende Herausforderung war überwältigend. Die *Post*
erschien zweiundfünfzig Mal im Jahr, was bedeutete, dass ich
mehr als vierhundert Ausgaben durchsehen musste.

Ich wollte soeben zum Jahr 1979 zurückkehren - eine
Verzögerungstaktik, um das Lesen der Artikel, die über das
Verschwinden meiner Mutter berichteten, hinauszuschieben -
als mir auffiel, dass der bärtige Mann auf dem
Lebensmittelbank-Foto, möglicherweise derselbe war, wie der
auf dem Foto von der Baumpflanzaktion am Canada Day
1984. Ich nahm die ausgedruckte Kopie aus der Mappe und

suchte in der Fotocollage nach seinem Bild. Da war er, in der hinteren Reihe stehend. Es war tatsächlich derselbe Mann; die Narbe war ein eindeutiges Indiz. Wer er war, blieb ein Rätsel.

Ich legte die Mikrofilmkarte in die Ablage, stand auf, streckte mich und wusste, dass ich nicht in der Lage war, weitere Mikrofilme durchzusehen. Morgen war auch noch ein Tag.

SHIRLEY, die leitende Archivarin, hatte wieder Dienst. Sie lächelte, als sie mich erblickte, und winkte mir kurz zu. Ich lächelte zurück und überlegte, ob ich ihre Hilfe in Anspruch nehmen könnte. Ich schlenderte zu ihr hinüber. „Shirley, ich weiß nicht, ob es gegen die Regeln verstößt, aber könnten Sie mir vielleicht bei meinen Recherchen helfen? Meine Suche umfasst 1979 bis Ende 1986. Die Jahre 1984 und 1985 habe ich schon in Angriff genommen, aber wenn ich so weitermache, werde ich mich hier niederlassen müssen. Ich könnte etwas Unterstützung gebrauchen.”

Shirley presste die Lippen aufeinander und sah sich in der Bibliothek um. Eine Handvoll Leute saßen an den Computern, aber alle schienen zufrieden zu sein. Ein paar Minuten später antwortete sie: „Ich mache in zehn Minuten Pause. Wir treffen uns im Café, und Sie können mir sagen, wonach Sie suchen. Dann werden wir weitersehen.”

Im Café war heute mehr Betrieb als am Freitag, aber es gelang uns, einen Tisch für zwei Personen zu bekommen. Für Shirley kaufte ich einen koffeinfreien Kaffee mit extra Zucker und für mich einen Earl Grey Tee. Mit einer unerwartet emotionalen Stimme teilte ich ihr mit, dass ich nach Hinweisen auf meine Mutter, Abigail oder Abby Barnstable, oder meinen Vater, James oder Jim Barnstable, suchte.

„Aus welchem Grund?”

Eine einfache Frage, die eine wahrheitsgemäße Antwort verdiente, vor allem, wenn ich sie um Hilfe bat. „Meine Mutter verschwand, als ich sechs Jahre alt war. Am Valentinstag des Jahres 1986. Ich glaube, man hat meinen Vater verdächtigt, obwohl nichts bewiesen werden konnte und er seine Unschuld beteuerte. Er verstarb vor ein paar Monaten bei einem Arbeitsunfall. Ich habe sein Haus in Marketville geerbt und bin letzte Woche hierher gezogen. Vielleicht ist es sinnlos, aber ich würde gerne herausfinden, warum er verdächtigt wurde, oder zumindest mehr über meine Mutter erfahren. Es geht mir nicht nur um ihr Verschwinden, sondern ich möchte einfach so viel wie möglich über sie herausfinden. Ich fürchte, meine Erinnerungen an sie sind bestenfalls vage."

„Sie Arme", sagte Shirley. „Etwas über den Fall blieb mir tatsächlich in Erinnerung, auch wenn die Details verschwommen sind. Damals machte er große Schlagzeilen." Sie lehnte sich in ihrem Stuhl zurück und schloss für einen Moment die Augen. „Ich bin mir sicher, dass wir unten an der Wand ein Fahndungsplakat mit einer vermissten Person hatten. Ich meine mich zu erinnern, dass eine Belohnung ausgesetzt war. Wahrscheinlich ist es längst verschwunden, aber wer weiß? Möglicherweise hat es jemand in unserem Kellerarchiv aufbewahrt. Es haben schon seltsamere Dinge ihren Weg ins Archiv gefunden."

Ich war mir nicht sicher, ob mich ein Fahndungsplakat mit Belohnung weiterbringen würde, aber ich war bereit, allen Hinweisen nachzugehen. „Glauben Sie, ich könnte im Kellerarchiv nachsehen?"

„Oh nein, das darf nur vom Personal eingesehen werden, aber ich werde gerne für Sie nachsehen. Shirley blickte auf ihre hellgraue Hose und weiße Bluse hinunter. „Nun, vielleicht nicht heute, in dieser Kleidung, aber ich verspreche, es nächste Woche zu tun."

„Danke." Ich wollte mein Glück nicht herausfordern,

aber... „Glauben Sie, dass Sie mir bei den Recherchen helfen könnten."

„Das ist eine Grauzone. Technisch gesehen darf ich Sie nur zu den Archiven führen."

„Ich verstehe", sagte ich und versuchte, die Enttäuschung aus meiner Stimme herauszuhalten.

„Das heißt nicht, dass ich Ihnen nicht helfen werde, Calamity. Ich sage nur, dass ich es eigentlich nicht tun darf." Shirley lächelte. „Ich gehe Ende des Monats, nach dreißig Jahren, in den Ruhestand. Das Schlimmste, was passieren kann ist, dass ich gefeuert würde." Ich widersprach nicht, als sie mich Calamity nannte.

„Sie werden mir also helfen?"

„Das werde ich." Shirley schaute auf ihre Uhr. „Meine Pause ist so gut wie beendet, ich gehe besser zurück."

Allein der Gedanke an Hilfe, ermutigte mich. Ich bedankte mich bei Shirley und lief die Treppe hinauf, wobei ich jeweils zwei Stufen auf einmal nahm.

SHIRLEY STAND ZU IHREM WORT. Sie fand einen Studenten, der ihren Platz am Schreibtisch einnahm, und kam zum Mikrofilmgerät herüber.

„Das sind die Leute, über die ich gerne mehr erfahren würde", sagte ich, zeigte ihr meine Abzüge und deutete auf eine junge Misty Rivers, meine Mutter, meinen Vater, Reid und den unbekannten Mann mit Bart und Narbe. „Wenn Sie sie auf anderen Fotos sehen, lassen Sie es mich bitte wissen."

Shirley erklärte sich bereit, die Jahre 1979 bis 1983 in Angriff zu nehmen, während ich mit 1986 und dem Verschwinden meiner Mutter beginnen würde. Wir arbeiteten Seite an Seite, jede von uns konzentrierte sich auf die anstehende Aufgabe. Manchmal schaute ich zu ihr hinüber, aber sie schüttelte nur den Kopf. Sie arbeitete an 1979 und hatte noch nichts gefunden. Da meine Mutter zu dieser Zeit mit mir schwanger war, war ich nicht überrascht. Sie waren gerade in eine neue Stadt gezogen, frisch verheiratet und erwarteten ein Kind. Ehrenamtliche Tätigkeiten hätten sicher ganz unten auf der Prioritätenliste gestanden.

Ansonsten fand ich für 1986 nichts mehr. Im Januar wurde meine Mutter nicht einmal erwähnt, ebenso wenig wie in den ersten beiden Februarwochen. Erst am Donnerstag, dem zwanzigsten Februar, sah ich den ersten Artikel in der *Marketville Post*. Das machte Sinn, denn Valentinstag war am Freitag davor, und die Zeitung erschien nur einmal pro Woche. Der Artikel war auf der ersten Seite, obwohl die Details bestenfalls skizzenhaft waren. Das Foto zeigte meine Mutter beim Baumpflanzen am Canada Day; es war zwar eine bearbeitete und vergrößerte Version, um mehr von ihrem Gesicht zu zeigen, aber ich konnte erkennen, dass es dasselbe Bild war. Es lautete:

BELIEBTE EHRENAMTLICHE MITBÜRGERIN AUS MARKETVILLE WIRD VERMISST

Abigail Barnstable, die in Marketville durch ihre Arbeit für die Lebensmittelbank und andere ehrenamtliche Initiativen bekannt ist, wurde zuletzt am Freitag, den 14. Februar, gesehen. Ihr Ehemann, James (Jim) Barnstable hat eine Belohnung für Hinweise ausgesetzt, die zu ihrem Verbleib führen könnten.

Abigail und Jim haben eine Tochter, Callie, sechs Jahre alt.

„Abigail hätte unsere Tochter niemals freiwillig verlassen", sagte Jim Barnstable. „Ich mache mir Sorgen, dass sie vielleicht Opfer eines Verbrechens geworden ist, möglicherweise einer Entführung."

Nach Angaben der Marketville Polizei, wurde keine

Lösegeldforderung zugestellt. Alle Informationen sollten an Detective Rutger Ramsay unter 555-853-5763, Durchwahl 241, gerichtet werden.

Ich druckte die Seite aus und markierte den Namen und die Nummer von Detective Ramsay. Dann schob ich die ausgedruckte Kopie zu Shirley hinüber und zeigte auf seinen Namen. Sie überflog sie schnell, verzog konzentriert das Gesicht, schüttelte dann den Kopf und murmelte „tut mir leid".

Aber ich fühlte mich dadurch nicht entmutigt, denn es gab keinen Grund, warum eine Bibliothekarin einen Polizisten kennen sollte. Wahrscheinlich war er inzwischen im Ruhestand, aber es war immerhin ein Hinweis. Ich würde Constable Arbutus anrufen und fragen, ob sie ihn kannte.

In der Zeitung vom darauffolgenden Donnerstag erschien eine weitere Meldung unter der Überschrift: MARKETVILLE MUTTER WEITERHIN VERSCHWUNDEN. Diesmal veröffentlichte die Zeitung ein weiteres Foto, das wahrscheinlich von meinem Vater stammte. Ihr blondes, schulterlanges Haar umrahmte in sanften Wellen ihr Gesicht. Ein leichtes Lächeln umspielte ihre Mundwinkel. Ich war erstaunt, wie sehr sie der Frau auf der Tarotkarte, „Der Herrscherin", ähnelte.

Neben meinem Vater kamen auch Detective Ramsay, Ella Cole und ihr Mann Eddie sowie Maggie Lonergan, die Frau, die Ella beschuldigte, eine Wichtigtuerin zu sein und die den Verdacht gegen meinen Vater schürte, zu Wort. Ich druckte mir ein Exemplar aus, las den Artikel nochmals durch, markierte einiges und machte mir Notizen.

Zwei Wochen nach ihrem Verschwinden am Valentinstag bleibt die beliebte Organisatorin und ehrenamtliche Mitarbeiterin der Marketville Lebensmittelbank, Abigail Barnstable, weiterhin verschwunden. Trotz intensiver

Bemühungen der Polizei von Marketville, unter der Leitung von Detective Rutger Ramsay, gibt es weder eine Spur noch einen Hinweis auf ein Verbrechen. Abigails Ehemann, James (Jim) Barnstable, besteht jedoch darauf, dass die Ehe des Paares solide war und dass seine Frau ihre Tochter niemals freiwillig verlassen würde.

„Abigail und ich führen eine gute Ehe", sagte Barnstable. „Natürlich hatten wir unsere Höhen und Tiefen. Welches Ehepaar hat das nicht? Aber wir lieben uns, und wir lieben unsere Tochter. Abigail würde uns nie einfach so verlassen, ohne eine Nachricht zu hinterlassen. Ich flehe jeden an, der Informationen hat, egal wie unwichtig sie scheinen, sich mit der Polizei in Verbindung zu setzen. Bitte. Ich habe eine Belohnung von 3.000 Dollar ausgesetzt und würde mehr bieten, aber das ist alles, was ich habe."

Ich fragte mich, wie viel man 1986 für dreitausend Dollar kaufen konnte, und machte eine Notiz, es herauszufinden. Mir fiel auch auf, dass mein Vater das Präsens verwendet hatte. „Wir lieben uns", nicht „Wir haben uns geliebt". Ich las weiter.

Abigail Barnstable wurde zuletzt gesehen, wie sie ihre sechsjährige Tochter Callie zur Schule brachte. Sowohl Callies Lehrerin als auch der Schulleiter haben bestätigt, dass Callie an diesem Tag in der Schule war, ihre Mutter sie aber nicht, wie sonst üblich, abgeholt hatte.

„Wir mussten eine Nachbarin, anrufen, die als Notfallkontakt angegeben war", sagte ein Sprecher der Schule. Die Schule lehnte weitere Kommentare ab und berief sich dabei auf die Schweigepflicht zwischen Eltern und Lehrern. *Die Marketville Post* hat inzwischen erfahren, dass es sich bei der Nachbarin um Ella Cole handelt. In einem Exklusivinterview mit der Post sagte Frau Cole, dass Abigail und ihre Tochter an diesem Morgen bei ihr vorbeigekommen waren, um ihr einen von Callie gebastelten Valentinsgruß zu schenken. Es war das letzte Mal, dass sie Abigail Barnstable gesehen hatte.

„Natürlich bin ich auf der Stelle losgefahren, als ich den Anruf von der Schule erhielt", sagte Cole. „Ich holte das arme Kind gleich ab. Dann blieb ich bei ihr, bis Jimmy [James Barnstable] von der Arbeit nach Hause kam. Er war außer sich vor Sorge. Wir suchten beide das Haus und den Hof ab, dann fuhr Jimmy in der Nachbarschaft herum. Vielleicht dachte er, sie hätte sich bei einem Spaziergang verirrt oder so. Aber er hat sie nicht gefunden. Es war, als hätte sich Abigail Barnstable in Luft aufgelöst."

Maggie Lonergan glaubte, anders als Mrs. Cole, dass die Ehe der Barnstables nicht immer glücklich war. Bei näherer Befragung gab Lonergan an, dass sie der Polizei alles gesagt habe, was sie wisse, und dass sie darauf vertraue, dass diese die Wahrheit herausfinden würde. „Ich möchte nicht als Klatschtante betrachtet werden", sagte Lonergan.

Natürlich nicht, dachte ich. Es ist leicht, nicht als „Klatschtante" abgestempelt zu werden, nachdem der Schaden bereits angerichtet war. Ich fragte mich, ob die unbekannte Frau auf dem Lebensmittelbank-Foto eventuell Maggie Lonergan sein könnte. Höchstwahrscheinlich war sie es, was somit ein weiteres Rätsel lösen würde, aber so oder so, ich musste Maggie ausfindig machen und mit ihr sprechen. Ich wendete mich wieder dem Artikel zu.

Detective Ramsay gab an, dass alle persönlichen Gegenstände von Abigail unversehrt zu sein schienen. „Wir können es nicht hundertprozentig wissen", sagte Ramsay, „aber Mr. Barnstable sagte uns, dass er eine gründliche Inventur durchgeführt hat. Nach seinem besten Wissen fehlt nichts."

Da war es. Die erste Andeutung eines Verdachts. *Wir können es nicht hundertprozentig wissen. Mr. Barnstable sagt es uns.*

Der Artikel enthielt noch weitere Informationen in dieser Richtung, einschließlich einiger Verweise auf frühere Artikel über die ehrenamtliche Tätigkeit meiner Mutter. Ich steckte die ausgedruckte Kopie in die Aktenmappe und lehnte mich in meinem Stuhl zurück, um die Verspannungen in meinem Rücken und Nacken zu lösen. Ich schaute auf den wachsenden Stapel von Mikrofilmkarten in Shirleys Ablage. Sie bemerkte meinen Blick und schüttelte den Kopf. Nichts.

Ich stand auf, um den Mikrofilm für die Märzausgabe der *Marketville Post zu* holen. Die Berichterstattung des nächsten Monats erwies sich als Wiederholung des vorherigen Monats, wobei die Artikel nun auf Seite drei und zuletzt auf Seite sechs zu finden waren. Danach gab es keine weiteren Artikel, bis Mitte August die Schlagzeile: EHEMANN VON VERMISSTER MARKETVILLE-FRAU VERLÄSST DIE STADT, in einem Bericht von G.G. Pietrangelo erschien. Diesmal ohne Foto. Trotz der skurrilen Schlagzeile war der Bericht selbst ziemlich fade:

James Barnstable und seine sechsjährige Tochter Callie verlassen Marketville, um ein neues Leben zu beginnen. Barnstables Frau Abigail, eine beliebte ehrenamtliche Mitarbeiterin der Lebensmittelbank, verschwand im vergangenen Februar.

Laut Polizei sind die Ermittlungen noch nicht abgeschlossen. Derzeit gibt es noch keine Hinweise.

„Jetzt, wo Abigail nicht mehr da ist, gibt es keinen Grund mehr hierzubleiben, und ich möchte nicht, dass Callie an ihrer Schule bemitleidet wird oder sich Gerüchte anhören muss", sagte ein emotionaler Barnstable in einem Exklusivinterview mit der *Post*. „So sehr wir diese Stadt auch lieben, es ist an der Zeit, woanders hinzuziehen, wo uns niemand kennt."

Ich war gerade dabei, den Artikel auszudrucken, als Shirley mich anstupste. „Ich bin so gut wie fertig", flüsterte sie, „und das ist alles, was ich gefunden habe."

Sie reichte mir einen Mikrofilm vom 15. Dezember 1983: EHRENAMTLICHE BÜRGER VON MARKETVILLE BEI PREISVERLEIHUNG GEWÜRDIGT. Auch in diesem Fall stammten die Überschrift und der Bildnachweis von G.G. Pietrangelo. Das Foto zeigte mehrere Männer und Frauen unterschiedlichen Alters, die in vier ordentlichen Reihen aufgereiht waren. Meine Mutter saß in der zweiten Reihe. Der Mann, den ich jetzt als Reid erkannte, stand in der letzten Reihe. Ich sah weder Misty Rivers noch den bärtigen Mann, wohl aber die Frau, die ich für Maggie Lonergan hielt. Die Bildunterschrift lautete: *Terrance Thatcher ist Gastgeber für lokale ehrenamtliche Mitbürger.* Keine Namen, was bedeutete, dass ich keine Ahnung hatte, welcher der Männer auf dem Foto Terrance Thatcher war.

Der Bericht war kurz, im Grunde eine Zusammenfassung verschiedener ehrenamtlicher Initiativen in der Stadt, von den Freunden der Bibliothek über die Lebensmittelbank bis hin zur Säuberung der Parks in der Nachbarschaft. Abschließend wurde dem örtlichen Restaurant, dem Thatcher House, und seinem Besitzer Terrance „Terry" Thatcher gedankt, der freundlicherweise das Preisverleihungsdinner ausgerichtet hatte.

„Als lokales Unternehmen schätze ich alles, was unsere ehrenamtlichen Mitbürger leisten, um dadurch Marketville zu einer vorbildlichen Stadt zu machen", sagte Thatcher.

Ich erinnerte mich daran, dass Ella Cole mir von dem Restaurant erzählt hatte, dass es inzwischen wegen des Zustroms von Ketten geschlossen worden war, aber Terrance „Terry" Thatcher vielleicht noch existierte. Ich druckte den

Bericht aus und steckte ihn in die Mappe. Diese war zwar seit heute Morgen etwas dicker geworden, aber viel mehr Informationen hatte ich nicht herausgefunden. Trotzdem war es besser als nichts.

Mit steifem Rücken und Nacken erhob ich mich aus meinem Stuhl und dankte Shirley für ihre Zeit und Hilfe. Sie folgte mir in den Flur und versprach, im Kellerarchiv nach dem Fahndungsplakat zu suchen, sobald sie die Gelegenheit dazu hätte.

„Ich werde versuchen, auch die *Toronto Sun* und den *Toronto Star* durchzusehen", sagte sie. „Zumindest für Februar und März 1986. Es ist zwar zweifelhaft, dass sie sich als aufschlussreicher als die *Marketville Post* erweisen, aber man weiß ja nie."

„Ich kann Ihnen nicht genug danken."

„Unsinn. Zum ersten Mal seit Jahren habe ich das Gefühl, dass ich das tue, wofür ich bezahlt werde."

22

NACHDEM ICH EINEN Tag lang über einem Mikrofilm-Lesegerät gebeugt gearbeitet hatte, war es an der Zeit mich von meinen Ermittlungen etwas zu erholen. Zu meinem sonntäglichen Morgenritual gehörte seit langem ein Frühstück mit pochierten Eiern auf Roggentoast und das Lesen der *Toronto Sun*, hauptsächlich den Unterhaltungsteil. Besonders genoss ich Liz Brauns ironische und oft hysterisch-bissige Auffassung über das Leben der Prominenten.

Ich schlüpfte in ein Paar flauschige rosa Hausschuhe und ging zum Ende der Einfahrt, um meine Zeitung zu holen. In Toronto hatte es vor der Wohnung Zeitungsboxen gegeben, aber in Marketville konnte ich sie entweder vom örtlichen Supermarkt oder per Hauszustellung beziehen, was bedeutete, dass jemand die in Plastik verpackten Zeitungen mehr oder weniger zielgerecht aus einem Minivan in Richtung Haustür warf.

Ich beugte mich vor, um nach der Zeitung zu greifen und sah dabei Ella Cole in meinem Blickfeld. Dem Umfang ihrer Zeitung nach zu urteilen, war sie Abonnentin des *Toronto Star*. Ich bekam immer den *Saturday Star*, der eine Rubrik mit

Buchbesprechungen der *New York Times* enthielt, geliefert. Außerdem gefielen mir Peter Howells aufschlussreiche Filmkritiken und Jack Battens Whodunit-Rezensionen aktueller Kriminalromane.

Ich nickte Ella zu und betrachtete den flauschigen gelben Bademantel und die dazu passenden Flip-Flops. Sie nahm das als Einladung, ein Gespräch anzufangen.

„Das neue Dach sieht gut aus, Callie."

Ich warf einen Blick darauf und nickte zustimmend. Es war eine große Verbesserung, und zum Glück war das Dach fast fertig, als ich von der Bibliothek nach Hause kam, ohne dass jemand in den Dachboden gestürzt war. Da würde ich wohl erst mal kräftig schlucken müssen, wenn es darum ging, die Rechnung zu bezahlen. Dächer waren teuer. „Ich denke, dass die Dachdecker gute Arbeit geleistet haben."

„Wenn Royce sie empfohlen hat, sind sie solide. So ein netter junger Mann, immer so höflich, wenn ich ihn auf meinem abendlichen Spaziergang treffe. Hast du heute schon etwas vor, außer Zeitung lesen?"

Als ob sie in der letzten Nacht nicht gelauscht hätte. „Ich gehe mit Chantelle von der anderen Straßenseite einkaufen."

„Viel Spaß, meine Liebe, und vergiss nicht, mir Bescheid zu geben, wenn du den Garten in Angriff nehmen willst."

Nachdem ich ihr versprochen hatte sie rechtzeitig zu informieren, ging ich zurück zum Haus, als Royce gerade aus seiner Wohnung kam, um seine Zeitung aufzuheben. So wie es aussah, hatte er die *Toronto Sun* und den *Toronto Star* abonniert.

„Was soll ich sagen, ich bin ein Zeitungsjunkie", sagte er grinsend. „Ich lese auch die *Globe and Mail* unter der Woche und die *New York Times* online. Es ist erstaunlich, wie unterschiedlich dieselbe Geschichte sein kann, wenn sie aus anderen Blickwinkeln erzählt wird."

Dieselbe Geschichte wird aus verschiedenen Perspektiven erzählt. Warum habe ich nicht daran gedacht?

ZUM GLÜCK WAR das Einkaufen mit Chantelle sowohl lehrreich als auch angenehm. Lehrreich, weil sich herausstellte, dass sie ein scharfes Auge für Schnäppchen hatte und sich nicht scheute, zu feilschen. Angenehm, weil sie wirklich Spaß zu haben schien und ihre Begeisterung ansteckend war.

Abgesehen davon war die Anwesenheit von Chantelle ein wenig demütigend für mein Ego. Ich bin keine Schönheitskönigin, aber ich habe mich immer, auf eine „Mädchen von nebenan"-Art und Weise, für relativ attraktiv gehalten. Neben Chantelle wirkte ich unsichtbar. Die Männer schienen sich einfach zu ihr hingezogen zu fühlen, was ich ihnen nicht verübeln konnte. Ich fragte mich, warum Royce ihrem ganz offensichtlichen Charme nicht zum Opfer gefallen war. Was wusste er, was ich nicht wusste?

Wir besuchten mehr als ein Dutzend Geschäfte, und meine Kreditkarte wurde beim Kauf einer Matratze und eines Boxspringbettmodel für mein Schlafzimmer kräftig strapaziert. „Denke langfristig und positiv", sagte Chantelle, als ich vorschlug, das preiswertere Doppelmodell sowie ein Kopfteil mit angebautem Nachttisch zu kaufen, das laut Chantelle „perfekt für kleinere Räume" ist. Sie überredete mich sogar dazu, neue Laken, eine Bettdecke in Türkis- und Cremetönen, mehrere Zierkissen und passende Lampen zu kaufen.

„Ich kann nicht glauben, dass du Farben aussuchen wolltest, ohne deine Farbenzusammenstellung zu planen", sagte Chantelle, als wir endlich einen Kaffee tranken. Sie schenkte mir ein verschmitztes Grinsen. „Außerdem weiß man nie, wann man einen Übernachtungsgast beeindrucken muss."

Ich verfluchte mich dafür, dass ich sofort an Royce dachte und errötete. Vielleicht war es auch an der Zeit, meine Unterwäsche zu erneuern. Meine Unterwäsche war schöne, bequeme Baumwollunterwäsche - durchaus vernünftig, aber alles andere als sexy. Außerdem neigte ich dazu, in übergroßen Baumwoll-T-Shirts zu schlafen, von denen die meisten von Laufveranstaltungen stammten.

WENN ICH GLAUBTE, ich könnte nach einem schnellen Lunch – zu dem ich Chantelle natürlich einlud - kein Geld mehr ausgeben, hatte ich mich gewaltig geirrt. Als Chantelle darauf bestand, dass das kleine Schlafzimmer ein perfektes Büro wäre, musste ich doch zugeben, dass mir ihr Vorschlag gefiel. Ich schleppte meinen müden Hintern aus dem Diner, um einen Discounter für Bürobedarf aufzusuchen, der neue und gebrauchte Möbel verkaufte.

Wir fanden einen Schreibtisch mit leichten Gebrauchsspuren aus Kirschbaumlaminat mit eingebautem Bücherregal und zwei Schubladen, der meinen Bedürfnissen Genüge tat und preiswert war. Ich verliebte mich in einen brandneuen, bequemen schwarzen Lederdrehstuhl mit verstellbarer Rückenlehne, schreckte aber vor dem Preis zurück, der dreimal so hoch war wie der des Schreibtischs. Irgendwie schaffte es Chantelle, den Verkaufsleiter - einen etwas blutarm aussehenden Mann von Mitte dreißig - zu überreden, den Preis um dreißig Prozent zu senken, wenn wir das Ausstellungsmodell nehmen würden. Ich fragte mich, ob ich den gleichen Preis auch ohne Chantelle hätte aushandeln können, und bezweifelte es irgendwie. Sie hatte eine gewisse Art inne, die einen dazu brachte, das zu tun, was sie verlangte. Zumindest, wenn sie sich von ihrer charmanten Seite zeigte. Ich dachte an unsere erste Begegnung in dem Laden zurück. Hinter diesem charismatischen Äußeren lauerte definitiv eine dunkle Seite.

DIE DUNKLE SEITE kam viel früher zum Vorschein, als mir lieb gewesen wäre. Nachdem wir Chantelles Pick-up beladen und alles in Snapdragon 16 abgeliefert hatten, beschlossen wir, uns nach einem erfolgreichen Tag ein Abendessen zu gönnen. Chantelle schlug das Benvenuto vor, ein lokales italienisches Restaurant, das für seine im Steinofen gebackene Pizza, die frischen Gartensalate und die authentische heiße Theke bekannt war. „Die machen die unglaublichste Pizza mit Rapini und Artischocken", schwärmte sie, „und ich weiß, wie gerne du Pizza isst."

Das stimmte, und Rapini und Artischocken hörten sich gut an. Ungewöhnlich, vielleicht, aber auf jeden Fall einen Versuch wert.

Der Ärger begann, als wir darauf warteten, bedient zu werden, und das Paar am Anfang der Schlange die letzten beiden Rapini- und Artischockenstücke wählte. Es war ja nicht so, dass Benvenuto keine andere Auswahl gehabt hätte. Es gab mindestens zehn weitere Pizzen mit verschiedenen Belägen, darunter eine, die eher wie ein mit Rapini und Mozzarella gefüllter Pie aussah.

Ich glaube, Chantelle hätte durchaus darauf verzichten können. Nur dass die eine Hälfte des Paares eine absolut hinreißende junge Frau war - Porzellanhaut, hüftlanges schwarzes Haar, jadegrüne Augen, Beine, die ihr bis zu den Ohren reichten. Sie schien Anfang zwanzig zu sein, aber so wie die Mädchen heutzutage zu reifen scheinen, hätte sie auch jünger sein können. Nach ihren Rücken graulenden Fingern und ihren unaufhörlichen Küssen auf sein Gesicht und seinen Hals zu urteilen, war sie eindeutig in ihren ebenso attraktiven, aber wesentlich älteren männlichen Begleiter verliebt.

„Babysitten, Lance?" fragte Chantelle. Ihre Stimme hatte diesen honig-süßen Klang angenommen, der mir im Baumarkt bereits aufgefallen war.

Das war also Lance Thomas, der Ex von Chantelle.

Lance drehte sich um, als würde er sie erst jetzt bemerken, obwohl ich aufgrund seiner Bestellung für die Rapini-Artischocken-Pizza - Chantelles Lieblingspizza, wie sie selbst zugab - vermutete, dass er sie schon früher gesehen hatte. Ob das nun stimmte oder nicht, seinem verärgerten Gesichtsausdruck nach zu urteilen, war er alles andere als erfreut über diese zufällige Begegnung.

„Chantelle. Ich wusste nicht, dass du noch zu diesem Restaurant kommst."

„Es gibt einige Dinge, die du mir bei der Scheidung nicht wegnehmen konntest. Wo ich zu Abend esse, ist eines davon."

„Wie ich sehe, hast du eine neue Marionette gefunden, die du an der Leine führen kannst." Lance sah mich an, als wäre ich eine ahnungslose Maus, die die Katze ins Haus geschleppt hatte. „Eine kurze Warnung, Lady. Chantelle hat die Angewohnheit, die Fäden abzuschneiden, wenn sie nicht mehr ihrem Zweck dienen."

Die Leute um uns herum begannen, ihre Augen abzuwenden und mit den Füßen zu scharren. Eine Frau zückte ihr Handy, wahrscheinlich, um die Begegnung zu filmen und ins Internet zu stellen. Einerseits wollte sich ein Teil von mir unsichtbar machen. Andererseits fragte ich mich, welchem Zweck ich wohl diente. Was mich allerdings am meisten ärgerte war, dass man mich als Marionette bezeichnete. Ich nahm es auch sehr übel, „Lady" genannt zu werden.

„Ich heiße Callie, nicht Lady, und ich denke, ich bin alt genug, um auf mich selbst aufzupassen."

„Im Gegensatz zu der Jugendlichen, die dich überall betatscht", mischte sich Chantelle ein.

Lance warf ihr einen vernichtenden Blick zu. „Du hast keine Ahnung, mit wem du dich anlegst, Callie. Chantelle tut nichts, was ihr nicht in irgendeiner Weise nützt, und ich meine nichts. Warum solltest du eine Ausnahme unter uns Normalsterblichen sein? Ich brauchte fast ein Jahrzehnt, um

Chantelles Tricks zu durchschauen. Glaube mir, deine Zeit wird kommen. Die kommt für jeden." Damit legte er den Arm um die Taille seines Dates und geleitete sie aus dem Restaurant.

„Ich schätze, sie werden ihren Salat und ihre Pizza nicht wollen", sagte die Kassiererin achselzuckend. Sie deutete auf die beiden Teller, die an der Abholtheke warteten. „Habt ihr Zwei Interesse? Das geht aufs Haus."

„Pizza und Salat umsonst", sagte Chantelle. „Schmeckt immer besser, als eine bittere Pille zu schlucken."

„Gut, ich schiebe sie zum Aufwärmen in den Ofen. Dauert nur eine Minute."

„Meinetwegen ist das nicht nötig", sagte Chantelle. „Rache ist ein Gericht, das am besten kalt serviert wird."

Wir aßen unsere lauwarme Pizza und den Salat und versuchten erfolglos den trügerischen Zauber der vergangenen Stunden wiederzuerlangen. Unser Ausflug endete unbeholfen, und wir machten beide vage Versprechen, uns bald wieder zu treffen. Jegliche Absicht, sich ihr anzuvertrauen oder sie nach ihrer Ahnenforschung zu fragen, wurde auf Eis gelegt.

Später, als ich im Bett lag, spielte ich die Szene im Restaurant immer wieder in Gedanken durch. Hatte Lance Recht, hatte Chantelle nur mit mir gespielt? Und wenn ja, zu welchem Zweck?

23

<hr>

FÜR MONTAGMORGEN HATTE ich mir vorgenommen, dem Dachboden einen weiteren Besuch abzustatten, in der Hoffnung, dort etwas zu finden, das mir bei meinen Nachforschungen helfen würde, vielleicht ein Tagebuch, Briefe oder Fotos.

Neben dem Medaillon und dem Calamity-Jane-Filmplakat gab es vielleicht noch einen weiteren Fund, den ich zu Arabella Carpenter mitnehmen könnte.

Ich wappnete mich gegen die beengende Atmosphäre des Dachbodens und schob mich durch den Eingang im Schrank nach oben. Das erste, was ich sah, als ich den Kopf hereinsteckte, war der Sarg. Selbst das Wissen, dass mein Vater ihn dorthin gestellt hatte, ließ ihn nicht weniger unheimlich erscheinen. Als ich erwog, eine Séance abzuhalten fröstelte ich, obwohl es sehr warm war. Ich begutachtete einen großen Überseekoffer und eine kleinere blaue Truhe mit Messingverzierungen. Es wäre schön gewesen, beide ins Wohnzimmer zu bringen, aber mir war klar, dass sie für mich alleine zu schwer waren, und um Hilfe wollte ich in diesem Fall nicht bitten. Zumindest jetzt noch nicht.

Ich beschloss, mit dem großen Überseekoffer anzufangen. Er schien aus Leder und mit Streifen aus irgendeinem Hartholz angefertigt zu sein. Nachdem ich den richtigen Schlüssel an meinem übergroßen Messingring ausfindig gemacht hatte, öffnete ich den Koffer und fand ein cremefarbenes Satinfutter und eine Vielzahl von Kleidungsstücken vor. Offensichtlich hatte mein Vater die Sachen aus dem Schrank meiner Mutter hier aufbewahrt, weil er dachte, dass sie vielleicht zurückkommen würde.

Ich wühlte mich vorsichtig durch den Stapel und holte den Inhalt Stück für Stück heraus. Der Koffer beinhaltete nicht viel Garderobe, aber die Grundausstattung war vorhanden. Jeans, T-Shirts. Sonnenkleider, Shorts und Röcke. Ein paar Blusen und Blazer. Ein schlichtes schwarzes Jersey-Strickkleid, das zum Abendessen oder fürs Theater geeignet war. Obwohl ich nichts davon wiedererkannte, brachte mich ein Sweatshirt von John Cougar Mellencamps Scarecrow-Tour 1985 zum Lächeln. Mein Vater war bis zuletzt ein großer Fan von Mellencamp gewesen.

Erst als ich auf ein Paar rosa-schwarz gestreifte Bodysuits stieß, die Streifen diagonal nach oben verlaufend, kamen mir die Tränen. Der eine Bodysuit sah aus, als hätte er etwa Frauengröße M, der andere war eindeutig für ein kleines Kind gemacht. An jedem Bodysuit waren ein Paar schwarze gestrickte Stulpen - eine für eine Frau und eine für ein Kind - sowie schwarze Trikots befestigt.

Ihr Anblick weckte Erinnerungen, von denen ich nicht einmal wusste, dass ich sie hatte. Meine Mutter und ich, wie wir eine Reihe von Aerobic-Bewegungen zu einem Jane Fonda-Workout-Video ausprobierten und dabei vor lauter hysterisch-kicherndem Gelächter auf den Boden fielen.

Ich fragte mich, ob eine Frau, die zusammen mit ihrer sechsjährigen Tochter Video-Aerobic machte, - und das in passenden Spandex-Outfits - ihr Kind ohne ein einziges Wort verlassen würde. Eine Tochter, die sie täglich zu Fuß zur Schule und wieder zurück brachte. Ich legte die Outfits beiseite und sah den restlichen Inhalt des Koffers durch. Nichts stach hervor, nichts weckte weitere Erinnerungen. Ich legte alles wieder so zurück wie es war, und versuchte, nicht zu weinen.

Als nächstes öffnete ich die blaue Truhe. Darin befanden sich ein cremefarbenes Hochzeitskleid mit Empire-Taille, weiße Riemchensandalen mit winzigen Strasssteinen, eine perlenbesetzte weiße Handtasche, ein blaues Strumpfband und ein winziges blau-golden emailliertes Etui. In dem mit blauem Samt ausgekleideten Etui befanden sich eine Perlenkette und ein Paar passende Perlenohrstecker. Das Portemonnaie war leer, bis auf einen Silberdollar aus dem Jahr 1979, dem Jahr der Hochzeit meiner Eltern.

Das waren also die Hochzeitssachen meiner Mutter. Ich zog eine dünne weiße Pappschachtel heraus, öffnete den Deckel und fand ein Fotoalbum vor. Ich legte es vorerst beiseite und setzte meine Suche fort.

Sonst gab es nicht viel. Lediglich ein weiteres rundes, blau-golden emailliertes Schmuckkästchen, eine größere Version des Kästchens, in dem die Hochzeitsperlen aufbewahrt wurden. Ich öffnete das Schmuckkästchen und fand eine Silberkette mit einem Schütze-Horoskop-Anhänger, ein Paar silberne Ohrringe und fünf dünne Silberarmreifen mit verschiedenen filigranen Mustern. Keine Ringe.

War das alles, was meine Mutter an Schmuck besessen hatte? Oder hatte sie einige ihrer Lieblingsstücke mitgenommen? Es schien nicht viel zu sein, obwohl meinem Vater zufolge nichts gefehlt hatte. Es war naheliegend, dass sie ihren Ehering trug.

Ich schlug das Fotoalbum auf und überflog es kurz, bevor ich wieder mit der ersten Seite begann. Es waren nur wenige Fotos darin, aber jedes einzelne war ordentlich beschriftet. Ich kam nicht umhin, die vier leeren Stellen zu bemerken, die einmal die vier Jahreszeiten einer glücklichen Familie beinhaltet hatten.

Die ersten drei Seiten des Albums waren dem Hochzeitstag meiner Eltern gewidmet. Mein Vater sah unglaublich jung, aber eindeutig glücklich aus, sein gewelltes braunes Haar war zu einer unvorteilhaften Vokuhila-Frisur geschnitten. Er trug einen stahlblauen, gebürsteten Cordanzug, ein weißes Hemd und eine hellblau und weiß gestreifte Krawatte. Ich erschauderte angesichts der Mode.

Meine Mutter trug das cremefarbene Kleid mit Empire-Taille, das ich in der Truhe gefunden hatte, zusammen mit den weißen Riemchensandalen mit winzigen Strasssteinen. Ihr blondes Haar war zu einer kunstvollen Hochsteckfrisur frisiert worden, die ihren langen, schlanken Hals, die Perlenkette und die dazu passenden Perlenohrstecker betonte. Von der Perlenhandtasche war nichts zu sehen. Sie hielt einen mit Spitze umwickelten Strauß aus Schleierkraut und Lavendel vor ihrem Bauch, vermutlich um ihren Babybauch zu verbergen.

Während mein Vater jung aussah, glich meine Mutter eher einer Highschool-Schülerin. Sie strahlte übers ganze Gesicht. Insgesamt gab es etwa ein Dutzend Fotos, und der Kulisse nach zu urteilen, waren sie in einem Studio aufgenommen worden. Es gab kein einziges Bild mit einer anderen Person. Als ich ein Foto aus der Plastikhülle zog, fand ich auf der Rückseite den goldenen Stempel „Your Time to Shine Photography". Kein Name des Fotografen. Ich könnte zwar versuchen, das Studio über Google zu finden, aber die Wahrscheinlichkeit, dass es noch existierte, war gering. Das digitale Zeitalter hatte viele Berufe zunichte gemacht.

Die Fotos, die den Hochzeitsbildern folgten, zeigten mich als Baby in verschiedenen Posen. In einem Laufstall, nur mit einer Windel bekleidet, planschend in einem grünen Plastikplanschbecken in Form einer Schildkröte, einen riesigen ausgestopften Pandabären mit leuchtenden schwarzen

Knopfaugen umarmend. Ich spürte ein Ziehen in meinem Bauch, denn ich konnte mich daran erinnern, diesen Panda überallhin mitgeschleppt zu haben. Es war mir ein Rätsel, wann und wohin der Panda nach all den Jahren, die ich ihn hatte, hingekommen war. Ich nehme an, dass ich irgendwann einfach das Interesse verloren, und mein Vater ihn der Wohlfahrt gespendet oder in den Müll geworfen hatte. Der Gedanke an beides stimmte mich mehr als nur ein bisschen traurig.

Es gab ein Foto von mir und meiner Mutter beim Backen in der gelb-braunen Küche, oder besser gesagt, sie stach Plätzchen in Sternform aus, während ich einen Holzlöffel ableckte, einen Klecks Mehl auf meiner linken Wange. Ich trug die rot-weiße Schürze, die mit den kleinen herzförmigen Taschen.

Auf der nächsten Seite befanden sich weitere Fotos von mir, diesmal mit meinem Vater, der am Strand eine Sandburg baute, und eins mit mir auf einem Dreirad und er neben mir stehend. Ich wünschte, ich könnte mich an diese Ereignisse erinnern.

Ein Teil des Albums war ausschließlich meinen Geburtstagsfotos gewidmet. Auf jedem trug ich ein Rüschenkleid sowie Schleifen oder einen anderen „Haarbändiger" in meinem lockigen Haar, während ich versuchte, die rosa-weiße Zahlenkerze auf einem Kuchen mit Schokoladenglasur auszublasen. Die Geburtstagsfotos endeten, nachdem ich sechs Jahre alt war. Mein Vater hatte nie viel von Fotografieren gehalten, aber selbst wenn er es getan hätte, dieses Album lag seit Jahren auf dem Dachboden.

Ein anderer Teil des Albums bestand aus Fotos mit Kaufhaus-Weihnachtsmännern. Im ersten Jahr war ich fast acht Monate alt, und meine Mutter hielt mich fest, während ich neben dem Weihnachtsmann stand. Im zweiten und dritten Jahr saß ich mit einem verängstigten Gesichtsausdruck, als versuchte ich verzweifelt nicht zu weinen, auf dem Schoß des Weihnachtsmannes. In den nächsten drei Jahren sah ich deutlich glücklicher aus, und mit einem breiten Lächeln streckte ich mein Kinn nach vorne. Vielleicht hatte ich inzwischen begriffen, dass ein Besuch beim Weihnachtsmann Geschenke bedeutete.

Eine Sache stach besonders hervor. Obwohl das Album liebevoll angelegt und die Abschnitte sorgfältig geordnet waren, gab es kein einziges Foto von uns dreien als Familie. Hatte meine Mutter Ella deshalb gebeten, die vier Jahreszeiten zu fotografieren? War sie besorgt, dass ich auf diese Fotos zurückblicken und denken würde, dass wir nicht glücklich waren? Dass wir keine Familie waren? Ich schloss das Album mit der Erkenntnis, dass ich auch diese Frage nicht beantworten konnte.

Als letztes entdeckte ich einen weißen Umschlag mit rotem Stempel: HEIRATSURKUNDE/CERTIFICAT DE MARIAGE. Ich öffnete ihn und faltete das Papier auseinander. Oben links: PROVINCE OF ONTARIO. In der Mitte das offizielle Siegel von Ontario. PROVINCE DE L'ONTARIO oben rechts. Den Rest der französischen Seite habe ich übersprungen, da nur die englische Seite ausgefüllt worden war.

> Hiermit erteile ich die Erlaubnis zur Eheschließung zwischen James David Barnstable, Snapdragon Circle 16, Marketville, und Abigail Alison Osgoode, 127 Moore Gate Manor, Lakeside.

Die Lizenz wurde am 1. Dezember 1978 vom Aussteller der Heiratslizenzen in Marketville unterzeichnet und datiert. Es folgte die Heiratsurkunde, die am 8. Dezember 1978 unterzeichnet und datiert wurde, mit der Zeremonie im Rathaus von Marketville. Es gab zwei Zeugenunterschriften.

Die erste stammt von einem Dwayne Shuter aus Toronto. Die zweite stammt von dem Friedensrichter, der die Zeremonie durchführte.

Dwayne Shuter.

Ich konnte mich nicht daran erinnern, dass mein Vater ihn jemals erwähnt hatte, aber er muss meinen Eltern genug bedeutet haben, um bei ihrer standesamtlichen Trauung dabei zu sein. Vielleicht war er ein Freund meiner Mutter gewesen. Ich werde mein Möglichstes tun, um ihn ausfindig zu machen und herauszufinden, woran er sich erinnern konnte. Die Heiratsurkunde enthielt noch weitere Informationen. Wenn ich richtig gerechnet hatte, war meine Mutter im vierten Monat schwanger gewesen, als sie meinen Vater heiratete, und er war bereits Eigentümer des Hauses am Snapdragon Circle.

Ich nahm das Album und die Heiratsurkunde an mich und schloss den Koffer. Ich hatte jetzt eine Spur, Dwayne Shuter. Außerdem wusste ich nun, dass der Mädchenname meiner Mutter Osgoode war und dass sie in 127 Moore Gate Manor in Lakeside gewohnt hatte. Zum ersten Mal verspürte ich einen leisen Anflug von Optimismus. Vielleicht könnte ich dieses Rätsel mit etwas mehr Zeit und Mühe tatsächlich lösen.

24

EINE SCHNELLE GOOGLE-SUCHE ergab ein LinkedIn-Konto für Dwayne Shuter. Ich schluckte die Galle hinunter, die mir in der Kehle hochkam. Der Grund dafür war nicht nur, dass Dwaynes Beruf als Site Supervisor, Southern Ontario Construction, angegeben war, dieselbe Firma, für die mein Vater gearbeitet hatte, als er starb. Oder, dass er anscheinend von Stadt zu Stadt gezogen war, erst nach Westen, dann nach Osten, bis er sich schließlich ein Jahr zuvor wieder in Toronto niedergelassen hatte. Nicht einmal, dass sein erster Arbeitgeber als Osgoode Construction in Lakeside aufgeführt war. Osgoode, wie der Mädchenname meiner Mutter. Lakeside, wo sie aufgewachsen war.

Nein, nichts von alledem hat mich zur Übelkeit gebracht.

Es war sein Bild. Der Bart war zwar weg, er sah älter aus, mit ein paar mehr Falten und viel mehr Grau in seinem stark zurückgehenden Haaren. Aber er war zweifellos der unbekannte Mann auf dem Lebensmittelbank-Foto. Der Mann mit der Narbe über seinem linken Auge. Der Mann mit meiner Mutter und Reid. Was zum Teufel hatte das zu bedeuten?

ALS ERSTES RIEF ich Leith Hampton an. Er sei im Gericht, teilte mir die Empfangsdame mit, aber sie würde ihn bitten, mich anzurufen, wenn er wieder im Büro sei. Als nächstes rief ich bei der Southern Ontario Construction Company an, in der Hoffnung, mit Dwayne Shuter verbunden zu werden. Nach einer langen und ermüdenden Reihe von Eingabeaufforderungen erhielt ich schließlich die Möglichkeit, eine Nachricht zu hinterlassen. Ich tat dies und hinterließ meinen Namen und meine Telefonnummer, aber keinen Grund für den Anruf. Dann rief ich bei der Polizei von Cedar County an und fragte nach Detective Rutger Ramsay. Man sagte mir, dass es keinen solchen Beamten im aktiven Dienst gäbe. Entschlossen, herauszufinden, wo er jetzt sein könnte, rief ich die Nummer auf Constable Arbutus' Visitenkarte an. Ich legte auf, als ich ihre Nachricht von ihrem automatischen Anrufbeantworter hörte.

Frustriert begann ich auf und ab zu gehen.

Eine Tasse Tee und zwei Schokokekse später erinnerte ich mich an etwas, das Royce über den Grund für den Kauf von vier Zeitungen gesagt hatte. Dass es interessant sei, ein und dieselbe Geschichte aus verschiedenen Perspektiven zu lesen. Genau das musste ich jetzt auch tun. Irgendwo dazwischen könnte die Wahrheit liegen. Es war an der Zeit, systematischer vorzugehen, und ich begann damit, eine Liste mit Aufzählungspunkten aller Personen zu erstellen, die in den Zeitungsberichten erwähnt oder fotografiert worden waren. Ich schnappte mir Stift und Papier und begann zu schreiben.

- Detective Rutger Ramsay
- Maggie Lonergan
- Ella Cole

- Misty Rivers
- Dwayne Shuter
- Reid, Familienname unbekannt
- Mein Grundschulleiter und Lehrer, keine Name
- G.G. Pietrangelo, Journalist und Fotograf, Geschlecht unbekannt
- Terry Thatcher, Besitzer von Thatcher House

ICH SAH MIR DIE LISTE AN. Es war nicht viel, aber zumindest etwas. Ich fing an, ein wenig mehr Vertrauen in meine Fähigkeiten als Amateurdetektivin zu entwickeln. Vielleicht hatte ich meine Berufung verfehlt. Ich sah mir meine Liste noch einmal an.

Ella Cole wohnte nebenan, und sie redete gerne. Ich würde mit ihr anfangen.

ICH LIEß mein Handy zu Hause - wenn ich mit Ella sprechen wollte, brauchte ich die Ablenkung nicht, und sie schien mir die Art von Mensch zu sein, die eine Unterbrechung nicht gutheißen würde - nahm meinen Ordner mit den Kopien aus der Bibliothek und ging nach nebenan. Ella öffnete die Tür in weniger als einer Minute.

„Ach Callie, was für eine schöne Überraschung." Ella blickte auf die Mappe in meiner Hand hinunter. „Du hast etwas mitgebracht, das du mir zeigen willst?" Ich nickte.

„Komm herein."

Ich folgte ihr in eine makellose, moderne Küche, die in einen ebenso makellosen Wohnbereich überging. Weiße Schränke mit Ebenholzeinfassungen. Schwarze Granit-Arbeitsplatten mit goldenem Schimmer. Beige Wände mit strahlend weißen Verzierungen. Küchengeräte aus Edelstahl. Es fiel mir auf, dass ihre Küche moderner war als sie selbst.

Ella deutete auf eine nierenförmige Kücheninsel und lud mich ein, Platz zu nehmen.

Ich hüpfte auf einen Barhocker aus Chrom und schwarzem Leder und versuchte, es mir bequem zu machen.

„Kann ich dir etwas anbieten? Tee? Oder Kaffee? Ich habe gerade einen schönen Streuselkuchen mit Mandeln gebacken."

„Tee wäre toll. Schwarz, ohne Zucker."

„Keinen Kuchen?"

Ich mag eigentlich keinen Streuselkuchen. Sie kommen mir immer staubtrocken vor, aber Ella sah so enttäuscht aus, dass ich einem kleinen Stück zustimmte. Während sie mit den Vorbereitungen beschäftigt war, erzählte ich ihr von meinen Ausflügen in die Stadtbibliothek. Shirley erwähnte ich nicht. Ich wollte sie nicht in irgendwelche Schwierigkeiten bringen.

„Vielleicht ist es verrückt, darüber lesen zu wollen", sagte ich, „aber seit du mir erzählt hast, was du weißt, schwelt es in mir. Ich musste mehr herausfinden."

Ella stellte den Tee und die Kuchenteller auf den Tisch und setzte sich mir gegenüber. „Hast du mehr ermitteln können?"

„Nicht wirklich, zumindest nicht vom Standpunkt des Geschehens aus. Von dir habe ich wahrscheinlich genauso viel oder sogar mehr über die Ereignisse davor und danach erfahren, als von den Zeitungsberichten. Aber ich habe sie ausgedruckt, und du könntest sie dir vielleicht einmal ansehen."

„Ich weiß, dass ich deine Fragen am Sonntagabend beantwortet habe, Callie, aber im Nachhinein weiß ich nicht, ob ich zu viel gesagt habe. Eddie hatte immer gemeint, ich hätte zu viel geredet, und ich fürchte, er könnte Recht gehabt haben. Es ist nicht immer eine gute Idee, in der Vergangenheit herumzuwühlen." Ella beugte sich vor und bedeckte meine

Hand mit der ihren. „Was ist, wenn du etwas herausfindest, das du nicht wissen willst? Vergangene Probleme aufrührst, die man vielleicht besser begraben lässt."

Ich zog meine Hand unter ihrer weg. „Du meinst, ich könnte herausfinden, dass mein Vater schuldig war. Ich glaube nicht, dass er es war, aber ich bin bereit, dieses Risiko einzugehen."

„Es geht um mehr als das, Callie. Eddie hat immer gesagt, dass Leute, die in ein Hornissennest greifen, meistens auch gestochen werden."

„Ich weiß deine Besorgnis zu schätzen, Ella, aber ich kann das nicht auf sich beruhen lassen. Ich muss herausfinden, was mit meiner Mutter passiert ist. Oder es zumindest versuchen." So viel war wahr, und inzwischen ging es weit über die Erfüllung einer Verfügung hinaus.

Ella nickte. „Nun gut, wenn du dir sicher bist, dann werde ich tun, was ich kann, um dir zu helfen. Versprich mir nur, dass du vorsichtig sein wirst."

„Versprochen", sagte ich und öffnete die Mappe. Ich nahm die Kopie mit dem Gruppenfoto der ehrenamtlichen Mitarbeiter, die am Canada Day Bäume pflanzten, heraus.

„Auf diesem Foto sind zehn Personen zu sehen. Ich kann meine Mutter und meinen Vater erkennen, aber ich kenne keine der anderen Personen." Eine kleine Abweichung von der Wahrheit, da ich Reid als den Mann aus dem Medaillon erkannte. Obwohl es eigentlich keine Lüge war, da ich ihn nicht wirklich kannte. „Kannst du den Gesichtern Namen zuordnen?"

Ella schob sich die Brille auf die Nase und schaute darüber hinweg. Sie fuhr mit dem Finger von einem Gesicht zum nächsten, erst in der obersten Reihe, dann in der untersten. Sie deutete auf einen Mann, der Anfang fünfzig zu sein schien. Er war groß und schlank, hatte kantige Gesichtszüge, eine große Nase und einen buschigen braunen

Magnum PI Tom Selleck-Schnurrbart. Er trug eine Baseballmütze der Toronto Blue Jays, das rot-weiße T-Shirt der Canada Day Baumpflanzaktion, khakifarbene Shorts und Arbeitsschuhe.

„Der Mann neben deinem Vater ist Eddie. Er und dein Vater hatten sich bei der Baumpflanzaktion freiwillig gemeldet, um deine Mutter zu unterstützen. Ich habe an diesem Nachmittag auf dich aufgepasst."

Ich notierte mir, dass der dritte Mann in der unteren Reihe Eddie Cole war. „Kommt dir sonst noch jemand bekannt vor?"

Ella betrachtete das Foto noch eine Weile, schüttelte aber schließlich den Kopf. „Nein, tut mir leid."

Ich war enttäuscht. Ich hatte gehofft, dass sie den Mann, von dem ich wusste, dass es sich um Reid handelte, identifizieren könnte, aber wenn sie ihn kannte, sagte sie es nicht. „Erkennst du den Namen der Person, die den Bericht schrieb? G.G. Pietrangelo."

Ella blickte auf die Namen hinunter und schüttelte erneut den Kopf. „Ich entsinne mich, dass ich von einer jungen Frau von der *Post* interviewt wurde, aber ihr Name ist mir entfallen. Er könnte vielleicht Gigi gewesen sein. Es tut mir leid, dass ich dir nicht weiterhelfen kann."

„Das ist okay. Es war ein Schuss ins Blaue." Ich schob die Kopie wieder in die Mappe und holte den Artikel über die Weihnachtsaktion der Lebensmittelbank heraus. Es war das Foto, auf dem meine Mutter, eine junge Misty Rivers, der Mann, den ich als Reid kannte, und der, von dem ich nun wusste, dass es sich um Dwayne Shuter handelte, sowie die Frau, die ich für Maggie Lonergan hielt, abgebildet waren.

„Was ist mit diesem Bild? Es wurde im Dezember während einer Weihnachtsaktion für die Lebensmittelbank aufgenommen."

Erneut studierte Ella das Foto, diesmal mit besserem Ergebnis. Sie blickte mit einem verblüfften Gesichtsausdruck auf. „Die Frau mit den lockigen Haaren ist Misty Rivers. Fast hätte ich sie nicht erkannt."

„Ich dachte mir schon, dass sie es sein könnte, aber es ist gut, die Bestätigung zu haben. Ich frage mich allerdings, warum sie mir nicht gesagt hat, dass sie meine Mutter kannte. Außerdem frage ich mich, warum sie das Haus überhaupt gemietet hatte."

„Ich muss zugeben, dass ich mich das auch gefragt habe. Als sie dort wohnte, behauptete sie, dass es in dem Haus spuken würde und dass eine Frau, die früher dort gelebt hatte, eines unnatürlichen Todes gestorben sei. Damals nahm ich an, sie sei eine Hellseherin, aber jetzt sieht es so aus, als wäre sie sich der Umstände sehr wohl bewusst gewesen. Ich wünschte, ich könnte hilfreicher sein, aber ich habe sie nie wirklich kennengelernt, abgesehen von dem, was sie mir erzählt hatte, und das erscheint mir jetzt verdächtig, nicht wahr?"

„Ja, aber vielleicht gibt es dafür eine ganz plausible Erklärung." Ich glaubte keine Minute, dass es eine plausible Erklärung gab, aber ich wollte nicht, dass Ella darüber tratschte. „Es ist wahrscheinlich das Beste, wenn du niemandem davon erzählst, nur für den Fall."

„Natürlich. Ich werde schweigen wie ein Grab."

Das war das Beste, was ich mir erhoffen konnte. „Erkennst du sonst noch jemanden auf dem Foto?"

„Die rothaarige Frau ist die Wichtigtuerin, von der ich dir erzählt habe. Maggie Lonergan."

„Das ist also Maggie Lonergan. Weißt du, ob sie immer noch in Marketville wohnt?"

Ella schüttelte den Kopf. „Sie ist glücklicherweise auf Nimmerwiedersehen in den Norden gezogen. Irgendwo in die Muskokas. Ich glaube, Gravenhurst oder Bala, aber ich kann mich auch irren. Das muss mindestens fünfundzwanzig Jahre her sein. Seitdem habe ich sie weder gesehen noch von ihr gehört. Es gibt auch keinen Grund, warum ich das hätte tun sollen. Ich konnte sie nicht ausstehen, und ich bin sicher, das beruhte auf Gegenseitigkeit."

Ein großer Anhaltspunkt war es nicht, aber es war immerhin mehr, als ich vorher wusste. „Was ist mit dem Mann mit dem blonden Haar? Er ist mir auf dem Canada Day Foto aufgefallen." Ich nahm es heraus und zeigte es Ella.

Ella blinzelte über ihre Brille und nickte. „Ja, das ist definitiv derselbe Mann, aber ich weiß nicht, wer er ist. Eddie könnte ihn gekannt haben, da er bei der Baumpflanzaktion am Canada Day dabei war, aber wenn er ihn kannte, hatte er es mir gegenüber nie erwähnt."

„Ist schon gut, du machst das toll. Was ist mit dem Kerl mit dem Bart?" fragte ich und zeigte auf den Mann, von dem ich jetzt wusste, dass er Dwayne Shuter war.

„Tut mir leid, nein. Ich glaube, ich hätte mich an die Narbe erinnert. Wenn du mit Misty sprichst, könntest du sie fragen, da sie mit ihm auf dem Bild war."

„Genau das werde ich tun. Ich habe noch ein Gruppenfoto. Ein Abend zur Würdigung von ehrenamtlichen Mitbürgern, veranstaltet von Terrance Thatcher im Thatcher House. Ich erinnere mich, dass du mir sagtest, es sei ein gutes Restaurant, als es noch offen war. Könntest du mir sagen, wer von diesen Leuten Terrance Thatcher ist?"

Ella warf einen Blick auf das Foto und zeigte auf einen kleinen, rundlichen Mann. Er hatte eine Glatze mit dem „Hufeisen"-Haarschnitt, den Männer früher trugen, bevor es üblich wurde, sich den ganzen Kopf zu rasieren. „Das ist Terry. Er starb etwa ein Jahr nach der Schließung des Restaurants. Er ertrank bei einem Bootsunfall in Lakeside. Es gab überzeugende Hinweise, die auf Selbstmord hindeuteten. Das Scheitern des Thatcher Houses hatte er nie überwunden, aber es wurde nie etwas bewiesen, und eine Familie hatte er wohl auch nicht."

Das bedeutete, dass Terrance Terry Thatcher buchstäblich

eine Sackgasse war. „Ist noch jemand auf dem Foto, den du erkennst? Außer meiner Mutter und Maggie Lonergan?"

„Ich wünschte, ich täte es, Callie, aber nein. Niemand sonst kommt mir bekannt vor."

„Okay, danke. Das war's mit Fotos." Ich schloss meine Mappe. „Darf ich dich noch etwas fragen?"

„Natürlich."

„In der Zeitung stand, dass die Schule den Notfallkontakt anrief, als meine Mutter mich am Valentinstag nicht abholte. Es wurden keine Namen genannt, aber nach dem, was du mir erzählt hast, weiß ich, dass du diese Person warst. Kennst du die Namen des Direktors oder meiner Lehrerin? Sie wurden nicht genannt, aber ich dachte, vielleicht..."

„Dass sie vielleicht Informationen hatten, die nie an die Öffentlichkeit gelangten?" Ella schüttelte den Kopf. „Ich glaube nicht, dass ich jemals ihre Namen kannte, da ich keine eigenen Kinder hatte. Vielleicht kann dir die Schulbehörde dabei helfen, wenn du die ganzen Datenschutzbestimmungen, die es heutzutage gibt, umgehen kannst."

„Ich vermute, dass sowohl der Lehrer als auch der Schulleiter längst im Ruhestand sind, aber es ist trotzdem ein guter Vorschlag."

Ich stand auf, bedankte mich bei Ella für den Mandelstreuselkuchen - der noch trockener war als erwartet – und für den Tee und ihre Zeit. Dann machte ich mich auf den Weg zurück zu meinem Haus und hoffte, dass Leith oder die Baufirma meinen Anruf beantwortet hatten.

25

———

AUF MEINEM TELEFON waren drei Nachrichten. Eine von Leith, eine von Southern Ontario Construction und eine von Constable Arbutus, die erklärte, dass sie meine Nummer auf ihrem Telefon gesehen hatte und hoffte, dass alles in Ordnung sei. „Rufen Sie mich bitte zurück, Callie, oder ich sehe mich gezwungen, vorbeizukommen, um nach Ihnen zu sehen.”

So schön es auch war, Arbutus auf meiner Seite zu wissen, so sehr verfluchte ich mich dafür, sie überhaupt angerufen zu haben. Wie sollte ich ihr meine Ermittlungen erklären?

Ich rief sie als Erste an und entschuldigte mich für das Auflegen. „Es ist alles in Ordnung, Officer. Ich habe nur an etwas gearbeitet und dachte, Sie könnten mir vielleicht helfen, jemanden zu finden. Ich hätte Sie nicht belästigen sollen.”

„Jetzt, wo Sie mich schon mal angerufen haben, können Sie mir auch sagen, worum es geht.”

„Es ist nicht so wichtig. Ich hatte gehofft, Sie könnten mir sagen, wo Detective Rutger Ramsay jetzt sein könnte. Soweit ich weiß, ist er nicht mehr bei der Polizei.”

„Rutger Ramsay? Der Name sagt mir nichts, allerdings arbeite ich erst seit fünf Jahren hier. Und warum?

Hat das etwas mit dem Skelett und dem Sarg auf Ihrem Dachboden zu tun?"

„Nein, das nicht. Ich bin auf einen Brief meines Vaters gestoßen. Es stellte sich heraus, dass er das Skelett und den Sarg auf den Dachboden gestellt hatte." Ich hielt inne. „Er hatte eine Idee für ein Theaterstück im Stil von Agatha Christie." Nicht gerade wahrheitsgemäß, aber eine plausible Erklärung.

Arbutus gluckste leise. „Die gute alte Agatha Christie. Wenn die Polizei doch nur eine Reihe von Verdächtigen versammeln und den Mörder zum Geständnis bringen könnte. Aber kommen wir zurück zu Rutger Ramsay. Warum suchen Sie nach ihm?"

Ich seufzte, denn ich wusste, dass ich mir diese Inquisition selbst zuzuschreiben hatte. „Es ist eine lange Geschichte."

„Vielleicht sollte ich vorbeikommen."

„Ehrlich gesagt, ist das nicht nötig. Ich habe nur versucht, Detective Ramsay zu finden. Es ist eine persönliche Angelegenheit. Ich hätte Sie gar nicht erst belästigen sollen."

Es herrschte eine lange Stille. Schließlich: „Okay, Callie. Ich habe ohnehin genug zu tun, ohne nach Fällen zu suchen. Rufen Sie mich an, wenn Sie Ihre Meinung ändern sollten."

„Das werde ich. Vielen Dank."

Ich legte auf, war dankbar und fühlte mich gleichzeitig etwas dumm. Als nächstes rief ich bei der Southern Ontario Construction Company an. Nachdem ich mich durch dieselbe Reihe von lästigen Eingabeaufforderungen durchgeschlagen hatte, erreichte ich endlich eine Mitarbeiterin am Empfang. Eine gelangweilte Stimme fragte, wie sie mir helfen könnte. Ich konnte mir fast vorstellen, wie sie sich gleichzeitig die Nägel feilte.

„Ich bin Callie Barnstable und hatte vorhin angerufen."

„Ja, ich rief Sie zurück."

War das ein Gähnen, das ich da am anderen Ende hörte?

„Ich hoffte, dass Sie mir die Telefonnummer für Dwayne Shuter geben können.

Soweit ich weiß, ist er Bauleiter in Ihrem Unternehmen.”

„Tut mir leid, wir geben diese Informationen nicht weiter. Das Unternehmen hat sehr strenge Datenschutzbestimmungen. Ich kann Ihren Namen und Ihre Nummer weitergeben. Wenn Dwayne Sie zurückrufen möchte, ist das seine Sache. Kann ich ihm sagen, worum es geht?”

„Ich glaube, dass mein Vater, James David Barnstable, für Dwayne gearbeitet hatte. Oder zumindest, dass Dwayne meinen Vater kannte. Mein Vater...”

„Natürlich. Ich hätte Ihren Nachnamen erkennen müssen. Jimmy war ein toller Kerl. Er hatte nicht oft Grund, ins Büro zu kommen, aber wenn er kam, brachte er immer eine Schachtel Timbits mit.” Die Empfangsdame gluckste. „Er sagte immer, dass ein Donut-Loch keine Kalorien hat.” Ich lächelte, denn das hat er mir auch immer gesagt.

„Die Sache ist die”, fuhr die Empfangsdame fort, „wir haben die strikte Anweisung, mit niemandem über Jimmy zu sprechen, schon gar nicht mit der Presse. Ich sollte wahrscheinlich nicht einmal mit Ihnen sprechen. Ich kann es mir nicht leisten, meinen Job zu verlieren.”

„Ich bin nicht die Presse. Ich bin Jimmys Tochter. Außerdem bitte ich Sie nur darum, meinen Namen und meine Nummer an Dwayne Shuter weiterzugeben.”

„Ich denke, das dürfte in Ordnung sein. Er kommt normalerweise am Freitagmorgen im Büro vorbei, um die Gehaltsabrechnung zu überprüfen. Ich werde es ihm dann sagen.”

Mehr konnte ich nicht verlangen. Mein letzter Anruf ging an Leith Hampton. Diesmal wurde ich sofort durchgestellt.

„Callie, was gibt‘s?”

„Warum hast du mir nicht gesagt, dass Misty Rivers meine Mutter kannte?”

Eine lange Pause, dann: „Ich versichere dir, dass es einen guten Grund dafür gibt. Leider muss ich mich auf das Anwaltsgeheimnis berufen. Ich hoffe du verstehst das."

„Nicht wirklich. Mein Vater ist tot. Sicherlich ist die Vereinbarung nichtig." Leith blieb stumm.

Ich spürte, wie mein Blutdruck anstieg und zwang mich, tief durchzuatmen. „Ich kann Misty jederzeit darauf ansprechen und sehen, was sie dazu zu sagen hat."

„Das steht dir natürlich frei."

Es war zum Verzweifeln, aber ich wusste, dass es aussichtslos war. „Was weißt du über einen Mann namens Dwayne Shuter? Er war der Bauleiter, unter dem mein Vater gearbeitet hatte."

„Dwayne Shuter?" Ich hörte, wie Papiere hin und her geschoben wurden, und dann: „Ich hab's. Sein Name steht im offiziellen Unfallbericht als Bauleiter, aber laut seiner Aussage war er zum Zeitpunkt des Unfalls nicht auf dem Gelände. Warum suchst du ihn? Er wird doch sicher nichts über das Verschwinden deiner Mutter wissen."

Wie konnte ich Leith erklären warum ich mit Dwayne Shuter sprechen wollte, ohne ihm von der Heiratsurkunde zu erzählen? Oder von den beiden verdachtserregenden Unfällen, die mein Vater in seinem Brief beschrieben hatte? Ich überlegte nicht lange und kam auf eine hoffentlich plausible Erklärung.

„Ich dachte nur, wenn Shuter der Bauleiter war, könnte er mit Vater befreundet gewesen sein."

Leith räusperte sich. „Ich weiß zu schätzen, wie sehr du dich in diese ganze Angelegenheit hineingesteigert hast, Callie, aber es ist an der Zeit, dass ich dir genau das sage, was ich deinem Vater gesagt habe, als er mit der Idee dieser albernen testamentarischen Verfügung zu mir kam "

„Und das wäre?"

„Manchmal gehen Menschen fort und wollen nicht

gefunden werden. Sie beginnen ein neues Leben mit jemand anderem, an einem anderen Ort. Ich weiß, es ist nicht das, was du - oder er - hören wolltet, aber es ist durchaus möglich, dass deine Mutter genau das getan hat."

„Du sagst, sie ist aus freiem Willen gegangen?"

„Darum geht es nicht."

„Worum denn sonst?"

„Dass die Wahrheit nach all den Jahren herauszufinden, dir mehr Herzschmerz als Glück bringen könnte."

„Was ist, wenn es mir wichtig ist, die Wahrheit herauszufinden? Unabhängig davon, wie sehr es schmerzen könnte. Was dann?"

Leith stieß einen seiner theatralischen Seufzer aus. „Ich versuche dir zu veranschaulichen, Callie, dass du eine Vergangenheit aufwühlst, die dir höchstwahrscheinlich nur Herzschmerz bringen wird, egal was du finden wirst. Tu dir das nicht an. In einem Jahr wird die Auflage aufgehoben, du bekommst das gesamte Erbe und kannst mit dem Haus machen, was du willst."

Meinem Gespür nach zu urteilen, stimmte hier etwas nicht, eine Fähigkeit, die ich während meiner Zeit in der Betrugsabteilung im Callcenter der Bank verfeinert hatte. Was hatte Leith mir verschwiegen? Wen versuchte er wirklich zu schützen?

26

Ich ging zurück zu meinem Computer und rief meine Karten-App ab. Laut der Wegbeschreibung lag Moore Gate Manor 127, Lakeside, fünfzig Minuten nordöstlich von meinem aktuellen Standort. Ich druckte die Route aus.

Als nächstes dachte ich darüber nach, die Eltern meiner Mutter zu besuchen - falls sie überhaupt noch in Moore Gate Manor 127 wohnten. Meine Versuche, einen Telefoneintrag für einen Osgoode in Lakeside zu finden, waren ergebnislos geblieben, aber das bedeutete nicht viel. Leute mit Geld hatten fast immer eine Geheimnummer, und außerdem hatten viele Leute ihre Festnetztelefone durch Handys ersetzt. Mein Grübeln wurde von der Haustürklingel unterbrochen. Ich ging zur Tür und schaute durch das Guckloch.

Es war Chantelle, die in jeder Hand einen Eimer Farbe hielt. Ich öffnete die Tür.

„Chantelle, du hättest die Farbe nicht für mich kaufen müssen. Komm herein.”

Sie kam herein und stellte die Farbe im Foyer ab. „Das ist nur eine Grundierung. Die war im Baumarkt im Angebot, fünf Dollar pro Eimer, da dachte ich mir, ich nehme sie für dich mit. Manche Leute benutzen keine Grundierung, aber ich finde, sie macht einen großen Unterschied."

„Vielen Dank. Was schulde ich dir?"

„Ein Lasagne-Essen? Ich bin Royce begegnet. Er hat mir erzählt, wie köstlich dein Rezept ist. Ich nehme an, er war neulich abends hier."

Was genau hatte Royce gesagt, und warum? War Chantelle aufrichtig, eifersüchtig oder einfach nur neugierig? Ich kannte sie nicht gut genug, um eine genaue Einschätzung vorzunehmen.

„Lasagne mache ich immer gerne, und wenn ich sie für mich alleine mache, habe ich eine ganze Woche lang daran zu essen. Also abgemacht. Dieses Wochenende bin ich weg, aber wie wär's an einem Abend nächste Woche?" Ich wusste, dass ich ihr sagen sollte, dass ich mit Royce seine Eltern in ihrem Ferienhaus besuchen werde. Aber ich tat es nicht. Ich wollte sehen, ob sie es schon wusste.

Chantelle sagte aber nichts. Stattdessen stimmte sie einem Abend nächster Woche zu und war im Begriff zu gehen. Ich hatte keine Ahnung, warum, aber ich hielt sie auf.

„Chantelle, vielleicht könntest du mir noch einen Gefallen tun?" Ich winkte mit der Hand in Richtung des Wohnzimmers und den Papieren auf dem Couchtisch. „Wenn du eine Minute Zeit hättest "

Als ich sah, wie ihr Gesicht aufleuchtete, meldete sich mein Gewissen. „Bevor wir das tun, muss ich dir etwas sagen."

„Was?"

„Ich fahre dieses Wochenende mit Royce zum Haus der Ashfords. Um seine Eltern kennenzulernen." Ich spürte, wie mir die Hitze ins Gesicht stieg. „Das war nun falsch ausgedrückt. Es ist nur so, dass seine Eltern meine Mutter gekannt haben könnten. Jedenfalls wollte ich nicht, dass du es später herausfindest und denkst, ich würde dir etwas vorenthalten."

„So wie du es mit der Lasagne gemacht hast?" Chantelle grinste über mein Unbehagen. „Entspann dich, Callie. Ich zieh dich doch nur damit auf. Royce ist ein Freund von Lance, dem Verlierer. Selbst wenn wir beide eine Beziehung wollten - was wir nicht wollen - ist Royce ein zu guter Kerl, um diese unsichtbare Grenze zu überschreiten. Das respektiere ich wirklich. Natürlich hält mich das nicht vom Flirten ab." Sie zuckte mit den Schultern, als wolle sie sagen, dass es *keine große Sache sei*.

„Und was ist der Gefallen?"

„Du erwähntest, dass du dich für Ahnenforschung interessierst."

„Nicht nur für Ahnenforschung. Ich versuche gleichzeitig ein Geschäft als Informationsvermittlerin aufzubauen. Beides scheint sich gut miteinander verbinden zu lassen." Sie lächelte. „Yoga und Spinning zu unterrichten macht mir großen Spaß, und ich verdiente damit genug Geld, als Lance mich unterstützte, aber ich muss etwas Lukrativeres finden. Außerdem gefällt mir die Idee, Menschen dabei zu helfen, ihre Vergangenheit zu erforschen."

Eine Informationsvermittlerin. Genau das, was Leith empfohlen hatte.

„Nimmst du Kunden an?"

„Nicht offiziell, zumindest nicht, bis ich eine Website entwickelt und mich mit meinem Steuerberater beraten habe. Das steht alles auf meiner To-Do-Liste. Aber ich könnte etwas Übung gebrauchen, ganz zu schweigen von einer Kundenreferenz. Und warum? Suchst du jemanden?"

Jetzt war es an der Zeit, ihr zu vertrauen und ihr Angebot der Freundschaft anzunehmen oder sie für ein- und allemal auszuschließen. Vielleicht war mehr Zeit vergangen, als mir bewusst war, oder vielleicht hatte Chantelle wieder einmal eine Art sechsten Sinn und ich war ein offenes Buch für sie. Ich weiß nur, dass sie mir die Hand reichte und mich kurz umarmte, wobei der Duft ihres Kräutershampoos so beruhigend auf mich wirkte, als sei es ein magisches Elixier.

„Du kannst mir vertrauen", sagte sie und ließ los. Es lag etwas in der Art, wie sie es sagte, ein Unterton des Flehens. Zum ersten Mal wurde mir klar, dass Chantelle trotz ihres Flirtens und ihres scheinbaren Selbstbewusstseins eine sehr einsame Frau war. Die Angebote, mir beim Anstreichen zu helfen, mit mir einkaufen zu gehen, mir eine vergünstigte Mitgliedschaft im Fitnessstudio zu verschaffen, waren allesamt Versuche, die Leere zu füllen, die Lance hinterlassen hatte, ein Mann, den sie, ihrer Reaktion in dem italienischen Restaurant nach zu urteilen, immer noch sehr liebte und vermisste.

Was soll ich sagen? Ich habe eine Schwäche für rührselige Geschichten.

„Du kommst besser rein, Chantelle. Das könnte eine Weile dauern."

27

Ich stellte ein Tablett mit selbstgemachtem Hummus, Paprika und Naan-Ecken auf den Couchtisch und schenkte uns jeweils ein Glas Wein ein, Rotwein für Chantelle, Weißwein für mich. Nach einem Schluck zur Ermutigung fing ich mit meiner Geschichte an.

„Ich kenne keine meiner Großeltern; ich habe sie nie kennengelernt. Meine Eltern hatten geheiratet, als meine Mutter schwanger mit mir war. Offenbar wurde das nicht gut aufgenommen." Ich zeigte auf das Fotoalbum. „Hier sind ein paar Fotos von der Hochzeit. Schau sie dir an."

Chantelle nahm das Album in die Hand und blätterte es durch, wobei sie gelegentlich innehielt, um ein Foto genauer zu betrachten.

„Ich verstehe, was du meinst", sagte sie und legte es zurück auf den Tisch. „Keine Fotos von irgendjemandem außer deinen Eltern an ihrem Hochzeitstag. Das ist, gelinde gesagt, ungewöhnlich, aber es untermauert die Theorie, dass deine Großeltern nicht mit der Hochzeit einverstanden waren. Sonst hätte es zumindest ein obligatorisches Gruppenfoto gegeben, meinst du nicht auch?"

„Was fällt dir sonst noch auf?"

„Selbst nach deiner Geburt gibt es keine Fotos, auf denen andere Personen abgebildet sind, es sei denn, der Weihnachtsmann zählt." Sie sah zu mir auf, die Augenbrauen fragend hochgezogen. „Nach deinem sechsten Lebensjahr hören die Fotos abrupt auf."

„Das ist das Jahr, in dem meine Mutter uns verlassen hat. 14. Februar 1986."

„Valentinstag."

Ich nickte. „Es ist noch immer ein Rätsel, wohin und warum sie gegangen ist. Die Polizei vermutete, dass es sich um ein Verbrechen handelte. Ich habe einige Nachforschungen angestellt und alte Zeitungsberichte in der Bibliothek gelesen." Ich grinste. „Außerdem habe ich auch mit Ella Cole gesprochen."

Chantelle lachte. „Ella ist wahrscheinlich aufschlussreicher als jede Bibliothek. Was ist mit deinem Vater? Was hatte er geglaubt?"

„Als ich aufwuchs, sprach er nie über sie. Wir zogen ein paar Monate nach dem Verschwinden meiner Mutter nach Toronto, nicht dass ich mich an den Umzug erinnern könnte. Mein Vater bewahrte dieses Album und einige ihrer persönlichen Gegenstände auf dem Dachboden auf, den er mit einem Vorhängeschloss zusperrte und vermietete das Haus. Ich habe erst nach seinem Tod von diesem Haus erfahren."

„Nicht einmal ein Hinweis, dass es existiert?"

Ich schüttelte den Kopf. „Zudem habe ich keine Ahnung, warum er es nie verkauft, sondern einfach weitervermietet hatte. Es sei denn..."

„Es sei denn, er dachte, sie würde hierher zurückkommen, wollte aber nicht, dass du dir Hoffnungen machst. Dir von dem Haus zu erzählen, hätte zu viele andere Fragen aufgeworfen." Chantelle biss sich auf die Unterlippe. „Das heißt, dein Vater glaubte, sie könnte noch am Leben sein."

„Ich vermute, dass er die Hoffnung möglicherweise nie aufgegeben hatte, obwohl es keine Beweise gab. Allerdings denke ich, dass er zum Zeitpunkt seines Todes nicht mehr daran glaubte, dass sie noch am Leben war."

„Wegen des Briefes, den du erwähnt hast. Der, der im Schließfach lag "

„Das und einige andere Dinge." Im Moment wollte ich noch keine Details über das Testament oder den Brief erwähnen, das musste noch etwas warten. Ich erwog, ihr meine Mappe mit den Kopien aus der Bibliothek zu zeigen, beschloss aber, dass auch dies noch warten könnte. Eins nach dem anderen.

Glücklicherweise drängte Chantelle mich nicht.

„Und was ist mit deinen Großeltern? Denen väterlicherseits?"

„Ich weiß nur, dass sie Peter und Sandra Barnstable heißen, dass sie früher in Toronto lebten und vor Jahrzehnten umgezogen sind, Adresse unbekannt. Um ehrlich zu sein, habe ich mich noch nicht sehr bemüht sie zu finden. Ich war so sehr mit allem anderen beschäftigt."

„Mal sehen, was ich herausfinden kann. Was ist mit den Eltern deiner Mutter?"

„Da habe ich wenigstens eine alte Adresse. Zumindest glaube ich, dass es ihre Adresse ist." Ich nahm die Heiratsurkunde aus dem Umschlag und reichte sie Chantelle.

Ihre Augen überflogen das Dokument. „Deine Mutter kam aus Lakeside. Es sollte einfach sein, sie zu finden." Sie griff nach meinem Laptop, und bevor ich blinzeln konnte, flogen ihre Fingerspitzen über die Tastatur. Ich tauchte eine rote Paprikascheibe in den Hummus und knabberte daran, spielte mit dem Stiel meines Weinglases und war still. Keine fünf Minuten später blickte sie auf, ein triumphierendes Grinsen auf dem Gesicht.

„Das tun sie. Sie leben immer noch dort. Corbin und

Yvette Osgoode. Es sieht so aus, als verkehrten sie in der High Society, was die wohlhabende Adresse erklären würde." Chantelle drehte den Bildschirm, in meine Richtung. Es zeigte ein Foto, das im *Toronto Star* abgebildet war; ein vornehmes Paar bei einer Art Wohltätigkeitsgala, er im Smoking, sie in einem langen goldenen Lamé-Kleid mit Strasssteinen am Mieder.

Ich spürte, wie sich meine Kehle zuschnürte. Ich dachte immer, dass ich die verschiedenen Merkmale meiner Eltern geerbt hatte: die schwarz umrandeten haselnussbraunen Augen und das widerspenstige Haar von meinem Vater, die etwas zu breite Nase und das herzförmige Gesicht von meiner Mutter. Aber abgesehen von der Augenfarbe - ihre war schokoladenbraun - hätte die aristokratische Frau auf diesem Bild ich sein können, vierzig Jahre in der Zukunft. Es kam mir in den Sinn, ob Yvette mit ihrem Haar, das jetzt kurz, lockig und eisengrau war, genauso zu kämpfen hatte wie ich.

Mal von der körperlichen Ähnlichkeit abgesehen, war nicht anzunehmen, dass sie mich mit offenen Armen aufnehmen würden, egal wie viel Zeit vergangen war. Das sagte ich auch Chantelle.

„Vielleicht werden sie es tun, vielleicht auch nicht, aber es ist nicht verboten, in der Nachbarschaft spazieren zu gehen. Viele Leute tun das. Ich schlage vor, wir parken am öffentlichen Strand am Winding Lake Drive und gehen von dort aus los."

Chantelle hatte recht. Niemand würde sich etwas dabei denken, zwei Frauen zusammen spazieren gehen zu sehen. Diese Gegend zog Jogger, Spaziergänger und Radfahrer gleichermaßen an. Einen Sommer lang hatte ich einen Freund, einen Triathleten mit einem fantastischen Körper, der aber sonst nicht viel zu bieten hatte. Wir verbrachten so manche Tage an diesem Strand, wo er Schwimmen in offenem Wasser trainierte, während ich seinen Körper bewunderte. Leider fand ich heraus, dass Trainieren das Einzige war, dem er Treue schenkte. „Du würdest mit mir gehen?"

„Klar, warum nicht? Ich liebe Abenteuer." Sie nahm das Fotoalbum wieder in die Hand. „Wir sollten vielleicht ein paar der Hochzeitsfotos mitnehmen. Nur für den Fall."

„Nur für den Fall?"

„Für den Fall, dass wir jemanden antreffen, der sich an sie erinnert, oder dass wir mit deinen Großeltern sprechen." Es war zwar kein guter Plan, aber besser als nichts.

„Wann sollen wir dorthin fahren?"

„Wie wär's mit morgen Vormittag? Sagen wir um neun Uhr? Ich habe erst morgen Nachmittag Unterricht im Fitnessstudio. Solange ich bis drei Uhr zurück sein werde, wäre das kein Problem."

Für Mittwoch hatte ich nichts Besonderes geplant, außer zu versuchen, nochmals Dwayne Shuter zu erreichen und mich bei Shirley in der Stadtbibliothek zu melden. Ich nickte zustimmend, trank meinen Wein aus und schenkte ein weiteres Glas ein.

Egal was, es war an der Zeit, sich der Vergangenheit zu stellen.

28

———

CHANTELLE STAND am Mittwoch pünktlich um neun Uhr morgens in meiner Auffahrt. Sie trug ein Outfit, das möglicherweise fürs Joggen passabel war - kurze Hosen, ein „*Run for the Cure*"-T-Shirt und Laufschuhe. Ich kletterte in ihren Pickup, einen Kapuzenpullover mit Reißverschluss in der Hand, falls es am See kalt sein sollte. Hinter den Vorhängen vor Ellas Fenster bemerkte ich eine flatternde Bewegung und unterdrückte den Drang zu winken. Ich ließ sie in dem Glauben, sie nicht wahrgenommen zu haben.

Die Fahrt nach Lakeside war angenehm. Chantelle nahm die Nebenstraßen, „die landschaftlich reizvolle Tour", wie sie es nannte, im Gegensatz zur schnelleren Pendlerroute, die in der Regel stärker befahren war, wenn auch um diese Tageszeit in Richtung Stadt und nicht von ihr weg. Wir unterhielten uns über alles Mögliche, nur nicht über unsere eigentliche Mission. Ich war dankbar für Chantelles Ablenkungsversuche.

Der Parkplatz für Winding Lake Beach befand sich hinter einem, mit weißen Schindeln verkleideten Supermarkt. Ein handgemaltes Schild auf dem fast leeren Parkplatz wies uns an, die Tagesgebühr von fünf Dollar in Ben's Convenience zu bezahlen. Aus meiner Zeit mit dem treuelosen Triathleten wusste ich, dass die Gebühr im Juli doppelt so hoch sein würde.

Wir machten uns auf den Weg zum Ladeneingang und hielten inne, um auf den Lake Miakoda hinauszuschauen. Da es noch früh in der Saison war, trauten sich nur eine Handvoll eingefleischter Schwimmer in Neoprenanzügen und bunten Schwimmkappen ins kalte Wasser. Eine kühle Brise wehte ans Ufer. Ich fröstelte, als ich ihnen zusah, denn ich wusste, dass die Wassertemperatur Ende Mai nicht weit über vierzehn Grad liegen würde.

Drinnen gab es in Ben's Convenience die übliche Auswahl an Limonaden, Chips, Schokoriegeln und - für die begeisterten Dreijahreszeiten-Radfahrer am Winding Lake Drive - eine beeindruckende Auswahl an Energieriegeln und Sportgetränken. Es gab eine Truhe mit Plastikbeuteln voller Eiswürfeln und eine Gefriertruhe mit einer Auswahl an Eisriegeln. Der Besitzer stand hinter einem Tresen voller Rubbellose, die sicher hinter Plexiglas aufbewahrt wurden. Ich kannte ihn noch von vor zehn Jahren, ein griesgrämiger Mann mit buschigem weißem Haar, permanenter Sonnenbräune und einem ständig finsteren Blick. Im Sommer grillte er draußen Hot Dogs, Würstchen und Burger - Rindfleisch oder Gemüse -, deren Preis je nach Temperatur und Anzahl der Touristen und Triathleten mal höher, mal niedriger war. Ich reichte ihm das Geld fürs Parken und für zwei überteuerte Flaschen Wasser.

„Wollt ihr spazieren gehen?", fragte er und reichte mir mein Wechselgeld.

„Genau", sagte Chantelle mit einem strahlenden Lächeln. „Sie müssen Ben sein."

„Sie haben das Schild gelesen." Der finstere Blick blieb.

Ich wollte ihn erdrosseln. Chantelle ließ sich dadurch nicht abbringen.

„Gehört Ihnen der Laden schon lange, Ben?"

„Bald sind es vierzig Jahre."

„Das ist eine lange Zeit."

„Ein ganzes Leben. Wo wollt ihr hingehen?"

„Wir dachten, wir fahren zum Moore Gate Manor", sagte sie, „um zu sehen, wie die andere Hälfte lebt."

„Sie meinen das restliche eine Prozent", sagte Ben, aber sein finsterer Blick hatte sich ein wenig gelichtet. Ich könnte schwören, dass Chantelle dazu in der Lage ist ein Iglu in der Arktis aufzutauen.

„Ja, da haben Sie wohl recht." Chantelle hielt inne, als ob sie etwas mit sich selbst besprechen würde. Nach einer Weile lehnte sie sich nach vorne auf die Ladentheke und starrte den Inhaber mit ihren intensiven, kohlegrauen Augen an. Sie hörte kurz auf, mit den Wimpern zu klimpern, weil sie vielleicht merkte, dass das zu viel des Guten wäre.

„Unter uns gesagt, meine Freundin glaubt, dass sie einen Verwandten auf Moore Gate Manor haben könnte.

Sie erinnert sich an Besuche dort, als sie ein Kind war."

„Und jetzt hofft sie, einen Goldschatz zu finden?" Er sagte dies, als wäre ich nicht hier.

„So ist es nicht. Sie ist nur auf der Suche nach einer Familie."

Bildete ich mir das nur ein, oder errötete der Ladenbesitzer unter seiner Bräune?

„Ich habe es nicht so gemeint..."

Chantelle winkte seine Entschuldigung ab und zog eines der Hochzeitsfotos aus ihrer Hüfttasche. „Vielleicht erkennen Sie die Frau?"

Ben warf einen kurzen Blick auf das Foto. „Kann ich nicht behaupten."

„Lass uns gehen, Chantelle", sagte ich und wünschte mir irgendwo anders zu sein. Ich warf dem Mann einen kurzen Blick zu.

„Entschuldigen Sie die Störung."

Zu meiner Überraschung milderte sich der verbissene finstere Blick ein wenig mehr. „Eines kann ich Ihnen versichern: Die Bewohner von Moore Gate Manor suchen nicht oft die ärmeren Gegenden der Viertel auf. Sie haben sogar ihren eigenen Privatstrand, der komplett eingezäunt ist, mit Sicherheitskameras und allem Drum und Dran. Sie haben keinen Grund mit den „Normalsterblichen" zu verkehren."

„Na ja, einen Versuch war es wert", sagte Chantelle und schenkte Ben ein weiteres strahlendes Lächeln.

Wir waren schon halb zur Tür hinaus, als er nach uns rief.

„Warum lassen Sie das Bild nicht hier und kommen auf dem Rückweg vorbei? Vielleicht fällt mir in der Zwischenzeit etwas ein."

„GLAUBST DU, ER WEISS ETWAS?" fragte ich Chantelle, als wir den Winding Lake Drive in nordöstlicher Richtung entlangliefen. Ich trug meinen Kapuzenpulli und war froh, dass ich ihn in weiser Voraussicht mitgenommen hatte. Die Sonne war noch nicht aus den Wolken hervorgetreten, und der Wind wurde von Minute zu Minute stärker. Ich wollte gar nicht daran denken, wie meine Haare aussahen.

Chantelle zuckte mit den Schultern. „Das ist schwer zu sagen. Er hat kaum einen Blick auf das Foto geworfen. Vielleicht fällt ihm etwas ein, wenn er sich die Zeit nimmt, es intensiver zu betrachten."

Den Rest des Weges schwiegen wir, hielten gelegentlich inne, um einen Blick auf das Wasser oder ein besonders schönes Haus zu werfen. Am Lake Miakoda gab es keine Häuser nach dem üblichen Strickmuster. Jedes war anders, von den winzigen, ursprünglichen mit Schindeln bedeckten Häuschen aus den fünfziger Jahren bis hin zu den Villen mit riesigen Fenstern, die die alten Häuser nach und nach ersetzten.

Je weiter wir nach Osten kamen, desto schöner wurden die Häuser, bis wir schließlich nach etwa drei Meilen an einem steinernen Torbogen und einem kunstvoll bemalten Schild ankamen, das darauf hinwies, dass wir nun die Community von Moore Gate betraten. Es war zwar keine bewachte Wohnanlage, aber man hatte das Gefühl, dass es eine sein sollte. Man fühlte praktisch, dass man hier nicht willkommen war, es sei denn, man gehörte dazu, vorzugsweise von Geburt an, obwohl ich annahm, dass Neureiche mit Neid akzeptiert wurden.

Moore Gate Manor, die Hauptstraße, schlängelte sich durch ein Labyrinth von Häusern, die alles am Winding Lake Drive in den Schatten stellten. Trotz allem, was Chantelle dem Ladeninhaber erzählt hatte, war ich noch nie hier gewesen, auch nicht als Kind. Nicht einmal, als ich mit dem treuelosen Triathleten zusammen war.

Die Häuser auf der Nordseite von Moore Gate Manor boten einen spektakulären Blick auf Lake Miakoda und einige Inseln. Ein halbes Dutzend Straßen zweigten von Moore Gate Manor ab; die Hausbesitzer mussten zwar ein Stück laufen, um die Aussicht zu genießen, aber die Häuser, mit ihren makellosen Gärten und kupfernen Wetterfahnen auf den Kuppeln und den Zedernschindeldächern, waren ebenso beeindruckend.

Wir schlängelten uns erst einmal durch jede Seitenstraße, als hätten wir uns stillschweigend darauf geeinigt, dass wir das Haus meiner Großeltern bis zum Schluss lassen. Der Tag war stürmisch genug, um die Leute davon abzuhalten hinauszugehen; es war auch gut möglich, dass sie damit beschäftigt waren weitere Millionen Dollar zu verdienen. Wie dem auch sei, die einzigen Menschen, die wir sahen, waren ein paar junge Leute, die im Garten arbeiteten, und ein Techniker, der an einem kleinen grünen Kasten mit einer Verkabelung beschäftigt war.

Etwa fünfzehn Minuten später kamen wir am Moore Gate Manor 127 an. Am Ende einer Sackgasse gelegen, war es bei weitem das größte Haus in der Gegend, mit einem großzügigen, perfekt gepflegten Rasen, einer Fülle von blühenden Frühlingsblumen und einer Einfahrt aus Backsteinpflaster. Das Haus selbst erinnerte mich mit seiner Feldsteinfassade, kleinen Türmchen und großen zweistöckigen Türmen an ein mittelalterliches Märchenschloss. Das Einzige, was fehlte, war ein Wassergraben.

Hier war meine Mutter also aufgewachsen. Luxus im Überfluss, weit entfernt von dem bescheidenen Zwei-Zimmer-Bungalow in Marketville, den sie mit meinem Vater und mir geteilt hatte.

War ihr alles zu viel geworden? Das unzureichende Gehalt eines Spenglerlehrlings, das Backen von Keksen, anstatt sie backen zu lassen, die Trostlosigkeit einer Pendlerstadt, die auf dem Rücken derer wächst, die vom Eigenheim träumen und sich nichts Besseres leisten können? War der Mann, den ich nur als Reid kannte, ihr Märchenprinz gewesen, der bereit war, ihr ein glücklicheres Leben zu bieten?

Im vorderen Erkerfenster ruhte eine Perserkatze, die mit ihren smaragdgrünen Augen jede unserer Bewegungen beobachtete. Ein weißer Zwergpudel mit einem rosafarbenen Halsband, das mit bunten Juwelen besetzt war, lag ausgestreckt neben der Katze. Ich fragte mich, ob die Steine echt waren, und vermutete, dass sie es sein könnten. Der Hund sprang auf und machte Platz für eine ältere Frau, die zum Fenster kam. Sie starrte uns lange und intensiv an, bevor sie die Jalousien schloss.

Meine Großmutter.

„Das war eine dumme Idee", sagte ich zu Chantelle. Ich drehte mich um und rannte zurück in Richtung Laden. Die

Tränen liefen mir übers Gesicht, mein Herz klopfte, mein Atem ging stoßweise. Als ich dort ankam, hatte ich vom Weinen gerötete Augen und war wütend. Ich setzte mich auf eine Bank im Park und blickte nach Nordosten in Richtung Moore Gate. „Verdammt noch mal, Yvette Osgoode. Du wirst mich kennenlernen. Ob es dir gefällt oder nicht."

29

———

CHANTELLE HOLTE mich ein paar Minuten später ein. Sie ließ sich auf die Bank plumpsen und legte ihren Arm um meine Schulter. „Falls es dich tröstet, Callie, ich bezweifle, dass sie dich erkannt hat. Sie wollte wahrscheinlich verdeutlichen, dass ungebetene Besucher nicht willkommen sind."

Hätte ich es geglaubt, wäre ich erleichtert darüber gewesen, aber das tat ich nicht. Ihrem Blick war zu entnehmen, dass sie mich erkannt hatte. Erkennen und noch etwas anderes. Zorn? Ärger? Furcht? Trotz der Ungewissheit wusste ich, dass ich es herausfinden musste. Ich rang mir ein Lächeln ab und nickte. „Du könntest recht haben. Hör zu, ich werde reingehen und mit dem Inhaber reden. Mal sehen, ob sein Gedächtnis inzwischen besser geworden ist. Aber ich würde das gern allein tun, wenn das okay ist."

„Ich bin hier, wenn du mich brauchst", sagte sie und nahm sanft ihren Arm von meiner Schulter.

In dem Laden waren ein paar Radfahrer, die ihre Vorräte an Sportgetränken und Energieriegeln auffüllten. Die Stollen ihrer Schuhe klapperten auf dem mit Linoleum gefliesten

Boden, während sie auf und ab gingen. Ich wartete, bis sie bezahlt hatten und gegangen sind.

Ben schob das Foto über den Tresen in meine Richtung. „Ich erinnere mich an sie", sagte er. „Es ist schon sehr lange her. Ich kann mir nicht vorstellen, wem es nutzen würde die Vergangenheit aufzudecken, am wenigsten Ihnen."

„Es ist fünfunddreißig Jahre her", sagte ich. „Ob es etwas nützt, werde ich selbst beurteilen."

Er schien kurz darüber nachzudenken und nickte dann.

„Fünfunddreißig Jahre wären durchaus möglich, obwohl es gar nicht so lange her zu sein scheint. Ich muss Anfang zwanzig gewesen sein, ein paar Jahre älter als die beiden. Der Mann auf dem Foto kam jeden Abend hierher, kaufte aber nur gelegentlich ein Päckchen Kaugummi. Er war ein sehr junger Bursche. Er wartete einfach draußen auf der Bank, bis das Mädchen vorbeikam. Sie umarmten und küssten sich, dann stiegen die beiden in sein Auto und fuhren davon. Es war eine alte Kiste, mit viel Rost an den Schwellern. Ihrer Kleidung und Gebärde nach zu urteilen, hatte ich den Eindruck, dass sie aus Moore Gate Manor stammte. Diese Leute bewegen sich anders als der Rest von uns. Ich vermutete immer, sie hätten sich heimlich hier getroffen."

„Sie haben ein gutes Gedächtnis, Ben."

„Eigentlich nicht. Es ist unwahrscheinlich, dass ich mich an einen der beiden erinnern würde, wenn nicht eines Abends ein Mann mittleren Alters in einem weißen Mercedes vorgefahren wäre. Das Mädchen war noch nicht da. Der Mann rastete aus, schrie den Jungen an, schüttelte ihn am Kragen und schrie Obszönitäten. Er sagte dem Jungen, er solle sich von seiner Tochter fernhalten, er würde dem ein für alle Mal ein Ende setzen. Der Junge schimpfte zurück, sagte, sie seien verliebt und niemand könne sich ihnen in den Weg stellen. Daraufhin verlor der Mann jegliche Beherrschung. Er legte seine Hände um die Kehle des jungen Mannes und begann ihn zu würgen."

Ben schüttelte den Kopf bei dieser Erinnerung. „Da habe ich die Bullen gerufen. Das war das erste Mal, dass ich das getan habe, aber sicher nicht das letzte Mal. Ich dachte wirklich, der Mann mit dem Mercedes würde den Jungen umbringen. Ich glaube immer noch, dass er es getan hätte, wenn er nur eine Chance dazu gehabt hätte."

„Was geschah, als die Polizei eintraf?"

„Sie schienen den Mann zu kennen. Sie behandelten ihn jedenfalls mit Respekt. Ich vermute, dass er in Moore Gate Manor wohnte; die geben großzügige Spenden an die Polizei. Jedenfalls gelang es ihnen nach einer Weile, ihn zu beruhigen."

„Was geschah mit dem jungen Mann?"

„Einer der Polizisten nahm ihn auf die Seite. Er musste ihn davon überzeugt haben, dass es in seinem eigenen Interesse war, keine Anzeige zu erstatten, denn nach ein paar Minuten stieg der Junge in seine alte Kiste und fuhr davon. Ich habe den Mann im Mercedes nie wieder gesehen. Oder den Jungen und das Mädchen. Nach diesem Foto zu urteilen, haben sie geheiratet."

„Das haben sie. Etwa fünf Monate später bekamen sie mich."

„Was ist mit den Großeltern? Der Mann mit dem Mercedes?"

„Ich hatte nie das Vergnügen, sie kennenzulernen."

„Das überrascht mich nicht. Es ist traurig, was Arroganz und Sturheit einen Menschen kosten können." Darauf habe ich nichts gesagt. Was gab es schon zu sagen?

„Wo sind sie jetzt? Ihre Eltern?"

„Mein Vater ist tot."

„Und Ihre Mutter?"

„Darüber ist nichts bekannt."

AUF DEM RÜCKWEG nach Marketville sprachen Chantelle und ich nicht miteinander. Ich brauchte noch etwas Zeit, und sie schien das zu verstehen. Wieder einmal schätzte ich ihren Sinn für Anstand. Sie fuhr in ihre Einfahrt und ich sprang aus dem Wagen.

„Danke, dass du mit mir gekommen bist. Tut mir leid, dass ich auf dem Rückweg keine bessere Gesellschaft war."

„Jederzeit." Sie hielt einen Moment inne, als ob sie über etwas nachdachte, dann fasste sie einen Entschluss. „Wahrscheinlich sehe ich dich erst wieder, wenn du von den Ashfords zurückkommst. Tu mir einen Gefallen, okay? Nimm dich vor Royce in Acht."

„Was? Woher kommt das denn?"

Chantelle errötete. „Es ist nur so, dass Lance immer gesagt hat ... nein, vergiss es. Du sollst dich da oben amüsieren."

„Was hat Lance immer gesagt?"

Sie seufzte und kam dann heraus mit der Sprache. „Er sagte immer, dass Royce ein Frauenheld sei, aber vielleicht sagte er dies nur, damit ich mich nicht für ihn interessieren würde. Es gab eine Zeit, in der beide Interesse an mir zeigten. Obwohl ich mich für Lance entschieden hatte, war er immer ein bisschen eifersüchtig auf Royce und das Geld seiner Familie."

Royce war also ein Frauenheld mit Familienvermögen. Ich konnte dieses Bild nicht mit dem Mann in Einklang bringen, der mir beim Schleppen von Teppichbündeln geholfen hatte, oder mit dem Mann, den ich zum Abendessen zu mir nach Hause eingeladen hatte, obwohl ich mir vorstellen konnte, dass alles möglich war. So auch, dass Chantelle tatsächlich Gefühle für Royce hegte, wie ich anfangs vermutet hatte.

Mein Kopf war zu sehr mit anderen Dingen beschäftigt, um es zu verarbeiten. „Ich werde auf der Hut sein", entgegnete ich und überquerte die Straße.

AUF MEINEM FESTNETZTELEFON blinkte ein rotes Licht, das eine Nachricht anzeigte. Ich war hundemüde und wünschte mir nichts sehnlicher als ein Glas Weißwein und ein langes Bad in einem heißen, nach Lavendel duftenden Schaumbad zu nehmen, aber die Neugierde übermannte mich. Vielleicht hatte Dwayne Shuter endlich beschlossen, meinen Anruf zu erwidern.

Die Nachricht war von Shirley, der Bibliothekarin.

„Callie, hier ist Shirley. Ich hatte endlich die Gelegenheit, die letzten Ausgaben der *Toronto Sun* und des *Toronto Star* aus dem Monat nach dem Verschwinden deiner Mutter durchzusehen. Ich habe ein paar Artikel gefunden, die von Interesse sein könnten. Wenn du kannst, komm morgen vorbei, dann zeige ich sie dir."

Das war das Ende der Nachricht. Ich konnte es kaum erwarten herauszufinden, was sie entdeckt hatte, aber ich musste mich gedulden, und ein weiterer Tag würde mich nicht umbringen. Aber nun hatte ich einen Riesenhunger.

Ein Thunfischsalat auf Roggenbrot war genau das Richtige. Ich beschloss, meine E-Mail an Leith vorzubereiten, um mir den Vormittag frei zu halten. Je eher ich in die Bibliothek kam und mich mit Shirley traf, desto besser.

An: Leith Hampton
Von: Callie Barnstable
Betreff: 3. Freitagsbericht

Auf dem Dachboden fand ich eine Truhe mit einigen Kleidungs- und Schmuckstücken meiner Mutter - nichts von Wert -, darunter ihr Hochzeitskleid. Die Truhe enthielt auch ein Fotoalbum mit ein paar Hochzeitsfotos, die in einem Studio aufgenommen wurden, aber es gibt keine Fotos von

Gästen. Außerdem sind in dem Album auch Bilder von mir als Baby und Kleinkind. Nichts davon weckte Erinnerungen oder bot irgendwelche Anhaltspunkte.

Ich hielt inne und überlegte, was ich Leith noch berichten sollte. Die Heiratsurkunde erwähnte ich allerdings nicht. Das bedeutete natürlich auch, dass ich nicht nur die Entdeckung meiner Großeltern für mich behalten musste, sondern auch, dass Dwayne Shuter einmal mehr als nur der Bauleiter meines Vaters oder ein guter Freund sowie der Trauzeuge bei der Hochzeit meiner Eltern gewesen war. Ich dachte daran, wie Leith zögerte, als ich ihm erzählte, dass Misty meine Mutter kannte, an das leichte Einatmen am Telefon, als ich Dwayne erwähnte. Ich war mir nicht sicher, wie sehr ich ihm wirklich vertrauen konnte. Ich war noch nicht so weit, Leith zu sagen, dass ich mit Chantelle das Osgoode-Haus ausgekundschaftet hatte und hatte auch keine Lust, ihm die Geschichte von Ben zu erzählen.

Nachdem ich beschlossen hatte nicht auf diese Einzelheiten einzugehen, fuhr ich fort.

In der Stadtbibliothek habe die Archive der Marketville Post aus der Zeit des Verschwindens meiner Mutter durchforstet. Von jedem Artikel, der sich auf meine Mutter oder meinen Vater bezog, habe ich Kopien gemacht, um sie zu Hause genauer zu lesen, aber bisher sieht es so aus, als gäbe es nicht viel, worauf man aufbauen könnte.

Das ich nicht nur Recherchen nach dem Zeitpunkt des Verschwindens meiner Mutter gemacht hatte, und Shirley auch die *Toronto Sun* und den *Toronto Star* durchforstet hatte, ließ ich ebenso aus. Es stimmte jedoch, dass ich Kopien gemacht hatte. Einige verbarg ich, wie ein Eichhörnchen, das seine Nüsse für den Winter versteckt, um sie erst dann weiterzugeben, wenn mir die Neuigkeiten ausgehen sollten.

Ich las meinen Bericht nochmals durch. Zufrieden damit, dass ich die testamentarische Verfügung erfüllt hatte, ohne Verdacht zu erregen, speicherte ich die E-Mail als Entwurf, um sie am nächsten Morgen zu versenden.

Nach getaner Arbeit sah ich mir die Zeitungskopien noch einmal an, konnte aber nicht die Energie aufbringen, eine weitere Online-Suche durchzuführen, diesmal nach G.G. Pietrangelo. Stattdessen warf ich einen weiteren Blick in das Fotoalbum, in der Hoffnung, mich an etwas zu erinnern.

Ohne Erfolg.

Es war schon fast sieben, als ich hungrig genug war, um mir ein leichtes Abendessen zuzubereiten, und dachte gerade über Rührei und Toast nach, als es an der Tür klingelte. Ich ging die Möglichkeiten durch. Royce? Ella? Chantelle? Oder vielleicht hatte Misty Rivers beschlossen, mir einen weiteren Besuch abzustatten. Ich seufzte. So sehr ich auch mit ihr reden musste, nach dem Tag, den ich hinter mir hatte, war mir nicht nach Gesellschaft zumute.

Ich stand auf und schaute durch das Guckloch und sah eine kultivierte Frau Anfang siebzig auf der Treppe stehen.

Frau Yvette Osgoode.

Meine Großmutter.

30

———

ICH ÖFFNETE die Tür und bemerkte den schwarzen Cadillac, der in meiner Einfahrt parkte. Auf dem Fahrersitz saß ein Mann mit einer Mütze. Ihr Chauffeur, wie ich annahm. „Ja?"

„Guten Abend, Calamity. Ich bin Yvette Osgoode, obwohl ich vermute, dass du das bereits weißt. Ich würde gerne reinkommen und mich mit dir unterhalten." Sie leckte sich über die Lippen und schnalzte kurz mit der Zungenspitze. „Corbin ... mein Mann ... dein Großvater, er weiß nicht, dass ich hier bin."

„Was ist mit ihm?" Ich zeigte auf den Mann im Caddy. Ella platzte sicher vor Neugierde.

Sie schüttelte den Kopf. „Er wird nichts sagen, und er ist es gewohnt, auf mich zu warten."

Das überraschte mich nicht. Ich trat zurück und winkte sie ins Wohnzimmer. „Setz dich. Kann ich dir etwas anbieten? Tee, Kaffee, Wasser, etwas Stärkeres? Ich habe Rot- und Weißwein und einen recht anständigen Double Malt Scotch. Außerdem habe ich Schoko- und Butterkekse. Beide im Laden gekauft, aber ziemlich gut." Ich merkte, dass ich plapperte, und hielt den Mund.

„Ein Scotch on the Rocks wäre großartig. Danke.”

Ich ging in die Küche und legte ein paar Kekse - mein Abendessen - auf einen Porzellanteller, goss einen doppelten Scotch in ein mit Eis gefülltes Glas und schenkte mir dann ein großes Glas Chardonnay ein. Danach stellte ich alles auf ein Tablett, fügte einige meiner besonderen Servietten, die ich für Gäste aufbewahrt hatte, hinzu, ging damit ins Wohnzimmer und stellte das Tablett auf den Couchtisch.

Yvette saß kerzengerade auf dem Stuhl. Das Fotoalbum und die Mappe mit den Zeitungskopien lagen dort, wo ich sie hingelegt hatte. Wäre sie auf beides neugierig gewesen, so besaß sie jedoch die Höflichkeit, nicht darin herumzuschnüffeln. Ich legte beide auf den Beistelltisch neben dem Sofa und nahm Platz.

„Bediene dich bitte”, sagte ich, nahm einen Butterkeks und knabberte daran. „Verzeihung, aber ich war gerade im Begriff ein leichtes Abendessen vorzubereiten.”

„Tut mir leid, ich hätte vorher anrufen sollen. Vielleicht sollte ich ein anderes Mal kommen.”

„Keine Sorge. Nun habe ich eine Entschuldigung, Kekse zum Abendessen zu essen.” Daraufhin lächelte sie, und ich erkannte mein Lächeln in ihrem.

„Ich hätte auch nichts gegen einen Keks”, sagte sie und nahm sich einen der Schokokekse. Wir saßen schweigend zusammen, aßen Kekse und nippten an unseren Getränken. Nach drei Keksen und der Hälfte ihres Scotchs, ergriff Yvette wieder das Wort.

„Ich habe dich heute Morgen gesehen. Vor meinem Haus in Moore Gate Manor, zusammen mit deiner Freundin.” Es hatte keinen Sinn, es zu leugnen. „Ja, das war ich.”

„Warum jetzt? Nach all diesen Jahren?”

Es schien eine seltsame Frage zu sein, wenn man bedenkt, dass meine Großeltern diejenigen waren, die meine Eltern und damit auch mich ablehnten, aber ich entschied mich ihr die

Wahrheit zu sagen. Oder zumindest eine Version davon. „Mein Vater ist kürzlich gestorben und hat mir dieses Haus hinterlassen. Ich habe meine Mutter nicht mehr gesehen, seit ich sechs Jahre alt war. Da ich ein Einzelkind bin, habe ich wohl einfach das Bedürfnis, herauszufinden, ob ich sonst noch irgendwo Familie habe."

Die Erklärung schien sie zufrieden zu stellen, denn sie nickte.

„Woher wusstest du, dass ich es war?" fragte ich.

Das schien sie wirklich zu amüsieren. „Ich würde sagen, dass es eine starke Familienähnlichkeit zwischen uns gibt, meinst du nicht? Ich muss zugeben, dass es ein kleiner Schock war, mich selbst zu sehen, vierzig Jahre jünger. Natürlich hast du die Augen deines Vaters, oder zumindest seine Augenfarbe. Ansonsten ist die Ähnlichkeit verblüffend." Sie leckte sich erneut über die Lippen. „Ich hatte Corbin gesagt, dass Abigail uns nie verzeihen würde, dass wir sie verstoßen haben, als sie uns von der Schwangerschaft erzählt hatte. Und, dass sie einer Adoption niemals zustimmen würde, und einer Abtreibung schon gar nicht. Aber er war ... *ist* ein sturer, stolzer Mann, der zu sehr auf den äußeren Schein bedacht ist, darauf, was die Nachbarn denken könnten."

Sie stieß ein raues Lachen aus. „Als ob ein junges Mädchen in anderen Umständen irgendwie schlimmer wäre als Steuerhinterziehung, Insiderhandel oder Veruntreuung. Alles Verbrechen, die von einigen unserer aufrechten Nachbarn im Laufe der Jahre begangen wurden. Nicht jeder, der in der Nachbarschaft lebt, ist ein Krimineller. Es gibt eine Menge hart arbeitender Leute, die sich ihren Weg ins Manor verdient haben, und noch viel mehr, die ihren Weg dorthin geerbt haben. Ich bin sicher, dass auch diese Familien die eine oder andere Leiche im Keller haben. Ich versuchte, Corbin zur Vernunft zu bringen, aber er wollte nicht zuhören. Vielleicht, weil Abigail, bevor dein Vater in ihr Leben trat, immer Daddys kleines Mädchen gewesen war. Plötzlich hatte sie sich in einen seiner Bauarbeiter verliebt. Und was noch schlimmer war, sie war mit dem Kind dieses Mannes schwanger."

Ich erinnerte mich daran, was Ben, der Lakeside-Ladenbesitzer, gesagt hatte. „Es ist traurig, was Arroganz und Sturheit einen Menschen kosten können."

„Ich habe immer daran geglaubt, dass Corbin mit der Zeit zur Vernunft kommen würde", fuhr Yvette fort. „Dann kam eines Tages die Polizei zu uns und ich wusste, dass wir Abigail für immer verloren hatten." Yvette - ich konnte mich nicht dazu durchringen, sie als meine Großmutter zu bezeichnen - lehnte sich in ihrem Stuhl zurück, als sei sie erschöpft von ihrem Epilog. Ihr Gesicht war blass, und auf ihrer Stirn stand ein leichter Schweißtropfen. Sie griff in ihre rosafarbene Birkin-Handtasche und holte ein kleines Töpfchen Lippenbalsam heraus. Wäre ich nicht so erschrocken über das, was sie mir erzählt hatte, hätte ich vielleicht laut gelacht. „Wann kam die Polizei?"

„Es war ein paar Tage nach Abigails Verschwinden. Natürlich wussten wir es schon, denn es stand in allen Zeitungen." Yvette nahm einen weiteren Schluck von ihrem Scotch, bevor sie fortfuhr. „Corbin war davon überzeugt, dass sie endlich zur Vernunft gekommen war und deinen Vater verlassen hatte. Ich wusste nicht, was ich davon halten sollte. Die Polizei schien zu glauben, dass sie möglicherweise zu uns zurückkommen würde. Der zuständige Beamte deutete an, dass es in der Ehe Schwierigkeiten gegeben haben könnte." Ein weiterer Schluck Scotch. „Ich habe keine Ahnung, ob das stimmte."

Ich musste einfach fragen, auch wenn ich nicht sicher war, ob ich die Antwort wissen wollte.

„Ist sie zu euch zurückgekommen?"

Yvette schüttelte den Kopf. „Nein. Ich wünschte, sie hätte es getan. Die Polizei hatte uns ein paar Mal befragt. Gegrillt trifft wohl eher zu. Corbin ... sagen wir einfach, Corbin war jähzornig, wenn es um deinen Vater ging, und einmal gab es einen Zwischenfall, in dem kleinen Laden am See. Er neigte dazu, überfürsorglich zu sein. Abigail war unser einziges Kind."

Bens „Mann im Mercedes". Corbin Osgoode mag diese besondere Auseinandersetzung verdrängt haben, aber sechs Jahre später, als seine Tochter spurlos verschwunden war, muss die Polizei einen alten Bericht ausgegraben haben.

„Darf ich dir noch eine Frage stellen, Yvette?"

„Natürlich."

„Warum hattest du nicht versucht, dich mit mir in Verbindung zu setzen, besonders nachdem meine Mutter verschwunden war? Ich war ein unschuldiges Kind, euer Fleisch und Blut." Ich hörte den Tonfall in meiner Stimme und verfluchte mich dafür.

Yvettes Augenbrauen schossen überrascht in die Höhe. „Ich hatte es versucht, Calamity. Damals war es schwieriger, jemanden zu finden und Kontakt aufzunehmen. Es gab kein Internet, keine E-Mail, keine SMS. Ich hatte einen Privatdetektiv angeheuert, um herauszufinden, an welchem Tag du geboren wurdest und wohin du gezogen bist, nachdem du Marketville verlassen hattest. Alles ohne Corbins Wissen, natürlich. Ich schickte Briefe per Post, Geburtstags- und Weihnachtskarten, hinterließ Nachrichten auf dem Anrufbeantworter deines Vaters. Ich hatte schließlich aufgegeben, als du etwa dreizehn warst. Irgendwann war es einfacher, so zu tun, als hätte ich nie eine Enkelin gehabt."

All die Jahre hatte man mir eingeredet, dass meine Großeltern mich nicht wollten, und jetzt sagte Yvette, dass das nicht stimmte.

„Willst du damit sagen, dass mein Vater weder auf die Anrufe noch auf die Karten oder Briefe geantwortet hatte?"

„Genau das meine ich, Calamity." Sie lächelte sehr traurig

und trank den Rest ihres Scotchs aus. „Ich kann es ihm nicht wirklich verübeln, zumal die Briefe und Anrufe nur von mir kamen. Corbin und ich hatten beide ziemlich schlecht auf die Nachricht von der Schwangerschaft deiner Mutter reagiert. Ich glaube, deine Mutter hätte uns mit der Zeit verzeihen können, aber dein Vater war ein sehr sturer Mann." Das war mir klar.

Yvette fuhr fort. „Wenn es mir gelungen wäre, Corbin zu überzeugen seine Meinung zu ändern, wäre vielleicht alles anders gekommen. Ich mache mir Vorwürfe, dass ich nicht härter durchgegriffen habe. Aber jetzt haben wir zueinander gefunden. Vielleicht können wir neu anfangen. Vielleicht wird Corbin mit der Zeit wieder zu sich kommen."

Ich war erschöpft, hatte Hunger und Kopfschmerzen vom Wein und den Keksen, und mein Schädel drohte zu platzen. Ich beugte mich vor und schaute sie mit meinen besten, schwarz umrandeten, haselnussbraunen Augen an, dem Blick, den mir mein Vater immer zuwarf, wenn er gut und wütend war.

„Vielleicht wäre es das Beste, wenn wir uns nicht wiedersehen. Ich möchte dich nicht in Schwierigkeiten mit Corbin bringen. Schließlich bin ich sechsunddreißig Jahre lang ohne dich ausgekommen. Ich bin sicher, ich schaffe noch sechsunddreißig weitere Jahre."

Ich weiß nicht, was ich erwartet hatte. Vielleicht, dass Yvette um eine zweite Chance betteln oder mich zumindest bitten würde, es sich noch einmal zu überlegen, aber stattdessen stand sie auf, strich eine unsichtbare Falte aus ihrer makellos gebügelten Hose, bedankte sich für den Scotch und die Kekse und ging zur Haustür hinaus, ohne auch nur einen Blick zurückzuwerfen.

Ich sah aus dem Fenster, wie der Cadillac aus der Einfahrt fuhr. Dann setzte ich mich wieder hin, stützte den Kopf in die Hände und weinte. Ich wurde von so heftigem Schluchzen geschüttelt, dass ich außer Atem geriet, mein Gesicht fleckig und meine Wimperntusche verschmiert waren.

Ich weinte immer noch, als es an der Tür läutete. Ich schaute aus dem Fenster und sah den Cadillac. Ich ging zur Tür und öffnete sie. Yvette stand da, ihr Gesicht war verkniffen und blass.

„Was nun?" fragte ich.

„Ich werde ein langes Gespräch mit Corbin führen", sagte Yvette. „Ihn zwingen, zuzuhören." Sie schenkte mir ein müdes Lächeln. „Das muss er doch, nicht wahr? Wenn er uns beide zurückhaben will." Damit war sie weg.

31

ALS ICH NACH einer fast schlaflosen Nacht am Freitagmorgen aufstand, fühlte ich mich angeschlagen und war nicht besonders gut gelaunt. Normalerweise trinke ich nicht oft Kaffee, heute aber benötigte ich Koffein. Ich kochte eine Kanne, extra stark, und fühlte mich nach der zweiten Tasse fast menschlich. Es gelang mir sogar, eine Scheibe Toast mit Erdnussbutter hinunterzuwürgen.

Ich rief meinen Bericht an Leith auf und überlegte kurz, ob ich ihm die Neuigkeiten über den Besuch meiner Großmutter mitteilen sollte. Letztendlich beschloss ich, dass der Bericht mehr als genug Informationen enthielt, um ihn für eine weitere Woche zufrieden zu stellen. Ich drückte auf Senden und fuhr meinen Computer herunter. Es war Zeit, in die Bibliothek zu gehen.

WIE VERSPROCHEN HATTE Shirley die Mikrofilm-Aufzeichnungen der *Toronto Sun* und des *Toronto Star* vom 14.

Februar bis Ende März 1986 durchforscht. Sie überreichte mir eine Mappe mit einer Handvoll Kopien, tätschelte meinen Arm und überließ es mir, sie selbst durchzusehen.

Die erste Erwähnung des Verschwindens meiner Mutter erfolgte am 16. Februar in der *Sun* und am 17. Februar im *Star*. Beide hatten eindeutig von der *Marketville Post* abgekupfert und nichts Neues hinzugefügt. Danach gab es in beiden Zeitungen die eine oder andere Erwähnung unter der Überschrift „Frau immer noch vermisst", aber man konnte sich des Eindrucks nicht erwehren, dass es sich um ein eher unbedeutendes Ereignis handelte, zumindest in einer Stadt von der Größe Torontos.

Erst in der Ausgabe der *Sunday Sun* vom 2. März wurde es etwas interessanter. Die Schlagzeile lautete: ELTERN DER VERMISSTEN FRAU NEHMEN AN POLITISCHER BENEFIZVERANSTALTUNG TEIL. Es gab ein Foto von Corbin und Yvette Osgoode, beide lächelten breit in die Kamera, er mit schwarzer Krawatte und Frack, sie in einem perlenbesetzten mitternachtsblauen Kleid. Auch ohne die Schlagzeile hätte mich das Bild gefesselt. Abgesehen von Yvette Osgoodes Augenfarbe war es, als ob ich ein Foto von mir selbst betrachtete. Das hieß, wenn ich mir die Zeit nehmen würde, mich schick anzuziehen und mein Haar professionell zu einer aufwendigen Hochsteckfrisur stylen lassen würde.

Erst bei näherem Hinsehen konnte man die Anspannung in Yvettes Kinn erkennen, die Art und Weise, wie Corbins Arm um ihre Taille geschlungen war, die Knöchel weiß, als würden seine Finger ein wenig zu fest zupacken.

Weiter hieß es, dass Abigail Barnstable, das einzige Kind von Corbin Osgoode, Präsident der Osgoode Construction Company, und seiner Frau Yvette, seit dem Valentinstag vermisst wurde. Es wurden ein paar aufbereitete Details aus früheren Berichten erwähnt. Corbin bat die Öffentlichkeit, die

Privatsphäre der beiden in dieser „schwierigen Zeit" zu respektieren.

Sie hatten sie verleugnet, als sie mit mir schwanger wurde, und jeden Versöhnungsversuch zurückgewiesen, waren aber mehr als bereit, zu einer Spendenaktion einer politischen Partei zu gehen, die dreihundert Dollar pro Person kostete, und sich während ihrer angeblich „schwierigen Zeit" von einem Reporter fotografieren zu lassen. Am liebsten hätte ich die Kopie quer durch den Raum geschleudert. Ich verabscheue Heuchler.

Möglicherweise empfanden sie ja Reue, nachdem ihre Tochter vermisst wurde. Ich dachte an Yvette und die Andeutung der Polizei, dass Abigail zu ihnen nach Hause kommen könnte. Vielleicht hatten sie es satt, Fragen der Polizei und neugieriger Nachbarn zu beantworten. Nach diesem Foto zu urteilen, gab es definitiv Anzeichen für sichtbare Spannungen bei den beiden. Ich blätterte die Seite um und wandte mich der letzten Kopie im Stapel zu.

Der Artikel erschien in der Ausgabe der *Toronto Sun* vom 14. März, genau einen Monat nach dem Verschwinden meiner Mutter. Er nahm weniger als eine Achtelseite ein und war auf den hinteren Seiten der Zeitung zu finden. Ein Füller an einem Tag mit wenigen Neuigkeiten. Das Foto einer jungen Frau, die ein Fahndungsplakat in der Hand hält, war links neben einer kurzen Zusammenfassung der Umstände des Verschwindens meiner Mutter zu sehen.

Ich stellte mir die Frage, was Shirley wohl zuerst erkannt hatte - das Foto von Misty Rivers oder das Fahndungsplakat. Nicht, dass es wichtig gewesen wäre.

Denn es waren nicht so sehr Misty und das Poster, die mir das Gefühl gaben, dass ich gerade einen Schlag in die Magengrube versetzt bekommen hatte.

Es war der Mann, der neben ihr stand.

Er war dreißig Jahre jünger, und von einem Bauch war nichts zu sehen, aber seine Augen waren noch genauso strahlend blau wie heute.

Der Anwalt meines Vaters.

Leith Hampton.

32

———

Leith hatte das Anwaltsgeheimnis als Grund vorgeschoben, dass er mir nichts von der Freundschaft zwischen Misty und meiner Mutter gesagt hatte. Damals hatte ich angenommen, dass er damit das Vertrauen meines Vaters nicht missbrauchen wollte. Jetzt sah es so aus, als wäre die Klientin, die er schützen wollte, Misty Rivers. Ich fragte mich, ob die gleichzeitige anwaltliche Vertretung meines Vaters und von Misty als Interessenkonflikt betrachtet werden könnte.

Eventuell gab es sogar eine Verbindung zu Dwayne Shuter. Ich schloss die Augen und entsann mich, wie Leith einige Seiten durchgeblättert hatte. „Dwayne Shuter?", hatte er gesagt, und dann: „Sein Name stand auf dem offiziellen Unfallbericht als Bauleiter, obwohl er laut Shuters Aussage zum Zeitpunkt des Unfalls nicht auf dem Gelände war."

Nicht: „Nein, ich kenne ihn nicht" oder „Ja, ich kenne ihn", sondern: „Sein Name stand im offiziellen Unfallbericht" und später: „Warum fragst du?" Ich hatte auf einmal ein unbehagliches Gefühl Leith Hampton gegenüber.

„Das hier ist das Fahndungsplakat, von dem ich dir erzählt

habe", sagte Shirley und unterbrach meine Gedanken. „Ich erkenne auch die Frau auf dem Foto. Sie war definitiv diejenige, die zur Bibliothek kam und fragte, ob wir es aushängen dürfen. Ihr Name fällt mir allerdings nicht ein, aber den Mann habe ich noch nie gesehen. An diese Augen würde ich mich erinnern."

„Die Frau war auf einigen der *Post*-Fotos zu sehen", sagte ich. „Ich habe sie inzwischen als Misty Rivers identifiziert. Sie lebt immer noch in Marketville. Früher arbeitete sie ehrenamtlich mit meiner Mutter bei der Lebensmittelbank. Sie müssen befreundet gewesen sein. Ich glaube nicht, dass der Mann aus der Gegend ist." Ich hatte ein schlechtes Gewissen Shirley gegenüber, weil ich ihr nicht die ganze Wahrheit sagte, aber es war einfach zu kompliziert. Glücklicherweise schien sie mit meiner Erklärung zufrieden zu sein. Zumindest verlangte sie nicht nach mehr Informationen. Wie auch immer, ich war dankbar.

Ich bedankte mich bei Shirley für ihre harte Arbeit, versprach, sie über alle Fortschritte auf dem Laufenden zu halten, und machte mich mit den Kopien in der Hand auf den Heimweg, fest entschlossen, mir mein bevorstehendes Wochenende in den Muskokas nicht durch meine Bedenken über Leith vermiesen zu lassen. Ich wollte zwar zum Ashford-Cottage fahren, um mit Mr. und Mrs. Ashford zu sprechen und hoffentlich mehr über meine Mutter zu erfahren, aber ich brauchte auch dringend ein wenig Ruhe und Entspannung. Die Gelegenheit, Royce ein wenig besser kennen zu lernen, war ein Bonus.

Royce und ich fuhren am Samstagmorgen gegen zehn Uhr zum Lake Rosseau, wo wir gegen Mittag ankommen wollten.

Während der Fahrt unterhielten wir uns über unsere Lieblingsautoren und debattierten darüber, welche Buchserie die bessere sei, Michael Connellys *Harry Bosch-* oder John Sandfords *Lucas Davenport Prey*-Romane.

Trotz des Verkehrs in Richtung Norden kamen wir auf der 400 bis zur Abzweigung des Highway 69 nach Muskoka gut voran. Dreißig Minuten und ein paar Abzweigungen später erreichten wir eine schlängelnde, asphaltierte Straße, die wiederum in eine unbefestigte einspurige Straße mündete, die in Regenzeiten oder im Winter sicherlich nicht befahrbar sein würde. Wenn man zufällig einem entgegenkommenden Auto begegnete, was gelegentlich vorkam, gab es einen schmalen Seitenstreifen, der es dem anderen Fahrzeug kaum erlaubte, zu passieren. Glücklicherweise sah es nicht so aus, als ob man sich um den Verkehr sorgen müsste. Das einzige Leben, das wir bisher gesehen hatten, war eine Herde wilder Truthähne, die es nicht eilig hatten, uns aus dem Weg zu gehen. Ich dachte gerade darüber nach, ob ein GPS überhaupt einen Standort anzeigen konnte, als Royce meine Gedanken zu lesen schien.

„Ein GPS empfängt man nur so weit, wie die asphaltierte Straße reicht. Sobald man auf die Ashford Road abbiegt, ist das Signal so gut wie weg. Das ist gut und schlecht. Gut, weil es in einer zunehmend öffentlichen Welt zum Glück nicht für die Öffentlichkeit zugänglich ist. Ohne Einladung von uns, findet man dieses Grundstück nicht." Royce lachte. „Abgesehen davon ist es jedoch schlecht, wenn man eine Pizza geliefert haben möchte."

Als wir an dem Cottage ankamen, wartete eine schlanke Frau mit Pferdeschwanz, etwa in meinem Alter, in einem schrägen Muskoka-Stuhl vor einem großen Blockhaus. Sie stand auf, um uns zu begrüßen, und strich sich eine rotblonde Haarsträhne aus dem Gesicht. Die Familienähnlichkeit wies darauf hin, dass es sich um die Schwester von Royce handeln musste.

„Es wird echt Zeit, dass du deinen Hintern hierher bewegst, Royce. Mom macht mich verrückt, seit ich gestern Abend hier angekommen bin. Hätte ich das gewusst, wäre ich erst heute angereist."

„Ich sagte Mutter, dass es gegen Mittag wird", erklärte Royce.

„Ja, ja, ja." Sie drehte sich zu mir um, ihre dunklen Augen funkelten, und sie streckte mir eine ringlose linke Hand entgegen. „Erlaube mir, mich vorzustellen, da Royce seine Manieren vergessen zu haben scheint. Porsche Ashford, die kleine Schwester schlechthin."

Etwas unbeholfen schüttelte ich ihre Hand; ich war es gewohnt, die rechte Hand zu reichen. „Freut mich, dich kennenzulernen, Portia."

„Nicht Portia, wie Portia de Rossi. Porsche, wie das Luxusauto."

Ja, natürlich. Royce wie in Rolls. Der Zusammenhang war mir noch nie in den Sinn gekommen. Bevor ich noch etwas sagen konnte, packte mich Porsche am Arm und lenkte mich in Richtung Blockhaus.

„Royce kann dein Gepäck reinbringen", sagte Porsche. „Komm, ich stelle dich unserer Mutter und Tante Maggs vor."

„Wo ist Dad?" fragte Royce. „Ich dachte, Mom hätte mir gesagt, dass er diese Woche nicht verreist."

Porsche verdrehte die Augen. „Ja, das stimmt, aber anscheinend musste er in letzter Minute eine Geschäftsreise antreten. Die übliche Geschichte. Er kam gestern Abend spät zurück. Das erste, was er tat, war ein Golfspiel zu arrangieren. Mom ist nicht gerade erfreut, aber er hat versprochen, rechtzeitig zur Cocktailstunde zurück zu sein. Genug der Trödelei. Geh und hol das Gepäck. Ich führe Callie herum und stelle sie vor."

Ich folgte Porsche ins Innere und konnte ein tiefes Luftholen kaum unterdrücken. Das Innere des Hauses lässt sich am besten als reichlich rustikal beschreiben. Der Raum war mit Ledersesseln, Sofas und Zweiersesseln in Erdtönen von kürbisfarben und braunrot bis hin zu braun und ockerfarben gefüllt, mit dazu passenden Kissen, die aus Stoffstreifen gewebt zu sein schienen und lässig hier und da lagen. Couchtische und Beistelltische aus massiver Eiche standen überall im Raum verstreut. Man sollte meinen, dass es ungeordnet aussehen müsse, aber stattdessen sah es gemütlich und einladend aus. In der Luft lag ein schwacher Geruch von Kiefernholz, der von kunstvollen Arrangements aus frisch geschnittenen Tannenzweigen gemischt mit Gänseblümchen und Sonnenblumen ausging.

Mit Ausnahme eines massiven, vom Boden bis zur Decke reichenden, holzbefeuerten Kamins waren die Wände mit Kunstwerken aus der Tierwelt bedeckt. Ich hatte am College zwei Semester lang Kunst studiert und dann das Fach gewechselt, als mir klar wurde, dass ich nie gut genug sein würde, um davon leben zu können, aber dennoch erkannte ich das Ölgemälde einer Eistaucherfamilie von Robert Bateman, das häufig reproduziert wurde, sowie eine beeindruckende Sammlung von Streifenhörnchen, Eichhörnchen und Scheunenvögeln von Carl Brenders, alles Original-Ölgemälde, so wie es aussah. Es gab auch andere Gemälde von Künstlern, die ich nicht auf Anhieb identifizieren konnte, sowie mehrere handgewebte Wandteppiche. Der Gesamteffekt war beeindruckend.

Aber nichts konnte mit der millionenschweren Aussicht konkurrieren. Eine ganze Reihe von Fenstern mit gläsernen Gartentüren bot einen Blick auf Lake Rosseau und die ihn umgebenden Wälder und felsigen Ufer. Zwei Frauen lagen auf Liegestühlen auf einem riesigen Holzsteg, der den größten Teil der Fassade einnahm. Ich schätzte ihn auf etwa 90 Meter, vielleicht auch mehr. Die Steuern für dieses Haus entsprachen wahrscheinlich ungefähr dem, was ich in einem Jahr verdiente. Es gab in dieser Gegend noch ein paar ursprüngliche alte Hütten, aber die wurden nach und nach aufgekauft und in Häuser wie dieses verwandelt. Muskoka war eine Gegend mit sehr viel Geld, insbesondere die Seen Rosseau, Joseph und Muskoka. Hierher zogen sich Profisportler, Prominente und Geschäftsführer zurück, um dem Alltag zu entfliehen.

„Es ist spektakulär", sagte ich.

„Papa war Börsenmakler. Er war ziemlich erfolgreich an der Börse", sagte Porsche. „Zum Glück ist er vor dem großen Crash aus dem Geschäft ausgestiegen." Sie grinste schelmisch. „Leider haben weder Royce noch ich seinen finanziellen Scharfsinn oder seine Vorliebe für die halsabschneiderische Welt von Ankauf und Verkauf mit Gewinnmarge geerbt, sehr zu Daddys großer Enttäuschung. Natürlich hat Royce wenigstens sein Bauunternehmen. Ich bin der hungernde Künstler in der Familie."

„Papa hat meine Arbeit nie als würdig genug für einen Ashford angesehen", sagte Royce, der mit einem kleinen Koffer in jeder Hand ins Zimmer kam. „Porsche ist bescheiden. Sie hat alle Kissen und Wandteppiche in diesem Zimmer gewebt, und sie hat sehr erfolgreiche Geschäfte in Yorkville und Muskoka."

Toronto wurde von der Filmindustrie manchmal als Hollywood North bezeichnet. Yorkville war der Ort, an dem die Prominenten einkauften, wenn sie in Toronto drehten. Wenn Porsche dort mit ihren Wandteppichen die Miete verdienen konnte, verkauften sie sich sehr gut, und zwar zu einem hohen Preis. Ich ging zu einem der Gobelins und bewunderte die Komplexität ihrer Arbeit. „Du bist sehr talentiert", sagte ich und meinte es durchaus ehrlich.

Porsche lachte. „Du kannst bleiben." Zu Royce sagte sie: „Warum zeigst du Callie nicht ihr Zimmer, damit sie auspacken kann. Ich werde versuchen, Mom und Tante Maggs vom Dock zu holen."

Der Plan stand, und Royce führte mich in ein geräumiges Schlafzimmer mit einem Doppelbett, einer Kommode aus Kiefernholz und einem eigenen voll ausgestatteten Bad. Die Bettdecke aus weißer Lochspitze und die Vorhänge wurden durch eine bunte Reihe von handgewebten Kissen aufgehellt. Noch mehr von Porsches Handarbeit, nahm ich an.

Ich räumte die wenigen Sachen weg, die ich zum Anziehen mitgebracht hatte, machte mich frisch und setzte mich aufs Bett, um die Schmetterlinge zu beruhigen, die sich in meinem Bauch eingenistet hatten. Neben den „Vier-Jahreszeiten-Fotos" hatte ich auch meine Mappe mit den Ausdrucken aus der Bibliothek dabei. Ich war mir nicht sicher, ob ich sie zeigen sollte oder nicht. Ich war noch dabei, das Für und Wider abzuwägen, als es leise an der Tür klopfte. Ich öffnete sie und fand Royce auf der anderen Seite.

„Fertig?", fragte er.

Ich nickte und versuchte einen selbstsicheren Eindruck zu machen, obwohl ich mich nicht so fühlte. Er nahm meine Hand und führte mich sanft zurück ins Wohnzimmer. Ich ließ die Mappe zurück.

Eine ältere Version von Porsche hatte es sich in einem der Ledersessel bequem gemacht. Sie hatte die gleichen zarten Gesichtszüge, die gleichen mandelförmigen braunen Augen. Ihr rotblondes Haar war dezent gefärbt und gesträhnt, um jegliches Grau zu verbergen. Das war dann wohl Mrs. Ashford. Von der Frau, die Porsche als Tante Maggs bezeichnet hatte, war nichts zu sehen.

„Callie", sagte Royce, „ich möchte dir meine Mutter vorstellen."

„Es freut mich, Sie kennenzulernen, Mrs. Ashford. Ich danke Ihnen für die Einladung."

„Melanie. Mrs. Ashford ist meine Schwiegermutter." Sie

winkte mit einer französisch-manikürten Hand. „Es ist uns ein Vergnügen. Meine Schwester Maggie ist in ihr eigenes Haus auf der anderen Seite der Bucht zurückgekehrt, um ein kleines Nickerchen zu machen, aber sie wird uns beim Abendessen Gesellschaft leisten. Porsche ist zu ihrem Laden in der Stadt gefahren. Sie hat natürlich Hilfe in ihrem Shop, aber es ist immer gut, wenn die Künstlerin anwesend ist. Das mögen die Leute. Ich dachte auch, du möchtest vielleicht ohne sie in Erinnerungen schwelgen, zumindest erst einmal."

„Das ist sehr rücksichtsvoll von dir."

„Unsinn." Wieder eine Handbewegung. „Royce sagte mir, dass du versuchst, mehr über deine Mutter zu erfahren. Ich werde tun, was ich kann, auch wenn es nicht viel ist."

„Eigentlich ist es mehr als das, Melanie. Meine Mutter wurde zuletzt gesehen, als sie mich am Valentinstag 1986 zur Schule brachte. Ich hoffe, dass ich herausfinden kann, was mit ihr passiert ist. Ob sie tot ist oder lebt." Das offene Eingeständnis hat mich selbst überrascht. An dem schnellen Hochziehen seiner Augenbrauen konnte ich erkennen, dass ich auch Royce überrascht hatte.

Melanie schien jedoch nicht im Geringsten überrascht zu sein. Sie nickte nur. „Es muss schwierig gewesen sein, aufzuwachsen und nicht zu wissen, warum sie gegangen ist oder was mit ihr geschehen ist."

„Nun ja, so hätte es sein können, aber in Wirklichkeit war es das nicht. Nicht wirklich. Mein Vater war ein guter Vater. Er sorgte dafür, dass ich zu essen und Kleidung bekam, und schickte mich zu den obligatorischen Eislauf- und Schwimmkursen. Wir haben nie über meine Mutter gesprochen. Nach einer Weile habe ich einfach aufgehört, an sie zu denken. Ich war sechs, als sie uns verließ. Fast sieben. Alt genug, um mich zumindest an einige Dinge zu erinnern. Jedoch..." Ich schaute zu Royce hinüber. „Vielleicht habe ich die Erinnerungen verdrängt, um mich zu schützen. Allerdings habe ich keine Ahnung, wovor ich mich schützen wollte."

„Du erinnerst dich also an nichts?"

Ich wollte ihr nicht sagen, dass die Erinnerungen allmählich zurückkamen, Stück für Stück, wie unzusammenhängende Filmszenen. Zumindest so lange nicht, bis ich genügend Szenen zu einer Geschichte zusammensetzen konnte. „Nicht wirklich."

„Gab es keine Bilder von ihr, als du aufgewachsen bist?"

Ich schüttelte den Kopf. „Kein einziges. Ich bin mir nicht sicher, ob mein Vater sich nicht erinnern wollte oder ob er es nicht ertragen konnte. Wie auch immer, das erste Mal, als ich ein Bild meiner Mutter sah, war, als ich einige im Haus fand. Ich habe sie Royce gezeigt, als er zum Abendessen da war. Er glaubte, sie als die „Keksdame" wiederzuerkennen, die ein paar Mal zu euch ins Haus kam. Deshalb habe ich eure Gastfreundschaft angenommen."

Melanie lächelte. „Kein Problem. Royce kommt viel zu selten zu Besuch, und seine Freunde sind jederzeit willkommen. Und was die Erinnerung an die „Keksdame" angeht: Royce hatte schon immer eine Schwäche für Süßes."

„Was ist mit Porsche?"

„Es ist unwahrscheinlich, dass sie sich daran erinnern kann. Porsche wäre damals etwa drei Jahre alt gewesen. Aber ja, die Frau, von der Royce glaubt, dass sie deine Mutter gewesen sein könnte, kam ein paar Mal vorbei, um Backwaren für die Spendenaktion der Schulbibliothek abzugeben. Wir wollten einen kompletten Satz *Nancy Drew*- und *Hardy Boys*-Bücher für die Bibliothek kaufen. Diese Spießer im Vorstand waren nur am Kauf von Lehrbüchern und Enzyklopädien interessiert. Sie konnten nicht verstehen, wie wichtig es ist, ein Kind zum Lesen zu bringen. Wen kümmert es schon, ob es sich um einen Krimi oder die Rückseite von Eishockeykarten handelt?"

Ich lächelte über ihre Offenheit. Melanie Ashford hatte

vielleicht Geld, aber sie schien kein Snob zu sein. „Ich habe die Fotos mitgebracht. Darf ich sie dir zeigen?"

„Sehr gerne."

Ich ging zurück ins Schlafzimmer und holte die Fotos der vier Jahreszeiten aus meinem Ordner. Die Zeitungskopien ließ ich zurück. Ein Schritt nach dem anderen.

Melanie betrachtete die Fotos eingehend, eines nach dem anderen, dann legte sie sie in eine Reihe. „Es ist interessant, dass sie denselben Ort für vier Bilder zu vier verschiedenen Jahreszeiten gewählt hatte. Royce sagte mir, dass er dachte, sie seien vor der Grundschule aufgenommen worden. Ich bin sicher, dass er Recht hat, auch wenn es mir wahrscheinlich nicht aufgefallen wäre. Ich frage mich, was sie dazu bewogen hatte?"

„Das habe ich mich auch schon gefragt. Und noch wichtiger: Ist das die Frau, Abby, an die du erinnerst?"

„Fast sicher." Melanie blickte auf. „Ich bedaure dir nicht mehr helfen zu können, aber ich kannte sie nur flüchtig."

Ich war keinen Schritt weitergekommen. Ich sammelte die Fotos ein, steckte sie zurück in den Umschlag und zwang mich zu einem Lächeln, um meine Enttäuschung zu verbergen. Immerhin war das Wetter draußen herrlich, und ich hatte noch ein Wochenende am Lake Rosseau vor mir.

Melanie schien jedoch meine Enttäuschung zu spüren. „Vielleicht erinnern sich mein Mann oder meine Schwester mehr an deine Mutter. Marketville ist zwar immer noch eine kleine Stadt, aber 1986 war sie geradezu inzestuös."

„In der Zwischenzeit, Callie", sagte Royce, der sich zum ersten Mal zu Wort meldete, „können wir eine Tour auf dem See machen. Das Boot ist startklar. Ich bin mir sicher, dass es Mom nichts ausmacht, wenn wir sie mit ihrem Buch allein lassen."

„Es macht mir nicht nur nichts aus, ich bestehe darauf", sagte Melanie.

Ich musste zugeben, dass mir eine Tour um den See Spaß machen würde. Besonders mit Royce. Trotz meiner besten Absichten verliebte ich mich mit jeder Minute mehr in ihn. Ich hoffte nur, dass mein Verlierer-Radar auf Pause geschaltet war.

„Es liegt mir fern, mit meinen Gastgebern zu streiten", sagte ich und folgte Royce hinaus zum Dock.

33

———————

OBWOHL ES SCHON JAHRE HER WAR, SEIT ich die Muskokas besucht hatte, kam es mir vor, als sei die Zeit stehen geblieben. Royce war ein versierter Bootsfahrer und navigierte mit Leichtigkeit um die zahlreichen Buchten und Inseln, während ich die zerklüfteten, mit Kiefern bewachsenen Granitfelsen, die kleinen Ferienhäuser bis hin zu prächtigen Sommerhäusern und die Docks mit Kanus, Kajaks, Jet-Skis, Jachten und Booten jeder Größe und Farbe bewunderte. Sogar die Mobilfunkmasten waren so getarnt, dass sie wie Bäume aussahen. Ich konnte mir durchaus vorstellen, selbst einen Sommer hier zu verbringen, und empfand einen unerwarteten Anflug von Neid.

Wir kamen gegen vier Uhr nachmittags wieder zurück, so dass wir genügend Zeit hatten, uns für die von Royce so genannte Happy Hour fertigzumachen.

„Eine langjährige Tradition der Familie Ashford", sagte er. „Wir treffen uns alle um fünf Uhr zu einem Drink im Wintergarten. Nur legere Kleidung. Kurze Hosen und T-Shirts oder Jeans und Sweatshirts, je nach Temperatur. Jetzt ist die Zeit, in der alle ein Nickerchen oder sich frisch machen."

„Frischmachen hört sich gut an", sagte ich, denn mein Haar sah wahrscheinlich wild und vom Winde verweht aus, was theoretisch zwar sexy klang, in Wirklichkeit aber eher einem Vogelnest ähnelt. „Und die Happy Hour auch."

Ich achtete besonders auf mein Äußeres, indem ich mein Haar zu einem ordentlichen französischen Zopf bändigte und meine Wimpern leicht tuschte. Ich trug weiße Caprihosen, ein mehrfarbiges T-Shirt in Rosa-, Pflaumen- und Lila-Tönen sowie Ohrstecker mit einem Amethyst. Ich war gerade in ein Paar weiße Sandalen geschlüpft, als Royce an die Tür klopfte.

„Du siehst gut aus", sagte er und musterte mich von oben bis unten und wieder zurück.

Ich spürte, wie mir die Farbe auf die Wangen stieg. Es war lange her, dass mich jemand so angesehen, geschweige denn mir ein Kompliment gemacht hatte.

„Vielen Dank. Ich gebe zu, dass ich ein bisschen nervös bin, deinen Vater und deine Tante Maggie kennenzulernen. Ich möchte einen guten Eindruck machen."

Er legte einen Arm um meine Taille und führte mich in den Flur zum Wintergarten. „Sie werden dich beide lieben. Besonders mein Vater, obwohl ich dich warnen muss. Er kann ein unverschämter Charmeur sein, wenn es um schöne Frauen geht. Meine Mutter tut so, als ob sie es ignorieren würde. Manchmal vermute ich, dass sie es irgendwie amüsant findet, als ob es ein Spiel für sie sei. Wie Katz und Maus, nur mit Menschen."

„Ich betrachte mich als vorgewarnt. Ich hoffe nur, dass sich einer von ihnen an etwas über meine Mutter erinnert. So toll dieser Tag auch war, sie ist der Hauptgrund, warum ich hier bin."

„Der Hauptgrund, Callie? Ich bin am Boden zerstört." Royce runzelte übertrieben die Stirn, dann lächelte er herzlich. „Spaß beiseite, ich bin sicher, das werden sie. Was hat meine

Mutter noch mal gesagt? Dass Marketville eine kleine Stadt ist?"

„Damals war Marketville nicht nur klein, sondern auch inzestuös", sagte sie.

„Dann hast du Glück. Wenn es um Inzest geht, ist Tante Maggs eine Expertin."

DER WINTERGARTEN WAR EIGENTLICH eine überdachte Veranda, die die gesamte Westseite des Hauses einnahm.

Wieder einmal war die Aussicht grandios: Wald, Granitfelsen und ein großer Streifen von Lake Rosseau. Die Sonnenuntergänge müssen spektakulär sein.

Weißes Korbgeflecht dominierte den Raum, aber auch hier war Porsches Handarbeit in Form von bunten Kissen und lässigen Überwürfen zu sehen. Ich überlegte, wie viel ihres kommerziellen Erfolgs mit den Käufen ihrer Eltern und deren Freunde zu tun hatte. Eine Menge, dachte ich, obwohl sie zweifellos Talent hatte.

Porsche und Melanie Ashford saßen mit einem Martini in der Hand in identischen Korbschaukeln. Melanie wies auf eine Bar aus Edelstahl mit eingebautem Kühlschrank. „Willkommen zur Happy Hour, Callie. Meine Schwester und mein Mann werden gleich hier sein. Dort ist ein Krug mit bereits zubereiteten Wodka-Martinis. Außerdem haben wir eine ordentliche Auswahl an Spirituosen, Softdrinks, Sprudel, Wein und Bier. Royce, schenk der Dame einen Drink ein."

Ich entschied mich für einen australischen Chardonnay, nahm auf einem gemütlich aussehenden Sofa Platz und freute mich riesig, als Royce sich neben mich setzte. Ich hatte gerade meinen ersten Schluck Wein getrunken, als eine schwer mit Juwelen geschmückte Frau von Mitte fünfzig hereinspazierte. Sie hatte ein paar Pfunde zugenommen, und ihr rotes Haar war nicht mehr ganz der Natur überlassen, aber es war keine Frage. Tante Maggs war Maggie Lonergan. Die Frau, die Ella Cole als Magpie bezeichnete.

Die Frau, die meinen Vater beschuldigte, meine Mutter ermordet zu haben.

„Tante Maggs, ich möchte dir meine Bekannte und Nachbarin Callie Barnstable vorstellen", sagte Royce und gab ihr einen Kuss auf die Wange. „Callie, das ist Maggie Lonergan, die Schwester meiner Mutter. Auch liebevoll als Tante Maggs bekannt."

„Royce, Liebling, du weißt doch, wie sehr ich Maggs hasse", sagte die Frau, aber es lag Nachsicht in ihrem Ton. Zu mir sagte sie: „Nenn mich bitte Maggie. Es freut mich, dich kennenzulernen, Callie. Jeder Freund von Royce ist auch mein Freund und so weiter."

Ich gab mir Mühe, höflich zu sein. Schließlich war ich ein Gast, und ich kannte nur Ella Coles Version von Maggies Anschuldigungen. „Es freut mich auch, dich kennenzulernen, Maggie. Melanie sagte, du hättest möglicherweise meine Mutter gekannt. Abigail Barnstable."

Maggie schenkte sich einen Martini ein, fügte sechs Oliven hinzu, eine nach der anderen, und ließ sich dann in einen Sessel fallen. Sie erinnerte mich ein wenig an eine Eidechse, die ins Sonnenlicht schleicht.

„Ich kannte sie als Abby. Wir arbeiteten ehrenamtlich zusammen in der Lebensmittelbank. Genau genommen, habe ich dort ehrenamtlich gearbeitet und deine Mutter hat den Laden geleitet. Ihre Regeln und all das." Maggie lächelte, aber ich spürte, dass sie gereizt war, als ob sie nach all den Jahren immer noch etwas bedrückte. Ich konnte fast fühlen, wie sie versuchte, es abzuschütteln.

Mit einem Zahnstocher nahm sie eine Olive heraus, pickte die Paprika in eine Serviette, steckte sich die Olive in den Mund, kaute langsam darauf herum und lächelte dann wieder kalt. „Ich fürchte, das klang etwas unfreundlich. Ohne deine Mutter gäbe es in Marketville nicht einmal eine Lebensmittelbank, zumindest nicht zu dieser Zeit. Sie hatte sich unermüdlich für eine Lebensmittelbank eingesetzt. Es ist nur so, dass Menschen mit einer solchen Tatkraft oder Vision manchmal vergessen, dass andere Menschen auch engagiert waren."

War meine Mutter wirklich so gewesen? Eine Person, die sich nicht um die Gefühle anderer kümmerte? Ella Cole hatte nicht diesen Eindruck gegeben, aber vielleicht wollte sie mich schonen. Andererseits kam mir Maggie wie eine Person vor, die im Mittelpunkt stehen musste. So wie sie zur Happy Hour kam, entsprechend verspätet und geschmückt wie ein Weihnachtsbaum, als wollte sie einen großen Auftritt hinlegen. Vielleicht hatte sich meine Mutter nicht davon beeindrucken lassen. Ich überlegte gerade, was ich sagen sollte, als Melanie sich einmischte.

„Ich hatte vergessen, dass du ehrenamtlich bei der Lebensmittelbank gearbeitet hattest", sagte Melanie und lachte über diese Erinnerung.

„Ich habe keine Ahnung, was daran so lustig ist", sagte Maggie mit einem verächtlichen Schniefen. „Die Lebensmittelbank ist eine sehr ehrenwerte Sache."

„Um Himmels willen, Maggie, es ist dreißig Jahre her. Warum gibst du nicht zu, dass du das bestenfalls widerwillig getan hattest?" Melanie verschränkte die Arme vor sich und blickte ihre Schwester an. Ich hatte den Eindruck, dass es zwischen den beiden mehr als nur ein bisschen Geschwisterrivalität gab.

Maggie verdrehte dramatisch die Augen, fischte eine weitere Olive aus ihrem Martini und wiederholte ihr vorhergehendes Ritual, die Paprikastücke zu entfernen. „Ich würde nicht sagen, dass ich es widerwillig tat, Mellie. Ich war zwar dort, weil mir hundert Stunden gemeinnützige Arbeit

zugeteilt worden waren, aber ich durfte mir die Wohltätigkeits-
organisation aussuchen."

„Tante Maggs. Sozialdienst. Ich hatte ja keine Ahnung."
Royce grinste. „Was hattest du denn angestellt?"

„Ja, erzähl mal, Tante Maggs", stachelte Porsche sie an und
beugte sich vor.

„Es ist eher, was unser Vater getan hat", erwiderte Melanie.
„Ohne sein Engagement beim Polizeihilfsdienst und dem
Lonergan-Namen hätte deine Tante Maggs viel mehr als
hundert Stunden gemeinnützige Arbeit leisten müssen."

„Wie gewöhnlich übertreibt eure Mutter. Es war ein kleiner
Ladendiebstahl, ein paar Schmuckstücke aus dem
Juweliergeschäft." Maggie winkte mit einer ringbeladenen
Hand ab. „Was soll ich sagen, ich habe schon immer alles
geliebt was glänzt."

„Du wurdest tatsächlich verhaftet?" Seinem Tonfall nach
zu urteilen, schien dieser Gedanke Royce eher zu amüsieren als
zu entsetzen. Ich nahm an, dass Tante Maggs das schwarze
Schaf der Familie war und unaufhörlich daran arbeitete, ihren
Ruf zu wahren.

„Natürlich nicht. Der Laden rief die Polizei an und die
nahm mich fest, aber dein Großvater konnte alle davon
überzeugen, dass das ganze Missgeschick nur ein bedauerliches
Missverständnis war. Ich habe den Schmuck zurückgegeben
und mich bereit erklärt, gemeinnützige Arbeit zu leisten. Aus
freien Stücken."

„Hattest du alle hundert Stunden bei der Lebensmittelbank
abgearbeitet?" fragte ich in der Hoffnung, das Gespräch wieder
auf meine Mutter zu lenken.

Maggie nickte. „Ungefähr acht Stunden pro Woche, drei
Monate lang. Kisten auspacken, Spenden sortieren, Regale
auffüllen. Alles was Abby von den Ehrenamtlichen erwartete."

„Hattest du sie näher kennengelernt?"

Diesmal schüttelte Maggie den Kopf. „Das kann ich nicht behaupten. Sie neigte dazu, ihr Privatleben für sich zu behalten, zumindest wenn es um mich ging, obwohl ich den Eindruck hatte, dass sie zu Hause nicht besonders glücklich war." Sie presste die Lippen aufeinander. „Es tut mir leid, das war gefühlslos."

„Nicht, wenn es wirklich so war. Ich suche nach der Wahrheit, nicht nach einer verschönerten Version der Vergangenheit. Hatte sonst noch jemand, der dort gearbeitet hatte, dass gleiche empfunden?"

„Ich kann nicht für andere sprechen."

Ich wusste, dass Misty Rivers, Dwayne Shuter und der Mann, den ich nur als Reid kannte, ebenfalls bei der Lebensmittelbank gearbeitet hatten, aber ich wollte nicht zu viel verraten. Wahrscheinlich gab es noch mehr Ehrenamtliche, die nicht fotografiert worden waren.

„Im Moment versuche ich nur herauszufinden, wer noch dort gearbeitet haben könnte. Kannst du dich an die Namen der anderen erinnern?"

„Hmm... darüber muss ich erst einmal nachdenken. Wie Mellie schon sagte, ist es dreißig Jahre her, und mein Gedächtnis ist nicht mehr das, was es einmal war. Aber es gibt eine Person, die sich auf jeden Fall an deine Mutter erinnern sollte." Sie grinste hämisch in Melanies Richtung. „Wenn ich mich recht erinnere, waren er und Abby ziemlich gut befreundet."

„Und wer war das?"

„Es war Melanies Ehemann, auch bekannt als mein Schwager, und Royce' und Porsches Vater. Er sollte jeden Moment hier eintreffen, frisch von einem mühevollen Tag auf dem Golfplatz. Warum fragst du ihn nicht selbst?"

Wie aufs Stichwort öffnete sich die Fliegengittertür und ein athletisch aussehender Mann Anfang sechzig schlenderte in den Wintergarten. Er beugte sich vor, küsste Melanie auf die

Wange und murmelte ihr etwas ins Ohr. Sie errötete leicht und klopfte ihm spielerisch auf die Schulter.

Obwohl ich vorher schon nervös war, so war das nichts im Vergleich zu dem, was ich jetzt empfand. Das blonde Haar mochte sich in einen silbrigen Grauton verwandelt haben, und das markante Kinn mochte mit der Zeit etwas weicher geworden sein, aber die braunen Augen waren dieselben geblieben - dunkel, ernst und intensiv.

Es war der Mann aus dem Medaillon.

Reid.

34

_____

Mir kam der Gedanke, dass der Grund, warum mir Reid die ganze Zeit so bekannt vorkam, Royce war. Es war nicht so, dass Royce eine jüngere Version von Reid war, wie es bei Porsche und Melanie der Fall war, sondern es war vielmehr eine generelle Ähnlichkeit, die sich im Gesamtausdruck des Wesens widerspiegelte. Wenn man jedoch beide zusammen sah, war es ganz offensichtlich, und ich konnte nicht verstehen, wie es mir entgehen konnte. Ich bemühte mich, keinen schockierten Eindruck zu machen, und es muss mir gelungen sein, denn niemand schaute mich seltsam an.

Tatsächlich beachtete mich in diesem Augenblick keiner, denn alle Augen waren auf Reid gerichtet. Er bot eine beeindruckende Erscheinung, wie sie oft mit Macht und Reichtum einhergeht. Es war nicht schwer, ihn sich dreißig Jahre jünger vorzustellen, gut aussehend, charismatisch, mehr als nur ein bisschen arrogant und auf dem besten Wege seine erste Million am Aktienmarkt zu machen. Irgendwie schien er aber immer noch Zeit gefunden zu haben, hier und da eine Stunde ehrenamtlich zu arbeiten.

Genauso gut konnte ich mir auch vorstellen, dass meine

Mutter, die als Hausfrau zuhause geblieben war, und mit ihren Führungsqualitäten und ihrer Tatkraft versuchte, einen neuen Sinn in ihrem Leben zu finden, indem sie sich für ehrenamtliche Initiativen einsetzte, während sie sich mit dem Einkommen meines Vaters als Spengler-Lehrling durchschlug. Es war sicher ein anständiger Lebensunterhalt, der zwar vielversprechend, aber oft saisonbedingt war. Ich verstehe das sehr gut, denn ich hatte es während meiner Kindheit oft genug erlebt. Es war immer entweder alles oder nichts. Massenhaft Überstunden während eines Projekts, das kurz vor dem Abgabetermin stand, dann wieder nichts; außer vielleicht ein paar Stunden hier und da.

Reid schenkte sich einen großzügigen Scotch mit Eis ein und kam zu mir hinüber. „Sie müssen Callie Barnstable sein. Royce hat mir von Ihnen erzählt. Es scheint, als hätten Sie bei meinem Sohn einen ziemlichen Eindruck hinterlassen." Er schenkte mir ein strahlendes Lächeln und zwinkerte in Royce' Richtung.

Porsche grinste und drückte ihre Knie an die Brust, als ob sie auf einen Auftritt wartete. Melanie starrte in ihren Martini. Royce sah leicht verlegen aus, was ich ihm nicht verübeln konnte.

„Schuldig im Sinne der Anklage", sagte ich und versuchte zu lächeln. „Danke, dass ihr mich eingeladen habt."

„Es ist uns ein Vergnügen. Melanie hat mir erzählt, dass du hoffst, mehr über deine Mutter herauszufinden."

„Das ist richtig. Abigail Barnstable." Ich suchte in seinem Gesicht ein Anzeichen von Unbehagen. Nada.

„Abigail Barnstable, ja, obwohl ich sie als Abby kannte. Ich habe mit ihr bei einigen Initiativen zusammengearbeitet. Ich lernte sie zum ersten Mal bei einer von der Stadt gesponserten Baumpflanzaktion am Canada Day kennen. Als sie eine Lebensmittelbank gründen wollte, rief sie mich an und fragte mich, ob ich helfen könnte."

„Sie sind also nach der Baumpflanzaktion in Kontakt geblieben?"

„Nicht wirklich. Ich vermute, dass sie jeden auf ihrer Freiwilligenliste angerufen hatte. Maggie hatte auch bei der Lebensmittelbank mitgearbeitet, obwohl sie, wenn ich mich recht erinnere, nicht ganz freiwillig dort war." Er trank einen Schluck von seinem Scotch und zwinkerte.

Ich zwang mich zu einem weiteren Lächeln. „Maggie hat bereits ihren Grund für die freiwillige Mitarbeit genannt. Und was ist mit Ihnen? Ein erfolgreicher Börsenmakler muss doch sicher keine gemeinnützige Arbeit verrichten. Waren Sie mit meiner Mutter befreundet?"

„Befreundet?" Reid kniff die Augen zusammen und neigte den Kopf zur Seite, als sei er in tiefer Konzentration.

Er wartete einige Augenblicke, dann sagte er: „Nein, ich würde nicht sagen, dass wir Freunde waren."

Eher ein Liebespaar, dachte ich und entsann mich der Tarotkarten und des Medaillons. Aber ich konnte ihn nicht darauf ansprechen, nicht hier in seinem eigenen Ferienhaus, wo seine Frau, sein Sohn, seine Tochter und seine Schwägerin anwesend waren. Außerdem würde er es wahrscheinlich nicht zugeben. „Wenn Sie also nicht befreundet waren..."

„Sagen wir einfach, deine Mutter konnte sehr überzeugend sein, und die Lebensmittelbank bedeutete ihr viel." Wieder ein ultra-weißes Lächeln. „Abby war eine sehr leidenschaftliche Frau."

Ich war mir nicht sicher, ob Reid dies als Doppeldeutigkeit meinte oder nicht, aber ich kam nicht umhin zu bemerken, dass die Farbe aus Melanies Gesicht gewichen war, während Maggie siegessicher lächelte. Royce wirkte ahnungslos. Ich fuhr fort.

„Ich fürchte, ich weiß nicht viel über sie. Meine Mutter verließ uns, als ich sechs Jahre alt war, und mein Vater hatte nicht viel über sie gesprochen, als ich aufwuchs."

„Das kann ich verstehen. Nach dem Verschwinden deiner Mutter gab es viel Gerede, das sich zum großen Teil gegen ihn richtete. Es musste sehr schwer für ihn gewesen sein. Für euch beide, nehme ich an. Natürlich kannte ich deinen Vater überhaupt nicht. Ich hatte nur mit Abby zu tun, und das ist schon sehr lange her." Reid warf einen Seitenblick auf seine Frau. „Dieses Kapitel meines Lebens liegt lange hinter mir."

„Ich wünschte, wir wüssten mehr, Callie", sagte Melanie, deren Wangen leicht erröteten, „aber in Wirklichkeit kannte sie niemand von uns sehr gut. Es tut mir leid, dass wir dir nicht mit mehr Informationen helfen können."

Hat Melanie das wirklich geglaubt? Denn ich war davon überzeugt, dass es eine Affäre gegeben hatte, und Reids Andeutungen und Körpersprache deuteten darauf hin, dass seine Frau alles wusste. Maggies beiläufige Bemerkung hatte meinen Verdacht nur bestätigt.

Ich dachte über das Medaillon nach. Falls sich meine Mutter am Tag ihres Verschwindens mit Reid treffen gewollt hätte, hätte sie das Medaillon sicherlich getragen und nicht in einem Umschlag unter dem Teppich versteckt. Wenn sie sich aber mit seiner Frau hätte treffen wollen, und möglicherweise besorgt darüber war, was während des Treffens passieren könnte... bis jetzt hatte ich vermutet, dass Reid derjenige war, der die Tarotkarten geschickt hatte. Nun fragte ich mich allerdings, ob Melanie dies nicht selbst inszeniert hatte.

Ich nahm einen großen Schluck von meinem Chardonnay und überlegte, was ich als nächstes tun sollte. Reid behauptete, dass er meinen Vater nicht kannte, aber in Wirklichkeit waren beide Männer bei der Baumpflanzaktion am Canada Day dabei gewesen, und meine Mutter hätte sie zweifellos einander vorgestellt. Das bedeutete, dass er log. Reid das Foto von der Baumpflanzaktion zu zeigen, würde mich hinterhältig aussehen lassen. Außerdem würde es Reid in die Defensive drängen, was ich nicht wollte. Aber wenn ich nur das Foto von der

Lebensmittelbank zeigte, könnte ich vielleicht mehr über Dwayne Shuter und Misty Rivers herausfinden.

„Die Erde ruft Callie, melde dich Callie." Royce' Stimme, ein leises Summen in meinem Ohr. Ich grinste ihn verlegen an. Ich wusste, dass ich mich tief in meine Gedanken geflüchtet hatte, dachte aber nicht, dass es jemand bemerkt hatte.

„Tut mir leid. Ich dachte nur gerade an eine Zeitungskopie, die ich mitgebracht habe. Sie ist in meinem Zimmer."

„Zeitungskopie? Was für eine Zeitungskopie?" fragten Royce und Melanie gleichzeitig. Maggies Augen verengten sich. Reids Gesicht war unergründlich.

„Ich habe in der Stadtbibliothek recherchiert und ein Foto meiner Mutter gefunden, das sie während einer Weihnachtsaktion bei der Lebensmittelbank zeigt. Es war in der *Marketville Post*. Ich habe es bisher nicht bemerkt, aber ich bin mir nun sicher, dass sowohl Maggie als auch Reid auf dem Bild zu sehen sind. Darf ich es euch zeigen? Es sind noch ein paar andere Leute auf dem Foto. Vielleicht könnt ihr mir sagen, wer sie sind."

„Ich bin mir nicht sicher, ob es etwas bringt, Leute von vor dreißig Jahren zu identifizieren, Callie, aber wir werden sie uns selbstverständlich gerne ansehen." Melanie schaute zu Reid und Maggie. „Nicht wahr?"

„Das versteht sich von selbst", sagte Maggie und zupfte die Paprika aus einer Olive.

„Wir werden tun, was wir können", sagte Reid, aber nach dem plötzlichen Zucken seines Kiefers zu urteilen, war ich mir nicht ganz sicher, ob ich ihm glaubte.

35

Jᴇɢʟɪᴄʜᴇ Kᴏɴᴠᴇʀsᴀᴛɪᴏɴ ᴠᴇʀsᴛᴜᴍᴍᴛᴇ sᴄʜʟᴀɢᴀʀᴛɪɢ, als ich mit der Zeitungskopie in der Hand zurück in den Wintergarten schlenderte. Maggie stellte sich hinter Reid und beendete damit meine Unentschlossenheit, wem ich sie zuerst zeigen sollte.

„Wie ihr seht, steht meine Mutter im Vordergrund", sagte ich und zeigte auf sie. „Auf dem Foto sind vier weitere Ehrenamtliche abgebildet. Das sind Sie, Reid, und die markante Rothaarige bist wohl du, Maggie. Ich bin mir nicht sicher, wer die anderen beiden sind. Der Mann mit dem Bart und der kleinen halbmondförmigen Narbe über der linken Augenbraue sowie die Frau mit den dunklen Augen und den lockigen braunen Haaren."

„Ich war wirklich auffallend, nicht wahr?" sagte Maggie, ohne eine Spur von Demut. „Das warst du auch, Reid.

Ich hatte vergessen, wie gutaussehend du warst."

„War? Willst du damit sagen, dass ich nicht mehr attraktiv bin, Maggs? Denn das wäre ein bisschen so, als ob man im Glashaus mit Steinen wirft." Reid milderte zwar seine Worte mit einem Lächeln, aber ich konnte an Maggies kurzem

Zusammenzucken und ihrem festeren Griff an Reids Stuhllehne erkennen, dass die Worte sie getroffen hatten.

„Die Jahre scheinen spurlos an euch vorbeigezogen zu sein", sagte ich, entschlossen, den Frieden zu wahren. „Wie hätte ich euch sonst auf einem dreißig Jahre alten Foto erkennen sollen?"

Das schien Maggie zu besänftigen; ihre Finger entspannten sich und ihr Gesicht verlor die schmerzhaft verkniffene Miene. Ein kurzes Lächeln umspielte Reids Mundwinkel, und er nickte mir fast unmerklich zu. Ich hatte das Gefühl, dass ich eine Art Bewährungsprobe bestanden hatte.

„Was ist mit den anderen beiden?" fragte ich erneut.

„Die Frau mit der unvorteilhaften Dauerwelle ist Misty Rivers", sagte Maggie. „Sie behauptete Hellseherin zu sein, und sie erteilte uns Tarotlesungen in der Lebensmittelbank. Totaler Blödsinn, wenn du mich fragst, aber wenn ich mich recht erinnere, hatte deine Mutter ihr ständig über Tarot Fragen gestellt."

„Was für Fragen?"

Maggie zuckte mit den Schultern. „Glaubst du im Ernst, dass ich mich nach all den Jahren daran erinnern kann? Ich nehme an, so etwas wie: „Was bedeutet diese oder jene Karte, ungefähr in dieser Richtung."

„Was ist mit Misty Rivers? Habt ihr noch Kontakt?"

„Du machst Witze, oder? Ich hatte weniger als null mit ihr gemeinsam."

„Die Antwort ist also nein."

„Du lernst schnell", sagte Maggie und puhlte ein weiteres Paprikastückchen aus einer Olive. „Ich habe Misty Rivers seit Jahren weder gesehen noch von ihr gehört. Erinnerst du dich an sie, Reid?"

Reid schüttelte den Kopf. „Kann ich nicht behaupten. Mein Beitrag bestand darin, Unternehmen Spenden in Form von Lebensmitteln oder Geld zu entlocken. Mit Abby hatte ich meistens außerhalb der Öffnungszeiten der Lebensmittelbank zu tun, wenn alle anderen bereits gegangen waren. Sie zog es vor, die finanziellen Angelegenheiten nur auf das Notwendigste zu beschränken. Außerdem arbeitete ich zu der Zeit in der Stadt, in der Bay Street. Ich kann mich nicht einmal daran erinnern, dass dieses Foto aufgenommen wurde."

Ich wusste nicht, ob ich ihm das glauben sollte, aber sein Eingeständnis, dass er sich außerhalb der Lebensmittelbank mit meiner Mutter getroffen hatte, um über die Finanzen zu sprechen, bot sicherlich die Gelegenheit für eine Affäre.

„Was ist mit diesem Mann? Erkennen Sie ihn?"

Reid warf noch einen flüchtigen Blick auf das Foto. „Tut mir leid, er kommt mir nicht bekannt vor."

„Maggie?"

„Er war nur ein paar Mal da, als ich dort arbeitete, aber ich kann mich nicht an seinen Namen erinnern." Maggie verzog konzentriert das Gesicht. „Er könnte William, Warren oder Wade geheißen haben. Irgendwas mit einem W. Vielleicht kann Mellie ihn identifizieren. Sie kann sich Namen und Gesichter gut merken und war immer auf irgendeiner Wohltätigkeitsveranstaltung. Es ist möglich, dass sie ihm begegnet ist."

„Ich kann es mir ja einmal anschauen", sagte Melanie.

Ich ging zu Melanies Korbstuhl hinüber und hatte ihr gerade das Foto gereicht, als Maggie sich wieder zu Wort meldete.

„Wayne, das war's. Sein Name war Wayne. Aber sein Nachname ist mir entfallen."

Melanie blickte von dem Foto auf, ihr Gesicht war blass unter ihrer Bräune. „Nicht Wayne", sagte sie,

„Dwayne. Sein Name ist Dwayne Shuter."

Es war nicht, was sie sagte, sondern wie sie es sagte. In diesem Augenblick wurde mir klar, dass Reid nicht der einzige

Ashford war, der 1985 eine Affäre hatte. „Dwayne Shuter", sagte ich, als ob ich den Namen noch nie gehört hätte.

Porsche beugte sich vor, um einen Blick auf das Foto zu werfen. „Er sieht sehr gut aus und die Narbe über seinem Auge gibt ihm etwas Geheimnisvolles. Wie hast du ihn kennengelernt, Mami?"

„Ja, erzähl doch mal, Mellie", bekräftigte Maggie und spielte mit den Paprikastückchen, die sie auf ihrer Serviette angesammelt hatte. Ich bemerkte, dass ihre Hände leicht zitterten, und mir wurde klar, dass sie die ganze Zeit gewusst hatte, wer Dwayne Shuter war. Hatte sie versucht, ihre Schwester zu schützen oder sie in Verlegenheit zu bringen? Ich warf einen Blick auf Reid, aber sein Gesicht war eine undurchdringliche Maske. Dieser Mann war es gewohnt, seine Gefühle zu verbergen.

Melanie reichte mir die Kopie zurück. Ihr Gesicht hatte wieder Farbe angenommen und sie hatte Zeit gehabt, sich zu erholen. „Ich fürchte, es ist eine eher langweilige Geschichte. Ich lernte ihn kennen, als ich die Vorbereitungen für die Benefizveranstaltung der Schulbibliothek traf. Im Keller standen ein paar Tische und Klappstühle, und er hat da unten irgendetwas mit den Rohrleitungen gemacht." Sie lächelte bei dieser Erinnerung. „Ich hatte niemanden dort unten erwartet, schon gar nicht einen Mann in einem Schutzanzug und mit einem Schutzhelm. Er hatte mir einen ziemlichen Schrecken eingejagt. Jedenfalls war er so freundlich, mir zu helfen, die Tische und Stühle nach oben zu tragen."

„Wahrscheinlich wurde er nach Stunden bezahlt", sagte Reid und stand auf, um sich einen weiteren Scotch einzuschenken. „Freundlichkeit hat dabei wahrscheinlich keine Rolle gespielt. Eine Ausrede, um der Schule und ihren Steuerzahlern mehr Zeit in Rechnung zu stellen. Ich kenne den Typ."

Melanie errötete und ich konnte sehen, dass sie versuchte, eine Antwort zu formulieren, als Royce das Wort ergriff.

„Welcher Typ ist das, Vater? Der Bauunternehmer-Typ?" Royce sagte es leise, aber der unterschwellige Zorn war unüberhörbar. Was hatte er gesagt? Dass sein Vater seinen Beruf nie für würdig genug gehalten hatte, um den Namen Ashford zu tragen. Damals dachte ich, er hätte übertrieben. Jetzt wurde mir klar, dass er es todernst gemeint hatte.

„Es dreht sich nicht immer alles um dich, mein Sohn", sagte Reid. „Ich habe nur eine Meinung geäußert. Die meisten dieser Bauarbeiter verlangen zu viel und arbeiten zu wenig. Ich bin sicher, dass dieser Dwayne keine Ausnahme war."

Ich wusste, ich hätte meinen Mund halten sollen. Schließlich war ich Gast in Reids Haus, und ich wollte mehr über Dwayne Shuter herausfinden. Aber ich konnte es nicht lassen. „Mein Vater war ein Bauarbeiter, Mr. Ashford, und soweit ich weiß, war er so ehrlich wie der Tag lang ist, und ich bin sicher, die meisten seiner Kollegen waren es auch. Das Gleiche kann man von Ihrem früheren Beruf nicht behaupten, wie uns die Geschichte mehr als einmal gezeigt hat, die jüngste Wirtschaftskrise ist ein bemerkenswertes Beispiel."

Zu meiner Überraschung klatschte Reid. „Du hast dir hier eine temperamentvolle Frau geangelt, Royce. Ich mag Frauen, die sich nicht scheuen, ihre Meinung zu sagen."

„Ich habe Callie nicht *geangelt*, Vater. Sie ist nicht irgendein streunender Hund oder eine Katze. Sie ist meine Nachbarin, und wir haben uns angefreundet. Ich habe sie hierher gebracht, damit sie etwas mehr über ihre Mutter und über die Leute, die sie gekannt haben könnten, herausfinden kann. Ich hatte gehofft, dass wir es dieses eine Mal vermeiden könnten, die dysfunktionale Familie zu spielen."

„Ehrlich, Bruder, warum lässt du dich von Daddy so ködern? Du weißt doch, dass er nur versucht, dich zu provozieren." Porsche stand auf und schenkte sich noch einen

Martini ein, nahm einen langen, ausgiebigen Schluck und füllte dann ihr Glas erneut auf.

„Callie, im Namen des gesamten Ashford-Clans möchte ich mich für unser schlechtes Benehmen entschuldigen."

„Das ist nicht nötig, Porsche, aber danke." Wahrscheinlich hätte ich mich in irgendeiner Form entschuldigen sollen, aber das wäre unaufrichtig gewesen, und unaufrichtig kann ich nicht gut. Im Grunde genommen wollte ich mehr über Melanies Version von Dwayne Shuter erfahren, obwohl ich wusste, dass dies weder der richtige Zeitpunkt noch der richtige Ort dafür war. Egal was Melanie wusste oder nicht wusste, sie würde es nicht vor ihrem Mann, ihren Kindern oder ihrer Schwester sagen. Ich überlegte gerade, wie ich sie allein erwischen könnte, als Royce mir zur Hilfe kam.

„Mama, Callie ist auch eine Läuferin. Meinst du, sie könnte dich morgen früh bei deinem Sonntagslauf begleiten?"

Melanie lächelte Royce dankbar an, die Anspannung fiel von ihrem Nacken und ihren Schultern ab. „Es wäre schön, zur Abwechslung mal Gesellschaft zu haben. Hast du deine Laufklamotten dabei, Callie?"

„Ja, habe ich. Ich wusste nicht, ob ich dazu kommen würde, habe die Sachen aber vorsichtshalber mal eingepackt. Ich laufe allerdings nicht besonders schnell."

„Melanie auch nicht", sagte Reid.

Melanie starrte ihn an. „Als ob du das wüsstest. Die einzige Bewegung, die du hast, ist das Ein- und Aussteigen aus einem Golfwagen."

„Ich beziehe meine Beobachtungen nur darauf, wie lange du brauchst, um zum Haus zurückzukehren, Liebling."

Dieses Mal ignorierte Melanie die Spitze. „Ich habe eine schöne acht Kilometer lange Route, Callie, sehr malerisch. Der größte Teil des Wegs verläuft hinter dem Golfplatz, was das Tempo manchmal zum absoluten Kriechen bringt. Man muss auf Steine und Wurzeln achten, und die Steigungen sind so steil wie Trittleitern. Normalerweise esse ich eine Schüssel Haferflocken und mache mich dann um acht Uhr auf den Weg. Wenn ich fertig bin, trinke ich noch einen Kaffee in einem naheliegenden Café."

„Ein sehr langer Kaffee", sagte Reid.

„Hört sich gut an, das Laufen und der Kaffee hinterher", sagte ich, in der Hoffnung, das Gezänk zu beenden. „Ich würde gerne mitkommen."

„Es wird schön sein, jemanden zum Reden zu haben." Sie sah Reid eindringlich an und ihre unverhohlene Feindseligkeit kühlte den Raum.

„Mami, sollten wir uns nicht für das Abendessen fertig machen? Du weißt, wie sehr Bianca es hasst, wenn wir zu spät kommen", sagte Porsche und versuchte, den Friedensstifter zu spielen.

„Du hast recht, Porsche, und außerdem sind wir unhöflich zu unserem Gast." Melanie rang sich ein Lächeln ab. „Bianca ist unsere Köchin und sie mag es überhaupt nicht, wenn man sie warten lässt. Abendessen gibt es um Punkt sieben Uhr."

Melanie stand auf und schlenderte aus dem Wintergarten. Reid, Maggie und Porsche folgten dicht dahinter. Keiner sprach ein Wort.

„Ich habe versucht, dich zu warnen", sagte Royce, nachdem sie gegangen waren. „Katz und Maus. Morgen findest du wahrscheinlich mehr über Dwayne Shuter heraus. Nach Vaters Verhalten - schlimmer als sonst - bin ich mir ziemlich sicher, dass hinter der Geschichte mehr steckt als ein paar Tische und Stühle im Schulkeller."

Er hatte also den gleichen Eindruck wie ich. Ich fragte mich, was er sonst noch wusste oder vermutete. Ich hatte das Gefühl, dass es mehr war als die vage Erinnerung an eine nette Keksdame.

Wie viel mehr, sollte ich bald herausfinden.

36

NACHDEM WIR UNGEFÄHR DREI Kilometer gelaufen waren, verlangsamte Melanie das Tempo. Die Landschaft war genauso wild und malerisch, wie sie versprochen hatte. Dieser Streckenabschnitt kam mir zwar nicht gefährlicher vor, aber ich passte mich ihrem Tempo an. Schließlich wusste ich ja nicht, was vor mir lag.

„Hör zu, Calli", sagte Melanie und lief noch langsamer. „Du bist hierhergekommen, um die Wahrheit zu erfahren. Ich denke, nach dreißig Jahren ohne Mutter hast du das verdient." Sie versuchte zu lächeln, scheiterte aber kläglich. „Reid ist da anderer Meinung. Es gab viele harte Worte zwischen uns, seit Royce angerufen und gefragt hat, ob er dich hierher mitbringen kann."

„Es tut mir leid. Ich wollte dir keinen Kummer bereiten." Inzwischen waren unsere Schritte alles andere als zügig und kamen eher einem Spaziergang gleich.

Sie winkte abweisend mit den Händen. „Wenn wir uns nicht wegen dir gestritten hätten, würden wir uns über etwas anderes streiten. So sind wir nun mal, oder zumindest sind wir so geworden."

Ich wusste nicht, was ich dazu sagen sollte, also habe ich nichts gesagt.

„Dein Vater scheint dich gut erzogen zu haben."

Das war nicht die Richtung, die ich erwartet hatte, aber wieder einmal kam mir mein Callcenter-Training zu Gunsten. Lass die Leute die Geschichte auf ihre eigene Weise erzählen.

„Er war ein guter Mann. Manchmal schien er ein wenig verloren, besonders, wenn es um Frauensachen ging, aber er tat sein Bestes. Ich kann immer noch nicht glauben, dass er tot ist."

„Du musst ihn sehr vermissen."

„Ja. Das ist einer der Gründe, warum ich herausfinden will, was 1986 wirklich mit meiner Mutter geschehen ist. Mein Vater war überzeugt, dass sie ein böses Ende gefunden hat, dass sie nicht freiwillig gegangen ist."

Melanie blieb wie angewurzelt stehen und drehte sich mit ernsten braunen Augen zu mir um. „Kann ich dir vertrauen, Callie?"

„Ich nehme an, das hängt davon ab, was du mir sagen willst. Und warum."

Melanie antwortete nicht. Stattdessen fing sie wieder an zu joggen, und ihre Schritte wurden schneller und unvorsichtiger. Ich schloss mich ihr an. Wir hatten etwa eine Meile zurückgelegt, als sie plötzlich wie angewurzelt stehen blieb. Wenn ich nicht aufgepasst hätte, wäre ich Hals über Kopf gestürzt. Ich beschwerte mich nicht und wartete stattdessen ab, was sie zu sagen hatte. Ich brauchte mich nicht lange zu gedulden.

„Du bist ein kluges Mädchen, Callie, und ich denke, du weißt, dass Dwayne Shuter mehr war, als jemand, dem ich in der Bibliothek begegnet bin."

„Das wusste ich nicht, als ich hierher kam."

„Und jetzt?"

„Sagen wir einfach, ich habe eine Vermutung."

Melanie nickte und begann wieder zu walken. Ich schloss mich ihr an.

„Wir hatten eine Affäre. Ich war einsam. Reid arbeitete viele Stunden. Royce war ein rastloses Kind, also hatten wir ihn in alle möglichen Aktivitäten gesteckt. Schwimmen, Pfadfinder, Fußball, Baseball, Hockey. Egal was, er war dabei. Porsche war zwar erst im Kindergarten, hatte aber bereits Schwimm-, Steppdance- und Ballettunterricht.

Ich hätte das gerne alles selbst organisiert, aber Reid bestand darauf, dass wir ein Kindermädchen einstellen. Das Äußere war und ist ihm wichtig. Ein Kindermädchen im Haus passte zu dem Bild, das er vermitteln wollte."

Deshalb *eine Köchin in einem Sommerhaus,* dachte ich. Andere Leute hätten Hamburger gegrillt und Würstchen über einer Feuerstelle gebraten. Wir hatten Prime Rib, Yorkshire Pudding, grüne Bohnen mit gerösteten Mandeln, Spargel mit Hollandaise und Blaubeerkuchen mit hausgemachtem Vanille-Bourbon-Eis zum Nachtisch gegessen. Ein Aperitif vor dem Essen, Wein dazu, Cognac und Espresso danach.

„Ich bin sicher, dass du denkst: „Arme, kleine, reiche Frau", und ich kann es dir nicht verdenken", sagte Melanie. „Vielleicht hätte ich Reid um die Scheidung bitten und ihn verlassen sollen, als Dwayne mich anflehte, es zu tun. Ich hatte mir eingeredet, dass ich den Kindern zuliebe geblieben bin, aber... aber es hatte so etwas herrlich Schmutziges an sich, herumzuschleichen, und wenn ich ganz ehrlich bin, hatte ich mich an den luxuriösen Lebensstil gewöhnt, den mir Dwayne niemals hätte bieten können. Lange Rede, kurzer Sinn, ich wollte nicht gehen, und Dwayne war nicht damit zufrieden, nur eine Affäre für mich zu sein. Er verließ mich am selben Tag, an dem deine Mutter dich verließ."

„Am selben Tag?"

„Am gleichen Tag. Valentinstag 1986. Was für ein Zufall!"

Ich glaubte nicht an Zufälle, genauso wenig wie ich an Hellseher glaubte. Aber was hatte das zu bedeuten? Ich stolperte über eine Baumwurzel fing mich jedoch wieder, bevor ich mit dem Gesicht nach unten im Dreck landete.

„Aber Dwayne Shuter lebt doch noch", platzte es aus mir heraus, bevor ich es verhindern konnte. Idiot.

„Du wusstest also, wer Dwayne Shuter war, bevor du uns das Foto gezeigt hast." Melanies Tonfall war ein Grad über dem Gefrierpunkt. „Das dachte ich mir schon, obwohl ich zugeben muss, dass du es gut gespielt hast. Ich glaube, sogar Maggie war überzeugt. Sie mag ein Narr sein, aber sie lässt sich nicht so leicht täuschen."

„Ja, ich wusste, wer er war, aber das wusste ich nicht, als ich das Foto in der *Marketville Post* entdeckte."

„Ich glaube dir. Wie hast du erfahren, wer er war? In der Zeitung wurden keine Namen genannt."

Ich erzählte ihr, dass ich die Heiratsurkunde meiner Eltern gefunden hatte. In der war Dwayne Shuter als Trauzeuge aufgeführt und dass ich ihn und ein aktuelles Foto auf LinkedIn gefunden hatte. Wie die sichelförmige Narbe ihn verraten hatte. Und schließlich die Tatsache, dass er der Bauleiter auf der Baustelle gewesen war, auf der mein Vater gestorben war.

„Dwayne Shuter taucht ja überraschend oft auf", sagte Melanie.

„Das finde ich auch."

„Ich nehme an, du glaubst jetzt, dass Dwayne für das Verschwinden deiner Mutter und den Unfall deines Vaters verantwortlich ist?"

„Ich will keine voreiligen Schlüsse ziehen, aber ich neige dazu, es zu glauben. Besonders jetzt, da ich weiß, dass er Marketville am selben Tag wie sie verlassen hat."

„Ich gebe zu, es sieht schlecht für ihn aus, aber der Dwayne Shuter, den ich kannte, hätte nie jemandem wehgetan. Er hat mir das Herz gebrochen, ja, aber das hatte ich verdient."

„Warum ging er dann noch am selben Tag wie meine Mutter weg?"

„Wir hatten ein paar Tage zuvor eine heftige Auseinandersetzung gehabt. Dwayne wollte, dass wir Valentinstag zusammen feiern. Das wäre unmöglich gewesen. Für Reid war Valentinstag immer ein großes Ereignis, das beste Restaurant, zwei Dutzend langstielige rote Rosen, irgendeinen teuren Schmuck, je mehr Klunker, desto besser. Das gehörte alles zu seiner Vorstellung, den äußeren Schein zu bewahren."

„Du denkst also, Dwayne hatte den Valentinstag als ultimativen Abschiedstag gewählt?"

„Daran habe ich dreißig Jahre lang geglaubt." Melanies Stimme stockte. „Ich hatte keine Ahnung, wie nahe er war. Toronto. Es gab Gerüchte, dass er in den Westen ziehen wollte, aber ich kann mich nicht erinnern, woher diese Gerüchte stammten."

„Das glaube ich nicht." Ich weiß noch nicht einmal, ob ich ihr ihre Version der Ereignisse abkaufte, nicht dass ich ihr das sagen wollte. „Da beide am gleichen Tag fortgingen, liegt es doch nahe, dass irgendeine Verbindung zwischen den beiden bestanden hatte. Vielleicht sind sie sogar zusammen gegangen, doch selbst wenn es so gewesen wäre, glaube ich nicht, dass meine Mutter nicht die Absicht hatte zurückzukehren. Mein Vater glaubte das auch nicht. Zur Zeit seines Unfalls war er dabei, ihr Verschwinden zu ermitteln. Vielleicht hatte er etwas herausgefunden, um Dwayne zu belasten."

„Ich weigere mich zu glauben, dass Dwayne etwas mit dem Verschwinden deiner Mutter oder dem Tod deines Vaters zu tun hatte. Außerdem kennst du einige der Fakten nicht."

„Oh?"

„Abby - deine Mutter - und Reid hatten eine Affäre. Er hat mir alles darüber erzählt. Hat sogar damit geprahlt. Das macht er gerne, dann fühlt er sich wie ein Mann. Ein Grund mehr, warum ich mich wegen meiner Beziehung zu Dwayne nicht schuldig fühlte. Eines Tages verließ ihn deine Mutter. Anscheinend wollte sie die Sache mit deinem Vater in Ordnung bringen." Melanie lachte, ein rauer, kehliger Klang, der nicht zu der kultivierten Frau in Designer-Laufklamotten passte. „Niemand überlebt es, Reid zu verlassen, und womöglich darüber zu reden. Was glaubst du, warum ich noch mit ihm zusammen bin?"

Ich dachte über das Medaillon und die Tarotkarten nach. „Willst du damit andeuten, dass es Reid war und nicht Dwayne, der meine Mutter getötet haben könnte?"

Melanie blieb stehen und drehte sich zu mir um. „Es ist durchaus möglich."

Der Wanderweg war fast zu Ende und ich bezweifelte, dass einer von uns beiden in einem Café sitzen und Cappuccino trinken wollte. „Ich weiß dein Vertrauen zu schätzen, bin mir aber nicht sicher, was ich damit anfangen soll. Möchtest du, dass ich beweise, dass Reid meine Mutter getötet hat?"

Melanie lachte erneut harsch auf und wischte sich mit einer zitternden Hand ein paar verirrte Tränen weg. „Glaubst du, dass ich dir das deshalb alles erzählt habe, Callie? Warum ich dich in unser Ferienhaus eingeladen habe, als Royce mir deine mitleiderregende Geschichte über deine lang verschollene Mutter erzählte? Um mich an Reid für einen Fehltritt zu rächen, der Jahre her ist?"

Eine Affäre mag als Fehltritt betrachtet werden, aber Mord? „Aus welchem anderen Grund hast du es dann getan?"

„Ganz einfach, Callie. Ich will, dass du aufhörst zu ermitteln." Melanie starrte mich an, die manikürten Hände auf den Hüften, die braunen Augen hart, jede Spur von Tränen längst verschwunden. „Ich will, dass du diese Geheimnisse so tief vergräbst, dass niemand mehr danach suchen wird. Verlasse Marketville. Geh zurück nach Toronto. Vergiss alles über die Vergangenheit, alles über meinen Sohn. Und wenn du Geld brauchst, können wir das auch arrangieren. Nenne einfach deinen Preis." Ich wich zurück, als hätte man mir eine Ohrfeige verpasst.

„Was, wenn ich das nicht kann? Von hier weggehen und alles vergessen. Was ist, wenn ich keinen Preis habe?"

„Dann schlage ich vor, dass du schnellstens einen Weg findest und dich für einen Betrag entscheidest. Oh, und Callie?"

„Ja?"

„Es wäre am besten, wenn du und Royce wieder wegfahrt, sobald wir zurück sind. Erfinde irgendeinen vergessenen Termin, eine Migräne, was auch immer."

Melanie begann wieder zu laufen, schnell und flink wie eine Achtzehnjährige, ihrer Bürde entlastet. Ich trat gegen einen Stein und sah ihr nach.

38

———

WIR WAREN SCHON fünfundvierzig Minuten gefahren, bevor einer von uns beiden sprach. „Hat sich irgendetwas mit meiner Mutter zugetragen, während ihr gelaufen seid?" fragte Royce. Es war das erste, was er zu mir sagte, seit wir die zweistündige Fahrt nach Hause angetreten hatten.

„Nichts hat sich zugetragen. Ich dachte nur, es wäre Zeit, nach Hause zu fahren. Ich wollte nicht länger als nötig bleiben. Außerdem habe ich dir schon gesagt, dass ich Kopfschmerzen habe."

„Blödsinn."

„Willst du damit sagen, dass ich keine Kopfschmerzen habe?"

Royce warf mir einen verärgerten Blick zu. „Nein, ich will damit sagen, dass ich nicht glaube, dass nichts passiert ist. Ihr beide wart wie Pech und Schwefel, als ihr heute Morgen losgelaufen seid. Meine Mutter kommt ohne dich zurück und macht sofort ein Nickerchen - etwas, das sie sonst nie tut. Du kommst fast zehn Minuten später an, sagst, du hättest Kopfschmerzen und wolltest nach Marketville zurückfahren. Ich bin vielleicht nicht der hellsichtigste

Mensch auf der Welt, aber selbst ich kann die Zusammenhänge erkennen."

Was hätte ich ihm denn sagen sollen? Dass Melanie glaubte, Reid hätte meine Mutter ermordet? Dass sie wollte, dass ich jeden Beweis, den ich finden könnte, begrabe? Dass sie mir praktisch befohlen hatte, die Ermittlungen einzustellen?

„Es bestehen keinerlei Zusammenhänge."

„Wenn du das sagst, Callie." Royce' Gesicht straffte sich und sein Kinn schob sich vor. Ich holte meinen Kakaobutter-Lippenbalsam aus meiner Handtasche, trug etwas davon auf und starrte aus dem Seitenfenster.

Wir schwiegen den Rest des Weges. Als wir den Snapdragon Circle erreichten, war die Spannung zwischen uns fast greifbar. Ich wünschte mir, dass es anders wäre, dass ich mich ihm anvertrauen könnte, aber das war einfach nicht möglich. Von diesem Zeitpunkt an musste ich Royce auf Abstand halten. Je weniger er von meinen Ermittlungen wusste, desto besser. Trotz Melanies Anweisung, hatte ich die feste Absicht weiter zu forschen.

Ich müsste nur ein wenig vorsichtiger sein.

ICH VERBRACHTE den größten Teil des Nachmittags damit, jede einzelne Kopie durchzugehen - immer und immer wieder, wobei ich jedes Mal auf das Foto von Leith und Misty und das Fahndungsplakat zurückgriff. Warum hatte er nicht zugegeben, dass er Misty von früher kannte? Warum hatte er mir nicht gesagt, dass er daran beteiligt war, herauszufinden, was mit meiner Mutter geschehen war? Ich hatte immer gewusst, dass es unwahrscheinlich gewesen wäre, dass mein Vater und Leith angesichts ihrer sehr unterschiedlichen Berufe und sozialen Stellung, Freunde hätten sein können, aber gab es eine tiefere Verbindung? Gab es einen Grund dafür, dass Leith meinen

Vater als „Nachlass"-Klienten angenommen hatte, obwohl sein Spezialgebiet das Strafrecht war?

Ich hatte keine Antwort, und ich war mir immer noch nicht im Klaren darüber, wie ich ihn damit konfrontieren sollte. Manchmal war es am besten, an etwas anderes zu denken, einfach das Unterbewusstsein arbeiten zu lassen, um einen Plan zu entwickeln. Was ich brauchte, war eine Ablenkung.

Ich überlegte, ob ich Chantelle anrufen sollte, um zu fragen, ob sie mit mir essen gehen oder vielleicht etwas bestellen wollte, aber sie würde wissen wollen, wie es im Haus der Ashfords gelaufen war, und ich konnte jetzt einfach noch nicht darüber sprechen. Mir kam es kurz in den Sinn Royce anzurufen, verwarf die Idee aber schnell wieder. Ella Cole kam auch nicht in Frage. Ihr Schnüffelradar wäre in voller Alarmbereitschaft, und ich fühlte mich zu verletzlich, um ihren Fragen wirksam ausweichen zu können. Leider war das auch schon alles, was ich an „Freunden" in Marketville hatte.

Ich schob meinen Stift und mein Notizbuch beiseite, schaltete den Fernseher ein, begann zu surfen und fand einen „*Location, Location, Location*"-Marathon auf BBC. Phil Spencer und Kirstie Allsopp dabei zuzusehen, wie sie durch das Vereinigte Königreich reisen, um das ideale Haus für ihre neuesten, schwer zufriedenzustellenden Kunden zu suchen, brachte mich immer zum Lächeln. Vielleicht lag es daran, dass ich versuchte, die britische Terminologie zu übersetzen. Niemand schien „Neubauten" zu wollen. Jeder schien „charakteristische Merkmale" zu bevorzugen. Eine nahe gelegene „High Street" bedeutete eine Hauptstraße mit Pubs und Geschäften. Ein „Lovely Kitchen-Diner" bedeutete eine Wohnküche, von denen die meisten für nordamerikanische Verhältnisse schmerzhaft winzig waren. „Zwei Empfangsräume" bedeuteten ein Wohnzimmer und ein Familienzimmer. Was auch immer der Grund sein mochte, die

Sendung unterhielt mich, ohne dass ich mein Gehirn anstrengen musste. Genau das, was ich brauchte.

Ich war mitten in der dritten Wiederholung von *Location, Location, Location* - diesmal in Glasgow, wo sie über das schottische Immobiliensystem „Offers over" sprachen - als es an der Tür klingelte. Ein Teil von mir wollte das Klingeln ignorieren, aber ich unterbrach die Sendung, ging zur Tür und spähte durch den Türspion.

Dort stand die letzte Person, die ich erwartet hätte, sein Gesicht unter einer Baseballkappe versteckt.

39

REID ASHFORD TRUG BLAUE JEANS, ein kariertes Hemd, eine Piloten-Sonnenbrille, Laufschuhe und eine Baseballmütze der Toronto Maple Leafs, die er tief über die Stirn gezogen hatte. Sollte dies ein Versuch sein, nicht aufzufallen, so gelang es ihm nur halbwegs. Trotz seiner Bemühungen war ich mir ziemlich sicher, dass Royce seinen eigenen Vater erkennen würde. Ich überprüfte die Einfahrt und die Straße, sah aber kein Auto.

Ich öffnete die Tür und bat ihn herein. Was hätte ich sonst tun sollen?

„Ich habe im Einkaufszentrum geparkt", sagte Reid und zog im Foyer seine Laufschuhe, die Sonnenbrille und die Baseballkappe aus.

Das Einkaufszentrum lag ein paar Meilen südlich des Snapdragon Circle, und der Parkplatz war in der Regel voll, unabhängig von Tag, Uhrzeit oder Anlass. Die Vorstädter, so schien es, liebten es, einzukaufen. Es wäre ein Leichtes, dort ein Auto zu verstecken. Das Parken im Einkaufszentrum erklärte das Fehlen eines Fahrzeugs in meiner Einfahrt, aber nicht den Grund für seinen Besuch. Was auch immer der Grund war, er wollte offensichtlich nicht, dass Royce davon erfuhr. Reid ging ins Wohnzimmer und sah mir zu, während ich den Couchtisch abräumte.

„Kann ich Ihnen etwas bringen? Tee, Kaffee? Etwas Stärkeres?"

„Ich könnte etwas Stärkeres vertragen, aber ich begnüge mich mit einem Kaffee. Schwarz, einem Löffel Zucker."

Ich flüchtete in die Küche und machte mich an der Kaffeemaschine zu schaffen, holte zwei Tassen aus dem Schrank, dazu die Zuckerdose und legte ein paar Kekse auf einen Teller. Reid schien mir nicht der Typ für Kekse zu sein, aber es erschien mir nur höflich, sie anzubieten. Ich stellte alles auf ein schwarzes Lacktablett. Als ich ins Wohnzimmer zurückkam, saß Reid schon in meinem Sessel und schaute Baseball. Er stellte den Ton leiser, ließ aber den Fernseher an, als ich das Tablett abstellte.

„Danke, dass du mich hereingebeten hast." Er rührte einen Teelöffel Zucker in seine Kaffeetasse, nahm einen Schluck, während er mit einem Auge das Spiel der Jays verfolgte. Ich konnte es ihm nicht verdenken. Sie spielten gegen die Yankees - immer ein guter Wettstreit.

„Guter Kaffee."

„Danke. Kommen wir nun zu dem, was Sie hergeführt hat."

Reid gelang ein reumütiges Lächeln. „Ich fürchte, Melanie kann übermäßig dramatisch sein, besonders wenn es um deine Mutter geht. Ich bin gekommen, um mich zu entschuldigen."

„Und doch wollen Sie nicht, dass Ihr Sohn weiß, dass es Ihnen leid tut. Warum sonst die Heimlichtuerei?"

„Es geht nicht so sehr darum, dass ich nicht will, dass Royce es erfährt, denn er muss es nicht wissen. Die Geschichte reicht drei Jahrzehnte zurück. Er war noch ein Junge, als deine Mutter verschwand. Das hat nichts mit ihm zu tun. Mir wäre es lieber, wenn es dabei bliebe."

Ich nickte. „Sie bitten mich also, Royce nicht zu sagen, was Sie mir mitteilen wollen."

„So ähnlich."

Genauso ist es. „Also erzählen Sie mir die Geschichte." Ich hatte nicht vor, irgendwelche Versprechungen zu machen, genauso wenig wie ich zu Royce' Haustür rennen würde, sobald Reid weg war. Er schien das zu verstehen.

„Meine Frau glaubt, dass ich deine Mutter ermordet habe, obwohl ich nicht glaube, dass sie jemals eine plausible Erklärung dafür gefunden hat. Wie auch immer, ich kann dir versichern, dass ich nichts dergleichen getan habe."

„Angenommen, meine Mutter wurde ermordet, warum sollte ich Ihnen glauben?"

„Weil ich deine Mutter geliebt habe, Callie. Ich hätte alles für sie getan."

„Bedeutet alles für sie zu tun, dass Sie Ihre Frau und zwei Kinder verlassen hätten?"

„Ich bin nicht stolz darauf, aber ja, auch das."

Ich nahm einen Schluck von meinem Kaffee und wünschte, ich hätte einen großzügigen Schuss Baileys Irish Cream hineingegeben.

„Sie haben meine Aufmerksamkeit."

„Im Ferienhaus habe ich dir erzählt, dass ich deine Mutter am Canada Day kennenlernte, aber in Wirklichkeit hatten wir uns bei dem Treffen der ehrenamtlichen Mitglieder für die Baumpflanzaktion zum Canada Day in Marketville kennengelernt", sagte Reid. „Ich wollte eigentlich nicht daran teilnehmen, aber Melanie bestand darauf, dass ich etwas für die Allgemeinheit tat. Sie hatte sich ständig für irgendetwas freiwillig gemeldet. Andererseits pendelte sie auch nicht täglich in die Innenstadt von Toronto und arbeitete sechzig Stunden pro Woche. In der *Marketville Post* gab es eine Anzeige für eine Baumpflanzaktion. Die Stadt wollte einhundertachtzig Ahornbäume pflanzen, einen für jedes Jahr der kanadischen

Konföderation. Das klang nach körperlicher Arbeit, etwas, wovon ich als Börsenmakler viel zu wenig hatte."

Ich dachte an das Zeitungsfoto, das die Ehrenamtlichen des Canada Day zeigte, darunter auch meinen Vater. Sie hätten doch sicherlich keine Affäre angefangen, während er anwesend war? „Wann hatten Sie sich das erste Mal getroffen, erinnern Sie sich?"

„Ich werde es nie vergessen. Es war der 14. März 1984. Ein Dienstagabend. Ich hatte auf die Anzeige geantwortet und war der Einzige, der sich gemeldet hatte. Ich traf deine Mutter im Tim Hortons Coffee-Shop in der Strip Plaza gegenüber dem Einkaufszentrum." Reid lächelte, und seine Augen hatten einen fernen Blick. „Abby war wunderschön, mit schulterlangen blonden Haaren und saphirblauen Augen, die funkelten, wenn sie sprach, aber es war mehr als das. Es war die leidenschaftliche Art, auf die sie mir erzählte, wie sich das Pflanzen von Bäumen auf die Stadt und die Umwelt auswirkten könnte. Darin war deine Mutter der Zeit weit voraus. Damals sprachen die Leute nicht über die Umwelt, mit Ausnahme des sauren Regens vielleicht. Im Nachhinein betrachtet, war es wohl Liebe auf den ersten Blick. Zumindest was mich betrifft."

„Und was war mit ihr?"

Reid lächelte. „Ich würde gerne sagen, dass das Gefühl auf Gegenseitigkeit beruhte, aber deine Mutter war streng geschäftlich. Sie war mit einer Liste von Aufgaben gekommen, die erledigt werden mussten, angefangen mit der Frage, wo man die Setzlinge kaufen und abholen konnte, über die Suche nach Sponsoren für die Schaufeln und Gartenhandschuhe bis hin zum Anwerben von genügend Freiwilligen für die eigentliche Pflanzung. Wir teilten die Liste in zwei Hälften und vereinbarten, uns am folgenden Mittwoch zu treffen. Von da an begannen sich die Dinge zu ändern."

„Inwiefern?"

„Es war offensichtlich, dass Abby aufgelöst war. Sie konnte sich nicht konzentrieren und die Rötungen um ihre Augen und Nase deuteten darauf hin, dass sie geweint hatte. Nach ein paar Minuten entschuldigte sie sich und gestand, dass sie einen Streit mit ihrem Mann gehabt hatte. Ich erinnere mich, dass ich etwas sagte wie: „Das Leben mit meiner Frau ist ein einziger ständiger Streit", was leider wahr war und immer noch ist."

„Nur zwei Menschen, die in ihren Ehen unglücklich waren." Der Sarkasmus in meiner Stimme klang scharf, sogar für mich, aber ich konnte nicht anders.

„Bei dir klingt es so geschmacklos. So war es nicht. Deine Mutter musste mit jemandem reden. Ich war da. Am richtigen Ort zur richtigen Zeit."

Oder vielleicht der falsche Ort zur falschen Zeit. „Hatte meine Mutter Ihnen gesagt, warum sie sich gestritten hatten?"

Reid nickte. „Abby wollte versuchen, mit ihren Eltern Kontakt aufzunehmen, und Jim - dein Vater - war strikt dagegen. Offensichtlich waren sie nicht sehr verständnisvoll, als sie ihnen von ihrer Schwangerschaft erzählte. Abby dachte, es sei an der Zeit, die Vergangenheit ruhen zu lassen. Du würdest bald vier Jahre alt werden, sagte sie mir, und es sei genug Zeit vergangen. Es wurde Zeit, dass du deine Großeltern kennenlernen solltest."

Meine Mutter wollte also Frieden mit Corbin und Yvette schließen. Mein Vater, ein Sturkopf wie er im Buche steht, war damit nicht einverstanden. Aber die Familiengeheimnisse mit einem praktisch Fremden teilen? Was für ein verzweifelter Mensch tat so etwas?

„Damit ich das richtig verstehe. Meine Mutter hatte Sie erst einmal bei Tim Hortens getroffen, und beim zweiten Treffen erzählt sie Ihnen das alles?"

„Es klingt seltsam, wenn du es so ausdrückst, aber ich hatte den Eindruck, dass deine Mutter niemanden hatte, mit dem sie reden konnte."

Wie einsam sie gewesen sein musste, mit Eltern, die sie verstoßen hatten, und ohne echte Freunde? Ella Cole mag eine gute Nachbarin gewesen sein, aber ihre Neigung zum Klatsch und Tratsch schließt echte Vertraulichkeiten aus. Ich stellte mir meine Mutter am Anfang vor, wie sie heiratete, ein Baby bekam und hoffnungsvoll versuchte, ihren Weg als junge Ehefrau und Hausfrau zu finden. Wie lange hatte es gedauert, bis sie den Luxus von Moore Gate Manor zu vermissen begann? Bevor sie merkte, dass das, was sie mit meinem Vater hatte, nicht ausreichte?

Ich war noch dabei, darüber nachzudenken, als Reids Stimme meine Gedanken unterbrach.

„Falls es dich tröstet, wir hatten nicht geplant, eine Affäre zu beginnen. Es war nur so, dass wir beide eine schwierige Zeit in unseren Ehen durchmachten. Dein Vater wollte bei der Sache mit deinen Großeltern nicht nachgeben, und Melanie war zunehmend auf Äußerlichkeiten fixiert, bis hin zu dem Wunsch, Royce in einem Internat anzumelden. Sie hatte sogar davon gesprochen, Porsche in einen privaten Junior-Kindergarten zu geben. Als ob. Ich sagte ihr, dass das öffentliche System für mich gut genug gewesen sei. Ich wollte, dass die Kinder ein Familienleben haben, in dem man sich samstagabends gemeinsam *Hockey Night in Canada* anschaut und Brettspiele wie *Monopoly*, *Snakes and Ladders* und *Clue* spielt."

Ich konnte mir nicht vorstellen, dass die Frau, die ich kennengelernt hatte, Brettspiele spielt. Bridge, vielleicht. Oder Roulette in Vegas. „Sie haben sich also einander anvertraut und eines Abends..." Ich konnte mich nicht dazu durchringen, die Worte auszusprechen. „Wann hat die Affäre angefangen?"

„Ein paar Wochen vor dem Canada Day".

Meine Mutter und Reid hatten also schon zusammen geschlafen, als das Foto von der Baumpflanzung am Canada

Day gemacht wurde. Das Foto, auf dem mein Vater zu sehen ist. Ich fragte mich, ob er es damals geahnt hatte. „Wie lange hatte es gedauert?"

„Wir hatten nach dem Canada Day eine Handvoll „Nachbereitungstreffen", aber ohne die Ehrenamtlichen-Initiative war es schwierig, zusammenzukommen, ohne Verdacht zu erregen. Im Nachhinein wird mir klar, dass Melanie wusste, dass etwas nicht stimmte. Ich kann nicht für deinen Vater sprechen."

„Ihr habt euch also kurz nach dem Canada Day getrennt."

„Ja und nein. Wir trennten uns und fanden dann einen Weg, uns wieder zu vertragen. Dann sagte Abby eines Tages, dass es für immer vorbei sei." Reids Stimme brach ein wenig ab. „Sie sagte, sie sei es euch beiden schuldig, die Beziehung zu beenden. Ich stimmte dem zu."

Ich dachte an die Fotos. Vier Jahreszeiten einer glücklichen Familie. Ella hatte gesagt, meine Mutter sei im Februar 1985 mit der Idee an sie herangetreten. „Wissen Sie noch, wann das war?"

„In der Tat, das tue ich. Es war an meinem fünfunddreißigsten Geburtstag. 14. Januar 1985."

14. Januar 1985. Genau ein Jahr später hatte Reid meiner Mutter ein Medaillon geschenkt. Einen Monat später verschwand meine Mutter.

40

___

Ich starrte Reid einen Moment lang an und versuchte, meine Gefühle unter Kontrolle zu halten, dann sagte ich. „Ich habe das Medaillon gefunden."

„Welches Medaillon?"

„Spielen Sie keine Spielchen. Ich habe das Medaillon mit Ihrem Foto darin gefunden, ein Foto, das Sie mit „Für Abby, in ewiger Liebe" signiert haben. Ich habe es im Haus gefunden, kurz nachdem ich eingezogen war."

Jetzt starrte mich Reid an, sein Gesicht war zu einer fassungslosen Maske erstarrt. Entweder war er ein verdammt guter Schauspieler, oder er hatte wirklich keine Ahnung, wovon ich sprach.

„Du kannst mir glauben oder nicht, aber ich weiß nichts von einem Foto in einem Medaillon", sagte Reid. „Warum sollte ich dazu lügen, wenn ich alles andere zugegeben habe?"

„Zunächst einmal haben Sie nicht alles zugegeben. Ich habe Nachforschungen angestellt und ein Foto von Ihnen in der Dezemberausgabe von 1985 in der *Marketville Post* gefunden. Sie arbeiteten ehrenamtlich zusammen mit meiner Mutter in der Lebensmittelbank."

„Okay, ich hatte mich bei der Lebensmittelbank gemeldet. Maggie war dort ehrenamtlich tätig und hatte mir erzählt, dass sie während der Feiertage dringend Hilfe brauchten. Der einzige Tag, an dem ich dort war, war der Tag des Fotoshootings." Reid runzelte die Stirn bei der Erinnerung. „Ich hatte keine unendliche Dankbarkeit erwartet, aber deine Mutter war regelrecht unhöflich zu mir und unterstellte mir, dass ich ein bestimmtes Motiv hätte. Das konnte ich nicht verstehen. Wir hatten uns freundschaftlich getrennt und uns danach noch einige Male im Vorbeigehen gesehen. Wir waren immer nett zueinander gewesen. Als ich ihr dann aus heiterem Himmel helfen wollte, behandelte sie mich wie eine Art Stalker."

„Vielleicht hat es ihr nicht gefallen, die Tarotkarten zu erhalten."

Das brachte mir einen weiteren erstaunten Blick ein. „Welche Tarotkarten?"

„Wollen Sie mir sagen, dass Sie meiner Mutter kein Medaillon geschenkt und ihr die Tarotkarten nicht geschickt haben?"

„Ich versuche nicht, es dir zu sagen. Ich sage es dir. Du sagtest, Abby hätte Tarotkarten erhalten. Offensichtlich stellten sie eine Art Bedrohung für sie dar und sie glaubte, ich hätte sie geschickt." Reid rieb sich das Kinn und nickte. „Das würde ihr Verhalten mir gegenüber erklären, aber ich schwöre, ich habe sie nicht geschickt. Du sagtest, du hättest das Medaillon im Haus gefunden. Wo?"

„In einem Umschlag. Er enthielt das Medaillon und die Tarotkarten."

„Kommt es dir nicht seltsam vor, dass das Haus seit 1986 vermietet war und bis jetzt niemand den Umschlag gefunden hat?"

„Er war gut versteckt."

„Oder vielleicht hat ihn jemand für dich hinterlassen, weil er wusste, dass du hier einziehen würdest."

Das war eine Möglichkeit, die ich nicht in Betracht gezogen hatte. Ich ging zu meiner Handtasche und holte meinen Kakaobutter-Lippenbalsam heraus. Das Ritual, ihn aufzutupfen, gab mir Zeit, über diese Möglichkeiten nachzudenken. Hatte Misty sie für mich versteckt, damit ich sie finde? Als letzte Mieterin hatte sie die meisten Gelegenheiten gehabt, abgesehen von meinem Vater, und ich glaubte nicht, dass er etwas unter dem Teppich verstecken würde. Nicht, wenn er ein Schließfach bei der Bank hatte. Vielleicht hatte Misty sie versteckt, damit mein Vater sie im Laufe seiner geplanten Renovierungsarbeiten fand. Wie dem auch sei, wenn jemand anderes als meine Mutter sie hinterlassen hatte, war Misty die Hauptkandidatin.

„Warum sollte jemand so etwas tun?"

„Ich weiß es nicht, aber offensichtlich hielt sie jemand für wichtig genug, um sie zu verstecken. Würdest du mir zeigen, was du gefunden hast?"

Ich dachte darüber nach. Ein Teil von mir sträubte sich. Andererseits, wenn Reid lügen würde, würde ich vielleicht etwas an seiner Reaktion bemerken. „Ich bin gleich wieder da."

Ich ging in die Küche, öffnete den Schrank über dem Kühlschrank und holte eine leere Schachtel Kleieflocken heraus, die jetzt als Versteck für den Umschlag und dessen Inhalt diente. Dann ging ich zurück ins Wohnzimmer und war dankbar, dass mein offenes Raumkonzept noch nicht umgesetzt war.

Ich zog zuerst die Tarotkarten heraus und tippte mit meinem Zeigefinger auf jede einzelne Karte, während ich sie nebeneinander auf den Couchtisch legte. „Fünf Tarotkarten. „Die Herrscherin", „Der Herrscher", „Die Liebenden", die „Drei der Schwerter"... und „Der Tod"."

Reid nahm jede Karte in die Hand und studierte sie, bevor

er sie wieder auf den Tisch legte. „Ich fürchte, ich kenne mich mit Tarot nicht aus."

„Ich auch nicht, aber ich war bei einer Tarotkartenleserin. Sie glaubt, dass derjenige, der diese Karten schickte, ein Legesystem mit fünf Karten verwendet hat, das die Vergangenheit, die Gegenwart, die Zukunft, den Grund und die möglichen Ergebnisse darstellt, und dass derjenige, der sie meiner Mutter schickte, die Bilder für bare Münze genommen hatte. „Die Herrscherin" mit ihrem langen, wallenden blonden Haar zum Beispiel steht für meine Mutter in der Gegenwart.

„Und „Der Herrscher" ist in der Vergangenheit", sagte Reid. „Abbys Vater."

„Ganz genau. Was bedeutet..."

„Wer auch immer diese Karten schickte, kannte diesen Teil der Geschichte deiner Mutter."

„Ja."

„Was ist mit „Den Liebenden"? Du sagtest, sie repräsentieren die Zukunft."

„Randi schien nicht der Meinung zu sein, dass es meine Eltern repräsentiert."

„Das heißt, die Karte könnte für mich und Abby stehen."

„Ich halte es möglich." Ich zeigte auf „Drei der Schwerter", das Bild eines roten Herzens mit drei stahlblauen Schwertern, die es durchbohren, Sturmwolken über dem Kopf, Regen im Hintergrund. „Laut Randi steht diese Karte für Kummer, tiefe Traurigkeit und Herzschmerz, aber sie interessierte sich besonders für „Drei der Schwerter". Als ob das Unglück geteilt würde."

„Und die möglichen Folgen..."

Ich nickte. „Der Tod."

Reid sagte ein paar Minuten lang nichts. Schließlich fragte er: „Was glaubst du, wer sie zu Abby geschickt haben könnte?"

Ich schüttelte den Kopf. „Ich wünschte, ich wüsste es. Bis heute habe ich angenommen, dass es dieselbe Person war, die ihr das Medaillon gab. Ich nahm auch an, dass es sich bei dieser Person um Sie handelt."

„Warum ich?"

Ich nahm das Medaillon aus dem Umschlag und reichte es ihm über den Tisch hinweg.

Reid drehte das Medaillon in seinen Händen hin und her. „Es ist wunderschön. Es sieht auch alt aus. Und teuer."

„Meine Freundin Arabella besitzt ein Antiquitätengeschäft in Lount's Landing. Ich habe ihr Fotos von dem Medaillon geschickt. Sie sagt, es sei im Art-déco-Stil gehalten und wahrscheinlich in den zwanziger Jahren angefertigt worden. Das undurchsichtige Glas ist ein so genanntes Kampferglas, und der Markierung auf der Rückseite nach zu urteilen ist das vermeintliche Silber eigentlich vierzehnkarätiges Weißgold. Der klare Stein in der Mitte ist wahrscheinlich ein Diamant, aber das kann sie natürlich nicht anhand von Fotos überprüfen."

„Angesichts der Qualität und der Verwendung von Weißgold denke ich, dass deine Freundin recht hat. Ich verstehe immer noch nicht, warum du glaubst, dass ich es Abby geschenkt haben sollte. Wäre es nicht wahrscheinlicher, dass der Schenkende dein Vater war?"

„Ich glaube, Sie sollten das Medaillon öffnen."

Reid tat genau das, wobei er darauf achtete, die empfindliche Öffnung nicht zu beschädigen. Ich konnte hören, wie ihm der Atem stockte, als er das Foto von sich sah.

„Auf der Rückseite des Fotos ist eine Notiz." Ich beobachtete, wie Reid das Bild herausholte und es umdrehte.

„Für Abby, in ewiger Liebe, Reid. 14. Januar 1986", las er laut vor.

Er sah mich an, seine dunklen Augen waren ernst. „Wer würde so etwas tun? Das ist wie ein schlechter Scherz."

„Wollen Sie damit sagen, dass das nicht Ihre Handschrift ist?"

Reid schüttelte den Kopf. „Im Großen und Ganzen ist es eine gute Imitation, aber mein großes A ist eher rechteckig. Wenn du mir einen Stift und Papier gibst, zeige ich dir, was ich meine."

Ich holte beides und wartete, während er dieselben Wörter neu schrieb, dann verglich ich die beiden Beispiele nebeneinander. Die Handschrift wies große Ähnlichkeiten auf, aber er hatte recht, das große A auf der Rückseite des Fotos hatte etwas rundere Kanten. Auch bei den Kleinbuchstaben gab es feine Unterschiede. Ich wusste jedoch nicht, ob ich einen davon ausmachen könnte, es sei denn, ich wüsste, wonach ich suche müsste. Ich massierte meine Schläfen. Die Handschrift hatte noch etwas anderes an sich, aber ich konnte es nicht zuordnen. Hoffentlich würde es mir einfallen.

„Haben Sie meiner Mutter Briefe geschickt?"

„Niemals. Das wäre zu riskant gewesen."

„Sie hätte also nicht wissen können, ob das Ihre Handschrift war."

„Das kann ich nicht mit Sicherheit sagen. Ich habe alle unsere Vorbereitungen für die Baumpflanzaktion zum Canada Day notiert. Würde sie eineinhalb Jahre später die Unterschiede erkennen? Das scheint unwahrscheinlich. Andererseits habe ich von ihr auch nie etwas über das Medaillon gehört. Wenn Abby wirklich glaubte, dass ich es geschickt hätte, warum hatte sie sich dann nicht gemeldet?" Reids Schultern sackten in sich zusammen und zum ersten Mal, seit ich ihn kannte, sah er aus, als wäre er älter als seine „Sechzig-Plus-Jahre". „Ich weiß nicht, was ich davon halten soll."

„Die offensichtliche Antwort ist, dass jemand versucht hat, Sie reinzulegen, meine Mutter zu verwirren oder beides."

Reid legte das Foto zurück, schloss das Medaillon und gab es mir zurück. „Ich weiß nicht, was ich dir sagen soll, Callie. Ich weiß, dass alle Zeichen auf mich deuten. Alles was ich dir sagen kann ist, dass ich weder die Karten noch das Medaillon deiner Mutter gegeben hatte."

Ich war noch nicht bereit, das Thema zu beenden. „Sie haben zugegeben, dass Sie meine Mutter liebten."

„Ich habe dir auch gesagt, dass ich sie genug geliebt hatte, um sie gehen zu lassen."

„Vielleicht bin ich naiv, aber ich glaube Ihnen tatsächlich." Und das tat ich. Leider brachte mich diese Erkenntnis über meine Mutter der Wahrheit nicht näher.

„Danke, obwohl ich mich frage, wer hinter all dem steckt."

„Ich werde alles in meiner Macht Stehende tun, um das herauszufinden."

„Sei vorsichtig, Callie. Wer immer es war, hat das Geheimnis dreißig Jahre lang gehütet. Sie werden es nicht freiwillig preisgeben."

„Ich werde vorsichtig sein." Wie oft hatte ich das schon versprochen?

Reid sah nicht überzeugt aus, aber er nickte trotzdem. „Na gut. Ich rufe dich an, wenn mir etwas einfällt, das helfen könnte."

„Ich glaube, Maggie kann sich an mehr erinnern, als sie zugibt. Sie hatte einen Monat lang jeden Tag in der Lebensmittelbank gearbeitet. Ich weiß nur nicht, wie empfänglich sie dafür wäre, wenn ich sie anrufen und befragen würde."

„Ich werde versuchen, mit ihr zu reden. Ich werde ihr sagen, dass es wichtig ist, dass sie sich mit dir in Verbindung setzt. Sie wird auf mich hören."

„Ich weiß das zu schätzen."

„Das ist das Mindeste, was ich tun kann. Ich hätte mehr tun sollen - nein, etwas tun sollen - als deine Mutter verschwand, aber ich wollte nicht, dass Melanie von der Affäre erfährt, und ich hatte Angst, dass es herauskommen würde. Jetzt finde ich heraus, dass sie es die ganze Zeit wusste." Reid schüttelte den Kopf. „All die Jahre sind wir um ein Geheimnis herumgeschlichen."

Ich hatte nicht vor, Reid von der Affäre seiner Frau mit Dwayne Shuter zu erzählen. Vielleicht würde Melanie es gestehen, vielleicht aber auch nicht. So oder so, es ging mich nichts an. Ich schaute nach draußen und sah, dass es angefangen hatte zu regnen. „Das Wetter ist umgeschlagen. Soll ich Sie zurück zum Einkaufszentrum fahren?"

„Nein, danke. Ich gehe nur nach nebenan. Ich muss mit Royce reden. Es ist an der Zeit, dass er nach all den Jahren die Wahrheit erfährt."

„Warum jetzt?"

„Weil es schon vor langer Zeit hätte getan werden müssen. Denn solange die Vergangenheit begraben bleibt, hat keiner von uns eine Chance in der Gegenwart. Nicht ich und Mel, und nicht du und Royce."

„Royce und ich sind nur Nachbarn."

Reid lächelte. „Ich habe gesehen, wie mein Sohn dich angeschaut hat. Das waren keine nachbarschaftlichen Blicke, die er hatte. Ich hatte den Eindruck, dass das Gefühl auf Gegenseitigkeit beruhte."

Ich spürte, wie ich errötete. „Irgendwie glaube ich nicht, dass Ihre Frau dies gutheißen würde."

„Überlass Melanie mir. Du folgst einfach deinem Herzen. Ich werde meinen Sohn ermutigen, das Gleiche zu tun."

Ich begleitete Reid zur Tür und sah zu, wie er sich auf den Weg zu Royce' Haus machte; die Baseballkappe schützte sein Gesicht vor dem Regen.

41

———

Iᴄʜ sᴛᴀɴᴅ am Montagmorgen um fünf Uhr auf, und war müde vom Hin- und Herwälzen. Melanie, Reid, Royce, meine Großeltern und Leith kämpften um den ersten Platz in meinem Kopf, und daher hatte ich schlecht geschlafen. Wenn das so weiterging, müsste ich mir dringend einen Abdeckstift zulegen, um die dunklen Ringe unter meinen Augen zu verbergen.

Ich hatte immer noch nicht entschieden, wie ich am besten an Leith herantreten sollte, obwohl ich sehr froh war, dass ich meine wöchentliche E-Mail-Kommunikation mit ihm auf ein Minimum beschränkt hatte. Ich dachte darüber nach, Misty Rivers zu kontaktieren, war aber einfach nicht in der Lage dazu. Um mit ihr zu sprechen, bräuchte ich so viele Informationen wie möglich. Dasselbe würde auch für Leith gelten.

Aber woher sollte ich diese Informationen nehmen? Ich schaltete meinen Laptop ein und gab G.G. Pietrangelo in die Suchleiste ein. Es erschien ein LinkedIn-Eintrag für eine Gloria Grace (G.G.) Pietrangelo, Fotografin. Ihr Job bei der *Marketville Post* war im Lebenslauf als „Redakteurin/Fotografin" von 1983 bis 2008 angegeben. Sie war also fünfundzwanzig Jahre lang bei der *Post* beschäftigt gewesen. War es ihre Entscheidung gewesen, die *Post* zu verlassen, die der Zeitung oder beruhte es auf beiderseitigem Einverständnis?

Es gab einen Link zu einer Website für die Naturfotografie von Gloria Grace. Ich klickte darauf und verbrachte die nächste Stunde damit, in eine Welt atemberaubender Fotos einzutauchen, hauptsächlich Vögel, Schmetterlinge, Fauna und Flora, gelegentlich auch Insekten, Schildkröten und Schlangen. Ich war keine Expertin, aber selbst ich konnte erkennen, wann etwas wirklich gut war, und diese waren wirklich außergewöhnlich. Ein Vierteljahrhundert, in dem sie Fotos von lächelnden Politikern und Kindern auf Schlitten gemacht und Berichte verfasst hatte, die die meisten Leute nie gelesen haben, mussten ihr wie eine lebenslange Haftstrafe vorgekommen sein. Ich schätzte, fünfundzwanzig Jahre bei der *Post* waren alles, was Gloria Grace ertragen konnte.

Gloria Grace machte nicht nur atemberaubende Aufnahmen, sondern bot auch geplante Gruppenausflüge an, die ausschließlich der Tier- und Naturfotografie gewidmet waren. Der letzte fand einen Monat zuvor im Bruce Peninsula National Park in Tobermory statt. Es gab ein Online-Formular, mit dem man Privat- oder Gruppenstunden vereinbaren konnte.

Eine Liste mit empfohlenen Kameras enthielt eine Auswahl an Kompaktkameras und digitalen Spiegelreflexkameras in einer breiten Preisspanne. Ich druckte die Liste aus und machte mich bereit, einkaufen zu gehen. Es war an der Zeit, mir eine Kamera zuzulegen.

CHANTELLE KAM GERADE bei sich zuhause an, als ich aus meiner Haustür trat. Sie trug Yogabekleidung und hatte eine hellgrüne Matte dabei; wahrscheinlich kam sie gerade von einer Unterrichtsstunde zurück. Ich rief ihr zu, bevor mir das Wochenende im Ashford Ferienhaus, über das ich nun wirklich nicht sprechen wollte, wieder einfiel.

„Ich gehe eine Kamera kaufen. Auf der Nature's Way Plaza habe ich ein großes Fotogeschäft gesehen. Ich dachte, ich schaue dort mal rein. Willst du mitkommen? Ich kann mich immer so schlecht entscheiden, und du *bist* die selbsternannte Shopping-Expertin."

Sie grinste, öffnete die Tür ihres Trucks, warf die Yogamatte hinein und überquerte die Straße in weniger Zeit, als ich brauchte, um die Einladung auszusprechen.

„Ich habe zwar keine Ahnung von Fotografie, außer dass ich mit meinem Handy ganz furchtbare Fotos mache, aber ich bin voll dabei. Meine Pläne für heute sahen vor, das Haus zu putzen und Rechnungen zu bezahlen." Sie schlüpfte auf den Beifahrersitz meines Honda Civic und schloss die Tür. „Es gibt ein tolles ganztägiges Frühstücksrestaurant in dieser Plaza. Ich liebe ganztägiges Frühstück, du nicht auch?"

„Sicher."

„Perfekt. Wir können danach dorthin gehen. Ich will unbedingt wissen, wie es mit Royce und seinen Eltern war."

„Ich bin mir nicht sicher, was ich dir sagen soll", sagte ich lachend und dachte an das alte Sprichwort, dass man im Scherz eher die Wahrheit sagt.

DAS KAMERAGESCHÄFT HATTE eine überwältigende Auswahl. Zum Glück hatte ich meine Liste dabei.

„Ich möchte nichts zu Teures", sagte ich zu dem Mitarbeiter. „Ich weiß nicht, ob die Fotografie etwas ist, mit dem ich mich wirklich beschäftigen möchte. Ich habe aber eine Liste mit Empfehlungen."

„Welche Art von Fotografie planen Sie?"

„Blumen. Vögel. So etwas in der Art."

Chantelle hob eine Augenbraue, sagte aber nichts. Ich wusste, dass ich später in dem Frühstücksrestaurant von ihr gegrillt werden würde. Noch ein beabsichtigtes Wortspiel.

Der Mitarbeiter sah sich meine Liste an, nickte und bat mich dann zu warten, während er ein paar Kameras suchte. Er kam mit drei zurück.

„Jede dieser Kameras ist eine „Point-and-Shoot"-Kamera. Sie haben den Vorteil, dass sie kompakt und leicht sind, und das zu einem viel niedrigeren Preis als eine Spiegelreflexkamera. Natürlich ist die Qualität der Fotos nicht ganz so gut, aber für einen Anfänger würde jede dieser drei Kameras Ihren Bedürfnissen entsprechen." Er lächelte. „Sie können sie jederzeit aufrüsten."

Ich traf meine Entscheidung aufgrund der Farbe des Gehäuses - schwarz -, des Preises - mittel - und der Größe des LCD-Displays - groß -, während Chantelle mit dem Mitarbeiter über den Preis diskutierte. Nach einigem Hin und Her ging er widerwillig ein paar Dollar runter.

Ich grinste, als ich sie beobachtete. Sie verhandelte gut. Viel besser, als ich es hätte tun können.

„Gott sei Dank ist das erledigt", sagte Chantelle, als wir am Frühstückstisch Platz nahmen. „Total langweilig, sogar mit dieser kleinen Debatte dazwischen." Sie lehnte sich vor. „Sag mal, seit wann interessierst du dich eigentlich für die Tierfotografie? Seit dem du in Muskoka warst?"

„Nicht ganz."

„Hmm. Okay, was hat sich denn bei den Ashfords zugetragen?"

„Ich kann momentan noch nicht darüber zu sprechen."

„Ich kann warten. Das bringt uns zurück zu deinem plötzlichen Interesse an der Naturfotografie. Zumindest nehme ich an, dass es ein plötzliches Interesse ist."

„Das ist es", sagte ich und brachte Chantelle mit einer gekürzten Version der Artikel aus der *Marketville Post* auf den neuesten Stand, während wir unser Frühstück aßen - French Toast mit Zimt, Bananenscheiben und echtem Ahornsirup aus Ontario - und versprach ihr, die Ausdrucke zu Hause zu zeigen.

„Damit ich das richtig verstehe", sagte Chantelle, nachdem ich geendet hatte. „Alle Artikel und Fotos in der *Post* - zumindest die, die sich auf das Verschwinden deiner Mutter beziehen - stammen von G.G. Pietrangelo, die sich inzwischen zur Ruhe gesetzt hat und mit vollem Namen Gloria Grace Pietrangelo heißt und sich auf Naturfotografie spezialisiert hat."

„Genau."

„Du willst eine Privatstunde vereinbaren, deine Mutter beiläufig erwähnen und hoffen, dass sie sich an etwas erinnert, das dir weiterhelfen wird?"

„Wenn man es so ausdrückt, klingt es wirklich lächerlich."

„Ich bin mir nur nicht sicher, wie du das Thema einfließen lassen willst."

„Darüber habe ich wohl noch nicht richtig nachgedacht." Ich schob meinen Teller beiseite, mein Appetit war weg. „Außerdem ist es dreißig Jahre her. Die Wahrscheinlichkeit, dass sie sich an irgendetwas erinnert, ist gering."

Chantelle überlegte einige Augenblicke und schüttelte dann den Kopf. „Das sehe ich nicht so. Das wäre am Anfang ihrer Karriere gewesen. Lange bevor sie müde und abgestumpft wurde. Es wäre auch eine große Neuigkeit in einer sehr kleinen Stadt gewesen."

„Aber das bringt mich zu deiner ursprünglichen Frage zurück. Wie kann ich Gloria Grace dazu befragen?" Ich seufzte. „Ich weiß nicht, was ich mir dabei gedacht habe. Vielleicht sollte ich einfach das Kontaktformular mit der Wahrheit abschicken. Ihr sagen, dass ich versuche, die

Wahrheit über das Verschwinden meiner Mutter herauszufinden."

„Das könntest du wohl tun, auch wenn du dabei Gefahr läufst, wie ein Spinner zu wirken. Sie könnte sich auch erinnern und beschließen, dass sie sich nicht einmischen will."

„Was schlägst du vor?"

„Du musst dich persönlich mit ihr treffen und das Überraschungsmoment nutzen. Eine Unterrichtsstunde bietet eine gute Möglichkeit dazu." Chantelle trommelte mit den Fingern auf den Tisch, ein konzentrierter Blick in ihrem Gesicht.

„Ich hab's", sagte sie nach ein paar Minuten. In ihren Augen war ein Glitzern zu sehen, das vorher nicht da gewesen war.

„Was soll das heißen?"

„Das heißt, ich bin dabei, mit dir in die Natur zu gehen. Komm schon, lass uns hier verschwinden. Es ist an der Zeit, dass ich mir eine Kamera zu kaufe. Eine rosafarbene. Schwarz ist so langweilig."

NACHDEM CHANTELLE ihre Kamera bei demselben Händler gekauft hatte - mit einem noch höheren Rabatt als dem, den sie für mich ausgehandelt hatte -, fuhren wir zurück zum Snapdragon Circle, wo wir die nächsten Stunden an meinem Küchentisch verbrachten und die Kopien der *Post* durchgingen.

Nun, die meisten Kopien. Die von der *Toronto Sun* und dem *Toronto Star* hatte ich zurückgehalten. Mit Ausnahme des Fotos von Misty Rivers und Leith Hampton waren sie nichts weiter als ein Aufguss dessen, was in der Marketville-Zeitung stand. Ich wollte Leith und Misty zur Rede stellen, bevor ich Chantelle das Foto zeigte.

Chantelle ihrerseits studierte jede Kopie und hörte meinen

Erklärungen, wer wer war, mit einer Intensität zu, die ich nicht erwartet hatte. Sie stellte auch eine Menge Fragen, vor allem, wenn es um Reid Ashford und Maggie Lonergan ging. Vielleicht ist das so bei Informationsvermittlern, aber ihre unverhohlene Neugier über Royce' Vater und Tante ließ mich aufhorchen. Ich beschloss, Melanie Ashfords Vertrauen in ihre Affäre mit Dwayne Shuter nicht mitzuteilen, zum einen, weil es das Geheimnis einer anderen Person war, das ich nicht verraten sollte, und zum anderen, weil ich nicht wollte, dass Royce davon erfuhr. Es lag nicht unbedingt daran, dass ich Chantelle nicht vertraute, sondern daran, dass ich ihre Beziehung zu Royce noch nicht ganz durchschaut hatte.

„Es ist absolut unmöglich, dass G.G. Pietrangelo sich nicht an deine Mutter erinnert", sagte Chantelle, als wir alles durchgegangen waren. „Du musst diesen Termin machen."

Ich füllte das Online-Formular mit den gewünschten Daten und Uhrzeiten aus, wobei ich Chantelles Stundenplan für den Fitnesskurs berücksichtigte. „Jetzt warten wir", sagte ich und drückte auf „Senden".

„Jetzt warten wir", stimmte Chantelle zu und sah auf ihre Uhr. „Ich sollte gehen, es sei denn, es gibt sonst noch etwas, bei dem ich dir helfen kann."

Es gab in der Tat noch etwas, auch wenn mich diese Erkenntnis überraschte.

„Kannst du mir helfen, die Eltern meines Vaters zu finden?"

„Ich kann es natürlich versuchen, aber nach dem, was du mir erzählt hast werden sie sich nicht freuen, von dir zu hören. Bist du sicher, dass du nach allem, was du durchgemacht hast, eine mögliche Zurückweisung in Kauf nehmen willst?"

Ich dachte über Yvettes Behauptung nach, sie habe versucht, wieder Kontakt zu meinem Vater aufzunehmen. Möglicherweise hatten das auch seine Eltern getan. Selbst wenn nicht, musste ich es selbst herausfinden.

„Ich bin sicher."

***

Kaum war Chantelle gegangen und zuvor versprochen hatte, sich auf die Suche nach Sandra und Peter Barnstable zu machen, da klingelte mein Telefon. Auf dem Display stand *„Privater Anrufer"*, und eine Nummer mit der Vorwahl 705. Nicht aus der Gegend und auch nicht aus Toronto. *Wahrscheinlich ein Telefonverkäufer.* Ich ging trotzdem ran.

„Hallo."

„Calamity Barnstable, bitte."

„Am Apparat."

„Hier ist Gloria Grace Pietrangelo. Sie haben mein Online-Formular für Naturfotografieunterricht ausgefüllt."

„Das habe ich." Die Haare auf meinen Armen sträubten sich. Ich hatte das Formular als Callie ausgefüllt. Ich war mir dessen sicher.

„Es gibt keinen Grund, so zu tun, als ob als ob Sie Unterricht nehmen möchten, Calamity. Ich habe Ihren Nachnamen erkannt. Sie sind die Tochter von Abigail und Jim. Ich frage mich nur, was Sie nach all diesen Jahren zu mir führt."

Ich hatte seit dem Kameraladen immer wieder über meine Tarnung nachgedacht. Zu wissen, dass ich einfach die Wahrheit sagen konnte, war erschreckend und befreiend zugleich.

„Ich versuche herauszufinden, was mit meiner Mutter geschehen ist."

„Warum jetzt?"

Es war eine berechtigte Frage. Ich entschied mich für Transparenz, mit einigen Einschränkungen. „Mein Vater ist kürzlich gestorben. Ein Arbeitsunfall. Ich habe das Haus in Marketville geerbt."

„Er hat das Haus behalten? Ich bin verwirrt. Ich hatte den Eindruck, ihr wärt nach Toronto gezogen."

„Das waren wir auch. Er hatte das Haus seit 1986 vermietet. Bis zur Testamentseröffnung wusste ich nichts davon. Das hat eine Menge Fragen über die Vergangenheit aufgeworfen."

„Ich weiß Ihre Offenheit zu schätzen. Was kann ich für Sie tun?"

Ich erzählte Gloria Grace, wie ich die Artikel und Fotos der *Marketville Post* durchgesehen und ihren Namen als Autorin und Fotografin gefunden hatte. Ich erzählte ihr allerdings nichts von dem Brief meines Vaters, den Tarotkarten, Reid und dem Medaillon. „Ich hatte wohl gehofft, dass Sie sich an den Fall erinnern würden", beendete ich und hörte den Hauch von Verzweiflung in meiner Stimme.

„Ob ich mich daran erinnere? Seit dem ersten Tag, an dem ich darüber berichtet hatte, verfolgt er mich jeden Tag. Eine liebende Mutter und Ehefrau, die sich einfach in Luft auflöst? Ich hatte eine Menge recherchiert. Das meiste davon ist nie in der Zeitung gelandet. Meine Aufgabe war es, über die Fakten zu berichten und mich nicht in Vermutungen zu ergehen. Aber es gab ein paar Dinge, die einfach keinen Sinn ergaben."

Ich holte tief Luft. „Wären Sie bereit, mich an Ihren Nachforschungen und an was Sie sich erinnern teilhaben zu lassen?"

„Ich weiß nicht, inwieweit es Ihnen nach all den Jahren noch helfen wird, aber ja. Ich habe noch alle meine Notizen und Fotos. Aus irgendeinem Grund konnte ich mich nie dazu durchringen, sie wegzuwerfen. Ich schätze, ein Teil von mir hatte immer gedacht, dass Sie eines Tages anrufen würden."

„Wann kann ich Sie besuchen?"

„Morgen früh habe ich Zeit, aber Sie müssen in aller Frühe kommen. Sagen wir acht Uhr morgens?"

„Acht Uhr morgens wäre toll."

Gloria Grace gab mir eine Wegbeschreibung zu ihrem Studio in Barrie. „Sie brauchen ungefähr vierzig Minuten, wenn Sie die 400 nehmen."

„Ich werde das einkalkulieren, damit ich nicht zu spät komme. Und Gloria?"

„Ja?"

„Danke."

„Danken Sie mir noch nicht, Calamity. In der Vergangenheit zu wühlen, mag kathartisch klingen, aber meiner Erfahrung nach ist es das nur selten."

42

ICH STECKTE DIE TAROTKARTEN, das Medaillon und den Brief meines Vaters in meine Handtasche. Ich war mir nicht sicher, ob ich sie Gloria Grace zeigen würde, aber es machte Sinn, sie mitzunehmen. Nur für den Fall der Fälle.

Das Studio von Gloria Grace befand sich in der Mitte eines kleinen Einkaufszentrums, zu dem auch eine Pizzeria, ein Imbiss, eine chiropraktische Klinik, ein Waschsalon mit Reinigung und ein Lebensmittelgeschäft gehörten. Es schien mir nicht der ideale Standort für eine Naturfotografin zu sein, aber was wusste ich schon?

Im Inneren des Studios sah es ganz anders aus. Jede Wand war mit atemberaubenden Fotografien behangen, eine lebendiger und detaillierter als die andere. Mir stockte der Atem, als ich das Bild eines Blauhähers sah, der sich gegen einen Falken wehrte, Krallen gegen Krallen, und in den Augen des Blauhähers war die Angst ebenso deutlich zu erkennen wie der gnadenlose Tötungswille in den Augen des Falken. Wie lange musste Gloria gewartet haben, um dieses Bild einzufangen?

„*Raubvögel*. Das sind meine Lieblingsmotive. Ich bin Gloria

Grace Pietrangelo." Eine Frau von großer Statur, Mitte bis Ende fünfzig, schlenderte hinter einem abgeschirmten Bereich hervor. Anders als viele Frauen ihrer Größe trug sie keinen fließenden Kaftan oder Leggings mit einem langen Pullover. Stattdessen trug sie eine olivgrüne Cargohose, eine passende Weste und einen schwarzen Rollkragenpullover. Den verschiedenen Beulen und Unebenheiten der Kleidungsstücke nach zu urteilen, schien jede Tasche der Hose und der Weste etwas zu enthalten. Ihr Haar war schulterlang, rostfarben und stark grau gesträhnt. Blassbraune Augen, die in einem anderen Licht bernsteinfarben hätten sein können. Kein Fitzelchen Make-up auf einem Gesicht, das dem rötlichen Teint und den tief eingegrabenen Falten nach zu urteilen Jahrzehnte in der freien Natur erlebt hatte. Ein kompromissloses Gesicht. Eine kompromisslose Frau.

„Sie sind sehr begabt", sagte ich.

„Es ist eine Leidenschaft."

„Es musste eine Herausforderung gewesen sein, all die Jahre für die *Marketville Post* gearbeitet zu haben. Kinder auf Schlitten und Eröffnungszeremonien mit Durchschneiden von Bändern." Ich spürte, wie sich mein Gesicht erhitzte. Welches Recht hatte ich, so mit ihr zu sprechen?

Gloria Grace lachte, ein leiser, kehliger Laut, der in dem kleinen Raum widerzuhallen schien. „Was soll ich sagen? Die Schecks waren gedeckt. Ich habe jeden Cent gespart, den ich konnte. Verbrachte jeden freien Moment draußen, um diese Welt zu studieren. Das machte das Leben als G.G. Pietrangelo ein wenig einfacher. Als ich anfing, musste ich mich G.G. nennen. Eine Frau, die in der Welt eines Mannes arbeitet. Die Dinge haben sich geändert. Für Frauen ist es jetzt einfacher, auch für Fotografen, dank der Digitaltechnik, obwohl ich den Film und die Dunkelkammer vermisse." Sie schenkte mir ein trauriges Lächeln. „Natürlich hält sich heutzutage jeder Trottel mit einem Smartphone für einen Fotografen, aber Sie sind ja nicht hier, um mir beim Reden zuzuhören. Kommen Sie mit. Hinten gibt es eine Kochnische. Wir können uns bei Tee und Scones unterhalten. Wir sollten du zueinander sagen."

Ich folgte Gloria Grace hinter den Sichtschutz, vorbei an einer geschlossenen Tür mit der Aufschrift „Büro", einer weiteren Tür mit der Aufschrift „WC" und einem kahlen weißen Raum mit einem Korb voller Hunde- und Katzenspielzeug. „Haustiersitzungen", sagte sie und winkte mit der Hand in die entsprechende Richtung. „Ich mache das nicht oft, aber ich liebe Tiere und es hilft, die Rechnungen zu bezahlen."

Ich erinnerte mich, dass ich auf ihrer Website einige Fotos von Hunden und Katzen gesehen hatte. Auch hier hatte ihr Talent durchgeschlagen, die Hunde sahen stolz und verwöhnt aus, die Katzen geschmeidig und selbstgefällig.

Im Gegensatz zum vorderen Teil des Ateliers waren die zartgrünen Wände der Küchenzeile frei von Fotografien oder anderen Verzierungen. Ein kleiner, rechteckiger Holztisch, weiß gestrichen, stand an einer Wand. Gloria Grace deutete mir an, mich auf einen der beiden Stühle zu setzen, schaltete den Wasserkocher an und zeigte dann auf einen Kunststoffteller mit vier Scones.

„Zitronen-Preiselbeere oder Heidelbeere? Ich habe beide Sorten gekauft, da ich nicht wusste, was du bevorzugst."

„Blaubeere."

Sie nickte, nahm einen Blaubeer- und einen Zitronen-Cranberry-Scone heraus, wickelte beide in ein Papiertuch und stellte sie für zehn Sekunden in die Mikrowelle. „Aufgewärmt schmecken sie viel besser. Butter? Konfitüre?"

„Nein, danke."

„Ist Earl Grey okay?"

„Earl Grey klingt gut."

„Mit was drin?"

„Nur den Tee. Ohne Milch und Zucker."

Sie nickte wieder, bereitete alles vor und stellte es vor mir auf den Tisch. „Zuerst essen wir.

Dann reden wir."

„DU HATTEST SAGTEST, dass du meinen Anruf erwartet hast." Wir hatten unsere Scones aufgegessen und Gloria Grace hatte unseren Tee nachgefüllt.

„Darf ich dir, die ungeschminkte Wahrheit sagen? Ich glaube, du verdienst es, die Wahrheit zu erfahren, aber die Frage ist, ob du dazu bereit bist. Ich denke, du bist es, sonst hättest du dir nicht die Mühe gemacht, mich unter dem Vorwand des Fotografieunterrichts zu kontaktieren, aber ich muss sicher sein. Nicht alles, was ich dir über deine Mutter oder deinen Vater erzählen werde, wird ein schönes Bild ergeben. Entweder ich erzähle es dir so, wie ich es jemandem erzählen würde, der nichts mit der Geschichte zu tun hat, oder ich erzähle es überhaupt nicht. Du hast die Wahl, und es ist noch nicht zu spät, wieder zu gehen."

Ich nahm einen Schluck von meinem Tee und wünschte, er wäre etwas Stärkeres. „Ich bleibe."

Gloria Grace musterte mich einige Augenblicke lang. Offenbar zufrieden stand sie auf, öffnete eine tiefe Küchenschublade und zog einen dicken schwarzen Ordner heraus. Sie schlug die erste Seite auf und begann zu lesen, blätterte durch Notizen und Zeitungsausschnitte. Ich wartete, während sie dastand und die ersten Seiten las, wobei ich mich bemühte, meine wachsende Ungeduld zu verbergen. Als sie sich wieder hinsetzte, war ich total aufgedreht.

„Es war früher Samstagmorgen, der fünfzehnte Februar, als ich den Anruf von meinem zuständigen Redakteur bei der *Post* erhielt", begann Gloria Grace. „Es hieß, eine Abigail Barnstable sei am Vortag unter möglicherweise verdächtigen

Umständen verschwunden. Ich kannte Abby von ihrem ehrenamtlichen Engagement. Manche Leute engagieren sich ehrenamtlich, weil sie Sozialstunden ableisten müssen oder weil sie gerne ein Foto von sich in der Zeitung sehen, aber deine Mutter schien eine Ausnahme zu sein, und sie behandelte mich immer mit Respekt, wenn ich über eine ihrer Veranstaltungen berichtete. Glaube mir, in der Zeitungsbranche trifft man alle möglichen Leute, und es gibt viele, die in dem Moment, in dem die Kamera ausgeschaltet wird, totale Arschlöcher sind."

Gloria Grace atmete tief durch. „Wie dem auch sei, einfach ohne ein Wort zu gehen, das passte nicht zu einer Frau wie Abby. Nicht in einer Million Jahren. Außerdem wusste ich, dass sie dich abgöttisch liebte, obwohl ich, um ganz offen zu sein - und nicht schlecht über die Toten sprechen möchte - glaube, dass die Ehe deiner Eltern auch ihre Probleme hatte. Ich wusste nichts Genaues, zumindest nicht am Anfang, aber ich kann Menschen gut einschätzen. Es war mir unmöglich, mich damit abzufinden, dass sie dich aus freien Stücken zurückgelassen hatte. Es ist mir wichtig, dass du das weißt, und dass du mir glaubst, bevor ich weitermache."

Ich zog meinen Kakaobutter-Lippenbalsam aus meiner Handtasche und nickte, konnte aber nicht sprechen. Gloria Grace fuhr mit ihrer Geschichte fort.

„Wie ich schon sagte, rief mich am Samstag der Chefredakteur der Zeitung an, ein aufgeblasener Arsch, mit dem ich mich seit mehr als einem Jahrzehnt herumschlagen musste, aber ich schweife ab. Er erzählte mir, dass die Polizei ein Verbrechen vermutete und dass der Ehemann darin verwickelt gewesen sein könnte. Ich kannte Jim Barnstable nicht gut. Ich hatte ihn bei der Baumpflanzaktion zum Canada Day im Jahr zuvor getroffen, und er war das, was man am besten als zurückhaltend bezeichnen könnte. Damals führte ich das darauf zurück, dass er das Rampenlicht auf seine Frau richten wollte." Gloria Grace errötete und zappelte, als ob sie nach den richtigen Worten suchte.

„Ich habe vor kurzem von ihrer Affäre mit Reid Ashford erfahren", sagte ich und sah, wie sich Glorias Augenbrauen vor Überraschung hoben. „War es das, was du mir nicht sagen wolltest "

Gloria Grace gab zu, dass dies der Fall war. „Es macht es für mich einfacher, wenn ich weiß, dass du es weißt."

„Wie hattest du es herausgefunden?" fragte ich, bevor sie mich das Gleiche fragen konnte.

„Ich hatte viele Leute befragt. Marketville war damals noch verschlafener als heute, und das Verschwinden deiner Mutter war ein großes Ereignis. Es dauerte nicht lange, bis versteckte Anspielungen auf eine Affäre angedeutet wurden, dank einiger Frauen, die zusammen mit deiner Mutter ehrenamtlich bei der Lebensmittelbank arbeiteten."

„Lass mich raten. Misty Rivers und Maggie Lonergan."

„Stimmt." Gloria Grace warf mir einen abschätzenden Blick zu. „Du bist bemerkenswert gut informiert. Ich bin mir nicht sicher, was ich dir sagen kann, was du nicht schon weißt."

„Du kannst mir sagen, ob du glaubst, dass mein Vater von der Affäre wusste."

„Ich bin sicher, dass er davon wusste, Callie. Ich weiß, dass es nicht das ist, was du hören willst, aber ich bin mir sicher, dass Maggie Lonergan es ihm gesagt hatte."

„Weil sie Reids Schwägerin war."

„Nicht deshalb, sondern weil sie eine *verschmähte* Frau war."

43

———————

ICH STARRTE GLORIA GRACE AN. „Eine verschmähte Frau? Willst du damit sagen, dass Maggie Lonergan eine Affäre mit dem Mann ihrer Schwester Melanie hatte?" Das wäre das Bermuda-Dreieck der Geschwisterrivalität gewesen.

„Nein, aber nicht, weil sie es nicht versucht hätte. Maggie war seit Jahren in Reid verliebt, obwohl er ihre Annäherungsversuche immer abgelehnt hatte. Sie hätte wahrscheinlich mit der Ablehnung umgehen können, solange Reid ihrer Schwester treu blieb. Als er aber die Affäre mit Abby hatte, wurde es zu einer persönlichen Ablehnung."

Angesichts dessen hatte Maggie die Lebensmittelbank für ihre gemeinnützige Arbeit ausgewählt, und zwar eher mit der Absicht, den beiden nachzustellen, als einer Geste des guten Willens. Andererseits... „Aber die Affäre war schon vorbei, als sie alle zusammen bei der Lebensmittelbank arbeiteten."

„Deine Recherche ist wirklich beeindruckend. Ja, da *war* es schon vorbei. Für Maggie wurde es dadurch noch persönlicher. Wie konnte es jemand wie Abby wagen, einen so wunderbaren Menschen wie Reid zurückzuweisen? Ich hatte den Eindruck, dass Maggie eine sehr rachsüchtige Ader hatte."

„Was willst du damit sagen?"

„Ich hatte mich immer gefragt, ob Maggie Lonergan hinter dem Verschwinden deiner Mutter steckte."

Die Aussage überraschte mich. Während unseres Joggens in Muskoka hatte Melanie von mir verlangt, die Ermittlungen einzustellen. Damals glaubte ich, dass sie Reid beschützen wollte, aber es war genauso gut möglich, dass sie ihre Schwester beschützen wollte. Ein anderer Gedanke kam mir in den Sinn.

„Wer hat dir erzählt, dass Maggie in Reid verliebt war?"

„Eine weitere Freiwillige bei der Lebensmittelbank. Eine Frau mit dem Namen Misty Rivers. Sie behauptete, sie sei Hellseherin."

Schon wieder Misty Rivers.

„Woher sollte Misty Rivers das gewusst haben?"

„Sie sind in der gleichen Straße in Marketville aufgewachsen, als die Stadt noch sehr klein war. Reid und Melanie waren in der Oberstufe, als sie anfingen, miteinander auszugehen. Maggie und Misty waren ein Jahr jünger und zu dieser Zeit eng befreundet. Als ich sie interviewte, war es mit der Freundschaft vorbei. Soweit ich weiß, hatten beide Schwestern nicht viel übrig für Mistys so genannte mystische Fähigkeiten."

Ich rieb mir die Schläfen, um die Kopfschmerzen zu bekämpfen, die sich am anbahnen waren, und versuchte, mir einen Reim auf alles zu machen, was Gloria Grace mir gerade erzählt hatte.

„Du glaubst, dass Maggie hinter dem Verschwinden meiner Mutter stecken könnte. Was glaubst du, wo meine Mutter an diesem Tag hingegangen sein könnte?"

Gloria Grace schüttelte den Kopf. „Ich wünschte, ich wüsste es. Ich bin jeder Spur nachgegangen, egal wie schwach sie war.

Nichts. Auch die Polizei stand mit leeren Händen da. Es war, als hätte sie sich einfach in Luft aufgelöst."

„Aber Menschen lösen sich nicht einfach in Luft auf."

„Nein, das tun sie nicht."

„Was hältst du davon, dass Dwayne Shuter noch am selben Tag abgereist war?"

Jetzt war es an Gloria Grace, überrascht zu schauen. „Dwayne Shuter? Ich erinnere mich nicht an einen Dwayne Shuter."

Ich erzählte ihr alles. Ich erzählte ihr, dass er Trauzeuge bei der Hochzeit meiner Eltern gewesen war. Wie er eine Affäre mit Melanie gehabt hatte. Wie er am selben Tag wie meine Mutter gegangen war. Wie ich sein Bild auf dem Weihnachtsfoto der Lebensmittelbank gesehen hatte, und später auf LinkedIn, wo sein Beruf als Bauleiter in derselben Firma aufgeführt war, in der mein Vater gearbeitet hatte, als er starb. Wie er trotz wiederholter Versuche nicht auf meine Anrufe reagierte.

Als ich mit meinen Ausführungen fertig war, musste ich zugeben, dass Dwayne Shuter wirklich verdächtig erschien.

Gloria Grace kam zu demselben Schluss, obwohl sie darüber nicht sehr glücklich war. „Ich verstehe nicht, wie ich Dwayne Shuter außer Acht lassen konnte", klagte sie, während sie den anderen Blaubeer-Scone mit Butter bestrich und mir die Hälfte anbot. Ich winkte ab. Das Letzte, was ich brauchte, waren noch mehr Kohlenhydrate.

„Nun, um ehrlich zu sein, hatte er Marketville verlassen", sagte ich und tupfte den Balsam auf. „Aller Wahrscheinlichkeit nach hielten er und Melanie die Affäre streng geheim. Ich glaube, nicht einmal, dass Maggie davon wusste. Und wenn Misty es wusste..."

„Du hast recht. Wenn Misty das gewusst hätte, hätte sie es mir sofort gesagt." Sie seufzte und nahm einen Bissen von ihrem Scone. „Wir müssen einen Weg finden, diesen Dwayne Shuter dazu zu bringen, mit dir zu reden."

Darüber musste ich lächeln. „Wir, Gloria Grace?"

„Ja, wir. Ich bringe immer zu Ende, was ich anfange, Callie, und ich warte schon seit dreißig Jahren darauf, das Ende dieser Geschichte zu schreiben. Was kannst du mir noch erzählen, damit *wir* anfangen können?"

Ich dachte an die Tarotkarten. Die vier Jahreszeiten auf den Fotos einer glücklichen Familie. Das silberne Medaillon von Reid. Der Brief von meinem Vater. Das Foto von Misty gemeinsam mit Leith Hampton in der *Sun*. Zum ersten Mal, seit ich diese Reise angetreten hatte, war ich bereit, die gesamten Hinweise, die ich zusammengetragen hatte, jemandem zu zeigen. Wer wäre besser geeignet als die Reporterin, die von Anfang an bei allem dabei gewesen war?

„Es geht nicht so sehr darum, was ich dir sagen kann, Gloria Grace, sondern was ich dir zeigen kann."

„Hast du etwas mitgebracht?"

„Das habe ich."

„Worauf warten wir dann noch?"

„DIE HABE ich auf dem Dachboden gefunden", sagte ich und legte die vier Jahreszeitenfotos unserer Familie auf den Küchentisch. Den Teil, dass ich sie in einem Sarg auf dem Dachboden gefunden hatte, ließ ich aus. Es gab Dinge, die waren einfach zu seltsam, um sie zu erklären. „Die Nachbarin von nebenan, Ella Cole, hatte diese Fotos 1985 aufgenommen. Der Standort war die Grundschule, in der am Canada Day ein Baum gepflanzt wurde. Du hattest Ella für die *Marketville Post* interviewt."

„Ich erinnere mich an sie", sagte Gloria Grace. „Wenn ich mich recht entsinne, war sie ein Klatschmaul."

„Das ist sie immer noch, obwohl ich nicht glaube, dass sie etwas Gemeines an sich hat."

„Warum hatte sie die Fotos gemacht?"

„Ella behauptet, eine Amateurfotografin zu sein. Sie sagte, meine Mutter hätte sie darum gebeten diese Fotos zu machen. Ella meinte, sie habe nicht gefragt, warum, sondern sich geehrt gefühlt, gefragt worden zu sein.

„Sie ist eine gute Fotografin. Sie hat die Nuancen eines jeden Gesichts eingefangen und das Licht optimal genutzt. Nichts davon erklärt das Warum."

„Es ist möglich, dass meine Mutter versucht hatte, eine Zeitkapsel zu erstellen. Es ist auch möglich, dass sie damit bezeugen wollte, dass alles wieder in Ordnung war. Nach dem, was Reid mir erzählte, hatte sie sich im Januar 1985 von ihm getrennt. Und Ella hatte erzählte, dass sich meine Mutter im Februar an sie gewandt hatte."

„Hmm... das wäre wohl eine mögliche Erklärung. Was hast du sonst noch in deiner Trickkiste?"

Ich steckte die Fotos zurück in meine Handtasche und nahm den Umschlag mit den Tarotkarten und dem Medaillon heraus. „Ich war dabei, den alten Teppich im Wohnzimmer zu entfernen – unter dem sich ein Hartholzfußboden befindet, den ich aufarbeiten lassen möchte. Dabei fand ich diesen Umschlag."

„Wie alt war der Teppich?"

„Ich vermute es war der original Teppich, wenn du das glauben kannst. Ich bin mir sicher, dass derjenige, der diesen Umschlag versteckt hatte, entweder damit rechnete, dass er zurückkommen würde oder, dass ihn jemand schon lange vorher finden würde."

Gloria Grace nickte. „Das ist ein guter Punkt. Ich nehme an, du glaubst, dass deine Mutter den Umschlag versteckt hatte?"

„Das tue ich, obwohl ich keine konkreten Beweise dafür habe."

„Okay. Mal sehen, was du da drin hast."

Ich begann mit den fünf Tarotkarten und legte sie in der Reihenfolge aus, die auf dem Papier stand, in dem sie eingewickelt waren. „Ich habe eine Tarotkartenleserin konsultiert, eine Frau namens Jessica Tamarand, die auch Randi genannt wird und die zufällig vor vier Jahren ebenfalls Mieterin im Snapdragon Circle war."

„Bist du sicher, dass das ein Zufall ist? Ist dir jemals in den Sinn gekommen, dass sie es gewesen sein könnte, die die Karten versteckt hatte?"

Ich schüttelte den Kopf. „Das glaube ich nicht. Randi war erst zwölf, als ihre Familie nach Marketville zog. Sie wusste nicht einmal, dass das Haus, das sie mietete, das gleiche war, aus dem meine Mutter verschwunden war. Aber sie erinnerte sich an die Geschichte, weil ihre Eltern deswegen, ihre Entscheidung, nach Marketville zu ziehen, in Frage stellten. Sie sagte, das Haus habe eine schlechte Ausstrahlung, die sich noch verschlimmert hätte, als Ella Cole auftauchte, so dass sie ihren Mietvertrag vorzeitig kündigte und auszog. Sie schien sehr aufrichtig zu sein."

„Da bin ich mir sicher."

Ich schaute auf meine Schuhe und versuchte, etwas zu sagen. Gloria Grace hatte Mitleid mit mir.

„Lass mich meine Notizen durchgehen. Der Name Tamarand kommt mir nicht bekannt vor, aber vielleicht habe ich etwas über die Familie."

„Danke."

Gloria Grace berührte die Karten mit dem Finger und tippte ein Bild nach dem anderen an. „ „Die Herrscherin", „Der Herrscher", „Die Liebenden", die „Drei der Schwerter" und die Todeskarte. Wie interpretierte Randi die Karten?"

„Sie sagte, dass derjenige, der sie schickte, sie wegen ihrer offensichtlichen Symbolik ausgewählt hatte und nicht wegen seiner wirklichen Kenntnisse des Tarots. Ich dachte, vielleicht hätte Reid sie deswegen geschickt." Ich reichte ihr das Medaillon. „Darin ist ein Bild von Reid mit einer Inschrift für Abby. Als ich Reid damit konfrontierte, sagte er, er hätte es noch nie gesehen. Außerdem behauptete er, die Notiz sei nicht seine Handschrift, sondern ein Versuch, sie zu kopieren."

„Lass mich raten", sagte Gloria Grace mit einem Lächeln. „Er schien aufrichtig zu sein."

Ich spürte, wie mir die Farbe ins Gesicht stieg. „Ich muss wie ein Vollidiot wirken."

„Nein, nur jemand, der sehr vertrauensvoll und vielleicht ein wenig naiv ist. Aber lass uns Reid beim Wort nehmen. Wenn er deiner Mutter das Medaillon nicht gab, wer war es dann, und warum sollte sich jemand die Mühe gemacht haben, sie glauben zu lassen, das Medaillon stamme von ihm? Welchem Zweck hätte es dienen können?"

Ich schüttelte den Kopf, meine Frustration wuchs. „Ich weiß es nicht. Die Karten könnten geschickt worden sein, um ihr Angst einzujagen, aber das Medaillon hätte das nicht getan. Das ergibt keinen Sinn."

„Ganz genau. Als ich noch Journalistin war, bedeutete etwas, das keinen Sinn ergab, dass ich die Situation auf die falsche Weise betrachtete."

Ich grübelte über die Möglichkeiten nach. Zuvor hatte Gloria Grace vorgeschlagen, dass Randi die Tarotkarten versteckt haben könnte. Ich glaubte immer noch nicht, dass Randi so etwas getan hätte, aber ich konnte mir eine Person vorstellen, die die Mittel, das Motiv und die Gelegenheit dazu hatte. Misty Rivers.

Die einzige Frage war, ob Leith ihr Komplize war. „Ich habe eine Vermutung, wer den Umschlag versteckt haben könnte", sagte ich.

„Das dachte ich mir schon, als du die Möglichkeit in

Betracht gezogen hast, dass es nicht deine Mutter war", sagte Gloria Grace. „Willst du es mir sagen?"

Ich wollte es, wirklich. Ich wusste auch, dass es nicht richtig wäre, unbegründete Anschuldigungen zu machen. Ich musste Misty Rivers zuerst zur Rede stellen. Wie ich das anstellen würde, blieb abzuwarten. Was Misty mir erzählen würde, könnte auch darüber entscheiden, wie oder ob ich Leith auf seine frühere Beziehung zu der selbsternannten Hellseherin ansprechen würde. Es könnte sogar sein, dass Misty den Umschlag auf Leiths Anweisung hin versteckt hatte.

„Es tut mir leid. Ich habe dich in diese alte Sache wieder hineingezogen und jetzt bin ich geheimnisvoll, aber ich muss erst mit der Person sprechen."

„Ich respektiere deine Position, Callie. Sei einfach vorsichtig."

Ich war es überdrüssig, mir ständig sagen zu lassen, ich solle vorsichtig sein, aber ich nickte trotzdem. Ich war hierhergekommen, weil ich hoffte, etwas zu lernen, irgendetwas, das mir weiterhelfen könnte, und ich hatte eine Menge gelernt. Ich wollte nicht, dass mich Gloria Grace für undankbar hielt. Außerdem gab es noch mehr, was ich ihr zeigen wollte.

„Ich habe noch eine weitere Kopie. Sie stammt aus der zweiten Märzausgabe des *Toronto Star*." Ich schob die Fotokopie über den Tisch und wartete, während sie den Artikel las.

„Man kann die Spannung fast spüren", sagte Gloria Grace. „Ich vermute, sie waren nicht sehr erfreut über die Berichterstattung, aber sie wollten wahrscheinlich keine Szene machen." Sie drehte die Kopie zu mir zurück. „Du kommst ganz nach deiner Großmutter."

„Hast du sie jemals getroffen? Meine Großeltern?"

„Nein. Das war sogar einer der Punkte, die mich an dieser Geschichte gestört hatten."

„Inwiefern?"

„Es dauerte nicht lange, bis ich herausfand, dass die Eltern deiner Mutter Corbin und Yvette Osgoode vom Moore Gate Manor in Lakeside waren. Ich gebe zu, ich war überrascht. Nichts am Haus deiner Eltern deutete darauf hin, dass deine Mutter aus so wohlhabenden Verhältnissen stammte."

„Sie waren entfremdet und weder mit meinem Vater, noch mit der Hochzeit, noch mit meiner Geburt einverstanden."

„Das würde erklären, warum ich die Ermittlungen einstellen sollte."

„Die Ermittlungen einstellen?"

„Ich erzählte meinem Redakteur, dass ich einen anderen Blickwinkel für die Geschichte gefunden hatte, und dass die Osgoodes die Eltern deiner Mutter waren. Zuerst schien er begeistert zu sein. Ein paar Stunden später kam er zurück und sagte mir unmissverständlich, ich solle mich zurückhalten. Weder Corbin noch Yvette dürften erwähnt werden. Ich sollte mich ihnen auch nicht nähern."

„Warum sollte er ein Interview verhindern wollen? Zumindest hätte es die Geschichte in die Länge ziehen können."

„Ein großes Medienkonglomerat ist Eigentümer der *Marketville Post* und einer Reihe anderer regionaler Zeitungen und Zeitschriften. Osgoode Construction war ein großer Anzeigenkunde in *Home and Builder*, eine der wichtigsten Fach- und Verbraucherzeitschriften des Unternehmens, wenn es um Printmedien geht. Normalerweise ist es eine Fach- oder Verbraucherzeitschrift, aber *Home and Builder* hatte ein Hochglanzmagazinformat für jeden Markt. Ich vermute, dass Corbin damit drohte, die Werbung einzustellen, wenn die *Post* diesen Weg einschlagen würde. Damals nahm ich an, dass die Osgoodes in einer schwierigen Zeit einfach nur ihre Privatsphäre wahren wollten, und da mein Redakteur mir versicherte, dass sie nichts wüssten, ließ ich es auf sich beruhen. Es hatte mich geärgert, aber ich musste es fallen lassen, wenn ich meinen Job behalten wollte. Und das hatte ich getan. Ich hatte mich nie sehr wohl dabei gefühlt."

„Hatte es sich dein Redakteur zur Gewohnheit gemacht, sich in deine Artikel einzumischen?"

Gloria Grace schüttelte den Kopf. „Niemals. Das war das eine und einzige Mal."

Das war sehr interessant. Ich erzählte ihr von Yvettes spontanem Besuch. „Ich glaube nicht, dass sie etwas damit zu tun hatte, deine Ermittlungen oder deine Geschichte einzustellen", schloss ich. „Bei Corbin hingegen wäre das durchaus plausibel."

„Da fragt man sich, ob es etwas gab, das er nicht veröffentlicht haben wollte."

„Glaubst du, dass du es jetzt, nach all den Jahren, noch einmal versuchen würdest? Ich meine, du arbeitest ja nicht mehr für die *Post*."

Gloria Grace lächelte, und ihre blassbraunen Augen leuchteten bernsteinfarben auf. „Ich dachte schon, du würdest nie fragen."

44

———

Gloria Grace' Versprechen, die Recherchen über Corbin Osgoode fortzuführen, bewirkte Wunder für meinen Seelenfrieden. Zum ersten Mal, seit ich nach Marketville gezogen war, wachte ich auf und war bereit, Misty Rivers entgegenzutreten. Sie ging beim zweiten Klingeln ans Telefon.

„Hallo, Callie."

Verdammte Anrufanzeige. Hat jegliches Überraschungsmoment zunichte gemacht. „Hi Misty. Ich wollte dich fragen, ob du Zeit hättest, vorbeizukommen. Ich habe ein paar Fragen. Über meine Mutter." *Unter anderem.*

„Du hast Glück. Ich habe für heute nichts geplant, was sich nicht verschieben ließe. Ich kann heute Morgen vorbeikommen, wenn es dir passt."

„Es passt, danke."

Misty stand innerhalb einer Stunde vor meiner Tür. Sie hatte es geschafft, sich in ein Paar schwarze Jeans zu zwängen, die zehn Jahre und zehn Pfund von der Gegenwart entfernt waren. Darüber trug sie einen regenbogenfarbenen gehäkelten Pullover, der selbstgemacht aussah und es wahrscheinlich auch war. Der tintenblaue Nagellack war gegen schwarzen mit silbernem Glitzer an den Spitzen ausgetauscht worden.

„Misty. Danke, dass du gekommen bist." Ich führte sie in die Küche. „Kann ich dir etwas zu trinken anbieten? Kaffee oder Tee?"

„Hast du jetzt Milch?" Sie sagte es mit der Andeutung eines Lächelns, aber es war eine eindeutige Anspielung auf unser erstes Treffen. Misty wollte mir damit auf nicht ganz so subtile Weise sagen, dass sie sich daran erinnerte, wie abweisend ich gewesen war. Ich ging nicht darauf ein.

„Ja, habe ich. Ich habe auch ein paar gekaufte Schokokekse."

„Dann Kaffee bitte. Einen Löffel Zucker. Keine Kekse, so gerne ich auch einen hätte. Ich sollte auch auf den Zucker verzichten, aber das fällt mir schwer." Misty schaute auf ihre zu engen Jeans hinunter und räkelte sich auf ihrem Stuhl. „Ich versuche, ein wenig Gewicht zu verlieren. Leider findet es mich immer wieder."

Konnte diese Frau tatsächlich meine Gedanken lesen? Oder hatte ich auf die Jeans gestarrt, ohne es zu merken? Ich schaltete die Kaffeemaschine an, stellte die Tassen, die Milch und den Zucker auf den Bistrotisch und versuchte dabei, meine Nerven zu beruhigen. Ich beobachtete, wie der Kaffee tropfte, tropfte, tropfte.

Misty griff nach der Milch und dem Zucker, schüttete etwas von beidem in ihren leeren Becher und rührte den Inhalt zu einem dicken Brei. „Am Telefon sagtest du, du hättest ein paar Fragen an mich."

Ich goss den Kaffee ein und versuchte, meine Hände ruhig und meine Stimme gelassen zu halten. „Eigentlich habe ich etwas, was ich dir gerne zeigen möchte, wenn das okay ist."

„Ich helfe gerne."

Ich ging zum Schrank, in dem ich alles in der Kleieflockenschachtel versteckt hatte - und fühlte mich zugegebenermaßen ein bisschen wie 007. Ich nahm das Medaillon und die Tarotkarten heraus und legte sie auf den Tisch. „Ich habe sie in einem Umschlag gefunden, versteckt unter dem Wohnzimmerteppich. Zuerst dachte ich, meine Mutter hätte sie dort versteckt, aber das glaube ich nicht mehr."

„Was glaubst du denn?" Mistys schwarze Augen verengten sich.

„Dass du sie dort verborgen hast, weil du wusstest, dass ich den Teppich in kürzester Zeit rausreißen würde."

Misty klatschte leise, ihre silbernen Fingernägel funkelten im sanften Licht der Küche. „Ich war gespannt, wann du das herausfinden würdest. Ich dachte schon, ich hätte mich verraten, als ich den Umschlag erwähnte, als ich das letzte Mal hier war. Ich sah, dass du den Teppich herausgerissen hattest, und wusste, dass du ihn gefunden haben müsstest."

„Also hattest du den Ausrutscher überspielt, indem du behauptetest, hellseherische Fähigkeiten zu besitzen."

„Schuldig im Sinne der Anklage, obwohl ich zu meiner Verteidigung anmerken muss, dass ich wirklich so etwas wie hellseherische Fähigkeiten besitze. Was ich nicht verstehe, ist, warum du mir das Medaillon und die Tarotkarten nicht gleich gezeigt hattest. Warum hast du bis jetzt gewartet?"

„Ich hatte gerade erst den Umschlag gefunden und keine Zeit, das Gesehene zu verarbeiten, geschweige denn, den Inhalt jemandem zu zeigen. Ich wusste nicht, ob ich dir vertrauen konnte. Mein Vater tat es, aber er ist tot, und ich bin nicht überzeugt, dass sein Sturz ein Unfall war. Wenn man dann noch bedenkt, dass Leith dir und deinen übersinnlichen Fähigkeiten gegenüber skeptisch zu sein schien, ist mein Zögern gewiss verständlich."

„Leith war skeptisch?"

„Ja", sagte ich, ohne zu wissen, warum Misty gerade das zu stören schien. „Warum, ist das wichtig?"

„Nein, ich bin nur überrascht. Er kam mir nie wie ein Zweifler vor. Sprich weiter."

„Nachdem du gegangen warst, hatte ich den Türspion überprüft. Ich konnte direkt in die Küche sehen. Ich dachte, du hättest gesehen, wie ich den Umschlag im Schrank versteckt hatte. Das hatte meinen Verdacht erst richtig geweckt."

„Ich hatte nicht durch das Guckloch geschaut, als du ihn versteckt hast, aber ich kann mir gut vorstellen, wie du zu diesem Schluss gekommen bist." Misty lehnte sich in ihrem Stuhl zurück, ihr Blick war durchdringend und abschätzend. „Aber du vertraust mir jetzt. Zumindest genug, um mich hierher einzuladen und mir alles zu zeigen und zu erzählen. Was hat sich geändert?"

„Ich traf mich gestern mit Gloria Grace Pietrangelo." Keine Reaktion außer einem Achselzucken.

„Du erinnerst dich vielleicht an sie als G. G. Pietrangelo." Immer noch keine Reaktion von Misty.

„Sie schrieb früher für die *Marketville Post* und berichtete ausführlich über das Verschwinden meiner Mutter."

Ein Flackern des Erkennens in den tiefschwarzen Augen. Ein Nicken. „Ich erinnere mich jetzt an sie. Seltsame Augen. Blassbraun, ein Hauch von Bernstein. Dünn. Sie wirkte sehr angespannt."

„Sie wirkt nun entspannter", sagte ich und versuchte, mir eine schlanke Gloria Grace vorzustellen. Es gelang mir nicht. „So wie ich das sehe, gab es nur eine Person, die die Mittel, das Motiv und die Gelegenheit hatte, den Umschlag zu verstecken. Das warst du. Du hattest hier gewohnt. Du kennst dich mit Tarot aus. Du hattest mit meiner Mutter in der Lebensmittelbank gearbeitet. Was ich nicht herausfinden konnte, war, warum."

Misty nickte zustimmend. „Ich bewundere dein schlussfolgerndes Denken, ganz zu schweigen von deinen investigativen Recherchen. Was das Warum angeht, so ist das eine lange Geschichte, die noch viel weiter zurückreicht. Ich denke, ich werde das Angebot mit den Schokokeksen doch annehmen."

„ICH BEGEGNETE deiner Mutter zum ersten Mal im Frühjahr 1984", sagte Misty. „Es war ein stürmischer Tag im späten März, so ein Tag, an dem man denkt, dass der Winter niemals aufhören würde. Wir betreuten den Stand für die Canada Day-Baumpflanzaktion auf der Marketville Home Show. Sie fand drinnen statt, aber wir hatten den Stand vor den Eingangstüren aufgebaut. Es war die Idee deiner Mutter. Sie dachte, die Leute könnten uns dann beim Hinein- und Hinausgehen sehen. Ich erinnere mich vor allem daran, weil wir fast erfroren wären."

Dies erweckte eine Erinnerung. Ich, wie ich lachend einen Hügel hinunter rodelte. Meine Mutter klatschte und feuerte mich an, ihr Gesicht war rot von der Kälte. Ich überlegte, ob ich den Hügel wiederfinden würde.

Ich sah, wie Misty mich mit offener Neugierde ansah. „Entschuldige, du hast von der Kälte gesprochen. Das hat mich an das Schlittenfahren mit meiner Mutter erinnert."

Misty nickte. „Das war auf dem Hügel beim Tom Flanagan Park gewesen. Leider gibt es ihn nicht mehr. Da stehen jetzt nur Häuser mit eingezäunten Höfen."

Wieder eine verlorene Spur. Wenn ich den Hügel hätte sehen können, hätte dies vielleicht eine weitere Erinnerung ausgelöst. Aber leider...

„Zurück zu dem Tag, an dem ich deine Mutter kennenlernte", sagte Misty und unterbrach meine Gedanken. „Wir wollten Broschüren über die Initiative verteilen, um mehr ehrenamtliche Mitarbeiter für diesen Tag zu gewinnen. Außerdem verteilten wir Ahornsämlinge, die die Anwohner am

Canada Day auf ihren Grundstücken pflanzen konnten. Deine Mutter war die geborene Anführerin, während ich schon immer eher eine Mitläuferin war, also passten wir gut zusammen. Am Ende des Tages hatten wir den Grundstein für eine Freundschaft gelegt."

„Wenn ihr Freunde wart, warum wusste mein Vater dann nicht, wer du warst?" Ich sah Misty vor mir, wie sie mit dem Fahndungsplakat neben Leith stand. „Oder vielleicht wusste er es, aber aus irgendeinem Grund hatte Leith sich nicht die Mühe gemacht, diese Information weiterzugeben, als er die Bedingungen des Testaments meines Vaters durchging."

„Du darfst Leith keine Vorwürfe machen. Dein Vater bestand darauf. Wenn ihm etwas zustoßen würde, dürftest du nichts über unsere Vergangenheit erfahren. Zu sagen, dass Leith über diese Bedingung unglücklich war, wäre eine Untertreibung, aber dein Vater ließ sich nicht beirren. Er wollte wirklich, dass du die Sache völlig unvoreingenommenem angehen solltest." Misty lächelte. „Er kannte auch dich, Callie. Wenn du dachtest, dass irgendein betrügerischer Hellseher hinter seinem Geld her sein würde, würdest du unermüdlich daran arbeiten, die Wahrheit auf eigene Faust herauszufinden. Die Tatsache, dass du in so kurzer Zeit so viel gelernt hast, gibt ihm recht."

„Aber du hattest hier gewohnt, als er das Testament aufgesetzt hatte. Als er den Unfall hatte. Er hatte dich angeheuert, als er noch lebte. Er musste dir vertraut haben."

„Das hatte er. Er vertraute mir genug, um zu wissen, dass ich alles tun würde, um dir zu helfen. Selbst wenn du meine Hilfe nicht wolltest."

„Das Medaillon und die Tarotkarten. Du hattest sie unter dem Teppich versteckt, weil du wusstest, dass ich sie finden würde."

„Ich wusste, dass du ein wenig Geld für die Renovierung des Hauses geerbt hast. Der Teppichboden hatte seine besten

Zeiten schon lange hinter sich, und darunter befand sich Hartholz. Ich dachte mir, dass du den Teppich eher früher als später entfernen würdest. Das Medaillon und die Tarotkarten in einen Umschlag zu stecken, würde einen Hauch von Geheimnis vermitteln. Es geht nichts über ein gutes Geheimnis, um einen neugierigen Geist zu motivieren,"

„Wo hattest du das Medaillon gefunden?" fragte ich.

„Auf dem Dachboden."

„Du warst auf dem Dachboden?" fragte ich ungläubig.

„Es ist ja nicht so, dass ich eingebrochen war", sagte Misty in einem entrüsteten Ton. „Dein Vater hatte mir den Schlüssel gegeben und mich gebeten, mich ein wenig umzusehen. Er wusste, dass ich mit Abigail befreundet war, und er dachte, ich könnte etwas finden, das er übersehen hatte, oder was keinen Sinn ergab. Das Medaillon lag in einer blauen Truhe, in einem kleinen emaillierten Kästchen mit anderem Schmuck."

„Enthielt es das Foto von Reid, als du es gefunden hattest?"

„Warum fragst du?" Sie starrte auf ihre Fingernägel hinunter.

„Weil ich Reid das Medaillon und das Foto gezeigt hatte und er behauptete, nichts davon zu wissen. Ich bin geneigt, ihm zu glauben. Er war sehr offen über seine Affäre mit meiner Mutter. Er hatte keinen Grund, wegen des Medaillons zu lügen."

Misty sah auf und starrte mich mit diesen stechenden dunklen Augen an. „Kein Grund zu lügen, was das Foto angeht, vielleicht. Das Medaillon ... das ist eine ganz andere Sache."

„Was willst du damit sagen, Misty?"

„Dass ich möglicherweise das Foto von Reid hineingetan und seine Handschrift nachgeahmt habe."

Nachgeahmt? Hört sich eher wie gefälscht an. „Vielleicht?"

„In Ordnung, gut. Ich habe das Foto hineingetan. Aber ich weiß genau, dass Reid das Medaillon deiner Mutter gegeben hatte." Ich dachte darüber nach, was Reid gesagt hatte. *Ich weiß nichts von einem Foto in einem Medaillon. Nicht, ich weiß nichts über ein Medaillon.* Mir wurde klar, wie leicht er mich ausgetrickst hatte. „Das Medaillon ist alt, aus den zwanziger Jahren. War es eine Art Familienerbstück?"

Misty nickte. „Reid erzählte Abby, dass es seiner Mutter gehört hatte, oder war es seine Großmutter? Es spielt keine Rolle. Es war eine Art Familienerbstück. Er hatte es vor Melanie versteckt, weil sie es nicht zu schätzen gewusst hätte. Melanie mochte nur neue Sachen. Sie hätte das Medaillon als alt und gebraucht angesehen. Deine Mutter liebte alles, was alt war."

Ich dachte an das Calamity-Jane-Poster auf dem Dachboden. „Das erklärt immer noch nicht deine Doppelzüngigkeit."

„Ich wollte, dass du über Reid Bescheid weißt. Das Medaillon allein hätte das nicht bewirkt, oder? Du hättest nur gedacht, dass dein Vater es deiner Mutter gegeben hatte. Oder dass es etwas war, das du von deiner Großmutter geerbt hast."

So viel war wahr. In der Tat, ohne das Foto von Reid hätte ich ihn wahrscheinlich nie mit meiner Mutter in Verbindung gebracht. „Ich nehme an, du hattest die Tarotkarten aus demselben Grund ausgewählt."

Misty nickte. „Ich hoffte, dass du mich um eine Erklärung bitten würdest. Als du es nicht getan hast ... nun, ich konnte dich ja kaum danach fragen, oder?"

„Ich war mir nicht sicher, ob ich dir vertrauen kann. Es tut mir leid."

„Es wäre mir wahrscheinlich genauso gegangen, wenn unsere Rollen vertauscht wären. Was hast du letztendlich mit den Tarotkarten gemacht?"

„Ich habe Randi bei Sun, Moon & Stars besucht. Es hat sich herausgestellt, dass sie früher hier wohnte, kurz vor dir, um genau zu sein. Damals nannte sie sich allerdings Jessica

Tamarand. Sie hatte ihren Mietvertrag gekündigt - sie behauptete, in dem Haus spuke es und sie wolle nichts damit zu tun haben."

„Ella erzählte mir von der Vormieterin. Ich erfuhr, dass sie und Ella sich nicht besonders gut verstanden hatten."

„Sie sah Ella als eine Wichtigtuerin an, und Ella sie als reserviert. Aber es war Ella, die mir erzählte, dass Jessica als Hellseherin in diesem „New-Age"-Laden hinter dem Bioladen arbeitete. Ich überprüfte dies und stellte fest, dass Randi immer noch dort arbeitet. Ich vermutete, dass Randi Jessica Tamarand sein könnte und lag richtig."

„Du brauchst keine übersinnlichen Fähigkeiten", sagte Misty mit einem Lächeln. „Du bist eine viel bessere Amateurdetektivin als ich. Ich hatte natürlich schon von Randi gehört, sah aber nie den Zusammenhang. Was erzählte sie dir über die Karten?"

„Im Wesentlichen war sie der Meinung, dass derjenige, der sie schickte, Karten ausgewählt hatte, die eine wörtliche Bedeutung haben. Sie glaubte nicht, dass sie von einer tatsächlichen Lesung stammten. Daher begann ich zu glauben, dass du hinter den Karten stecken könntest, obwohl ich gleichzeitig dachte, dass sie an meine Mutter geschickt worden waren und sie sie versteckte, damit mein Vater sie nicht finden würde. Es kam mir nie in den Sinn, dass du sie versteckt haben könntest, damit ich sie finde, bis ich mit Gloria Grace sprach."

„Randi hatte Recht. Ich wählte sie aufgrund der Symbolik. Ich dachte nicht, dass du etwas von Tarotkarten verstündest, und wie ich schon sagte, nahm ich an, dass du zu mir kommen würdest, um eine Deutung zu erhalten."

„Ich bin dankbar für Randis Interpretation, aber sie wies mich auch darauf hin, dass ihre Deutung subjektiv sei." Ich zeigte auf die Karten auf dem Tisch. „Würdest du mir erklären, was sie darstellen sollen?"

Misty tippte jede Karte mit ihren silbernen Fingernägeln

an und schob dann sanft „Die Herrscherin" und „Den Herrscher" in meine Richtung. „Die Herrscherin" steht natürlich für deine Mutter, „Der Herrscher" für deinen Großvater. Sieh dir „Die Herrscherin" genau an, sie sieht aus, als könnte sie schwanger sein. Und „Der Herrscher" sieht streng und autoritär aus. Dein Großvater, der starrköpfige alte Bock, konnte deiner Mutter nie verzeihen, dass sie als Teenager schwanger wurde. Er hatte sich geweigert, mit ihr oder deinem Vater zu sprechen, ganz davon zu schweigen dich anzuerkennen. Kurz bevor sie verschwand geschah dann etwas. Das brachte mich auf den Gedanken, dass er seine Meinung geändert haben könnte."

Ich war völlig überrascht. Das war etwas Neues. Yvette glaubte, dass Corbin zu stur gewesen war, um seine Meinung zu ändern, und ich hatte keinen Beweis für das Gegenteil gefunden. „Was war passiert?"

„Eines Tages erhielt sie einen Anruf bei der Lebensmittelbank. Das war an sich schon überraschend. Keiner von uns hatte dort jemals einen Anruf erhalten. Der Anruf war nur kurz, brachte sie aber total aus der Fassung. Als sie auflegte, sagte sie, dass Vergebung einen hohen Preis habe oder so etwas Ähnliches, aber sie wollte nicht näher darauf eingehen." Misty seufzte leise. „Dieser Anruf erschütterte sie zutiefst. Eine Woche später war sie verschwunden."

„Wie kommst du darauf, dass der Anruf von meinem Großvater kam?"

„Ich gebe zu, dass es eine Vermutung ist. Aber wer hätte es sonst sein können?"

Ich hatte keine Antwort. Ich wusste nur, dass, wenn es mein Großvater gewesen wäre, meine Großmutter nichts davon gewusst hatte. „Was ist mit den nächsten beiden Karten, „Den Liebenden" und der „Drei der Schwerter"? Randi sagte mir, dass die „Drei der Schwerter"-Karte für Kummer, tiefe Traurigkeit und Herzschmerz steht. Sie hielt die „Drei der

Schwerter" für wichtig, als ob das Unglück zwischen den Liebenden und einer dritten Partei geteilt würde. Ist es das, was du meinst? Dass die Affäre zwischen Reid und meiner Mutter für sie alle schmerzhaft war?"

„Randi ist sehr scharfsinnig. Deine Mutter hatte versucht, mit Reid Schluss zu machen, ich kann dir nicht sagen, wie oft. Sie konnte einfach keinen klaren Schlussstrich ziehen. Sie hatte ihn ein paar Wochen, sogar ein paar Monate lang nicht gesehen, aber er war wie Opium für sie. Es war nur eine Frage der Zeit, bis dein Vater es herausgefunden hätte." Misty tippte auf die Todeskarte. „Das war der Tod ihrer Ehe."

Eine weitere Überraschung. Es gab nie den kleinsten Hinweis auf die Untreue meiner Mutter, nicht als ich aufwuchs, und auch nicht im Brief, den mein Vater mir hinterlassen hatte. „Er wusste es?"

„Am Anfang und für die längste Zeit nicht. Liebe kann wirklich blind machen. Als Maggie, das Tratschmaul, davon Wind bekam, war sie natürlich nicht mehr davon abzuhalten gewesen, deinen Vater als „Freund" aufzusuchen." Misty lachte. „Ella Cole nannte sie Magpie Lonergan, ein treffender Name."

Ich lächelte, als ich mich daran erinnerte, dass Ella genau dieselben Worte benutzt hatte.

„Dein Vater hatte es schwer, sich damit abzufinden", fuhr Misty fort, „und die Belastung, die der Versuch, eine Lösung für die Situation zu finden, mit sich brachte, schien die Gesundheit deiner Mutter wirklich zu beeinträchtigen. Sie hatte stark an Gewicht verloren, und war vorher schon sehr dünn gewesen. Ihre Haut sah wächsern aus, und ihr Haar hatte fast seinen Glanz verloren. Als ich ihr sagte, dass ich mir Sorgen um sie machte, erzählte sie mir, dass sie eine Trennung auf Probe in Betracht zögen. Ich nehme an, das war es, was die Polizei so misstrauisch gegenüber deinem Vater machte. Sie konnten einfach nichts beweisen, und ohne eine Leiche..."

„Aber du glaubtest ihm, nicht wahr? Und Leith auch. Warum hättet ihr beide sonst Fahndungsplakate verteilt?"

„Ich bin mir nicht sicher, was ich glaubte, Callie. Es lag mir wahrscheinlich einfach nur daran, die Wahrheit herausfinden. Deine Mutter mag eine Ehebrecherin gewesen sein, aber sie war meine beste Freundin, und das bedeutete mir etwas. Das tut es immer noch. Was Leith angeht, so kennen wir uns schon viel länger als auf dem Foto mit dem Fahndungsplakat. Vor langer Zeit waren wir einmal verheiratet."

45

———

Mistys Enthüllung schockierte mich vor allem deshalb, weil sie nicht meiner Vorstellung einer Trophäenfrau entsprach.

Misty spürte meine Überraschung. „Ich weiß. Ich bin nicht sein üblicher Typ, der im Laufe der Jahre jünger, blonder und vollbusiger wurde. Wir lernten uns als Teenager am Strand von Lakeside kennen, hatten eine heiße und heftige Romanze, heirateten ohne viel darüber nachzudenken und mieteten uns in Marketville ein, während Leith in Toronto weiterstudierte. Als er ein paar Jahre später seinen Abschluss machte, zog er in die Stadt und ich blieb hier oben. Es lief alles sehr freundschaftlich ab.“

„Ihr seid also Freunde geblieben.“

„Eine bessere Beschreibung wäre, dass wir Freunde zwischen den Ehefrauen sind. Wenn er verheiratet ist, sind wir freundschaftlich. Wie herzlich, hängt davon ab, wie sicher oder unsicher die aktuelle Frau ist.“ Misty zuckte mit den Schultern und fand sich mit der Realität der Beziehung ab. „Wir waren bereits geschieden, als deine Mutter verschwand, aber Leith war ein Freund deines Vaters, und ich war eine Freundin deiner Mutter. Wir hatten uns zusammengetan. Das Fahndungsplakat war Leiths Idee. Ich bin mir ziemlich sicher, dass er vorhatte, es zu finanzieren. Zu dem Zeitpunkt ging es ihm finanziell gut, und deine Eltern hatten keinen Cent übrig."

Yvette und Corbin Osgoode hatten jede Menge Kohle. Schade, dass sie nicht bereit waren, ihrem einzigen Kind einen Cent davon abzugeben. Andererseits: Wäre das Ergebnis anders ausgefallen, wenn mehr Geld als Belohnung zur Verfügung gestanden hätte?

Ich dachte an den Brief, den mein Vater für mich im Bankschließfach hinterließ. Ich hatte ihn so oft gelesen, dass ich ihn wortwörtlich wiedergeben konnte.

Die Dinge änderten sich, als Misty Rivers das Haus mietete. Sie sagte mir, dass es in dem Haus nicht spuke, sondern dass es vom Geist deiner Mutter besessen sei. Ich weiß, das klingt weit hergeholt, aber ein anderer Mieter hatte genau das Gleiche angedeutet. Misty war überzeugt, dass deine Mutter ermordet worden war, und sie wollte mir helfen, die Wahrheit herauszufinden. Ich gebe zu, dass ich anfangs skeptisch war. Ich glaube nicht an Geister oder Hellseher, aber ich konnte mir das Verschwinden deiner Mutter nie erklären. Also beschloss ich, ihr zu vertrauen.

Nachdem ich den Brief gelesen hatte, nahm ich an, Misty sei eine Fremde gewesen, die das Haus gemietet hatte. Jetzt erkannte ich den Irrtum meiner Vermutung. Eine Fremde, die sich als Hellseherin ausgab, hätte meinen Vater nie dazu gebracht, einen Sarg zu kaufen, geschweige denn ein Skelett hineinzulegen. Das erklärte immer noch nicht, warum Leith seine Beziehung zu Misty geheim hielt.

„Dir, Misty, kann ich fast verzeihen. Immerhin bist du hergekommen, um mit mir zu reden, und ich habe dich weggeschickt. Aber warum sagte Leith es mir nicht? Warum die ganze Geheimniskrämerei?"

„Dein Vater hatte uns beide ausdrücklich angewiesen, dir nichts zu sagen, wenn es nicht unbedingt notwendig wäre. Er wollte, dass du die Sache unvoreingenommen betrachtest."

„Und jetzt?"

„Du hast in kurzer Zeit eine Menge aufgedeckt. Mehr als alle erwarteten. Besser du hörst die Wahrheit von mir als von einer anderen Quelle. Um ehrlich zu sein, dachte ich, Maggie Lonergan oder Ella Cole hätten etwas gesagt, aber ich schätze, keine von beiden wusste von Leith. Glaub mir, hätten sie es gewusst, hättest du es bestimmt erfahren. Wie auch immer, es war nur eine Frage der Zeit. Wie ich bereits sagte, sind deine Ermittlungsfähigkeiten beeindruckend."

„Was ich herausfand war nicht beeindruckend genug, um das Rätsel zu lösen. Wenn du darüber nachdenkst, bin ich nicht weiter als du es vor dreißig Jahren warst. Nur dass ich jetzt einen Sarg mit einem Skelett auf dem Dachboden habe."

„Es tut mir leid. Das war eine meiner schwachsinnigeren Ideen. Ich war eigentlich überrascht, dass dein Vater dem zustimmte, geschweige denn, dass er den Kauf durchzog." Misty lächelte traurig. „Das unterstreicht nur, wie verzweifelt er war, die Wahrheit herauszufinden."

„Also die Séance..."

„Ich habe nicht die leiseste Ahnung, wie man eine Séance abhält, selbst wenn mein Leben davon abhinge." Ich seufzte und überlegte, was ich mit den Sachen tun sollte.

„Wenn du willst, kann ich meine Theatergruppe fragen, ob sie Interesse daran hat. Sie führen immer ein Halloween-Stück auf."

„Das wäre großartig."

Misty stand auf. „Ich komme auf dich zurück. In der Zwischenzeit habe ich genug von deiner Zeit in Anspruch genommen. Ich hoffe nur, dass ich dir eine Hilfe war."

„Das warst du, danke. Bevor du gehst - hat mein Vater dir etwas von den Unfällen erzählt, die er bei seiner Arbeit hatte?"

„Unfälle? " Misty runzelte die Stirn. „Nein, warum? Du glaubst doch sicher nicht, dass sein Tod mehr war als ein unglücklicher Arbeitsunfall."

Ein unglücklicher Arbeitsunfall. Genau die Worte, mit denen mir der Anrufer vom Tod meines Vaters berichtet hatte.

„Ich weiß nicht mehr, was - oder wem - ich noch glauben soll, Misty. Je mehr ich nachforsche, desto mehr zeigt sich, dass nichts so ist, wie es auf den ersten Blick erscheint. Aber eines weiß ich. Das Skelett, das ich auf dem Dachboden fand, ist nicht der einzige falsche Anhaltspunkt. Da bin ich mir ganz sicher."

CHANTELLE RIEF ein paar Minuten nachdem Misty gegangen war, an. Als ich ihren Namen auf dem Display sah, machte ich mir nicht die Mühe einer förmlichen Begrüßung.

„Was gibt's?"

„Ich habe vielleicht eine Spur zu deinen Großeltern, Peter und Sandra Barnstable entdeckt. Ich muss noch einige Details überprüfen, aber es sieht so aus, als wären sie vor ein paar Jahren nach Neufundland gezogen."

Ich dachte an den Reiseprospekt von Neufundland und Labrador, den ich im Aktenschrank meines Vaters gefunden hatte. Damals dachte ich, er wolle dorthin reisen, um Wale zu beobachten. Könnte es sein, dass er seine Eltern gefunden hatte? „Neufundland. Bist du sicher?"

„Nein, wenn ich mir sicher wäre, würde ich nicht anrufen, um dir Fragen zu stellen. Chantelle klang mehr als nur ein wenig verärgert, was ich ihr nicht verübeln konnte. Sie hatte mir ihre Hilfe angeboten - und jetzt zweifelte ich an ihr.

„Tut mir leid. Ich hatte soeben einen langen Besuch von Misty Rivers und mir dreht sich alles im Kopf."

„Möchtest du darüber reden?"

„Noch nicht. Vielleicht morgen Abend, bei Pizza und einem Glas Wein."

„Klingt nach einem Plan. In der Zwischenzeit werde ich

versuchen, etwas mehr über die Barnstables herauszufinden. Es könnte sein, dass sie lediglich dort in Urlaub waren und dann wieder zurückkamen. Ich habe nämlich einen Eintrag gefunden, demzufolge sie vor etwa zehn Jahren dorthin gefahren sind, aber es gibt keine Hinweise darauf, dass sie wieder zurückkehrten. Natürlich könnten sie auch ein Auto beim *Autohändler* gekauft haben und wer-weiß-Gott wohin gefahren sein."

Wer-weiß-Gott wohin. Noch eine Ungewissheit.

WENIGER ALS FÜNF Minuten später klingelte das Telefon erneut. Laut Anrufer-ID war es der Glass Dolphin.

„Arabella, schön, von dir zu hören. Gibt es weitere Informationen über das Medaillon?"

„Nicht zu dem Medaillon, aber zum Poster."

Ich ging in mein Schlafzimmer und betrachtete das Calamity-Jane-Poster, das an der Wand hing. „Was ist damit?"

„Ich habe mir alle Fotos angesehen, die du mir geschickt hast, und irgendetwas scheint nicht zu stimmen. Ich habe mit Levon gesprochen, und er stimmte mir zu. Wir müssen es aus dem Rahmen nehmen, um uns zu vergewissern."

Levon war ein Antiquitätensammler, Arabellas Ex-Mann und Ex-Geschäftspartner und seltsamerweise auch ihr bester Freund. „Vergewissern, worüber?"

„Ich vermute, es handelt sich möglicherweise um eine neuere Reproduktion. Dies bedeutet, dass es nur einen dekorativen Wert hat."

Eine Reproduktion. Ich hatte mir meine Mutter vorgestellt, wie sie in Antiquitätenläden nach dem perfekten Geschenk suchte. Jetzt sah es so aus, als sei auch mein Poster nicht das, was es vorgab zu sein.

„Ich habe nicht vor, es zu verkaufen, also ist der Wert für

mich nicht wirklich von Belang. Ich würde es so oder so gerne herausfinden."

„Solange du dir sicher bist, dass du die Wahrheit wissen willst."

„Ich bin mir sicher."

„Okay. Warum bringst du es dann nicht zusammen mit dem Medaillon zum Glass Dolphin?"

Nachdem wir hin und her berieten und unsere Terminkalender verglichen, vereinbarten wir schließlich, dass ich in der folgenden Woche zum Glass Dolphin fahren würde. Obwohl ich zu diesem Zeitpunkt nicht mehr glaubte, dass das Medaillon oder das Poster, mir weitere Hinweise auf das Verschwinden meiner Mutter geben würden, so freute ich mich doch darauf, Arabella wiederzusehen. Ein Besuch in ihrem neuen Laden war längst überfällig.

Nach Mistys Besuch, Chantelles möglichen Neuigkeiten über meine Großeltern und Arabellas Vermutung über das Calamity-Jane-Poster, war mein Kopf nun völlig durcheinander. Ich beschloss, ein paar Erdnussbutterkekse zu backen. Wenn sie gut werden, würde ich Royce ein halbes Dutzend bringen und sehen, wohin das führen würde. Ich wusste bereits, dass er eine Vorliebe für Süßigkeiten hatte, was mir möglicherweise zugutekommen könnte. Obwohl momentan nicht gerade der sinnvollste Zeitpunkt dafür war, so war ich doch geneigt, wieder eine Beziehung einzugehen, und Royce ging mir nicht mehr aus dem Kopf. Die Tatsache, dass sein Vater die Dinge komplizierte... nun, das konnten wir doch umgehen, oder?

Ich war mir nicht sicher, ob das Rezept, das ich im Internet gefunden hatte, das gleiche war, das meine Mutter verwendet hatte. Wenngleich dieses traditionelle Rezept für die Erdnussbutterkekse selbst für jemanden mit meinen begrenzten Backfähigkeiten, recht einfach aussah.

Es hatte etwas Therapeutisches, die einfachen Zutaten wie

Erdnussbutter, Backpulver, Back-Natron, weißer und brauner Zucker, Eier, Mehl und Vanille zusammenzumischen - das echte Zeug, nicht das Imitat, das nach Chemie schmeckte.

Ich hatte gerade die Ofentemperatur auf 250 Grad eingestellt, einen Löffel Plätzchenteig auf ein gefettetes Backblech gegeben und war dabei, die Plätzchen flach zu drücken und mit den Zinken einer Gabel ein Kreuzmuster auf die Oberseite zu drücken, als es an der Tür klingelte. Ich wischte mir die Hände an einem Frottee-Geschirrtuch ab und fragte mich, ob Royce irgendwie ahnte, was ich tat, und gekommen war, um sich auszusprechen. Der Gedanke daran brachte mich zum Lächeln und ich ertappte mich dabei, wie ich summte, als ich zur Tür ging, wohl wissend, dass ich wahrscheinlich Mehl im Gesicht hatte, aber es war mir egal.

Das Summen blieb mir in der Kehle stecken, als ich sah, wer dort stand.

46

ICH ERKANNTE meinen Großvater von dem Foto aus der Boulevard-Presse, das Chantelle mir gezeigt hatte. Er trug zwar keinen Smoking, aber seine in Falten gelegten Khakihosen und sein hellblaues Button-Down-Hemd erinnerten mich an die Business-Casual-Kleidung, die die leitenden Angestellten der Bank freitags zu tragen pflegten. Wir Callcenter-Typen neigten nicht dazu, uns so gut zu kleiden, nicht einmal an einem normalen Tag, aber andererseits waren wir in winzigen Bürozellen eingepfercht, wo uns niemand sah - oder es uns egal war.

Ich öffnete die Tür, wünschte, ich wäre nicht mit Erdnussbutter und Mehl bedeckt, und hoffte, dass mein Haar in seinem Pferdeschwanz einigermaßen gezähmt aussah. „Kann ich Ihnen helfen?"

„Corbin Osgoode. Meine Frau, Yvette, war vor kurzem hier. Sie bestand darauf, dass ich dir einen Besuch abstatte. Hier bin ich." Seine Stimme hatte den rauen Bariton eines langjährigen Rauchers.

Ich spürte, wie mein Gesicht unter der Mehlschicht errötete, und hätte mir am liebsten selbst einen Tritt verabreicht. „Bitte, kommen Sie herein. Verzeihen Sie mein Aussehen. Ich bin gerade beim Backen. Oder versuche es zumindest - Erdnussbutterkekse. Sie sollten in einer halben Stunde oder so fertig sein. Wenn Sie welche probieren möchten." Ich merkte, dass ich mich wie ein Idiot anhörte, aber ich konnte mich nicht zurückhalten.

Corbin nickte nur und ging steif ins Wohnzimmer. Ich setzte den Kaffee mit frisch gemahlenen Arabica-Bohnen auf, legte den Rest der Kekse auf das Backblech und schob sie in den Ofen, wobei ich den Timer auf acht Minuten stellte. Sie auch noch anbrennen zu lassen, würde mir gerade noch fehlen. Ich atmete ein paar Mal tief durch, bis ich bereit war, mich meinem Gast zu stellen.

Ich stelle ein Tablett mit zwei Tassen Kaffee, Milch und Zucker hin. „Die Kekse werden etwas länger brauchen.

Sie sind noch am backen."

Corbin nickte, obwohl sein Gesicht so angespannt war, dass es aussah, als hätte man es in einen Schraubstock gesteckt und zusammengedrückt. Ich sprang auf, als der Backofentimer ertönte, und eilte in die Küche, dankbar für die Gnadenfrist. Die ganze Zeit über hatte ich mit diesem Mann sprechen wollen. Jetzt, wo er hier war, wusste ich nicht, wo ich anfangen sollte und was ich sagen sollte. Ich stellte die Kekse zum Abkühlen auf ein Drahtgitter und versuchte, meine Nerven zu beruhigen.

CORBIN - ICH KONNTE ihn mir nicht als meinen Großvater vorstellen - nippte an seinem Kaffee, als ich ins Wohnzimmer zurückkam.

„Ich muss zugeben, dass Sie mich mit Ihrem Besuch überrumpelt haben", sagte ich.

„Yvette kann sehr überzeugend sein." Er räusperte sich.

„Lass mich zunächst sagen, wie sehr mir der Tod deines Vaters leid tut.”

„Tatsächlich? Sehr leid? Denn ich weiß zufällig, dass Sie weder für ihn noch für mich Zeit hatten, als er noch lebte. Ich weiß auch, dass Sie Gloria Grace Pietrangelo davon abhielten, über Sie zu schreiben. Ersparen Sie mir also die falsche Sympathie.”

Corbin runzelte die Stirn. „Wer ist Gloria Grace Pietrangelo?”

„Sie war die Reporterin der *Marketville Post*, die über das Verschwinden meiner Mutter berichtete. Sie schrieb unter dem Namen G.G. Pietrangelo. Sie fand heraus, dass Sie und Yvette meine Großeltern waren. Als sie dem Redakteur davon erzählte, wurde ihr gesagt, sie solle alle Recherchen einstellen.”

Wenigstens hatte er den Anstand, zu erröten. „Ich gebe zu, dass ich die Presse gestoppt hatte. Es ist schon schwer genug, ein erfolgreiches Unternehmen zu führen, ohne dass die ganze schmutzige Wäsche in der Öffentlichkeit gewaschen wurde.”

Ich starrte ihn mit offenem Mund an. „Sie betrachten eine vermisste Tochter als schmutzige Wäsche?”

„Das hast du falsch verstanden. Ich wollte damit sagen, dass der Reporter sicherlich unsere Entfremdung mit Abigail erwähnt hätte. Ich hielt diese Information nicht für relevant. Das tue ich immer noch nicht.”

„Aber mit Ihrem Geld und Ihren Beziehungen hätten Sie sicher mehr tun können, um herauszufinden, was mit meiner Mutter geschehen war. Sie hätten sich doch sicher überwinden können es zu akzeptieren, dass sie ein Kind bekam und meinen Vater heiratete.”

Corbin presste die Lippen zu einer dünnen Linie zusammen. „Danke für den Kaffee und die Kekse.” Er stand auf und ging zur Haustür hinaus. Er war auf halbem Weg zur Einfahrt, als er sich umdrehte und wieder sprach.

„Ich werde dir dasselbe sagen, was ich damals und heute zu

Yvette gesagt habe. Manchmal kann die Wahrheit einem das Herz brechen."

„Was soll das heißen?"

Der Bastard fuhr davon, ohne zu antworten.

———

NACH EINER NACHT, die man nur als unruhig bezeichnen konnte, wachte ich auf, weil der süße Duft von Flieder durch mein offenes Schlafzimmerfenster wehte. Ich zog die Jalousien ganz hoch und bewunderte die tiefvioletten Blüten, die sich von den glänzenden dunkelgrünen Blättern abhoben. Die meiste Zeit des Jahres war er vielleicht nicht so schön, aber wenn er blühte, war er wirklich atemberaubend, sowohl vom Duft als auch vom Anblick her. Nächstes Jahr, wenn ich dann noch hier wohnen sollte, würde ich Ella Coles Angebot annehmen und einen Garten mit verschiedenen Beeten anlegen.

Ich duschte schnell, band mein Haar zu einem unordentlichen Pferdeschwanz zusammen, zog mir eine Khaki-Shorts und ein altes Lauf-T-Shirt an. Ich wollte gerade losgehen und ein paar Fliederäste für eine Vase zu schneiden, als das Telefon klingelte. Ich schaute auf die Anrufer-ID. Shirley.

„Hey Shirley, es ist eine Weile her. Rufst du mich an, um mir zu sagen, dass du endlich in Rente gegangen bist?"

„Nicht ganz. Die Bibliothek hat mich gefragt, ob ich noch ein Jahr bleiben würde. Ich habe ja gesagt."

„Nun, schön für dich. Gut zu wissen, dass du geschätzt wirst."

„Das ist es, aber deshalb rufe ich nicht an."

„Was verschafft mir dann dieses Vergnügen?"

„Ich bin allem nachgegangen, was dir helfen könnte, mehr über das Verschwinden deiner Mutter herauszufinden. Nicht nur in den lokalen Zeitungen, sondern bundesweit. Gestern Abend habe ich etwas gefunden. In einer Zeitung aus einer kleinen Stadt in Neufundland."

Mein Magen überschlug sich. „Neufundland?"

„Neufundland. Aber was ich gefunden habe, stammt nicht aus der Hauptstadt St. John's, wie du vielleicht erwartest. Es war in einem Ort namens St. Bernard's-Jacques Fontaine. Ein kleines Fischerdorf. Offenbar nennen die Einheimischen es Jack's Fountain."

„Jack's Fountain."

Shirley lachte. „Ich weiß, eh? Ich habe vielleicht die Eltern deines Vaters gefunden, oder zumindest ein Zeitungsfoto von den beiden. Es ist zwar nicht viel, aber wer weiß, wo das hinführen könnte? Ich werde dir eine Kopie davon machen."

Meine Neugierde war hinreichend geweckt, und das nicht nur wegen der Verbindung zu Neufundland. „Ich werde versuchen, später vorbeizukommen."

Kaum hatte ich aufgelegt, klingelte das Telefon erneut. Diesmal stand auf dem Display „Privatanrufer". Wahrscheinlich ein Telefonverkäufer, aber...

„Hallo."

„Callie, ich bin's. Gloria Grace." In aller Eile gesprochen. „Corbin Osgoode hatte deinem Vater in den letzten dreißig Jahren jeden Monat Geld geschickt."

Das könnte erklären, wie mein Vater es geschafft hatte, hunderttausend Dollar zu sparen. „Ich hatte keine Ahnung. Wie hast du es herausgefunden?"

„Meine Quelle ist vertraulich. Die wichtigere Frage ist, warum?"

Was hatte Corbin gesagt? *Manchmal kann die Wahrheit einem das Herz brechen.*

„Ich weiß es nicht. Aber ich werde versuchen, es herauszufinden."

Ich war noch dabei, alles zu überdenken, als es an der Tür

läutete. Nach ein paar Monaten in Marketville hatte ich mich schon fast daran gewöhnt, Besuch zu bekommen. Fast, wobei die Betonung auf fast liegt. Ich öffnete die Tür.

Dwayne Shuter war von seinem LinkedIn-Foto zu erkennen, die Narbe über seinem Auge war ohne digitale Nachbearbeitung deutlicher sichtbar. Das Auto in der Einfahrt gab ihn auch preis, ein schwarzes Mercedes-Coupé mit dem Kennzeichen DW*SHUTR.

Eine schlanke Frau stand neben ihm. Sie war ungefähr zwanzig Jahre älter als ich. Gute Haut, schulterlanges glattes blondes Haar mit einem Hauch von Silber. Klare blaue Augen in einem herzförmigen Gesicht, die Nase nur ein wenig zu breit.

„Calamity", sagte meine Mutter. „Wir müssen reden."

47

———

Sie hatten sich also alle geirrt. Mein Vater. Leith Hampton. Ella Cole. Reid und Melanie Ashford. Misty Rivers. Randi Tamarand. Ich hätte es ahnen müssen. Keiner hatte je eine Leiche gefunden. Die einfachste Erklärung war, dass es keine Leiche gab.

Was ich nicht verstand, war, warum eine Mutter, die angeblich ihr einziges Kind so sehr liebte, sang- und klanglos dreißig Jahre lang verschwinden konnte. Wie sie ihren Mann und Tochter in dem Glauben lassen konnte, dass sie tot sei. Das war mehr als grausam, selbst wenn man bedachte, dass die Ehe gefährdet war.

Meine Mutter streckte die Hand aus, um mich zu berühren. Ich zuckte zusammen und wich zurück, eine Hand an der Tür. Wie konnte sie es wagen, hier aufzutauchen und so zu tun, als sei dies eine Art Familientreffen?

„Dürfen wir reinkommen, bevor die Nachbarn rauskommen?" Dwayne nickte in Richtung von Ellas Haus, ein stummes Zeichen, das Bände sprach.

Er hatte nicht ganz Unrecht. Ich wich zurück.

Wir machten uns auf den Weg ins Wohnzimmer. Ich

machte mir nicht die Mühe, die Gastgeberin zu spielen. Wenn ich ein Glas in der Hand gehabt hätte, würde ich es wahrscheinlich zerbrochen oder geworfen haben. Und Kekse wollte ich ihnen schon gar nicht anbieten. „Es tut mir leid, dass ich so lange gebraucht habe, Calamity."

„Callie."

Sie biss sich auf die Unterlippe. „Callie."

„Was willst du von mir?"

„Es geht nicht darum, was ich von dir will. Es geht darum, was ich dir sagen will. Wo ich gewesen bin, warum ich gegangen bin. Ich erwarte nicht, dass du mir verzeihst."

Was hatte Misty gesagt? Deine Mutter erhielt eines Tages einen Anruf bei der Lebensmittelbank. Sie sagte etwas in der Art, dass Vergebung einen hohen Preis hat. „Warum jetzt?"

„Ich habe herausgefunden, dass du Recherchen zur Vergangenheit unternommen hast. Es war nur eine Frage der Zeit, bis du herausfinden würdest, dass ich noch lebe. Ich dachte, es wäre besser, wenn diese Nachricht von mir käme."

„Es ist ein bisschen spät für wahre Geständnisse, meinst du nicht? Außerdem, warum sollte ich dem, was du mir zu sagen hast, Glauben schenken?"

„Weil ich keinen Grund mehr habe, zu lügen. Weißt du, als Jimmy starb, starb der Grund für die Geheimhaltung mit ihm." Sie räusperte sich. „Es war alles meine Schuld. Ich hatte meine Eltern vermisst. Ich wollte, dass sie ihr Enkelkind kennen lernten. Mehr als das, ich wollte, dass du die Möglichkeiten haben solltest, die sie dir bieten konnten. Jimmy war ein harter Arbeiter und ein guter Mann, aber seine Vision für unsere Zukunft war begrenzt. Er wäre nie in der Lage gewesen, für die schönen Dinge des Lebens zu sorgen oder dich auf die besten Schulen zu schicken."

„Ich habe das öffentliche Schulsystem sehr gut bewältigt. Ich habe es sogar geschafft, auf dem College einen Abschluss in Betriebswirtschaft zu machen. Dank meines Vaters und einiger Teilzeitjobs hatte ich nach dem Abschluss keinen Cent Schulden." War das wahr? Wie viel von Corbins Geld kam für meine Ausbildung auf?

„Wir sind nicht hier, um über deine Erziehung zu diskutieren", sagte Dwayne. „Dein Vater hatte dich sehr gut erzogen. Er hatte dich über alles und jeden hinaus geliebt. Aber wenn du wirklich alles wissen willst, musst du bereit sein zuzuhören."

Wollte ich die Geschichte hören? Ich wollte, und sei es nur, um einen Schlussstrich zu ziehen. „Ich werde nicht noch einmal unterbrechen."

Meine Mutter verschränkte die Hände in ihrem Schoß. „Ich wollte unbedingt wieder mit meinen Eltern in Verbindung treten. Jimmy konnte das nicht verstehen. Er hatte noch nicht einmal den Wunsch, seine eigenen Eltern zu sehen, und er konnte meinen nicht verzeihen, dass sie mich verstießen, als ich schwanger wurde. Ich versuchte ihm immer wieder klarzumachen, dass es an der Zeit sei, die Vergangenheit loszulassen und es wenigstens mit einer Versöhnung zu versuchen. Das verursachte ein tiefes Zerwürfnis zwischen uns. Wir stritten Tag und Nacht darüber."

Die Affäre mit Reid hat wahrscheinlich auch dazu beigetragen. „Erzähl weiter."

„An meinem fünfundzwanzigsten Geburtstag spitzte sich die Lage zu. Ich habe am gleichen Geburtstag wie Ella von nebenan, und deshalb wollte ihr Mann Eddie eine Party für uns beide organisieren. Aber kurz bevor wir rübergingen, rief meine Mutter an. Es war das erste Mal seit über sechs Jahren, dass ich ihre Stimme hörte. Ich muss zugeben, dass es mich aus der Fassung brachte. All die Jahre, die ich auf Vergebung gewartet hatte. Ich dachte, ich wäre darauf vorbereitet. Aber das war ich nicht."

Ich konnte es nachvollziehen. „Was hattest du getan?"

„Bevor ich etwas sagen oder tun konnte, griff Jimmy nach

dem Telefon und verlangte, mit Corbin zu sprechen, also legte meine Mutter auf. Ich habe nie wieder etwas von ihr gehört."

Das erklärte, warum meine Mutter am Abend ihrer Geburtstagsfeier so nervös gewesen war. Es begründete auch das zunehmende Zerwürfnis in der Ehe meiner Eltern. Die nächste Aussage meiner Mutter bestätigte dies.

„Danach konnte ich Jimmy nie wieder auf dieselbe Weise lieben oder ihn wie früher sehen. Es gibt Stolz, und es gibt Sturheit, die alles andere in den Schatten stellt. Trotzdem dachte ich, dass er mit der Zeit zur Vernunft kommen könnte. Ich schlug eine Trennung auf Probe vor. Da hatte er endlich eingewilligt, deinen Großvater zu besuchen. Ich wollte ihn begleiten, aber er bestand darauf, allein zu gehen." Die Stimme meiner Mutter brach ab.

„Es ist kein Tag vergangen, an dem ich diese Entscheidung nicht bereut habe."

„Du kannst dir nicht die Schuld an dem geben, was passiert ist", sagte Dwayne und griff nach der Hand meiner Mutter.

Ich hatte das Drama langsam satt. „Können wir gleich zur Sache kommen, Mutter? Dad ist also zu Corbin gegangen. Irgendetwas ist passiert, das dich dazu brachte, zu gehen. Ich möchte wissen, wer, was und warum."

Meine Mutter nickte. „Es war Anfang Februar, als Jimmy meinen Vater aufsuchte. Er wartete unten auf der Straße, bis meine Mutter aus dem Haus trat." Sie schüttelte den Kopf. „Ich werde nie erfahren, was an diesem Tag wirklich passiert war, aber ich weiß, dass dein Großvater jähzornig ist. Vor Jahren hatte er Jimmy vor Ben's Convenience fast erwürgt. Damals wehrte sich Jimmy nicht."

„Aber dieses Mal tat er es?"

Ein weiteres Nicken. „All die Jahre des Schmerzes und des Verrats hatten sich in ihm wie ein Gift ausgebreitet. Er drehte durch, prügelte meinen Vater fast zu Tode. Wenn Dwayne nicht dazwischen gegangen wäre, hätte er es vielleicht getan."

Dwayne nahm die Erzählung auf. „Ich arbeitete damals für Osgoode Construction und musste einige Papiere abliefern. Als ich zur Tür kam, hörte ich einen Streit. Was ich sah, als ich sie öffnete... sagen wir einfach, ein paar Schläge mehr und Corbin hätte es vielleicht nicht überlebt. Ich schaffte es, Jimmy von ihm herunterzuziehen und überzeugte ihn, sich wegzumachen, solange er noch die Chance dazu hatte. Das letzte Mal, als ich ihn sah, fuhr er mit seinem Pickup Moore Gate Manor hinunter."

„Was geschah dann?"

„Corbin nahm den Telefonhörer ab. Ich dachte, er würde die Polizei anrufen. Stattdessen rief er Abby an."

„Er sagte mir, ich solle sofort kommen, wenn ich Jimmys Leben retten wolle", sagte meine Mutter. „Ich bat Ella Cole, auf dich aufzupassen, und fuhr nach Lakeside, so schnell es unser alter Kombi zuließ. Als ich dort ankam, stellte er mir ein Ultimatum. Wenn ich Jimmy und sein Bastardkind - sein Ausdruck, nicht meiner - nicht verlassen würde, würde er ihn wegen versuchten Mordes anzeigen."

„So weit wäre es doch sicher nicht gekommen?"

Meine Mutter lächelte schmallippig. „Corbin Osgoode ist ein sehr mächtiger Mann. Damals gehörte ihm fast ganz Lakeside. Er war sehr großzügig, wenn es um lokale Initiativen, und vor allem, wenn es um die Polizei ging. Der Gedanke, dich zurückzulassen, brach mir das Herz, aber ich konnte dich nicht mit einem Vater im Gefängnis aufwachsen lassen."

„Deine Lösung war also, der Erpressung deines Vaters nachzugeben und zu verschwinden?"

„Am Anfang nicht. Ich dachte, mit etwas Zeit und Abstand würde mein Vater zur Vernunft kommen und die ganze Sache fallen lassen. Stattdessen hatte ihn mein Zögern nur noch wütender gemacht. Eines Tages rief er mich bei der Lebensmittelbank an, bei der ich ehrenamtlich arbeitete. Diesmal drohte er damit, Jimmy die Polizei auf den Hals zu hetzen und uns beim Jugendamt anzuzeigen. Er überzeugte mich davon, dass sie dich wegnehmen und in eine Pflegefamilie stecken würden."

Dwayne nahm die Erzählung auf. „Ich hatte vor, nach Vancouver zu ziehen, um einer ziemlich chaotischen Beziehung zu entfliehen. Die Wahl von Vancouver hatte ich ganz willkürlich getroffen. Ich sprach Corbin an und sagte ihm, dass ich mich um Abby kümmern würde, wenn er uns genug Geld für einen Neuanfang geben würde. Er lachte mir ins Gesicht und sagte, er würde ihr keinen Cent geben. Dann sagte er, dass die Zeit für Jimmy Barnstable abgelaufen sei."

„Am nächsten Tag gingen wir fort", sagte meine Mutter. „Am Valentinstag. Das Einzige, was ich mitnahm, war die Kleidung, die ich anhatte. Meinen Ehering hatte ich unter dem Fliederbaum vergraben. Ich bin sicher, er ist noch da."

„Wie du es sagst, hört sich alles so einfach an", sagte ich und konnte die Bitterkeit in meiner Stimme nicht unterdrücken.

„Einfach? Glaubst du wirklich, dass es das war? Callie, dich zu verlassen war das Schwerste, was ich je in meinem Leben getan hatte, aber ich tat es, weil ich dich aus ganzem Herzen liebte. Ich dachte, wir würden nach ein paar Monaten zurückkommen, aber da wart ihr schon nach Toronto gezogen."

„Corbin hatte mir erzählt, dass er deinem Vater jeden Monat Geld schicken werde, um sicherzustellen, dass du gut versorgt sein wirst", sagte Dwayne. „Er machte klar, dass er dies weiterhin nur tun würde, wenn Abby wegbliebe. Wenn sie zurückkäme..."

„Obwohl schon so viel Zeit vergangen war, drohte er deinem Vater immer noch mit dem Gefängnis", sagte meine Mutter. „Gab es eine Verjährungsfrist für versuchten Mord? Würde mein Vater sein Versprechen wahrmachen, das Jugendamt zu benachrichtigen und dich in eine Pflegefamilie zu geben? Ich wusste es nicht. Ich weiß nur, dass ich wirklich glaubte, das Richtige getan zu haben. Dein Vater war ein freier Mann, und du warst in guten Händen."

Mein Vater hatte mich in dem Glauben gelassen, dass meine Großeltern kein Interesse an mir hatten. Inzwischen hatte ich erfahren, dass Yvette versucht hatte, Karten und Briefe zu schicken, und dass Corbin versucht hatte, mich auf die einzige Art zu unterstützen, die er verstand: mit Geld. Und doch konnte sich mein Vater wegen seines Starrsinns nicht dazu durchringen, es mir zu sagen.

„Wir hatten eine Firma beauftragt, uns über dich und deinen Vater zu informieren", sagte Dwayne und unterbrach meine Gedanken. „Jimmy hatte es schwer, in Marketville einen Job zu finden, weil Corbin ihn als unzuverlässig bezeichnet hatte. Als ich also zurück nach Toronto zog und bei der Southern Ontario Construction Company zu arbeiten begann, sorgte ich dafür, dass dein Vater dort eingestellt wurde, und konnte dich gleichzeitig im Auge behalten. Nicht, dass dein Vater mich jemals zu euch nach Hause eingeladen hätte. Es war, als ob er die Vergangenheit von der Gegenwart trennen wollte. Das respektierte ich."

„Was war mit dir, Mutter?" fragte ich und drehte mich wieder zu ihr um. „Bist du in Vancouver geblieben?"

„Nein. Ich änderte meinen Namen auf Alison Lake und bin sehr oft umgezogen. Calgary. Winnipeg. Montreal. Halifax. Überall, nur nicht nach Marketville oder Toronto. Ich nahm Gelegenheitsjobs an, um über die Runden zu kommen. Meistens ließ ich mich einfach treiben, obwohl ich mit Dwayne in Kontakt blieb."

Sie schenkte mir ein trauriges Lächeln. „Ich wusste immer, wie es dir ging. Dann rief Dwayne eines Tages an, um mir zu sagen, dass Jimmy gestorben war. Ich wäre vielleicht weggeblieben, aber du hast angefangen, dich mit der Vergangenheit zu beschäftigen. Es war nur eine Frage der Zeit, bis du alles herausfinden würdest. Ich wollte, dass du von mir die Wahrheit erfährst."

Ich lehnte mich in meinem Stuhl zurück. Das war eine ganz erstaunliche Geschichte. Es würde einige Zeit dauern, bis ich all das, was ich erfahren hatte, verarbeiten könnte und um herauszufinden, und ob ich in der Lage sein würde meiner Mutter jemals verzeihen. Ich hoffte es, war mir aber keineswegs sicher.

Es gab noch zwei unbeantwortete Fragen.

„Glaubt ihr, dass der Tod meines Vaters ein Unfall war?"

„Es gibt keinen Grund, etwas anderes zu denken", sagte Dwayne.

Ich hatte nicht vor, ihnen von dem Brief meines Vaters zu erzählen. Außerdem war alles, was ich herausgefunden hatte, lediglich eine Vermutung meinerseits. Es würde ihn nicht zurückbringen.

Ich drehte mich zu meiner Mutter um. „Darf ich dir noch eine Frage stellen?"

Ihr Gesicht hellte sich auf. „Ja, natürlich. Alles."

„Ich weiß, dass das Calamity-Jane-Filmplakat eine neuere Reproduktion ist. Was ich nicht weiß, ist, wie du es auf den Dachboden geschafft hast, ohne dass dich dabei jemand gesehen hat."

Meine Mutter starrte mich an, ihr Gesicht war völlig ausdruckslos. „Ich weiß nichts von einem Filmplakat."

Ich dachte über die Unterschrift auf der Rückseite des Plakats nach, eine schräge Rückhand, sicher, aber ein bisschen krakelig, genau wie die Handschrift meines Vaters. Ich schaute zur Decke hinauf und lächelte. Anscheinend war das Skelett auf dem Dachboden nicht das Einzige, was mein Vater mir hinterlassen hatte.

ENDE

ANMERKUNG DER AUTORIN

Ich begann mit *Skeletons in the Attic*, während ich auf der Suche nach einen Verlag für meinen ersten Kriminalroman, *The Hanged Man's Noose*, das erste Buch der Glass Dolphin Mystery-Serie, war. Obwohl ich den Schreibprozess nicht unterbrechen wollte, konnte ich mich nicht dazu durchringen, die Fortsetzung eines Romans zu schreiben, der noch kein Zuhause gefunden hatte.

Ebenso wie der Schauplatz von Lount's Landing grob auf meinem früheren Wohnort Holland Landing in Ontario, Kanada, basiert, so bezieht sich auch der fiktive Ort Marketville auf die Stadt Newmarket, die südlich von Holland Landing liegt. Natürlich habe ich mir in der Beschreibung beider Orte und deren Umgebung gewisse Freiheiten herausgenommen, und die Personen sind alle frei erfunden. Aber genau darin liegt die Inspiration.

Die Idee zu *Skeletons in the Attic* kam mir, als ich mit meinem Mann Mike im Büro unseres Anwalts wartete. Wir waren dort, um unsere Testamente zu aktualisieren - und während wir auf ihn warteten, weil er vor Gericht aufgehalten wurde, leistete uns sein Goldendoodle Gesellschaft. Die Anfangsszenen dieses Buches sind direkt aus dieser Erfahrung entnommen. (Merken Sie sich den folgenden Kernpunkt: Alles, was im Leben eines Schriftstellers passiert, kann in einer seiner Geschichten landen.)

DANKSAGUNG

Ich hatte eine Leidenschaft fürs Lesen, lange bevor ich daran dachte, Schriftstellerin zu werden. Die Liebe zum Lesen, insbesondere von Kriminalromanen, verdanke ich meiner Mutter. Als ich ein junges Mädchen war, arbeitete sie Teilzeit im Zellers-Kaufhaus. An jedem Zahltag brachte sie ein neues Nancy-Drew-Buch mit nach Hause, das ich wiederholt las und das ich sehr begehrte.

Jahre bevor ein Buch von mir veröffentlicht wurde, brachten mir Freunde ihr Vertrauen entgegen, Freunde, die mich glauben ließen, dass dieser Traum Wirklichkeit werden könnte. Dank der deutschen Übersetzung dieses Buches, habe ich nun zwei neue Freunde gewonnen, meine Übersetzerin, Petra Schmelzeisen und meine deutsche Lektorin, Mary Persch. Ein Dankeschön geht auch an unsere Beta-Leserin, Uta Lambrich.

Nicht zuletzt danke ich meinem Mann Mike für seinen unerschütterlichen Glauben an mich und meine Geschichten.

VERGANGENHEIT UND GEGENWART

Judy Penz Sheluk

Leseprobe für Marketville #2

VERGANGENHEIT UND GEGENWART

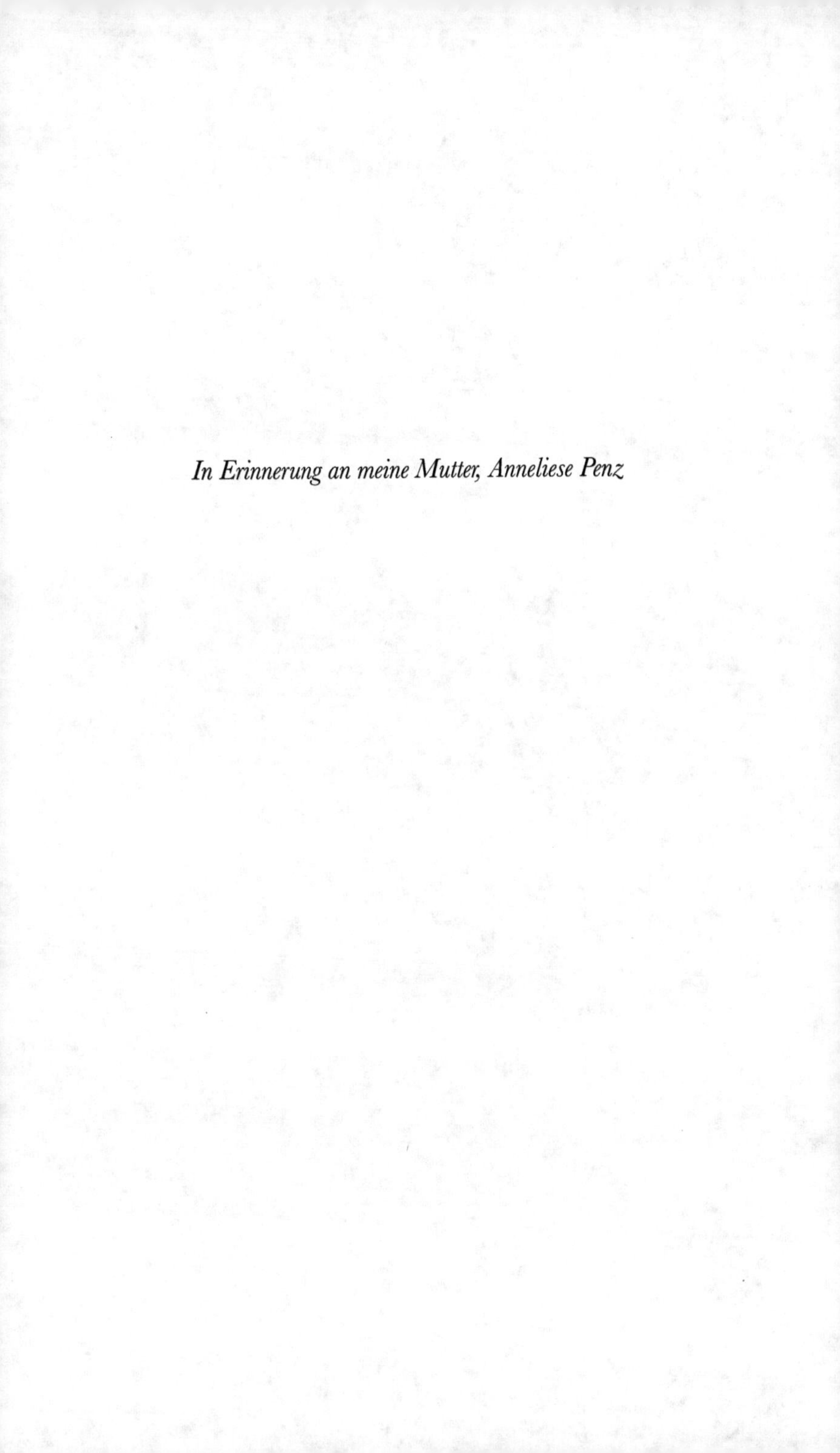
In Erinnerung an meine Mutter, Anneliese Penz

VORWORT

Wenn Sie zu den Menschen gehören, die die Widmung auf der Vorderseite eines Buches lesen, werden Sie bemerkt haben, dass *Past & Present* meiner Mutter Anneliese Penz gewidmet ist, die im September 2016 einen langen Kampf mit chronisch obstruktiver Lungenerkrankung und damit verbundenen Gesundheitsproblemen verlor. Bis zuletzt verteilte sie Lesezeichen für meine Bücher *Skeletons in the Attic* (deutscher Titel: „*Skelette auf dem Dachboden*") und *The Hanged Man's Noose* an jeden Arzt und jede Krankenschwester, die eines haben wollten (und ich vermute, dass sie ihnen ein paar davon in den Laborkittel gesteckt hatte, als sie nicht hinsahen).

Es war mir ein Trost, dass das letzte Buch, das meine Mutter gelesen hatte, „*Skelette auf dem Dachboden*" war, das erste Buch in dieser Reihe. Sie war hoch erfreut, dass ich das Buch meinem Vater, Anton „Toni" Penz, gewidmet hatte, der im Alter von zweiundvierzig Jahren einem Magenkrebsleiden erlag.

Ich hatte von Anfang an die Absicht, zwei Figuren namens Anton und Anneliese in die Fortsetzung von *Skeletons* einzubauen, aber ich hatte keine Handlung, geschweige denn einen Plan. Um ehrlich zu sein, war ich festgefahren.

Dann entdeckte ich im hinteren Teil des Kleiderschranks meiner Mutter eine kleine blaue Ledertasche mit cremefarbenem Rand, einem elfenbeinfarbenen Kunststoffgriff und Messingschlössern. Darin hatte sie sorgfältig Dokumente aus der Vergangenheit aufbewahrt, darunter ihren deutschen Reisepass, der 1952 in England ausgestellt worden war, ihre Einwanderungspapiere von England nach Kanada, die ihre Reise auf der T.S.S. *Canberra* dokumentierten, alte Fotos und Postkarten sowie etwas Modeschmuck. Die Idee für *Past & Present* war geboren: die Vergangenheit reicht der Gegenwart die Hand.

Obwohl viele der historischen Daten auf diesen Seiten auf Tatsachen beruhen und Callies Nachforschungen oft meine eigenen widerspiegeln, ist diese Geschichte doch eher ein Werk der Fiktion. Mir gefällt der Gedanke, dass meine Mutter und mein Vater wieder zusammen sind und im Himmel Lesezeichen verteilen.

Judy Penz Sheluk

1

———————

Es ist dreizehn Monate her, dass ich den Anruf erhielt, und mir eine gleichgültige, emotionslose Stimme am anderen Ende mitteilte, dass mein Vater bei einem unglücklichen Arbeitsunfall ums Leben gekommen sei. Dreizehn Monate, seit ich in Leith Hamptons Anwaltskanzlei in Toronto gesessen hatte und er mir das Testament meines Vaters verlas. Dreizehn Monate, seit ich erfuhr, dass ich, Calamity Barnstable, genannt Callie, ein Haus in Marketville geerbt hatte.

Es war ein Haus, von dem ich nicht wusste, dass es existierte. In einer Pendlerstadt, die besser für Familien mit zwei Kindern, einer Katze und einem Collie geeignet war, als für eine sechsunddreißigjährige alleinstehende Frau, die in der Anonymität des Stadtlebens aufging und in einer Eigentumswohnung wohnte.

Als wäre das nicht schon überwältigend genug gewesen, gab es auch noch einen Haken. Gemäß dem Testament meines Vaters musste ich ein Jahr lang in das Haus einziehen und herausfinden, wer meine Mutter dreißig Jahre zuvor ermordet hatte. Eine Mutter, die verschwand, als ich sechs Jahre alt war, und an die ich mich kaum erinnern konnte - eine Erinnerung, die von meinem Vater nicht gefördert wurde. In unserem Haus gab es keine Fotos von ihr, keine Plaudereien am Kamin darüber, wie sie sich kennengelernt hatten. Im Barnstable-Haushalt war es so, als hätte Abigail Doris Barnstable nie existiert.

Es wäre eine Untertreibung zu sagen, dass mein behagliches Dasein als Angestellte in einem Callcenter einer Bank auf den Kopf gestellt wurde. Von einem auf den anderen Monat bearbeitete ich Anfragen zu verlorenen Kreditkarten und Debitkartenbetrug, und plötzlich fungierte ich in der Eigenschaft als inoffizielle Privatdetektivin. Und das ausgerechnet in Marketville.

Das Haus, das mein Vater mir vermacht hatte, lag in einer Sackgasse voller meist gut erhaltener Bungalows, Split-Levels und Doppelhaushälften aus den 1970er Jahren, deren Straßen nach Wildblumen aus der Provinz benannt waren. Trillium Way. Coneflower Crescent. Day Lily Drive. Lady's Slipper Lane.

Ich sagte „größtenteils gut gepflegt", weil mein Erbe, Snapdragon Circle 16, die einzige bemerkenswerte Ausnahme war. Der Rasen vor dem Haus war schon vor langer Zeit von Löwenzahn und Unkraut überwuchert worden. Das Dach war geflickt worden, ohne darauf zu achten, dass die ausgetauschten Schindeln zu den vorhandenen passten. Die Fenster waren mit Vogelkot, Schmutz und Eierresten von vergangenen Halloweens bedeckt. Manche Häuser brauchten ein wenig liebevolle Pflege. Was dieses Haus brauchte, war ein guter Anstrich mit Feuer.

Ich hätte mich in diesem Moment in meinen alternden Honda Civic setzen und zurück nach Toronto fahren können, wenn da nicht vier Dinge gewesen wären. Erstens hatte ich keine Wohnung mehr, da ich meine Eigentumswohnung an einen Kollegen untervermietet hatte. Wir hatten uns zwar immer gut verstanden, hatten aber keine Absicht Zimmergenossen zu werden.

Zweitens hatte ich meinen Job bei der Bank gekündigt und hatte es nicht eilig, zurückzukehren. Die Arbeit in der Betrugsabteilung einer Bank mag faszinierend klingen, aber die Realität war, dass alle interessanten Fälle sofort zu meinem Vorgesetzten weitergereicht wurden.

Drittens hatte ich Leith versprochen, den „Auftrag" - ein Begriff, den ich in Ermangelung eines besseren Wortes verwende - zu übernehmen, nicht weil ich es wollte, sondern weil es eine intrigante Hellseherin namens Misty Rivers gab, die erpicht darauf war, die Aufgabe zu übernehmen, falls ich mich weigerte. Schließlich war die kostenlose Unterkunft und tausend Dollar pro Woche - die Entschädigung für das Annehmen besagten Auftrags - sowohl für mich als auch für Misty ein starker Motivator. Aber selbst wenn ich gewusst hätte was auf mich zukommen würde, hätte ich vielleicht doch noch einen Rückzieher machen können. Und dann schlenderte Grund Nummer vier aus dem Nachbarhaus zu mir herüber.

Royce Ashford ist um die vierzig, gut aussehend - auf eine robuste Art und Weise - ein Typ Mann, den man in einer dieser Heimwerker-Sendungen im Fernsehen sah. Gut ausgeprägte Bizeps, sandbraunes, kurz geschnittenes Haar, warme braune Augen. Ich stellte mir Sixpacks unter seinem Hemd vor und hoffte, dass mein Verlierer-Radar in Urlaub war. Wenn es um Männer ging, war mein Urteilsvermögen mangelhaft. Valentinstag war ein Thema non grata für mich. Meine Erinnerungen haben nichts mit den samtigen Blütenblättern langstieliger roter Rosen zu tun, sondern nur mit den Dornen.

Aber zurück zu Royce. Es war nicht so sehr, dass ich nach einer Beziehung gesucht hatte. Das war es nicht. Aber es war ganz offensichtlich, dass mein Erbe dringend renovierungsbedürftig war, und dem Logo auf seinem

Golfhemd nach zu urteilen, gehörte ihm Royce Contracting & Property Maintenance. Laut Leith, einem Mann, dem ich halbwegs vertraute, hatte mein Vater geplant, Royce zu beauftragen, und bis zu dieser verrückten Haussache hatte ich dem Urteil meines Vaters mehr vertraut als meinem eigenen. Außerdem, wenn man seinem Nachbarn nicht trauen konnte, wem konnte man dann trauen?

So kam es, dass ich in Snapdragon Circle 16 einzog und nun in Marketville lebe. Was das Verschwinden meiner Mutter vor dreißig Jahren angeht, so ist das eine lange Geschichte, die ich nicht noch einmal erzählen möchte. Es genügt zu sagen, dass manche Dinge besser in der Vergangenheit bleiben. Vielleicht werde ich eines Tages alles in die Gegenwart holen, aber heute ist nicht der Tag dafür.

Nach allem, was ich in den letzten Monaten aufgedeckt habe - von zu vielen vergrabenen Familiengeheimnissen bis hin zu einem Skelett auf dem Dachboden - sollte man meinen, dass ich am liebsten zurück nach Toronto flüchten würde. Aber ich genieße das etwas langsamere Tempo des Lebens in Marketville, ganz zu schweigen von dem phänomenalen Wanderwegenetz, das sich über drei Städte erstreckt. Es ist eine großartige Ressource für Läufer - oder sollte ich sagen, für Schnecken wie mich. Es ist mir sogar gelungen, eine Laufgruppe zu finden, in der jedes Alter und jedes Tempo vertreten ist, von jung bis alt, von langsam bis rasend schnell. Wir scherzen gerne, dass wir verrückt genug sind, bei plus dreißig und minus dreißig Grad zu laufen. Das ist Celsius für Fahrenheit-Leute. Auf der Fahrenheit-Skala sind es sechsundachtzig Grad bis minus zweiundzwanzig.

Royce und ich sind immer noch vorsichtig, Freunde zuerst und so weiter, aber die Anziehung zwischen uns brodelt weiterhin unter der Oberfläche wie eine Lavalampe. Ich bin noch nicht ganz bereit, diese Blase platzen zu lassen, aber ich bin auch nicht gewillt, davor wegzulaufen.

Und dann ist da noch Chantelle Marchand, meine Nachbarin von der anderen Straßenseite. Als Einzelkind von zwei Einzelkindern faszinieren und amüsieren mich Chantelles Geschichten über das Aufwachsen als fünftes Kind in einer Familie mit sechs Kindern. Außerdem ist sie eine wirklich gute Freundin geworden. Die beste Freundin, die ich je hatte, wenn ich ehrlich bin, nicht dass ich viele Freunde gehabt hätte. Ich war schon immer ein Mädchen, das sich eher einer Gruppe von Freunden angeschlossen hat. Der Typ eben, der mit vielen Leuten abhängt, die immer Lust auf einen Film haben oder mit denen man essen gehen kann, aber niemanden mit dem man sich nahe genug befreundet, um sich richtig anvertrauen zu wollen. Wenn es um wahre Geständnisse geht, bin ich mehr darauf aus, sie mir anzuhören als sie zu geben.

Meine einzige andere echte Freundin ist Arabella Carpenter, die in Lount's Landing, einer kleinen Stadt etwa dreißig Minuten nördlich von Marketville, den Antiquitätenladen Glass Dolphin betreibt. Wir treffen uns immer noch, aber das erfordert Planung, was nicht zu meinen Stärken gehört. Bei Chantelle ist es so einfach, über die Straße zu gehen und zu sagen: „Hey, du."

Nicht, dass Chantelle und ich uns auf Anhieb gut verstanden hätten, obwohl ich zugeben muss, dass das genauso an mir wie an ihr lag. Chantelle gehört zu den Frauen, die jeden Look rocken, von Blue Jeans über Bustiers bis hin zu Abendkleidern, und das so mühelos, als würde sie ein Paar Turnschuhe gegen 13 Zentimeter hohe Stilettos tauschen. Meine Augen sind wahrscheinlich mein bestes Merkmal - schwarz umrandet und haselnussbraun, - aber Chantelles Augen haben den schwelenden Farbton von Holzkohle, der „Komm her" schreit. Ihr leuchtend blondes Haar, sieht natürlich aus, obwohl sie mehr als hundert Dollar dafür beim Friseur ausgibt. Und im Gegensatz zu meinem lockigen braunen Schopf bleibt es bei Wind und Wetter glatt und stilvoll. Ihren Killer Body schreibt sie ihren Genen zu, aber sie ist auch Pilates-, Yoga- und Spinning-Trainerin im örtlichen Fitnessstudio. Chantelle mag zwar näher an neununddreißig als an neunundzwanzig sein, aber das sieht man ihr nicht an. Es ist schwer, so jemanden nicht zu hassen, nicht wahr?

Aber was die meisten Leute nicht wissen, ist Folgendes. Trotz alledem ist Chantelle äußerst unsicher. Wenn man für eine weitaus Jüngere, kaum dem Teenageralter Entwachsene verlassen und geschieden wird - das sind ihre Worte, nicht meine, aber sie treffen trotzdem zu -, bleibt das nicht ohne Folgen. Ich weiß es aus eigener Erfahrung. Nicht das mit der Scheidung, ich war nie verheiratet, aber das mit dem Abserviert-Werden, das kenne ich nur zu gut.

Wie auch immer, ich habe beschlossen, vorerst in Marketville zu bleiben, allerdings nicht in diesem Haus, das mit viel zu vielen Erinnerungen verbunden ist. Außerdem ist es Zeit für einen Neuanfang. Ich habe im letzten Jahr genug damit verbracht, in der Vergangenheit zu wühlen.

Mit Hilfe von Royce und etwas Geld aus dem Nachlass meines Vaters habe ich das Haus für den Wiederverkauf renoviert, ohne mich zu verschulden. Meine Maklerin, Poppy Spencer, die mir von Arabella empfohlen wurde, versichert mir, dass ich den besten Preis erziele, und möglicherweise sogar Interessenten anziehen werde, die sich gegenseitig überbieten werden. In der Zwischenzeit muss ich mir überlegen, wo ich wohnen werde und womit ich meinen Lebensunterhalt verdienen will.

2

Poppy Spencer schob ihr Tablet zu mir. »Dieses viktorianische Einfamilienhaus in der Edward Street ist genau das Richtige.«

Poppy war eine erfolgreich aussehende Geschäftsfrau in den späten Vierzigern mit stahlgrauen Augen, die teilweise hinter ihrer dunklen Designerbrille verborgen waren. Ihr kurzes braunes Haar war kunstvoll mit kupfer- und goldfarben schimmernden Strähnchen durchzogen, und ich vermutete, dass sie für einen Haarschnitt mit Haarfärbung mehr bezahlte als ich in einem ganzen Jahr bei meinen Friseur ließ. Wahrscheinlich auch mehr für die Maniküre, wenn man ihre perfekt lackierten Fingernägel im French-Style betrachtete. Ich lehnte mich über die Kochinsel aus Granit in meiner neu renovierten Küche, um das Angebot zu prüfen. Die Edward Street befand sich im Herzen von Marketville, der ursprünglichen Hauptstraße der Stadt, die sich im Laufe der Jahre zu einem Viertel mit unabhängigen ethnischen Restaurants, trendigen Cafés und Bistros sowie gehobenen Bekleidungsgeschäften entwickelt hatte. Trotz ihrer überwiegend viktorianischen Architektur hatte die Edward Street längst das historische Flair verloren, das die Main Street in Lount's Landing ausstrahlte. Hier ging der schicke Vorstadteinkäufer hin, um sich ausgiebig mit Speisen und Getränken bewirten zu lassen, und um sich auszustatten. Mit anderen Worten: ein guter Standort für ein Geschäft mit Wohnsitz.

AUS DER MULTIMEDIA-DIASHOW auf *Realtor.ca.* ging hervor, dass Edward Street 300 zwar charmant aussah, sich aber in einem weniger begehrten Randbereich der Straße befand. Derzeit befand sich dort die Wohnung und Praxis eines Physiotherapeuten, und es würden womöglich einige Renovierungsarbeiten nötig sein. Ich war mir nicht sicher, ob ich mich noch einmal durch den Staub und den Schutt kämpfen wollte, ganz zu schweigen von den Kosten. Es kostete immer mehr, als man dachte, wie Royce mich gewarnt hatte, bevor wir das Haus an Snapdragon zu renovieren anfingen. Ich hätte auf ihn hören sollen, aber es ist ja bekanntlich so, dass Erfahrung der beste Lehrmeister ist.

Andererseits sehnte ich mich nach einem der vielen Neubauten, die auf jedem Bauernfeld von Marketville über Lount's Landing bis Lakeside aus dem Boden schossen. Natürlich würden diese Häuser erst in einem Jahr oder später fertig werden, was angesichts meiner Entscheidung, lieber früher als später auszuziehen, kaum hilfreich war.

»Ich dachte an etwas Zeitgemäßeres.«

»Wir können natürlich nach etwas Modernerem suchen, aber in Wirklichkeit wirst du so etwas auf der Edward Street nicht finden. Würdest du Häuser in einer der Wohnsiedlungen in Betracht ziehen?«

Ein Wiederverkauf in einer der neueren Wohnsiedlungen könnte ein guter Kompromiss sein. »Möglicherweise.«

»Das ist kein Problem, wenn du nur in der Wohnung leben

möchtest. Du hast jedoch erwähnt, dass du ein eigenes Geschäft betreiben willst, was in Wohngebieten fast immer mit Einschränkungen verbunden ist. Eine Homeoffice wäre kein Problem, aber wenn du Kunden empfangen willst, kann es zu Beschwerden der Nachbarn kommen. Bevor wir ein Angebot abgeben, müssen wir die Bebauungsvorschriften Nutzungsvorschriften der Stadt prüfen, um zu sehen, was erlaubt ist. Das Schöne an der Edward Street ist, dass sie als Wohn- und Geschäftsviertel ausgewiesen ist.«

An den Besuch von Kunden hatte ich nicht gedacht, was wahrscheinlich nichts Gutes für meinen Geschäftsplanungsscharfsinn verhieß. Andererseits hatte ich auch noch kein Konzept entwickelt. »Ich könnte es mir beim Tag der offenen Tür am Wochenende ansehen.« Ich könnte auch Royce und Chantelle bitten, mich zu begleiten.

Poppy telefonierte bereits mit dem Makler. »Perfekt«, sagte sie, »meine Kundin und ich erwarten dich in einer Stunde«.

»Eine Stunde? Was ist mit dem Tag der offenen Tür?«

»Es ist ein Verkäufermarkt«, sagte Poppy. »Das ist vorteilhaft für dich, wenn wir deine Immobilie verkaufen. Allerdings ist es umgekehrt genauso. Wir müssen *vor dem Tag der offenen Tür* am Wochenende da sein.« Sie klopfte mit ihren French-Style-Fingernägeln auf den Granit. »Möchtest du jemanden mitbringen?«

Es würde zehn Minuten dauern, dorthin zu fahren, was nicht viel Vorlaufzeit bedeutete. Aber ich wusste, wenn ich niemanden mitbrächte, würde Poppy mich dazu bringen, auf der gepunkteten Linie zu unterschreiben, bevor ich alles richtig durchdacht hatte.

»Lass mich versuchen, Chantelle und Royce zu erreichen.«

CHANTELLE WAR zu Hause und freute sich, dass sie mich zur Besichtigung begleiten durfte. Royce befand sich zurzeit auf einer Baustelle, versprach aber, sich das Haus anzuschauen, falls ich mich entschließen sollte, ein Angebot zu unterbreiten. Das beruhigte mich, und ich hoffte insgeheim, dass er mir davon abraten würde, weil er nicht wollte, dass ich wegziehe.

Edward Street 300 war ein viktorianisches Haus aus rotem Backstein, das mit blass- cremegelben Zierleisten verkleidet war und dessen umlaufende Veranda Besucher willkommen hieß. Die Eingangstür öffnete sich zu einem schmalen Empfangsraum auf der linken Seite, einer Küche auf der Rückseite, die durch ein Durchgangsfenster zu sehen war, und einer polierten Holztreppe auf der rechten Seite, die in den zweiten Stock führte.

»Das sind nicht mehr als sechsundfünfzig Quadratmeter Wohnfläche im Erdgeschoss«, sagte ich und angelte in meiner Handtasche nach meinem Kakaobutter-Lippenbalsam. Ich hatte mir die Angewohnheit abgewöhnt, aber hin und wieder griff ich danach wie ein Baby nach dem Schnuller.

»Sechzig, um genau zu sein«, sagte Poppy und sah sich die Liste an, »aber es gibt genug Platz für ein Büro und einen Empfangsraum.«

»Hast du die Fußleisten bemerkt?« fragte Chantelle. »Es sieht so aus, als seien sie zwanzig Zentimeter hoch und aus echter Eiche. Genau wie die Treppe und die Böden. Wunderschön. Jemand hat sich gut um dieses Haus gekümmert.«

Wir machten uns auf den Weg in die Küche. Sie war das, was mein Vater eine Single-Küche genannt hätte; es gab kaum Platz für einen Kühlschrank und einen Herd, und auf einen Geschirrspüler war verzichtet worden, um dafür mehr Platz für Schränke zu haben. Die weißen Schränke sahen frisch aus, die Arbeitsplatten bestanden aus goldfarbenem und schwarzem Quarz, und ein Fenster gab den Blick auf einen kleinen Garten frei, in dem Stauden in verschiedenen Stadien in Blüte standen. Es gab sogar eine Tür, die auf eine Steinterrasse hinausführte. Ich konnte mir vorstellen, dort morgens einen Tee zu trinken und abends ein Glas Wein. Ich schaute Chantelle an und wusste, dass sie das Gleiche dachte.

Im Obergeschoss befanden sich zwei etwa gleich große Schlafzimmer, von denen eines zur Straße und das andere zum Hinterhof hin lag. Beide wurden von den jetzigen Besitzern als Behandlungszimmer genutzt. »Die Schränke sind wirklich winzig«, sagte ich. »Ich brauche zwar keinen begehbaren Kleiderschrank, aber die hier sind echt klein.«

»Jede Art von Schrank ist ein Bonus«, sagte Poppy. »Viele ältere Häuser haben keine begehbaren Schränke. Die Leute benutzten normale Kleiderschränke, um ihre Kleidung aufzuhängen. Natürlich besaßen sie auch weniger Kleidung.«

»Du kannst dir so ein Raumsparsystem besorgen«, sagte Chantelle. »Royce würde es bestimmt für dich installieren.«

Ich war nicht überzeugt. »Schauen wir uns das Bad an.«

Es war modernisiert worden, mit Zedernholzwänden und einer großen begehbaren Dusche anstelle einer Badewanne. Der Gedanke, dass Kunden es benutzen könnten, begeisterte mich nicht.

»Ich weiß es nicht. So hatte ich mir das eigentlich nicht vorgestellt. Ich hatte mir eher etwas mit mehr Privatsphäre gedacht. Zumindest ein größeres Badezimmer.«

»Im unteren Stockwerk gibt es noch eine Gästetoilette«, sagte Poppy. »Diese könnte von deinen Kunden benutzt werden. Das obere Stockwerk wäre dein privater Wohnbereich und im Erdgeschoss wären dein Büro und die Küche untergebracht. Kommt, wir sehen uns den Keller an.«

DAS UNTERGESCHOSS, oder sollte ich sagen, die komplette untere Etage, hatte 2,13 Meter hohe Decken, die die Räume eigentlich klaustrophobisch erscheinen lassen sollten, aber die Wände waren weiß gestrichen worden, und obwohl sie klein und eng waren, gab es viele Fenster. Neben einer großzügigen Gästetoilette gab es eine Waschküche und einen Heizungsraum. Ein separater, fensterloser Raum war als Lagerraum abgetrennt worden. Ich mag keine Keller, aber dieser hier war gar nicht so schlecht.

»Die Regale und Aktenschränke bleiben«, sagte Poppy und sah sich erneut die Liste an.

Das würde mir etwas Geld sparen und zusätzlichen Stauraum bieten, aber ich war immer noch nicht überzeugt. »Ich muss darüber nachdenken.«

»Dafür bleibt keine Zeit«, sagte Poppy. »Nicht in diesem Markt. Natürlich muss man sich mit seiner Entscheidung wohlfühlen. Es gibt noch andere Immobilien.«

»Keine so wie diese«, sagte Chantelle. »Du kannst dir dieses Haus nicht wegschnappen lassen. Es erfüllt alle Kriterien.«

»Ich bewundere deinen Enthusiasmus«, sagte ich, »aber du bist nicht diejenige, die es kauft.«

»Dann beteilige ich mich daran.«

»Willst du mit mir ein Haus kaufen?«

Chantelle schüttelte den Kopf. »Nicht das Haus. Sondern das Geschäft. Du kannst deine Ermittlungsarbeit machen, und ich kann sie mit meinem Wissen über Genealogie ergänzen. Es wird perfekt sein.«

Und so hatten wir *Past & Present Investigations* gegründet.

3

ICH HATTE NOCH NIE ein Haus gekauft, aber Arabella Carpenter hatte mir den richtigen Weg gewiesen. Wenn es um Immobilien ging, ließ Poppy nichts unversucht. Nachdem sie vergleichbare Immobilien auf dem Markt geprüft hatte - eine Herausforderung angesichts der Einzigartigkeit jeder Immobilie in der Edward Street - und nachdem Royce den Umfang und die Kosten der für meine Bedürfnisse erforderlichen Arbeiten ermittelt hatte, erstellte Poppy ein attraktives Angebot.

Der Dollarbetrag des Angebots erschreckte mich, aber Poppy versicherte mir, dass ich nach dem Verkauf von Snapdragon Circle so gut wie kostendeckend arbeiten würde. Ich hoffte, sie hatte recht. Ich verfügte über einige Ersparnisse aus dem Verkauf des mit einer hohen Hypothek belasteten Stadthauses meines verstorbenen Vaters in Toronto, aber ich dachte mir, dass ich diese zum Leben brauchen würde, während ich mein Geschäft in Gang brächte.

Ein vernünftiger Mensch hätte vielleicht wieder von neun bis fünf gearbeitet, aber nachdem ich im letzten Jahr einen Vorgeschmack auf die Freiheit gekostet hatte, ließ mich der

Gedanke erschaudern. Sicherlich könnte ich genug verdienen, um für Essen, Steuern und gelegentliches Ausgehen zu bezahlen.

Außerdem wollte ich die Frage nach dem frühen Tod meines Vaters klären. Ich hatte mich nie auf das Urteil „Arbeitsunfall" eingelassen, aber ich war zu sehr damit beschäftigt, das Geheimnis meiner Mutter zu lüften, um mich damit auch noch zu befassen. Jetzt würde ich die Zeit haben, der Sache auf den Grund zu gehen. Ich wusste nicht, ob ich erfolgreich sein würde, aber ich war es meinem Vater schuldig, es zu versuchen.

DER VERKAUF von Snapdragon Circle erwies sich als ein Kinderspiel. Poppy und Chantelle halfen mir, das Haus für den Verkauf vorzubereiten, und ich musste zugeben, dass es fantastisch aussah. All meine harte Arbeit hatte sich gelohnt, vom Streichen jeder einzelnen Wand und Decke bis hin zum Entfernen der Teppiche, um das ursprüngliche Hartholz freizulegen. Ein neues Dach und die Beauftragung von Royce' Firma mit der Renovierung der Küche erwiesen sich ebenfalls sehr verkaufsfördernd; Poppy sagte mir voraus, dass ich meine Investition fast verdoppeln würde. In der Zwischenzeit war das Haus mit dem Vermerk „Angebote werden in fünf Tagen angenommen" gelistet, und Ella Cole, meine neugierige Nachbarin in den Sechzigern, hielt mich mit endlosen Tassen Tee, Kaffee, Keksen und Klatsch und Tratsch davon ab, durch die Straßen zu irren, während die Besichtigungen unvermindert weitergingen. Die Stunden bis zum Tag des Angebots waren äußerst stressig. Was, wenn niemand auf die Immobilie bieten würde? Was, wenn die Angebote beleidigend niedrig wären? Es stellte sich heraus, dass ich mir keine Sorgen zu machen brauchte. Am Ende eines anstrengenden Tages hatte ich ein halbes Dutzend Angebote abgelehnt und eines für mehr Geld angenommen, als ich mir erträumt hatte. Poppy Spencer freute sich geradezu über das Ergebnis, und ich nahm es ihr nicht übel. Sie hatte sich ihre Provision verdient und noch einiges mehr.

Dann brach die Realität über mich herein. Ich hatte vor, ein Geschäft aufzubauen und Nachforschungen über vermisste Personen aus der Vergangenheit zu betreiben, Fälle, die entweder A) niemanden sonst interessierten oder B) alle aufgegeben hatten. Ich war keine Privatdetektivin. Ich hatte nicht einmal irgendwelche Qualifikationen, die über das hinausgingen, was ich bei der Suche nach meiner eigenen Mutter gelernt hatte.

Was zum Teufel hatte ich mir dabei gedacht?

CHANTELLE BERUHIGTE mich mit einigen Gläsern australischem Chardonnay und einer Pizza mit Rapini und Artischocken von Benvenuto, einem lokalen italienischen Restaurant. Um ihr schlechtes Gewissen zu beruhigen - man behält nicht Größe S, wenn man regelmäßig Pizza isst, egal wie gut die Gene sind oder wie hart man trainiert - hatte sie einen großen Salat mit Balsamico-Vinaigrette mitgebracht.

»Als Erstes müssen wir Visitenkarten drucken lassen und eine Website erstellen«, sagte sie, während sie an einem Stück Pizza knabberte und es irgendwie schaffte, dass ihr die Rapini nicht zwischen den Zähnen stecken blieben.

Ich hatte vor, Visitenkarten zu bestellen und arbeitete an einer Website. Ich war kein Internet-Guru, aber die Vorlage, die ich von meinem Webhoster ausgewählt hatte, schien einfach genug zu navigieren zu sein, und ich betrachtete die Erstellung der Webseite als laufendes Projekt.

»Wenn du das von mir entworfene Logo gutheißt und wir

uns auf unsere Titel einigen, kann ich die Visitenkarten bestellen. Ich weiß nur nicht, ob ich mich für Calamity oder Callie entscheiden soll.«

»Hmm... Ich weiß, dass du nicht gerne Calamity genannt werden willst, aber es hat einen guten Klang. Wie wäre es mit Calamity und mit Callie in Klammern?«

Es war ein guter Kompromiss. Ich zeigte Chantelle, was ich mir ausgedacht hatte: ein ineinander verschlungenes Paar *Ps* für *Past & Present*, „Vergangenheit und Gegenwart", das in einem Vergrößerungsglas steckte. Ich fand, es erinnerte etwas an Sherlock Holmes. Zumindest war das meine Absicht.

»Es ist fantastisch«, sagte Chantelle. »Was den Titel angeht, wie klingt „Partner"?«

„Partner." Es kam mir leicht von der Zunge. »Das gefällt mir. Was die Website angeht, so arbeite ich noch daran. Es gibt noch keinen Inhalt, aber wir können jederzeit online gehen. Ich dachte, wir könnten damit anfangen, Biografien zu verfassen. Bei dir sollte das relativ einfach sein, da du über gute Genealogie-Referenzen verfügst. Ich kämpfe ein bisschen mit meiner. Man kann die Wahrheit ausschmücken, aber man kann auch schlichtweg lügen.«

»Ich kann dir mit deiner Biografie helfen. Ich bin gut in solchen Dingen. Außerdem habe ich eine Freundin, die eine gute Fotografin ist. Ich bin mir sicher, dass sie uns einen Rabatt auf die Kosten gibt.«

Ich hatte nicht an Fotos gedacht, aber Chantelle hatte recht. Wir mussten unsere Gesichter zeigen. »Okay. Das sollte für den Anfang reichen.«

Chantelle schüttelte den Kopf. »Das glaube ich nicht. Was ist mit dem Rest unseres Teams?«

»Dem Rest unseres Teams?« Ich pickte eine Artischocke auf und wünschte, Chantelle hätte etwas weniger Exotisches genommen. Wenn es um Pizza ging, bevorzugte ich doppelten Käse mit scharfer Peperoni, vielleicht mit etwas extra Soße, wenn ich mich draufgängerisch fühlte. Gegen Artischocken hatte ich nichts einzuwenden, aber ich aß sie am liebsten püriert in einem scharfen Spinatdip, mit ein paar Nacho-Chips als Beilage. Die dünnen schwarzen Maischips gaben einem die Illusion etwas Gesundes zu essen.

»Unser Team«, sagte Chantelle wieder und lenkte mich von den Nachos ab.

»Erzähle weiter.«

»Ich habe mir Folgendes überlegt. Ich werde die Ansprechperson für die genealogischen Anfragen sein.«

»Das versteht sich von selbst.«

»Schön, dass du zustimmst. Nun, was unser „hauseigenes" Medium betrifft...«

»Hauseigenes Medium?«

»Ein absolutes Muss, meiner Meinung nach, und ich denke, Misty Rivers ist genau die Richtige. Sie könnte jede Woche eine Tarotkarte ziehen und eine Nachricht auf der Website veröffentlichen.« Chantelle winkte mit den Händen, als wollte sie sagen: „Details, Details".

»Was soll sie posten?«

»Es muss auf einen Blick in die Vergangenheit anspielen. *Mistys Messages* oder *Reflektionen*, etwas in dieser Richtung.«

Ich hatte Misty im Laufe der Zeit akzeptiert, aber trotz ihrer angeblichen mystischen Fähigkeiten hatte ich den Verdacht, dass sie in etwa so hellsichtig war wie ich.

»Ich weiß es nicht. Es wirkt ein bisschen effekthascherisch.«

»Jedes Geschäft verwendet einen Gimmick.«

Wirklich? Ich dachte gerade darüber nach, als Chantelle wieder das Wort ergriff.

»Ich habe die Idee bereits mit Misty besprochen.«

Ich spürte, wie sich meine Wirbelsäule versteifte. »Du hast das schon mit ihr besprochen?«

»Ja, und bevor du dich aufregst, sie freut sich, mit von der Partie zu sein.«

Natürlich freute sie sich. »Und wie werden wir Misty für ihre übersinnlichen Fähigkeiten bezahlen?« Ich wusste, dass ich mich zickig anhörte, und versuchte, meine Worte mit einem Lächeln abzumildern. Es musste funktioniert haben, denn Chantelle lächelte zurück.

»Kinderleicht. Wenn einer ihrer Beiträge einen Kunden bringt, zahlen wir ihr eine Vermittlungsgebühr.«

»Eine Vermittlungsgebühr. Ich denke, das wäre machbar.«

»Natürlich ist es machbar. Wenn wir uns entscheiden, Misty zur Administratorin der Website zu machen, könnte sie die Beiträge sogar selbst eingeben.«

Ich war mir nicht sicher, ob ich wollte, dass Misty Adminstrationsrechte erhalten sollte, aber jetzt war nicht der Zeitpunkt für Streitereien, und ich hatte auch keine Lust, dass die Website zu meinem Vollzeitjob werden sollte.

»Noch jemand für unser „Team”?«

»Shirley Harrington«.

Trotz meiner Vorbehalte gegenüber dem Teamansatz musste ich zugeben, dass Shirley eine gute Ergänzung sein würde. Als leitende Bibliothekarin der Stadtbibliothek, die dort für die Archive zuständig war, war sie bei der Suche nach Informationen über das Verschwinden meiner Mutter von unschätzbarem Wert gewesen. »Mir gefällt die Idee, Shirley an Bord zu holen, aber als ich das letzte Mal mit ihr sprach, hatte sie sich aus der Bibliothek zurückgezogen und lebte während des Winters in Tampa, Florida. Ich glaube nicht, dass sie vor Mitte April nach Hause kommen wird. Sie versprach mich anzurufen, wenn sie zurückkommen wird. Sie hatte vor, ein paar Golf-Ligen beizutreten und ich weiß nicht, wieviel Zeit ihr dabei bleibt.«

»Ich bin sicher, dass sie es zu schätzen weiß, wenn man sie in Betracht zieht. Den Winter in Florida zu verbringen ist eine Sache, aber wenn sie nach Marketville zurückkehrt, sieht der

Ruhestand vielleicht nicht mehr ganz so rosig aus, auch wenn sie viel Golf spielt.«

»Ich gebe es nur ungern zu, aber du hast recht. Gibt es sonst noch etwas, oder sollte ich sagen, jemanden?«

Chantelle strahlte. »Ich dachte schon, du würdest nie fragen. Arabella wäre eine großartige Bereicherung. Ich war gestern wegen einer anderen Sache in Lount's Landing, also bin ich in den Glass Dolphin gegangen und habe mit ihr darüber geplaudert.«

Ich konnte mir nicht vorstellen, warum Chantelle in Lount's Landing war, und obwohl ich sie beim Wort nahm, konnte ich nicht umhin, mich gekränkt zu fühlen. Obwohl das *meine* Angelegenheit sein sollte, hatte Chantelle bereits die Fäden in der Hand. »Und was sagte sie?« Ich versuchte die Schärfe aus meiner Stimme herauszuhalten, was mir nicht ganz gelang.

Chantelles kohlefarbenen Augen verengten sich. »Du musst nicht so schnippisch klingen, wenn du das sagst. Ich weiß, dass du und Arabella seit der Highschool befreundet seid, aber es ist ja nicht so, dass wir uns nicht kennen. Außerdem war ich in Lount's Landing in einer anderen Angelegenheit. Ein potenzieller Kunde, wenn du es wissen willst.«

»Tut mir leid, ich mache mich lächerlich. Arabella zu fragen, war eine gute Idee. Ich hätte daran denken sollen. Was sagte sie denn dazu?«

»Sie erklärte sich bereit, bei Bedarf mitzumachen. Wir werden auch den Antiquitätenladen Glass Dolphin auf unserer Website aufführen, und sie wird sich revanchieren. Wenn uns jemand etwas Altes und möglicherweise Antikes bringt, können wir ihr Fotos mailen und sie nach ihrer Meinung fragen. Wenn sie der Meinung ist, dass es eine visuelle Bewertung rechtfertigt, bringen wir das Objekt in ihr Geschäft in Lount's Landing.«

»Das klingt gut für uns, aber was hat Arabella davon?«

»Sie macht jetzt zwar schnelle Schätzungen per E-Mail,

aber sie versicherte, dass sie keine Garantie für ihre Schätzung geben kann, ohne das Objekt persönlich gesehen zu haben. Arabella sagte, dass neunzig Prozent der Dinge, die ihr per E-Mail zugeschickt werden, keinen nennenswerten Geldwert haben und oft nicht antik oder alt sind. Wenn sie der Meinung ist, dass es einen Wert oder ein historisches Interesse haben könnte, vereinbart sie einen Termin für eine Schätzung. Ihre Preise hängen davon ab, wie viel Zeit sie für die Nachforschungen aufwenden muss. Gelegentlich kommt es vor, dass jemand einen Gegenstand zur Begutachtung vorbeibringt und ihn an sie verkaufen oder in Kommission geben möchte.«

»Wie würden wir sie bezahlen?«

»Wir würden ihr Honorar an unseren Kunden weiterberechnen. Natürlich nur mit deren Zustimmung.«

»Es klingt, als hättet ihr zwei alles im Griff.« Ich hörte, wie sich die Schärfe in meine Stimme zurückschlich. Auch Chantelle bemerkte es.

»Ich habe versucht, die Initiative zu ergreifen, und dachte, dass du damit einverstanden seist. Außerdem ist es ja nicht so, dass du Arabella nicht schon früher konsultiert hättest. Oder hast du das Medaillon und das Poster schon vergessen?«

Das hatte ich nicht vergessen. Beide hatten bei der Suche im letzten Jahr eine wichtige Rolle gespielt, und so sehr es mich auch schmerzte, es zuzugeben, Chantelle hatte in allem recht.

Und so kam das Team von *Past & Present Investigations* zustande. Jetzt fehlte uns nur noch ein Kunde.

Ende der Leseprobe. Wir hoffen, es hat Ihnen gefallen. Judy Penz Sheluk und Petra Schmelzeisen.

ÜBER DIE AUTORIN

Die ehemalige Journalistin und Magazinredakteurin Judy Penz Sheluk ist die Autorin zweier Krimiserien: The Glass Dolphin Mysteries und The Marketville Mysteries. Ihre Kurzkrimis sind in mehreren von ihr herausgegebenen Kurzkrimibänden veröffentlicht, darunter *The Best Laid Plans*, *Heartbreaks & Half-Truths* und *Moonlight & Misadventure*. Judy Penz Sheluk ist Mitglied von Sisters in Crime, International Thriller Writers, der Short Mystery Fiction Society und sie war Vorsitzende des Verwaltungsrats für Crime Writers of Canada. http://www.judypenzsheluk.com/translations/deutsch/

Wenn Sie an aktuellen Informationen über unsere Bücher interessiert sind, besuchen Sie bitte unsere Webseite: http://marketvillebuecher.de/

ÜBER DIE ÜBERSETZERIN

Bücher. Von Kindesbeinen an spielten sie eine große und charakterprägende Rolle in Petra Schmelzeisens Leben.

In Deutschland aufgewachsen und zur Schule gegangen, kam sie nach dem Abitur zum ersten Mal nach Kanada. Angetan von den endlosen Wäldern und Seen im Norden Ontarios und ihrer Liebe zur Natur, machte sie dieses Land schließlich zu ihrer neuen Heimat.

In den darauffolgenden Jahren studierte sie an der University of Toronto und erlangte ihren Bachelor of Arts in Ägyptologie, Altertumskunde und Archäologie.

Seit über zwanzig Jahren arbeitet Petra Schmelzeisen freiberuflich als Übersetzerin und Lektorin. Ihre Erfahrung umfasst ein weites Themenspektrum, sowohl in der Übersetzung von Englisch nach Deutsch als auch von Deutsch nach Englisch.

Als die kanadische Bestsellerautorin Judy Penz Sheluk sie kontaktierte und ihr anbot ihre Mystery-Romane ins Deutsche zu übersetzen, brauchte sie nicht lange zu überlegen.

Wenn Sie an aktuellen Informationen über unsere Bücher interessiert sind, besuchen Sie bitte unsere Webseite: http://marketvillebuecher.de/